W0473489

GALAXIA

INHALT

1	Blutrausch	5
2	Salamander	57
3	Assassine	133
4	Atemlos	201
5	Diamantenfieber	271

GALAXIA
DRACHENKIND
1
Blutrausch
I.C. HERMANN

GALAXIA – Biesterburg

Lizabeta spitzt ihre sensiblen Vampirohren, als sie den Tumult vor ihren Gemächern hört.

»Lasst! Mich! Los! Ich saug‘ Euch aus bis auf die Knochen!« Tyranimos versucht mit aller Gewalt, sich zu befreien.

Aber die Wachen sind zu viert, er hat keine Chance. Sie zerren ihn den Korridor entlang und stoßen ihn in den Seiteneingang der Bibliothek. Ein Tritt in die Kniekehlen zwingt ihn zu Boden.

»Was gibt es?«, fragt Damon schlechtgelaunt.

»Er hat sich an Polinas Zimmertür zu schaffen gemacht, Mylord, und Ihr hattet Anweisung gegeben...«

»Raus!«, befiehlt Damon mit schneidender Stimme. Das lassen sich die Wachposten nicht zweimal sagen. Die schwere Tür fällt ins Schloss. »Und du?«, wendet sich Damon an seinen Sohn, der auf dem Boden kauert und verbissen versucht, die Fesseln hinter seinem Rücken zu lösen. »Was soll das?«

Tyranimos springt wütend auf. Er rempelt gegen den Schaukasten, in dem mit Hunderten von Zinnsoldaten die Schlacht vom Drachenfels nachgestellt ist, und zerrt an dem enggeschnürten Seil. »Diese Schwachköpfe!«, keucht er. »Sobald ich hier fertig bin...«

»Führ‘ dich nicht so auf!« Damon knallt den Atlas auf den Tisch. »Du wirst gar nichts tun! Die Wachen haben nur meinen Befehl befolgt! Und was die kleine Süße angeht: Die lässt du in Ruhe! Sonst werfe ich sie aus der Burg, und dich gleich mit!«

»Es ist nichts gewesen, Vater!«, verteidigt sich Tyranimos.

»Du hast versucht, in ihr Schlafgemach einzubrechen!«

»Ich wollte mich nur ein bisschen amüsieren. Was ist schon dabei?«

»Lass‘ die Finger von Polina!«, tobt Damon. »Du sollst erst mal ein paar Kämpfe gewinnen! In deinem Alter hatte ich schon meine eigenen Vasallen! Sobald du mehr bist als ein Niemand, kannst du dir irgendwelche Mätressen halten. Vorher nicht!«

»Sprecht leiser, Vater, sie kann Euch hören!«

»Das interessiert doch MICH nicht!«, bellt Damon. »Außerdem bekommt die sowieso nichts mit! Die lässt sich gerade einkleiden, drüben im Ostturm. Und du könntest dir auch mal was Festliches überziehen! Oder hast du vergessen, was heute für ein Tag ist?«

»Natürlich nicht, Vater! Aber so...« Tyranimos reißt an seinen Handfesseln, die schmerzhaft in seine Handgelenke schneiden, »... so kann ich mein Hemd nicht wechseln!«

Damon reißt die Tür der Bibliothek auf und brüllt: »Butler!«

Wie aus dem Boden gestampft steht sein Hausangestellter vor ihm. »Zu Euren Diensten, Mylord!«

»Helft meinem missratenen Sohn in ein vorzeigbares Outfit!«, knurrt Damon. »Aber vorher schafft mir Lizabeta herbei! Die soll repräsentieren! Die ersten Gäste müssten doch schon da sein!«

»Der Saal ist bereits halb voll, Mylord.«

»Ja, worauf wartet Ihr dann noch, Butler? Steht nicht so sinnlos herum! Bewegt Euch nach unten und empfangt meine Gratulanten!«

Butler verbeugt sich knapp und eilt hinaus.

****

Polina, ein zierlicher Vampir-Teenager mit blasser Haut und schlaksigen Armen, steht allein inmitten der feiernden Menge und dreht einen Champagnerkelch in ihren Fingern. Unruhig streicht sie sich eine Strähne ihres schwarzen, metallisch glänzenden Haares aus dem Gesicht. Der kinnlange Bob legt ihre aufreizende Halslinie frei.

Immer wieder wird sie von vorbeitanzenden Paaren gestreift. Sie sieht sich um, fühlt sich unbehaglich, als sie Tyranimos' Blick auf sich spürt. Der verzogene Fürstenspross stellt ihr nach, wann immer sich eine Gelegenheit bietet. Jetzt steht er vor dem großen Drachenreitergemälde zwischen seinen Söldnern: Zwielichtige Gestalten mit verschlagenen Mienen und schlechten Manieren, die für ein paar lumpige Kröten ihre eigene Großmutter meucheln würden. Immer wieder wandern seine Augen hinter der goldüberzogenen Ledermaske zu ihr. Polina hat sein Gesicht noch nie ohne Maske gesehen. Schon deswegen ist er ihr unheimlich.

»Arefin, darf ich Euch meine Tochter Polina vorstellen?« Lizabeta winkt sie zu sich. »Polina! Arefin ist das Oberhaupt einer der wichtigsten Vampirfamilien von ganz Galaxia.« Sie sieht wohlwollend zu, wie Polina ihm schüchtern ihre schmale Hand entgegenstreckt.

»Es ist mir eine Ehre, Euch kennenzulernen, Polina. Genauso schön wie die Mutter« – der Sitte gebührend führt Arefin ihre Hand an seine Lippen – »und genauso intelligent, nehme ich doch an!«

Eine üppige Schönheit schiebt sich an ihnen vorbei und legt Arefin vertraulich eine Hand auf den Arm. »Oooh...«, stöhnt sie theatralisch und fasst sich an ihr ausladendes Dekolleté. »Damons Einladungen sind jedesmal ein rauschendes Fest! Dieser Prunk, dieses Buffet! Und die Gästeliste – nur vom Feinsten! Alles ist da, was Rang und Namen hat!« Sie schenkt Lizabeta ein gekünsteltes Lächeln, würdigt Polina jedoch keines Blickes.

Polina wendet sich ab. Diese arroganten, dekadenten, versnobten Schmarotzer interessieren sie nicht. Das Unangenehme an Damons Geburtstagsparties ist, dass sie regelmäßig in Orgien ausarten.

Der Ablauf ist immer derselbe: Sobald die hochkarätigen Gäste aus ihren Kutschen gestiegen sind, bekommen sie Champagner kredenzt, oder einen *Bloody-Hell*-Longdrink mit Schampus und Schuss. Man macht Konversation und tanzt, amüsiert sich und flirtet. Das Buffet wird geplündert und wieder aufgefüllt. Polina beobachtet diverse Herren, zuweilen auch Damen, die mit einem 3D-Girl hinter einer der vielen Türen verschwinden. Die Girls sind dreidimensionale Lichtillusionen – täuschend echt wirkende Projektionen der legendären Vampirin Bella Domina, die ihren Vampir-Liebhabern den letzten Tropfen Lebenssaft aus den Adern gesaugt haben soll. Und so wie das Sonnwendlicht dem Treiben der wahren Bella Domina ein Ende bereitete, löst sich auch ihre computeranimierte Traumfigur für gewöhnlich in Nichts auf: Wenn die Gäste das verführerische Hologramm erwartungsvoll in Turmzimmer, Kellerabgänge oder

Besenkammern lotsen, erleben sie meist eine Enttäuschung. Die Datenverbindung für den Videostream kann durch die dicken Steinwände einfach nicht aufrechterhalten werden.

Um Mitternacht gibt es ein fulminantes Feuerwerk. Wer da noch nicht betrunken ist, wird es spätestens von dem legendären *Black-Soul*-Cocktail, den Küchenchef Herbie im Anschluss reicht. Hauptzutat ist ein Destillat aus Kellerasseln, die anderen Spezereien werden streng geheimgehalten. Der unmäßige Genuss dieser Mixtur führt zu totalem Kontrollverlust, so dass sich bei jeder Party einige der Eingeladenen zu dramatischen Hemmungslosigkeiten hinreißen lassen. Auch heute ist wieder ein Operateur bestellt, um den Kandidaten des Russisch Roulette die Kugeln aus dem Kopf zu holen, die sie sich in ihrem betrunkenen Leichtsinn hineinjagen.

Die Anzahl der Nackedeis unter den Gästen, denen Smoking oder Ballkleid beim Strip Poker abhanden gekommen sind, steigt von Stunde zu Stunde. Das wirkt besonders lächerlich, wenn die Herren im Adamskostüm zum Duellieren antreten. Einige sind zu betrunken, um noch selbstständig den Abzug ihrer Waffe zu finden, weshalb sie gleich ihren armseligen Adjutanten ins Gemetzel schicken. Wer noch in der Lage ist, vor Sonnenaufgang in die richtige Kutsche einzusteigen, wird von seinem Personal nach Hause gefahren. Der Rest schläft im Morgengrauen seinen Rausch aus, unter Tischen oder auf Treppenstufen.

Polina schaut zur Seite. Tyranimos steht immer noch da, mit seiner Aztekenmaske, und lässt sie nicht aus den Augen. Ein Glatzkopf im weißen Kittel macht sich an ihn heran. Polina erkennt sofort, dass der kein Vampir ist: Seine Aura strahlt die bunte, facettenreiche Lebensenergie eines Menschen aus. In seinem großen kugelförmigen Schädel ist das linke Auge deutlich größer als das rechte. Das ist also RobDoc, Professor für Robotergenetik. Die Bediensteten haben ihr schon von ihm erzählt: Das deformierte Auge ist angeblich das Ergebnis eines fehlgeleiteten Experiments, welches er in jungen Jahren unvorsichtigerweise im Selbstversuch durchführte.

Der Professor betrachtet angewidert Tyranimos‘ Handlanger, die mit ihren zottigen Haaren und selbstgestochenen Tätowierungen wie Piraten aussehen, und nicht wie die Gefolgsleute eines zukünftigen Herrschers. Er hat seine Mimik aber schnell wieder im Griff. Mit demütig gesenktem Kopf spricht er Tyranimos an.

Tyranimos wendet seinen Blick unwillig von Polina ab. Er hört dem Professor zu, lächelt dann geschmeichelt, legt ihm gönnerhaft beide Hände auf die Schultern und redet auf ihn ein. Der Mensch nickt pausenlos. Schließlich verlassen die beiden den Saal. Als sie wieder zurückkommen, trägt der Kahlkopf ein Päckchen unter dem Arm, ziegelsteingroß, eingewickelt in braunes Papier.

Solche Päckchen hat Polina schon mal gesehen. Wo war das nur? Ja, richtig: als sie mit Butler Lizabetas Schmuck aus dem Tresor holen sollte. Der Professor wirft einen letzten misstrauischen Blick in die Runde, lehnt ein Glas Wein ab, das Butler ihm anbietet, und drängt sich durch die feiernden Gäste zum Ausgang.

Tyranimos glotzt wieder herüber. Polina dreht ihm den Rücken zu. Keine Minute später stellt sie genervt fest, dass er sich erneut in ihrer Blickrichtung postiert hat und sie unverändert mit den Augen verschlingt. Wieder wendet sie sich ab. Wie sie es hasst, pausenlos angestarrt zu werden! Sie ahnt, dass es nur eine Frage der Zeit ist, bis seinen begehrlichen Blicken die ersten Annäherungsversuche folgen.

Viel schlimmer als der Junge aber ist der Alte. Damon, Fürst der Dunkelheit, mächtigster Vampir im ganzen galaktischen Universum, mustert Polina ebenfalls unverhohlen vom anderen Ende des Festsaals. Er ist Tyranimos' Vater, mächtig und geil. Sein Leben lang hatte er die schönsten Frauen Galaxias an seiner Seite. Seit ein paar Jahren schon ist das Polinas Mutter. Und das ist das Schlimmste für Polina: Sie weiß genau, dass Lizabeta es merkt, wie ungeniert ihr fürstlicher Liebhaber neuerdings ihrer Tochter nachstellt. Es ist ja auch kaum zu übersehen, dass Damon sich am Buffet auf Tuchfühlung hinter Polina drängt, seine Nase in ihren schwarzen Charleston-Bob senkt, mit leisem Schnaufen ihre Halslinie entlangsabbert und in ihrer Nähe schmutzige Witze reißt.

Soeben huscht der Professor hinter ihm vorbei.

»Professor RobDoc!«, dröhnt Damon, als ob er im Hinterkopf Augen hätte.

Die Vampire in seiner Nähe drehen sich nach dem Wissenschaftler um, der eigentlich unauffällig an der Saalwand entlangschleichen wollte... und nun widerwillig herankommt. Das braune Päckchen drückt er wie ein Baby vor seine Brust, während er Damon gequält lächelnd die Hand schüttelt. Dieser zieht irritiert die Augenbrauen zusammen und deutet mit dem Zeigefinger auf das Geldpaket: »Täusche ich mich, oder hattet Ihr Euch erst letzte Woche einen Vorschuß geholt? RobDoc?«

»Eeeh... Exzellenz... nun ja... Ich meine: Nein, Euer Gnaden täuschen sich natürlich bedauerlicherweise nicht. Das Projekt ist komplizierter als ich dachte...«

Damon winkt ab. »Schon gut, Doktor, ich will nicht kleinlich sein. Aber wann liefert Ihr uns mal einen Prototyp, der funktioniert? Der letzte hat ein Massaker in unserer Küche angerichtet. Ich habe gestern noch drei Patronenhülsen in meinem Gulasch gefunden.«

»Arghhh.« RobDoc beißt die Zähne zusammen, als würde ihm diese Nachricht körperliche Schmerzen bereiten. »Ich arbeite daran, Mylord. Das Problem liegt in der Befehlsverwaltung. Mit Vampiren als Ausgangsmaterial ist einfach kein funktionaler Roboterkorpus hinzukriegen. Ihre Gehirne arbeiten nicht logisch genug... äh, Anwesende natürlich ausgenommen. Es gibt keine Übereinstimmung in den binären Schnittstellen. Wenn ich...«

»Ach, RobDoc, langweilt mich nicht mit Eurem Wissenschaftslatein. Ihr werdet das schon hinkriegen!« Unvermittelt packt Damon ihn am Oberarm und ruft: »Hochverehrte Gäste, hatte ich schon das Vergnügen, Professor RobDoc vorzustellen?« Er zerrt ihn in die Mitte einer Gruppe gutgelaunter Vampire. »Nicht so schüchtern, Doktorchen, wir beißen nicht!«

»Sehr erfreut!«, murmelt RobDoc mit sauertöpfischer Miene und reicht reihum jedem der Umstehenden die Hand, bis er versehentlich nochmals die von Damon schüttelt. »Äh... und alles Gute zum

Geburtstag, mein lieber Damon, falls ich das vorhin noch nicht erwähnt haben sollte!«, wünscht er, um ein bisschen Smalltalk zu machen. »Wie alt seid Ihr geworden, wenn ich fragen darf?«

»169!«, verkündet Damon stolz.

Ein gebeugter, verhutzelter Vampir richtet seine wässrigen blutunterlaufenen Augen auf ihn: »Das kann nicht sein, Damon. Ihr seid doch schon viel älter!«

»Oh doch, das ist wirklich so, mein lieber Krestos!«

»Aber ich kenne Euch doch schon seit mindestens fünfhundert Jahren! Nein, nein, Ihr seid älter!«, beharrt der Greis.

»Auch wenn Ihr nicht so alt ausseht«, beeilt sich ein anderer Vampir hinzuzufügen.

»Sir Caluardo...«, erwidert Damon mit offensichtlichem Vergnügen, »ich werde Euch die Lösung des Rätsels verraten: Wir haben heute den 29. Februar. Ich wurde in einem Schaltjahr geboren!«

Wieherndes Gelächter bricht aus. Rätsel, Witze und Scherze des Herrschers – auch die schlechten – sind mit besonderem Enthusiasmus zu honorieren, so will es die höfische Sitte.

»169 ist ein ganz besonderer Geburtstag!«, ruft Damon aufgekratzt. »Es ist nämlich – na? – eine Quadratzahl! Und zwar was für eine?« Er blickt erwartungsvoll in die Runde. »Ich gebe Euch einen Tipp, damit es nicht zu schwer wird: Ein mal Eins ist es NICHT.«

Krestos zuckt mit den Schultern. »Zwei mal Zwei?«

»Neiiiin!« Damon reibt sich erwartungsfroh die Hände.

»Sieben mal Sieben?«, rät Norina.

»Auch nicht!« Lachend klatscht Damon dem Professor seine kräftige Pranke auf den Rücken, so dass dieser einen Schritt vorwärts stolpert. »Nichts verraten, mein Lieber!« Und an sein Gegenüber gewandt: »Sir Caluardo, wisst Ihr es?«

Der Angesprochene winkt ab. »Ich kann es ausrechnen lassen von meinen Leuten... aber das dauert immer so lange. Ist es sehr wichtig?«

Damon schaut schlechtgelaunt. Spielverderber, sagt sein Blick. Immerhin ist das sein Geburtstag! »Verratet Ihr es uns, Professor?«

RobDoc versucht auszuweichen, aber Damons freundlicher Boxhieb erwischt ihn trotzdem. »Wenn Ihr es wünscht«, antwortet er gepresst und massiert seinen Oberarm. »Es ist die Dreizehn im Quadrat.«

Die Vampirin neben ihm unterdrückt einen Aufschrei. »Ein schwarzes Omen!«, quiekt sie hinter vorgehaltener Hand. »Tod und Verderben belauern einander, um sich mit bösem Blut zu besudeln!« Sie ist Liliputanerin, kaum größer als ein fünfjähriges Kind, ganz in Schwarz gekleidet. Um die Speckfalten ihres Halses und an der fassartigen Taille baumeln okkulte Amulette.

RobDoc wirft ihr einen irritierten Blick zu. »Ich muss dann leider aufbrechen«, nuschelt er. »Dringende Forschungsarbeiten, bitte vielmals um Verständnis!« So schnell er kann verschwindet er durch die nächstgelegene Flügeltür.

Diese Vampire mit ihrer albernen Rechenschwäche. Kein Wunder, dass es mit den automatisierten Kampfrobotern nicht hinhaut, denkt RobDoc erbost. Sobald er die maschinenbetriebenen Teile an den Wirtskörper eines Vampirs anschließt, funkt ihr unlogisches, irrationales, paradoxes Denkorgan dazwischen und sabotiert alles. Wie es in so einem Blutsaugergehirn innendrin aussieht, das würde ihn wirklich mal brennend interessieren. Dazu müsste er allerdings erst mal einem von ihnen eine Vollnarkose verpassen. Bisher hat er sich noch nicht dazu überwinden können, mit der Hand in eines dieser Saugzahngebisse zu greifen, um den Beatmungsschlauch fachgerecht einzuführen. »Man müsste einen anderen Wirtskörper finden«, murmelt er vor sich hin, während er durch den nächtlichen Burghof hetzt. »Ein logisch denkendes Gehirn, das meinen Roboter steuert. Aber wen? Aber wen?«

»Butler!«, ruft Damon über die Köpfe der Umstehenden hinweg. »Jetzt ist der richtige Zeitpunkt, um unseren Gästen einen Humpen echtes Blut anzubieten. Auf meinem Fest bleibt keine Kehle trocken! Niemand soll mir nachsagen, ich würde an meinem Geburtstag knausern!«

Das Trinken von Blut gilt zwar auf Galaxia schon lange als verpönt, aber viele der älteren Vampire hängen diesem Laster immer noch mit Leidenschaft an.

»Butler!«, schreit Damon erneut in die Richtung, wo er seinen treuen Domestiken vermutet. »Gebt dem Kerkermeister Bescheid, er soll ein paar Gefangene anzapfen!«

»Ich bitte um Verzeihung, Mylord, aber das geht nicht«, sagt sein Butler hinter ihm, kalkweiß im Gesicht.

»Wenn der Herrscher über ganz Galaxia Blut trinken will, dann bringt ihm das!«, ruft Damon launig über seine Schulter.

»Ich bedaure außerordentlich, Mylord, aber es geht wirklich nicht«, wiederholt Butler. Seine Stimme wird mit jedem Wort leiser.

Damon wendet sich überrascht um. »Wie bitte?«

»Ihr selbst habt mir vor zwei Tagen die Erklärung an den Ältestenrat diktiert...«

»Hä?«

»... in der Ihr Euch verpflichtet und mit Blutsiegel geschworen habt, das Trinken von Blut als unkultivierte Unsitte zu ächten und fortan zu unterlassen.«

»Ihr seid zu bürokratisch, mein lieber Butler. Was interessiert mich mein Geschreibsel von vor zwei Tagen! Ich habe jetzt Durst!«

Butler schaut betreten. Er ringt nach Worten.

»Na los, wird's bald?«, schnauft Damon verärgert. »Bringt mir jetzt meinen Humpen, aber ein bisschen plötzlich!«

»Sie... sie sind nicht mehr da«, stottert Butler.

»Butler, Ihr werdet frech! Wollt Ihr mir wirklich weismachen, es gäbe in der ganzen Burg keine Humpen mehr?«

»Nein, Mylord... Aber es gibt keine Gefangenen mehr.«

»WAAAAAAAS?« Auf Damons Geschrei hin kehrt rundum eine eigentümliche Stille ein. Die Musik setzt aus, die Tänzer halten inne. Alle Blicke ruhen auf dem krebsroten Gesicht ihres um Fassung ringenden Herrschers.

Butler holt tief Luft: »Nachdem Ihr die Erklärung an den Ältestenrat unterzeichnet hattet, hielt ich es für konsequent, dem

Kerkermeister Anweisung zu gegeben, die Gefangenen freizulassen.« Die Worte des Bediensteten werden immer leiser, je stärker die Augen seines Herrn aus ihren Höhlen hervortreten.

»IHR HABT WAS? SEID IHR WAHNSINNIG?« Damon schnappt über, ihm entgleist die Stimme. »ALLE?«

Butler nickt. »Sämtliche Häftlinge hatten ihre Haftstrafe schon längst verbüßt und wurden nur noch zum Blutabzapfen gehalten«, versucht er sich zu verteidigen. »Und nach dieser Unterlassungserklärung von Euch, da dachte ich...«

»IHR DACHTET! IHR DACHTET!« Damon kann seinen Zorn nicht länger beherrschen und kickt mit einem gewaltigen Tritt einen Stehtisch an die Wand. Zwei Gäste, denen so die Stütze unter ihren Ellenbogen weggerissen wird, gehen zu Boden. »SEIT WANN HAT EIN DIENER ZU DENKEN? ICH VERBIETE EUCH ZU DENKEN! DENKEN IST BLÖDSINN! DENKEN MACHE NUR ICH! IHR SOLLT NICHT DENKEN, IHR SOLLT GEHORCHEN!«

»Jawohl, Mylord.«

»NIX DA ›JAWOHL‹! IHR SEID GEKÜNDIGT! PER SOFORT VOM DIENST SUSPENDIERT! UNEHRENHAFT ENTLASSEN! PACKT EURE SACHEN UND SCHERT EUCH FORT!«

»Mylord!« Butlers Stimme hat etwas Flehendes.

»ICH BIN NICHT LÄNGER EUER LORD! SEHT ZU, WIE IHR MIT DIESER SCHANDE LEBT! EIN DIENER OHNE HERR IST EIN NIEMAND! IHR SEID EIN NIEMAND! IHR SEID FAKTISCH TOT!« Wutentbrannt wendet Damon sich ab und stapft von dannen. Seine Gefolgsleute eilen ihm mit gesenkten Köpfen hinterher.

Butler bleibt geschockt zurück. »Ich war Euch immer loyal ergeben!«, ruft er Damon hinterher. Aber da hat die Musik schon wieder eingesetzt, und niemand hört ihm mehr zu.

Lizabeta steht mit Arefin in dem Gedränge an der Bar, wo der Praktikant aus Realwelt einen Zuckerhut mit einer zweckentfremdeten

Folterzange über einer Glasschale fixiert, den weißen Kegel mit hochprozentigem Rum tränkt, ihn anzündet... und dabei die wacklige Konstruktion versehentlich umstößt. Die Umstehenden beobachten interessiert, wie die Dessert-Etagère abfackelt. Man prügelt sich um das, was von der Feuerzangenbowle übrig ist, ohne auf das Geschrei des Fürsten zu achten.

Lizabeta sieht verblüfft von Damon zu Butler. Der Hauch eines Lächelns umspielt ihre Mundwinkel. Das passt ja ganz hervorragend in ihren Plan! »Polina, mein Liebling, würdest du mir bitte meine Stola holen? Ich habe sie oben vergessen, sie hängt über dem Paravent.«

»Aber Mama, es ist doch ganz warm hier!«

»Polina? Bitte!«

Polina versteht den versteckten Befehl, sich zu entfernen. Sie senkt folgsam den Kopf und stöckelt über den Steinboden zu der geheimen Tür, hinter der eine schmale Wendeltreppe zu den Privatgemächern führt.

»Ihr seht besorgt aus, Lizabeta«, sagt Arefin, sobald Polina außer Hörweite ist.

Lizabeta sieht ihn mit großen Augen an. Arefins kräftig cobaltblaue Aura hat sie schon vor vielen Jahrhunderten fasziniert, und daran hat sich nichts geändert.

»Außer mir sieht das keiner«, beruhigt Arefin sie. »Für alle anderen seid Ihr einfach nur so schön wie immer.«

Lizabeta zieht ihn hinter die Bar, wo sie sich zwischen Glasscherben und klebrigen Bowle-Pfützen ganz ungestört unterhalten können. »Irgendwo muss doch noch Sodawasser sein!«, murmelt sie. »Ah, hier, hinter den Sherryflaschen...«

»Wie ich sehe, hat sich der große Ehrgeiz Eures Lebens erfüllt: Ihr verbringt Euer Leben in Prunk und Pracht, als Geliebte des Herrschers über ganz Galaxia. – Das war doch Euer Wunschtraum, oder nicht?«

»Ja«, gibt Lizabeta das Offensichtliche zu. »Aber doch nicht so!« In den ersten Jahren war sie überzeugt gewesen, dass Damon sie heiraten würde und sie zur Fürstin aufsteigen könnte. Jahrelang tat sie ihr Bestes, um Damon zu umgarnen und zu verführen, ihm jeden Wunsch von den Augen abzulesen und ihm in jeder Form zu Willen zu sein... und bis vor kurzem noch war Damon absolut verrückt nach ihr. Gewesen.

»Ihr wolltet Macht haben, Juwelen, Bedienstete... das war Euer einziges Streben. Damon konnte Euch das geben. Ich konnte es damals nicht.« Arefin sagt es ohne Verbitterung.

»Ich verfüge nicht über wirkliche Macht. Heute schicke ich hundert Diener mit einer Handbewegung von links nach rechts. Morgen habe ich vielleicht nicht einmal mehr einen Kutscher. Mein Status ist nur von Damons Launen abhängig... und Ihr wisst, wie wankelmütig er ist!«

»Ich verstehe. Ihr wollt die rechtmäßige Fürstin sein. Ihr wollt an seiner Seite auf dem Thron sitzen und über Galaxia herrschen.«

»Ja, natürlich! Jede Frau in meiner Position würde das anstreben! Aber Damon verweigert mir die Ehe. Früher hat er sich noch die Mühe gemacht, mich mit halbscharigen Ausflüchten hinzuhalten. In letzter Zeit sagt er einfach nur ›Nein‹. Er entgleitet mir.«

»Sein Interesse an Euch hat also nachgelassen«, konstatiert Arefin.

»Ja. Bevor ich meinen Einfluss auf ihn völlig verliere, muss ich etwas unternehmen«, erklärt Lizabeta.

»Was ist Euer Plan?«

»Wenn ich schon nicht Herrscherin sein kann, dann will ich wenigstens die Mutter einer Herrscherin sein!«

Arefin sagt lange nichts mehr. Er lässt seinen Blick über die feiernde Menge gleiten. »Habt Ihr Euch das auch gut überlegt?«, fragt er schließlich. »Damon ist... sagen wir mal: nicht unumstritten. Er hat sich viele Feinde gemacht. Sein Sohn scheint einen ähnlich schwierigen Charakter zu haben.«

»Ich weiß, dass auch Tyranimos in weiten Kreisen verhasst ist. Trotzdem glaube ich, dass es Polina im Zentrum der Macht am besten gehen wird.«

»Dass der Sohn nicht automatisch die Nachfolge des Vaters antritt, ist Euch sicherlich bekannt? Galaxias Herrscher wird traditionell durch das Orakel bestimmt.«

Lizabeta winkt nachlässig ab. »Damons Sippe hat die Macht schon immer über die Hintertür an sich gerissen, indem der Ältestenrat bestochen wurde, die Entscheidung des Orakels außer Kraft zu setzen. Das wird auch seinem Sohn gelingen.«

»Ich werde Euch da nicht dreinreden. – Wenn Ihr Hilfe braucht...«

Lizabeta lächelt melancholisch und streicht ihm flüchtig mit einer Hand über den gestutzten Bart. »Ihr seid ein wahrer Freund, Arefin! Mein einziger! – Aber nein. Macht Euch keine Gedanken, ich bekomme das alleine hin.«

»Polina ist schön und klug. Ihr wisst, in welches Leben Ihr sie schickt, wenn Ihr sie mit Tyranimos verheiratet. Warum wollt Ihr ihr das antun?«

»Ich sehe keine andere Möglichkeit, Arefin. Nicht, seitdem sich auch Damon für sie interessiert.«

»Oh! Tut er das? Das ist tatsächlich ein Problem!«

»Allerdings! Es ist nur eine Frage der Zeit, bis Damon Polina als seine Mätresse beansprucht.«

Arefin nickt. »Eure eigene Tochter ist der Grund, warum Damons Leidenschaft für Euch erkaltet ist. Das ist hart. Seid Ihr eifersüchtig?«

Lizabeta winkt müde ab. »Nein, besorgt trifft es eher. Sobald Damon Polina zu seiner Mätresse macht, kommt sie als offizielle Gemahlin für seinen Sohn nicht mehr in Frage.«

»Was dann bedeutet, dass auch Polina nie auf den Fürstenthron gelangen könnte«, überlegt Arefin. »Außer wenn Damon sie heiraten würde. Aber diesen Gefallen hat er ja in all den Jahrhunderten noch keiner Frau getan. – Und jetzt?«

»Das Problem gehört beseitigt«, sagt Lizabeta kühl.

Arefin nickt und sieht aus dem Augenwinkel zu Damon hinüber. »Egal was Ihr vorhabt – versucht niemals, ihn im Schlaf zu erstechen. Seine Reflexe sind zu schnell, Ihr hättet keine Chance. Nicht mal, wenn er so viel trinkt wie heute.«

Lizabeta lächelt. »Ich danke Euch für Eure Warnung, Arefin – aber glaubt Ihr, das wüsste ich nicht? Mit Waffengewalt ist Damon nicht zu besiegen. Dafür ist er zu stark, zu wachsam, zu routiniert im Kampf –

und er hat einen siebten Sinn für Gefahren wie kaum ein anderer.« Nachdenklich streicht sie sich eine Haarsträhne aus dem Gesicht. »Nein, ich bin eine Frau. Und Frauen, so sagt man...«

»... bevorzugen Gift.«

»Das habt IHR gesagt, mein Lieber!«

Arefin betrachtet sie. Ihre goldgrüne Aura leuchtet heute noch intensiver als sonst. »Hört zu, Lizabeta... Ihr seht immer noch sensationell gut aus. Ihr könntet Euch einen Mann wählen, der Euch wirklich liebt!«

»Ich bin eine Vampirin mit Ansprüchen und Status, Arefin! Ich interessiere mich nicht für Liebe. Sondern für Macht. Liebe ist eine Illusion... Ein vergängliches Gefühl. Weiter nichts.«

»Es gibt durchaus Vampire, die sich verlieben!«, widerspricht Arefin.

»So wie Baroon, meint Ihr? Das ist doch albern. Geradezu lächerlich! ICH habe mich nie zur Gefangenen meiner Gefühle gemacht. Liebe vergeht. Macht und Status bleiben.«

»Wenn Ihr das so sehen wollt... Jeder hat das Recht, auf seine Weise unglücklich zu werden!«, erwidert Arefin spöttisch. Lizabeta kennt ihn lange genug, um den resignierten Unterton herauszuhören.

»Mama, Eure Stola!« Polina ist zurückgekehrt.

»Wie lieb von dir, mein Schatz. Ich möchte ein wenig frische Luft schnappen. Würdest du mich begleiten?« Bevor Arefin sich noch als Begleiter zur Verfügung stellen kann, hält Lizabeta ihm ihre Hand vor die Nase. »Ich danke Euch für alles, Arefin.«

»Auf Wiedersehen, Lizabeta.« Er blickt ihr lange in die Augen, während er ihre Hand nimmt und einen Kuss aufhaucht.

Lizabeta nickt und geht ohne ein weiteres Wort. Polina eilt ihr hinterher. Schon nach wenigen Metern wird sie aufgehalten. Eine Hand packt sie am Arm. Es ist Tyranimos, der Fürstensohn, schon ziemlich betrunken für die Uhrzeit, und dementsprechend noch aufdringlicher als sonst.

»Wohin denn so eilig, meine Schöne?« Seine Alkoholfahne schlägt ihr ins Gesicht.

»Ich wüsste nicht, was Euch das angeht! Würdet Ihr mich bitte loslassen, Tyranimos?«

»Ja doch, gleich!« Die Augen hinter seiner Maske schimmern glasig. »Aber so kann ich Euch wirklich nicht gehen lassen – Ihr habt da ein Haar!« Er fasst mit seinen Fingern tief in den Ausschnitt ihres Kleides, zwischen ihre Brüste, und zieht ein imaginäres Haar heraus, das er gegen das Licht einer Fackel hält. Seine Gefolgsleute grölen vor Lachen, als er gönnerhaft nickt und so tut, als würde er das unsichtbare Haar zu Boden fallen lassen.

KLATSCH – Polinas Hand landet halb auf seiner Maske, halb auf seinem Ohr. Tyranimos blinzelt erstaunt. Ihr Schlag hat eine Wucht, den er diesen zarten Armen gar nicht zugetraut hätte. »Lasst Eure Dreckspfoten von mir, Tyranimos!«, faucht sie wie eine Katze. »Hier gibt es genug billige Flittchen, an denen Ihr herumgrapschen könnt! Wüsste ich es nicht besser – ich könnte glauben, Ihr stammt von Schweinehirten ab!«

Abrupt dreht Polina sich weg und sucht zwischen den vielen Gesichtern nach Lizabeta. Diese lächelt sie über die Menge hinweg an und winkt sie zu sich. Während sich Polina einen Weg durch die Gäste bahnt, verschwindet ihre Mutter durch die hohe Flügeltür.

Als Lizabeta die breiten Marmorstufen der Außentreppe hinabsteigt, sieht sie Butler auf einer der Stufen sitzen. Neben ihm steht ein halbvolles Aperitif-Tablett, von dem er ein Glas nach dem anderen in sich hineinkippt. Er dreht sich um, als er ihre Absätze auf dem Marmor klackern hört. »Auch ein Gläschen Champagner, Mylady?«

Lizabeta macht eine abwehrende Handbewegung. »Nein, danke. Ich darf heute überhaupt keinen Alkohol trinken.« Sie setzt sich neben ihn auf die Treppenstufe. »Oh, Butler... Ich bedauere den Vorfall von heute Abend. Bitte grämt Euch nicht zu sehr. Ich fürchte, Damon weiß gar nicht, was er an Euch hat.«

»Hmpf!« Mehr ist von Butler nicht zu hören, als er sich den nächsten Aperitif in den Rachen schüttet.

»Butler – Was ich Euch schon lange sagen wollte: Ich bin Euch unendlich dankbar, dass Ihr schon mehrmals im richtigen Moment in Polinas Nähe zu arbeiten hattet... so dass sie nicht mit Damon alleine war.«

Butler stiert, den Kopf in die Hände gestützt, auf die Spitzen seiner schwarzglänzenden Lackschuhe. »Reiner Zufall, Mylady.«

»So viele Zufälle!« Lizabeta lächelt den zusammengesunkenen Mann neben ihr wissend an. »Es ist nur eine Frage der Zeit, bis Damon den letzten Anschein von Zurückhaltung aufgibt... und dann kann sie sich gegen seine Zudringlichkeiten nicht zur Wehr setzen!« Vorsichtig dreht Lizabeta sich um. Als sie sich vergewissert hat, dass niemand sonst in der Nähe ist, senkt sie ihre Stimme zu einem Flüstern: »Butler, hört mir zu. Ich muss Euch um einen sehr großen Gefallen bitten. Außer Euch gibt es hier niemanden, dem ich vertraue.«

Butler hebt alarmiert den Kopf. Lizabetas Tonfall ist ungewohnt. Ist sie in Gefahr? Wovor hat sie Angst? »Jederzeit, Mylady. Worum handelt es sich?«

»Polina wird Euch kurz nach Mitternacht ein Paket übergeben. Würdet Ihr dieses... dieses Bündel zum Vampirgericht bringen? Und zwar so schnell wie möglich? Es wäre von allerhöchster Wichtigkeit!«

»Zum Gericht des Orakels?« Butler überlegt kurz. »Ich hoffe bloß, meine Zugangsberechtigung am LogScreen ist noch nicht deaktiviert. Weil ich doch fristlos gekündigt wurde.«

»Das kann ich mir nicht vorstellen.« Lizabeta schüttelt den Kopf. »Ich habe den Programmierer drinnen gesehen, er macht Saufspiele. Der wird sich erst um die LogScreens kümmern, wenn er seinen Rausch ausgeschlafen hat. Es dürfte also kein Problem für Euch sein, das besagte Paket zum Vampirgericht zu teleportieren.«

»Dann werde ich diese Eilsendung zuverlässig für Euch abliefern, Mylady.«

Lizabeta greift nach seiner Hand. »Versprecht es! Schwört es mir! Wenn das Paket nicht vor Tagesanbruch bei Gericht abgegeben wird, bin ich erledigt!« Sie sieht ihn flehend an.

Butler traut seinen Ohren kaum. Lizabeta muss sehr verzweifelt sein. Er nickt heftig. »Ihr habt mein Wort, Mylady.«

Hastig lässt Lizabeta seine Hand wieder los, als über ihnen eine Tür knarzt.

»Mama, warum wartet Ihr nicht auf mich?« Es ist Polina, die durch das Hauptportal ins Freie tritt.

»Ach mein Liebes, drinnen war es so stickig. Ich brauchte dringend frische Luft.« Lizabeta erhebt sich von der Stufe. Butler fängt ihren dankbaren Blick auf. »Lebt wohl, Butler. Ich verlasse mich auf Euch!«

Butler nickt trübsinnig und kippt noch einen Aperitif.

****

Nachdem sich Damon mit einer kross gebratenen, vor Fett triefenden Biesterkeule beruhigen konnte – nicht ganz so exquisit wie Frischblut, aber besser als ein leerer Bauch – gesellt er sich zu einer Runde menschlicher Anzugträger. Ooohhhh, was quält da seine empfindlichen Sinneszellen? Blutgruppe Null! Dieser Kerl da links von ihm ist ein echter Leckerbissen. Damon muss sich zusammenreißen, damit ihm nicht die Saugzähne aus dem Kiefer fahren. Als Ersatzbefriedigung kippt er einen doppelten Kakteenschnaps hinunter, von dem jeder dieser Realwelt-Heinis eine eigene Flasche vor sich stehen hat.

Damon schmatzt probehalber dem Geschmack hinterher. Naja. Geht so. Er räuspert sich und wendet sich leutselig an den Anführer der Gruppe: »Nerten, mein Lieber! Ich fühle mich geehrt, dass Ihr meiner Einladung gefolgt seid!« Er hält ihm sein Schnapsglas entgegen. Sieben Flaschen werden eilfertig hochgerackt. Vip Nerten gießt Damons Glas bis zum Rand voll.

»Willkommen in der Biesterburg!«, prostet Damon den Vertretern der menschlichen Spezies und ganz speziell Blutgruppe Null zu. Dann konzentriert er sich auf Nerten. »Wie laufen die Geschäfte?«, erkundigt er sich mit geheuchelter Anteilnahme. »Ich habe gehört, Euer neu aufgelegter Edelmetallfonds hat eine Klage der Aufsichtsbehörde am

Hals? Weil einige Goldminen in Eurem Portfolio nur Briefkastenfirmen in Steuerparadiesen sind?«

Nerten, ein feister Blonder mit einem geröteten Kopf, winkt locker ab: »Nicht der Rede wert, Damon. Üble Nachrede, weiter nichts. Meine Anwälte sind schon dabei, die Sache zu klären. Wisst Ihr... Anlaufschwierigkeiten gibt es bei jedem Projekt.« Nerten schiebt sich aus dem Kreis seiner Kompagnons heraus und zieht Damon beiseite: »Vielleicht ist es auch an der Zeit, meine Geschäftsaktivitäten in weniger regulierte Gebiete zu lenken. Ich spiele schon länger mit dem Gedanken, Realwelt den Rücken zu kehren und mich in Galaxia niederzulassen. Aber sagt mal, Damon... meine Quellen berichten, dass Ihr seit kurzem im Besitz des legendären Wunschdiamanten seid?«

Damon grinst überheblich. »Angenommen, Euer Informant liegt richtig – Euch wird doch klar sein, dass so ein magisches Einzelstück nicht verkäuflich ist?«

»Vollkommen, lieber Damon, vollkommen!«, erwidert Nerten mit abgesenkter Stimme. »Aber habt Ihr Euch schon mal überlegt, dass Diamanten nicht zwangsläufig Einzelfunde sein müssen? Dort, wo man einen findet, gibt es vielleicht noch weitere – möglicherweise eine ganze Diamantenmine!«

Damons Grinsen friert ein vor Verblüffung. Nein, dieser Gedanke ist ihm tatsächlich noch nie gekommen. Fahrig zerrt er den vierschrötigen Herrn Nerten noch ein Stück von der Gruppe der Anzugträger weg, die auf einmal Stielaugen und Elefantenohren bekommen. »Das ist ja ein überaus interessanter Gedanke, Nerten. Ich würde zwar nicht darauf wetten, dass es in Galaxia einen zweiten Wunschdiamanten gibt, geschweige denn mehrere...«

»Das käme auf einen Versuch an!«, bettelt Nerten. »Ich wäre bereit, das unternehmerische Risiko alleine zu tragen! Über die Aufteilung des Gewinns können wir ja später noch reden.«

Damon lächelt breit. »Ja... Aber alleine werdet Ihr so eine Mine nicht finden. Ihr braucht einen Verbündeten, der Euch den Zugang zu entlegenen Gebieten ermöglicht... und der den Ältestenrat in Schach hält, um die Lagerstätten ungehindert ausbeuten zu können.«

Nerten nickt zustimmend. »Dann sind wir uns ja schon fast einig. Einen Haken hat die Sache aber noch.«

»Ach so?«

Nerten sieht ihm direkt ins Gesicht, stahlgraue Augen in einem glattrasierten Pokerface. »Bevor ich mich zu größeren Investitionen entschließe, müsste ich mich vergewissern, dass der Wunschdiamant mehr ist als reine Fiktion – dass es ihn wirklich gibt.«

Damon zieht nachdenklich einen Flunsch.

»Also«, hakt Nerten nach. »Habt Ihr ihn, den Wunschdiamanten? Wenn ja – kann ich ihn sehen?«

»Schaut Euch mal dieses ganze feiernde, besoffene Pack an, Nerten!«, fordert Damon mit einer weit ausholenden Handbewegung in Richtung der Partymeute. Diese formiert sich gerade zu einer langen Polonaise, angeführt vom ersten Nackedei des Abends, dem altehrwürdigen Sir Caluardo, der sich gutgelaunt mit zwei Champagnerflaschen gleichzeitig übergießt, während er den Saal durchschreitet. »Glaubt Ihr wirklich, ich würde diesen phänomenalen, einzigartigen Wunderstein hier aufbewahren, wo ihn mir jeder stehlen könnte? Ich möchte nicht wissen, wie viele meiner lieben alten Freunde ihre Adjutanten darauf angesetzt haben, in meinen Gemächern herumzuschnüffeln, während sie sich hier auf meine Kosten volllaufen lassen.«

Nerten lacht. »Wir haben in Realwelt reihenweise Banktresore, 100% einbruchsicher. Nur für den Fall, dass Ihr ein sicheres Versteck braucht.«

»Es gibt kein sicheres Versteck, Nerten! Sobald mir eine brillante Idee kommt, muss ich davon ausgehen, dass sie einem anderen ebenfalls einfallen könnte. Nein, ich habe das Problem anders gelöst.«

»Und wie?«

»Ich habe den Wunschdiamanten nicht versteckt, Nerten. Er liegt einfach nur dort, wo ihn niemand vermutet.«

****

Polina bemüht sich, mit ihrer Mutter Schritt zu halten. »Wohin geht Ihr, Mama?«

Lizabeta lächelt nur und legt einen Finger auf die Lippen. Sie greift nach Polinas Hand und zieht sie mit sich, über den Burghof, durch den verwilderten Kräutergarten, bis vor das Gatter des Biestergeheges. Polina fühlt sich unwohl. Sie ist nicht gerne in diesem Teil des Anwesens. Jeder weiß, wie unberechenbar die Biester sind. Zögerlich dreht sie sich nach allen Seiten um. Außer ihnen ist niemand da. Aus den Fensterluken der Burg dringt Musik und Stimmengewirr. Gelbes Licht fällt auf die Bäume, aber das Gehege liegt fast im Dunklen. Selbst mit Vampiraugen kann man nur schemenhafte Umrisse erkennen.

Unerschrocken geht Lizabeta auf das mehrfach gesicherte Tor zu und fingert an den Schlössern herum. Polina sieht ihr verstört zu. Wie kommt ihre Mutter überhaupt an die Schlüssel? Ketten rasseln. Ein Scharnier quietscht. Lizabeta öffnet das hohe Gatter. Der intensive Gestank aus dem Biestergehege überdeckt den süßlichen Duft der Sumpforchideen, die um den Burggraben wachsen. Als Lizabeta durch das Tor tritt, bleibt Polina dicht hinter ihr. Sie zuckt zusammen, als es zurückschwingt und laut krachend ins Schloss fällt.

Lautlos bewegen sich die Biester in ihren Zwingern. Die Wärme ihrer Körper strahlt bis zu ihnen herüber. Diese gefährlichen Untiere, die niemals satt zu bekommen sind, haben ihre Witterung längst aufgenommen. Sie verfolgen jeden ihrer Schritte, soweit es die Umzäunung zulässt. Vereinzelt hört Polina sie hecheln. Es ist ihr, als würde sie die Blicke aus blutunterlaufenen Augen im Genick spüren, und den fauligen Atem aus räudigen Schnauzen auf ihrer Haut.

Ihre Mutter bewegt sich zielsicher zwischen den hohen Käfigen hindurch. Polina stolpert hinterher. Neben einem engmaschigen Gitter bleibt Lizabeta stehen. Sie bückt sich nach einer Kerze, die hinter einem Felsen versteckt war, und reißt ein Streichholz an. Im flackernden Kerzenlicht nestelt sie an dem Riegel herum, der die Futterluke verschließt.

Polina kaut nervös auf ihren Nägeln. Aus einer dunklen Nische beobachtet ein ausgewachsener Teufelsskorpion ihr Treiben. Von dem Biest sieht man nur die Umrisse seines wuchtigen Panzers.

»Euch ist klar, dass sein Stich tödlich ist, Mama?«

»Keine Sorge, Liebes. Er wird genau das tun, was ich von ihm will.« Lizabeta öffnet den Riegel und schiebt ihre Hand durch die Futterluke. Die Scheren des Teufelsskorpions zucken. Sie trommelt mit den Fingern auf den Käfigboden und greift nach herumliegenden Steinen, die sie nach ihm schmeißt. Langsam bewegt sich der Teufelsskorpion aus seiner Höhle heraus. Nervös ratscht er mit dem Stachel über seinen Rücken. Ein scharfer Geruch breitet sich aus. Polina fröstelt und wendet den Blick ab. Das riesige Tier flößt ihr Furcht und Ekel ein.

»Na los, mach schon!«, zischt Lizabeta in den Käfig, während sie ihre Hand nach seinen Scheren ausstreckt. »Komm her mit deinem Giftstachel!«

Entsetzt beobachtet Polina aus dem Augenwinkel, wie der Teufelsskorpion näherkommt. »Mama!«, winselt sie.

»Pscht! Du vertreibst ihn wieder!«

»Er wird Euch stechen!«

»Er tut das, was er tun muss!« Lizabeta nimmt die Futterschale und drischt damit auf die Scheren ein.

»Lasst ihn doch! Warum wollt Ihr ihn reizen?«, flüstert Polina verzweifelt.

Lizabeta antwortet nicht gleich. Sie konzentriert sich darauf, den klappernden Scheren auszuweichen. Es ist wie ein Spiel: Die Greifwerkzeuge des riesigen Skorpions grapschen nach ihrem Arm, den sie immer wieder wegzieht. »Ich will nicht, dass er meine Hand verstümmelt«, erklärt sie schließlich. »Ich will nur sein Gift.«

Die Biester in den umliegenden Zwingern werden unruhig und schnauben erregt. Polina schließt die Augen. Sie hat Angst vor dem, was kommt.

Plötzlich ein spitzer Schrei. Lizabeta geben die Knie nach – der Skorpion hat ihr seinen Stachel ins Fleisch gehackt. Gekrümmt vor

Schmerzen zieht sie ihren Arm aus der Futterluke und taumelt benommen zurück.

Polina springt ihr bei, um sie zu stützen. »Mama!«, kreischt sie hysterisch. »Er hat Euch gestochen! Ich hole Hilfe!«

»Nein!«, keucht Lizabeta. »Bleib hier! Es geht gleich wieder. Ich muss nur atmen... atmen...« Sie schiebt Polina von sich weg und tastet sich mühsam an den Bäumen entlang. Alle paar Schritte bleibt sie stehen und ringt nach Luft. Im Schein der Kerze glänzt ihr Gesicht nass vor Schweiß.

Als sie endlich beim Gattertor angelangt sind, hat Lizabeta sich soweit gefangen, dass sie wieder Herrin der Lage ist. »Leuchte auf meinen Arm, Kind! Ich will die Wunde sehen.« Dort, wo der Skorpion zugestochen hat, ist ein kreisrundes Loch im Fleisch. Das umliegende Gewebe hat sich blauschwarz verfärbt.

»Mama, was habt Ihr getan?«, haucht Polina verstört. Jedes Vampirkind weiß, dass Skorpiongift eine der wenigen Möglichkeiten ist, einen Vampir umzubringen.

»Damons Lieblings-Biest!«, keucht Lizabeta. In ihrer Stimme schwingt Genugtuung mit. »Groß, stark und tödlich!«

»Es gibt kein Gegengift!« Polinas Augen quellen über vor Tränen, die sie erfolglos zurückzuhalten versucht. »Ich habe so Angst um Euch!«

Lizabeta seufzt; es klingt wie ein Keuchen. »Ich dachte mir schon, dass du so reagieren würdest. Hör sofort auf zu heulen, du ruinierst dein Makeup! Wir gehen gleich wieder zu Damons Geburtstagsfeier zurück, da will ich dich lächeln sehen!«

»Wie soll ich lächeln, wenn ich weiß, dass Ihr in weniger als einer Stunde sterben werdet?«, flüstert Polina. Eine dunkle Kajalspur zieht sich von ihrem Augenwinkel nach unten, am Mund vorbei.

»Du kannst das, mein Herz. Du bist stärker als du glaubst!« Lizabeta streicht ihrer Tochter eine schwarze Träne von der Wange. »Als ich herkam, war ich zu naiv. Ich hatte gedacht, ich könnte mit Damon glücklich werden, und du mit Tyranimos. Heute weiß ich, dass das ein Fehler war. Damon wird sich niemals mit nur einer Frau zufriedengeben. Und ihm ist schon lange aufgefallen, dass meine Tochter zu einer bezaubernden Vampirin herangereift ist.« Sie lächelt Polina liebevoll an. »Es wird nicht mehr lange dauern, und Damon wird versuchen, mich loszuwerden... um sich an meine schöne junge Tochter heranzumachen.«

Polina starrt ihre Mutter entsetzt an. »Hattet Ihr Angst, ich würde Euch Euren Liebhaber ausspannen?«

»Polina, mein Liebling, du verstehst mich ganz falsch.« Lizabeta weiß nicht, ob sie lachen oder weinen soll. Gerührt nimmt sie die Hand ihrer Tochter. »Damon interessiert mich überhaupt nicht. Das Einzige, was mir wichtig ist, ist deine Zukunft. Ich tue das für dich!«

»Wenn Ihr wollt, werde ich von hier weggehen, Mama.« Polina bemüht sich vergeblich, ihr Schluchzen zu unterdrücken.

Lizabeta schüttelt den Kopf. »Oh nein, du wirst schön hierbleiben. Bemerkst du nicht, wie Tyranimos dich anstarrt? Er ist noch nicht so verdorben wie sein Vater. Wenn du es richtig anstellst, frisst er dir aus der Hand. Du kannst alles von ihm haben, wenn du willst – du könntest die Herrin über Galaxia werden!«

»Das habe ich bemerkt, Mama. Ich weiß, wie er mich anstarrt.«

»Und du weißt auch, wie sein Vater dich anstarrt! Damon wird dich nicht seinem Sohn überlassen. Er nimmt sich selbst, was er will! Und wenn er dich nach ein paar Jahren satt hat... Glaube nicht, dass er seinem Sohn erlauben würde, eine seiner abgelegten Mätressen zu heiraten!«

»Tyranimos...? Aber ich will ihn doch gar nicht heiraten, Mama!«

»Du weißt ja nicht, was du da sagst, du dummes Ding! Natürlich willst du! Es geht um die Macht! Du! Meine Tochter! Wirst die mächtigste Frau von ganz Galaxia sein! Und dafür müssen wir Damon aus dem Weg räumen.«

Polina zittern die Hände. »Aber Damon ist doch quicklebendig!«, flüstert sie verwirrt.

»So etwas kann sich schnell ändern.«

»Ihr liebt ihn nicht mehr«, stellt Polina fest.

»Ich habe ihn nie geliebt«, erwidert Lizabeta. »Wir Vampire brauchen so etwas nicht. Liebe ist ein irrationaler Schwachsinn, den sich die Menschen ausgedacht haben, um ihre Triebe zu rechtfertigen.«

»Liebt Ihr mich, Mama?«

»Wenn ich jemals irgendjemanden geliebt habe, dann dich, Polina!«

»War das ein Ja?«

»Wenn du es so verstehen willst«, antwortet Lizabeta sanft. Sie nimmt Polinas Kopf in ihre Hände und zwingt sie, ihr in die Augen zu sehen. »Und jetzt hör mir zu: Wenn der Nachtisch gereicht wird, zieht Damon sich gerne in mein Schlafgemach zurück, um ein wenig verwöhnt zu werden. Das erwartet er so, und das soll er auch bekommen. Schließlich hat er Geburtstag.«

»Ich verfluche den Tag seiner Geburt!«

»Während unseres Stelldicheins hältst du dich in meinem Ankleidezimmer versteckt«, fährt Lizabeta ungerührt fort.

Polina zieht irritiert die Stirn kraus.

»Wenn er das Blut in meinen Adern pochen hört, gerät er in einen Blutrausch. Damon wird mit meinem Blut auch das Skorpiongift trinken.«

»Warum habt Ihr ihm das Gift nicht einfach in sein Trinkhorn gefüllt? Warum opfert Ihr Euch, Mama?«

»Kind, wenn das so einfach wäre! Damon würde jedes Attentat bemerken und vereiteln. Du hast ja keine Ahnung, wie mächtig er ist und über welche Magie er verfügt!«

»Ihr zahlt einen zu hohen Preis für seinen Tod!« Polina beißt sich auf die zitternden Lippen.

Lizabeta schüttelt den Kopf. »Ich glaube gar nicht, dass das Gift reicht, um ihn umzubringen. Es hängt von vielen Faktoren ab: Wie viel Blut er trinkt, ob er den Beigeschmack des Skorpiongifts bemerkt, wie lange sein Körper Widerstand gegen das Gift leistet... Vermutlich wird Damon nur die Besinnung verlieren, und ich weiß nicht, für wie lange. Vielleicht ein paar Minuten, vielleicht wenige Stunden.« Sie schaut Polina beschwörend an. »Also musst du im Kämmerchen nebenan sitzen und den Moment abpassen, an dem Damon zusammenklappt!«

»Dann werde ich ihn töten!«

»Nein! Du tust nichts, wofür man dich anklagen könnte! Du wirst Butler holen. Butler wird dafür sorgen, dass Damon der Justiz übergeben wird.«

»Aber warum, Mama?«, schluchzt Polina.

»Wenn Damon schon nicht an dem Gift in meinem Blut stirbt, so wird er zumindest vom Vampirgericht verurteilt und entmachtet werden. Dann ist er dir nicht mehr im Weg, die Frau des zukünftigen Herrschers von Galaxia zu werden!«

»Aber... Mama! Glaubt Ihr wirklich, dass Damon das Bewusstsein verliert, nur weil er ein paar Schluck von Eurem Blut getrunken hat? Wenn IHR hier noch stehen und sprechen könnt? Wo Ihr doch eine viel größere Menge Skorpiongift in Euren Adern habt als Damon Euch jemals heraussaugen könnte?«

»Damon ist der gierigste Vampir von allen. Blut kann er kaum widerstehen. Er hält sich für einen Genießer, aber in Wirklichkeit ist er einfach nur ein Säufer. Hast du gesehen, wie er den Wein in sich hineinschüttet?«

Polina nickt stumm.

»Skorpiongift ist heimtückisch. Es wird durch Alkohol in seiner Wirkung potenziert. Bei ihm wird es viel schneller und stärker wirken als bei mir.«

Polina schwirrt der Kopf. Sie versucht das Unvermeidliche zu akzeptieren und dem Willen der Mutter so gut sie kann zu entsprechen. »Sobald Damon die Besinnung verloren hat, muss ich Butler holen.«

»Genau.« Lizabeta nickt. »Und DU wirst MEINEN Körper fortschaffen. Butler kann dir nicht helfen, der hat mit Damon alle Hände voll zu tun. Du musst das alleine machen. Ich weiß, dass du kräftiger bist, als du aussiehst.« Ihr stählerner Blick sorgt dafür, dass Polina nicht erneut in Tränen ausbricht. »Das Skorpiongift ist stark, es lähmt die Atmungsorgane. Es wird so aussehen, als wäre ich tot. Trotzdem gibt es Hoffnung für mich. Wenn du es schaffst, mich den Nordturm hinaufzubringen!«

Polina nickt verstört.

»Du kannst das haben, was ich nie hatte. Du wirst herrschen! Du wirst glücklich sein!«

»Mein Glück, Mama, seid Ihr!«, flüstert Polina kaum hörbar.

»Mach mir jetzt keine Schuldgefühle, Kind!« Als Lizabeta bemerkt, wie Polina bei ihrem schroffen Ton zusammenzuckt, legt sie ihr zärtlich die Hand an den weichen, weißen Hals. »Du bist noch zu jung, um das zu verstehen. Ich habe lange darüber nachgedacht. Es ist die einzige Möglichkeit, deine Zukunft zu sichern. Tu genau das, was ich dir gesagt habe – du wirst sehen, es wird sich alles fügen!«

Polina schluckt mühsam. Die Angst vor dem, was auf sie zukommt, lässt den Kloß in ihrer Kehle immer größer werden.

»Und jetzt gib mir deine Armstulpen. Ich muss diese hässliche Stichwunde verdecken, bevor wir zum Fest zurückkehren. Damon wird sich schon wundern, wo wir abgeblieben sind.«

****

Entgegen Lizabetas Vermutung hat Damon sie in der Zwischenzeit nicht vermisst. Er wankt beschwingt durch die Gänge im Erdgeschoss, bis zum Anschlag abgefüllt mit Rotwein und Kakteenschnaps. Sein Weg führt ihn in die EDV-Zentrale der Biesterburg, wo Server und Videoüberwachungsanlage untergebracht sind. Es reizt ihn, dem leckeren Anzugträger mit Blutgruppe Null ein wenig nachzustalken. Um ihn in Ruhe observieren zu können, hat Damon eines der 3D-Girls auf das Objekt seiner Begierde angesetzt. Geschickt lockt das holographische Bella-Domina-Double den arglosen Menschen zu einem der Diwane, die in den Nischen des Ballsaals aufgestellt sind, um ihn dort nach Strich und Faden zu umgarnen.

Während Damon das Treiben der beiden über die Monitore der Überwachungskameras beobachtet, schieben sich seine Saugzähne lang und durstig aus dem Oberkiefer heraus. »Ob sie ihn wohl dazu bringen kann, die Krawatte abzunehmen?«, rülpst er dem Programmierer ins Ohr, der die Steuerungs-Software der 3D-Girls entwickelt hat.

Flugs hackt sein Untertan ein paar Befehle in die Tastatur. Auf den Bildschirmen ist zu beobachten, wie sich die videoanimierte Bella-Domina-Kopie auf dem Schoß von Blutgruppe Null räkelt und die Hologramme ihrer nackten, dünnen Frauenarme um seinen Hals wickelt. »Ich bin so scharf auf deinen Schlips!«, fiepst ihre monotone Computerstimme aus den Lautsprechern. Die Pixelgrafik ihres aufreizenden Lächelns entblößt vier blitzeweiße, dolchartige Vampirzähnchen.

»Ich bin auch ganz scharf auf dich!«, grunzt Blutgruppe Null, dem die Wärme der energiegeladenen Computersimulation auf seinem Schoß den Schweiß auf die Stirn treibt. Er zieht sich seine Krawatte vom Hals, lockert den Hemdkragen und präsentiert eine schimmernd glatt rasierte Kehle, an der sich der Adamsapfel mit jedem Schlucken deutlich auf und ab bewegt.

»Zoomt ran, zoomt ran!«, lechzt Damon den Monitor an.

Sein Programmierer beeilt sich, den Ausschnitt der pulsierenden Halsschlagader bildschirmfüllend zu vergrößern, da öffnet sich die Tür.

»Hier seid Ihr also, mein Lieber!« Es ist Lizabeta. Ihr Blick wandert über Damon, der mit verdrehten Augen in den Monitor stiert und lüstern mit der Zunge über seine Lippen schleckt.

»Verschwindet!«, herrscht er sie an, ohne den Blick von der pochenden Arterie zu nehmen. »Ihr stört!«

Lizabeta betrachtet ihn aufmerksam. Damon hält es nicht einmal mehr für nötig, sich vor ihr zusammenzureißen und seine Gier nach Menschenblut zu verstecken. Deutlicher könnte er seinen Überdruss an ihrer Person gar nicht zeigen. Es ist also soweit: Er wird sie abservieren, eher heute als morgen. Das ging ja schneller als gedacht.

»Ihr wisst, dass es unklug ist, diesen Menschen anzurühren, Damon«, sagt sie gelassen. »Wenn hier ein menschlicher Gast zu Schaden kommt, werden sie Eure LogScreens deaktivieren... um Eure Verbindung von Galaxia nach Realwelt zu kappen.« Lizabeta spricht langsam und deutlich, wie mit einem Kleinkind, damit die Information in seinem trunkenen Hirn auch ankommt. »Im Übrigen wird gerade der Nachtisch serviert.« Sie lächelt hintergründig und verlässt den Computerraum in Richtung ihrer Gemächer.

»Fuck!« Erbost schleudert Damon einen Vampirblitz aus seiner Hand quer durch den Raum, der die Sicherung des Überwachungsmonitors durchbrennen lässt. Zischend verabschiedet sich das Bild der appetitlich pochenden Halsschlagader. Dieses überhebliche Frauenzimmer! Hat ihm mit ihrem rechthaberischen Gesülze den Appetit auf das leckerste Häppchen des ganzen Abends versaut! Nachtisch? Ha! Den wird er ihr servieren! Vom Drang getrieben, Lizabeta seinen Unmut spüren zu lassen, eilt er ihr hinterher.

Im Obergeschoß angekommen, stößt Damon die Tür zu Lizabetas privaten Gemächern auf. Dort steht sie vor dem Schminktisch mit dem Rücken zu ihm. Sie trägt nur ein schwarzseidenes Unterkleid und lange Armstulpen, die sie schmal und zerbrechlich wirken lassen. Ihre Samtrobe hat sie achtlos auf den Boden geworfen.

»Was glaubt Ihr Miststück eigentlich, wer Ihr seid? Mich zu maßregeln, wen ich in meiner Burg aussauge und wen nicht?«, tobt er hinter ihr, während sie in Ruhe ihren Schmuck ablegt. »Bildet Euch ja nicht ein, Euer welkender Körper würde mich noch irgendwie reizen! Ich habe genug von Euch! Ihr könnt verschwinden! Hier! Jetzt! Sofort!« Damons Brüllen wird lauter. Sie spürt seine feuchte Aussprache wie Gischt in ihrem Nacken. »Dieser Mensch war eine Blutgruppe Null! Ein Schluck der edelsten Sorte! Und Ihr... Wenn Ihr mir noch einmal unter die Augen kommt, dann lasse ich Euch pfählen und vierteilen!«

Lizabeta schaut ihn amüsiert lächelnd an, während sie die Kämme ihrer Hochsteckfrisur löst – ohne Hast, einen nach dem anderen. Strähne für Strähne fällt ihr blauschwarzes Haar über die blanken Schultern. Das letzte Kämmchen ist ein filigranes Schmuckstück aus geschmiedeter Bronze, mit schimmernden Perlen besetzt. Ein Geschenk von Damon, aus romantischeren Zeiten. Sie führt es an ihren Hals. Ratsch – eine schnelle Bewegung ihrer Hand, und die scharfen Zacken des Kamms ritzen ihre Haut auf.

»Habt Ihr mich verstan...?!« Damon hält mitten im Wort inne, als er das Blut aus der Wunde treten sieht. Vampirmänner haben starke Triebe. Lizabeta weiß, dass sie ihn nicht lange überreden muss: Ein Tropfen Blut reicht, und seine gewohnten Instinkte brechen durch. Mit einer lasziven Bewegung lässt sie ihren Zeigefinger über den herunterlaufenden Blutstropfen fahren und streicht ihm die rote Flüssigkeit auf den Mund. »Happy Birthday, Damon, mein Lieber!« Sie lächelt unschuldig, als sie seine Lippen zittern sieht.

Damon packt sie und reißt sie in seine Arme. Erregt leckt er die schmale Spur herausquellenden Blutes an ihrer Halsbeuge auf. »Verfluchtes Biest!«, stöhnt er. »Ihr wisst genau, wie Ihr mich um den Verstand bringt!« Er entblößt sein Gebiss und stürzt sich auf sie, Trennung hin oder her.

Als er seine Reißzähne in ihren Hals schlägt, sie hochhebt und zum Bett trägt, beginnt vor dem Fenster das große Mitternachts-Feuerwerk. Böller krachen. Raketen fahren zu Dutzenden in den Himmel, lassen farbige Funken regnen und veranstalten ein ohrenbetäubendes Spektakel. Aus dem Burghof schallt der Jubel der Zuschauer herauf und übertönt Lizabetas gequälten Aufschrei. Sie spürt, wie ihr die Macht über ihren Körper entgleitet und das Gift die Oberhand gewinnt.

Polina, die mucksmäuschenstill hinter der Tür zur Ankleidekammer kauert, kocht vor Hass. Die Beleidigungen, mit denen Damon ihre Mutter soeben schnöde abserviert hat, hallen in ihrem Kopf nach und brennen sich unauslöschlich in ihrer Erinnerung ein. Dass er sich jetzt trotzdem mit Lizabeta in den Laken wälzt und sie gierig aussaugt, ist für Polina fast unerträglich. Sie wickelt sich im Dunkeln in Lizabetas Stola ein und hält sich die Ohren zu.

»Ihr seid so unersättlich wie keine andere! Dieses eine Mal besorge ich es Euch noch... Ihr sollt mich vermissen, wenn ich Euch aus der Burg peitschen lasse!«, stößt Damon hervor. Er beißt erneut zu und saugt leidenschaftlich.

Lizabeta verschwimmen die Bilder vor den Augen: Die bestickten Vorhänge des Betthimmels, zwei nackige Putten-Engel, die sich brüderlich umarmen, verquirlen ineinander und verzerren ihre Gesichter, so als würden sie sich gegenseitig würgen. Sie schließt die Augenlider und ringt nach Luft. Das Atmen wird immer beschwerlicher. Damons Gewicht auf ihrem Leib gibt ihr das Gefühl, zu ersticken.

Damon hält ihre Luftnot für Ekstase. Ein röchelndes Gurgeln aus Lizabetas halb geöffneten Lippen deutet er als Zeichen höchster Verzückung und saugt sich umso mehr in ihrem Hals fest, versenkt seine Reißzähne in ihrer Lebensader. Der warme Blutstrahl in seinem Mund peitscht ihn auf und steigert seine Lust ins Unerträgliche. In Lizabetas Halsbeuge verbissen sieht er nicht ihren schmerzverzerrten Gesichtsausdruck. Das Krümmen ihres weichen, glatten Körpers entlockt ihm ein Lächeln. Es sei ihr gegönnt, dass sie sich unter ihm vor Lust windet – denkt er zynisch – ein letztes Mal noch, bevor sie ausgedient hat.

Als Damon die ersten hastigen Schlucke nimmt, ist es für Lizabeta pure Erleichterung, dass er ihr vergiftetes Blut absaugt. Doch dann schwinden ihr die Sinne, der Blutverlust lässt sie wegdämmern. Mit letzter Kraft versucht sie, die sich ankündigende Ohnmacht aufzuschieben: Damon würde merken, dass etwas nicht stimmt, und mit dem Liebesakt aufhören.

»Trinkt weiter! Trinkt!«, stöhnt sie hingebungsvoll. Je mehr sich Damon von ihrem Blut einverleibt, desto größer ist die Chance, ihn ein längeres Stück auf ihrer weiten Reise ins Nirwana mitzunehmen... und desto mehr Zeit wird bleiben, um ihn wegzuschaffen.

Mit ihren Fäusten schlägt Lizabeta auf Damons Rücken ein, um sich bei Bewusstsein zu halten. Damon grunzt und schnauft wie ein Raubtier, das sich an seiner Beute ergötzt. Auf einmal kippt ihr Kopf zur Seite und ihre langen, schlanken Arme rutschen wie leblos an seinem Körper entlang auf das Laken.

Damon spürt sofort, dass Lizabetas Puls aussetzt. »Verdammt!« Schwer atmend hält er inne, richtet sich abrupt auf. Er hat es übertrieben, er hat mehr aus ihr herausgeholt, als gut für sie war! Das ist ihm ja schon lange nicht mehr passiert. Er spürt, wie seine Libido sich verflüchtigt. Sie hätte ruhig noch ein paar Minuten länger durchhalten können!

»Ach, was soll's«, knurrt er entnervt. Nachdem er Lizabeta sowieso loswerden wollte, ist es eigentlich egal, wie sie von der Bildfläche verschwindet. Eigentlich. Andererseits – diese Leidenschaft, die sie vorhin gezeigt hat! Ob ihre naive, in Liebesdingen unerfahrene Tochter da mithalten können wird, ist zu bezweifeln. Vielleicht wäre es ja doch noch eine Weile ganz reizvoll gewesen... nur so nebenher, zum Vergnügen... In einem Anflug von Sentimentalität streicht er über ihren Hals, zieht mit ihrem Blut eine Linie zwischen ihren Brüsten, hinunter zum Bauchnabel.

Die ersten Zuckungen in Bauch und Lenden hält Damon noch für morbide Ekstase. Wer hätte gedacht, dass Lizabeta auch als schlaffes Stück Fleisch noch solche Wallungen in ihm hervorruft? Aber dann macht sich ein eigenartiges Gefühl in seinen Innereien breit, das nichts mit Lust zu tun hat – eher mit einem Zusammenziehen der Gedärme.

»Lizabeta? Lizabeta! Was ist los, zum Teufel?« Er schüttelt sie. Blut tropft von seinem Kinn auf ihren weißen, reglosen Leib.

Und dann spürt er es, mit einem Mal, mit voller Wucht. Der Schmerz ist überall gleichzeitig. Damon ringt nach Luft und versucht zu schreien. Das Gekrächze, das er mühsam herausbringt, geht im Knallen des Feuerwerks unter. Mit weichen Knien zieht er sich an einer Stange des Betthimmels auf die Füße und schleppt sich zum offenen Fenster. Luft! Luft! Der Qualm der Feuerwerkskörper, der vom Burghof heraufsteigt, bringt ihn zum Würgen.

War es der Wein? Das Essen? Damon schwört sich, den Mundschenk noch vor Sonnenaufgang hinrichten zu lassen. In seinem schummrigen Hirn versucht er zu begreifen, was gerade mit ihm geschieht. Dasselbe wie mit Lizabeta? Ist sie auch erstickt? War es in ihrem Blut? Ihr verdammtes, verseuchtes Blut! Röchelnd versucht er, Luft in seine Lunge zu saugen, aber der Hals ist ihm wie zugeschnürt. Sein Atemreflex scheint außer Kraft gesetzt, sein Brustkorb sackt in sich zusammen.

Damon ist so mit seinem drohenden Ableben beschäftigt, dass er das Schluchzen aus dem Ankleideraum gar nicht bemerkt. Seine Knie geben nach, er rutscht den Fensterrahmen entlang auf die Marmorfliesen. Das Zimmer dreht sich um ihn, wie ein Strudel, der ihn ins Verderben zieht. Verzweifelt versucht er, in seinem benebelten Kopf einen Zauber zu finden, eine magische Handlung, irgendetwas, das ihn jetzt retten könnte. Aber außer Alkohol ist da nichts.

Da kommt es ihm wie eine Halluzination vor, unerwartet Polina aus dem Nebenzimmer treten zu sehen. Hilfesuchend streckt er die Hand nach ihr aus, zitternd, um Atem ringend... aber die Halluzination beachtet ihn gar nicht, stürzt ans Bett, nimmt die Hand ihrer Mutter und drückt sie sich an die Wange. Als sie loslässt, fällt der Arm zurück ins Laken, als gehöre er zu einer Lumpenpuppe.

Ob Lizabeta vielleicht doch tot ist? Wenn sie sich mit dem Skorpiongift verschätzt hat? Polina verfällt in Panik. Sie greift nach dem goldplattierten Schmucktellerchen auf Lizabetas Nachttisch und hält ihn ihr vor die Nase, aber das Metall beschlägt nicht. Sie atmet überhaupt nicht mehr! Hektisch stürzt Polina zum Kaminsims, nimmt eine Kerze aus dem fünfarmigen Kerzenhalter und leuchtet Lizabeta damit in ihr rechtes Auge. Die Pupille verengt sich – sie lebt! Polina legt ihren Kopf auf Lizabetas Brust. »Mama! Wo ist Euer Herzschlag? Ich kann ihn nicht hören! Mama!«

Ihre Stimme ist ein komischer Singsang in Damons Ohren. Die Töne sind verzerrt, sein eigenes Röcheln brummt und schrillt. Die Wände glitzern in allen Farben des Regenbogens. Der ganze Raum beginnt zu schaukeln, erst langsam, dann immer schneller. Ächzend kippt Damon vornüber auf den Boden. Das dumpfe Geräusch seines aufprallenden Kopfes bringt Polina wieder zur Besinnung: Der Plan ihrer Mutter!

Sie rennt aus dem Zimmer, um Butler zu holen. Als sie die Treppe erreicht, kommt Butler ihr schon entgegen. Er sieht in ihre weit aufgerissenen Augen und nimmt die Treppe in großen Sätzen, drei Stufen auf einmal.

Polina macht kehrt und hastet zurück in Lizabetas Gemach. Butler eilt hinterher. Sein Blick fällt auf den Herrscher Galaxias, der eigenartig gekrümmt unter der Fensterbank liegt. Er atmet, wenn auch sehr flach. Die schnörkelverzierte Uhr auf dem Kaminsims zeigt dreizehn Minuten nach Mitternacht.

Butler kniet sich neben Damon auf den Boden und schüttelt ihn, erst vorsichtig, dann heftiger. »Eure Mutter sagte mir, Ihr hättet ein Paket für mich. Es wäre von größter Wichtigkeit.« Butler wirft einen Blick in Polinas Richtung, während er Damon versuchsweise zwei Ohrfeigen verpasst. Damon zeigt keine Reaktion. Speichel rinnt aus seinem verzerrten Mund.

»Von einem Paket weiß ich nichts«, schnieft Polina, die verzweifelt versucht, Lizabeta vom Bett Richtung Tür zu ziehen. »Mir hat sie aufgetragen, ihren Körper den Nordturm hochzuschaffen. Um Damon werdet Ihr Euch kümmern, hat sie gesagt.« Weinend bricht sie über Lizabetas schlaffem Leib zusammen. Sie bekommt ihn kaum von der Stelle, er ist schwer wie ein nasser Sack.

Butler richtet sich auf. Plötzlich versteht er: Damon ist das Paket, das er für Lizabeta zum Vampirgericht schaffen soll. Er hat ihr sein Wort gegeben. Trotzdem lässt er Damon liegen, als er sieht, dass Polina zu schwach ist, um ihrer Mutter zu helfen. Kurzentschlossen nimmt er die nackte Lizabeta auf seine Arme und hetzt los.

Polina folgt ihm aus dem Schlafgemach heraus auf den Korridor. »Sie wollte aber, dass Ihr Euch erst um Damon kümmert!«, heult sie ihm hinterher.

»Eure Mutter ist verrückt!«, keucht Butler. Unbeirrt läuft er weiter, den Gang entlang zum Nordturm, und sprintet die Stufen der engen Wendeltreppe hoch. Er hängt Polina ab, die versucht nachzukommen, so schnell sie kann. »Luke auf! Sofort!«, hört sie Butler am Turmausstieg rufen. Der Wachposten reißt die große hölzerne Klappe auf und legt die Leiter an.

Als Polina die letzten Stufen heraufstolpert und durch die Ausstiegsluke klettert, sieht sie, wie Butler ihre Mutter in die Klauen einer Drachin legt. Die dunkle Reptilhaut glänzt im Licht der Fackel, die der

Turmwächter in seinen Händen hält. Vorsichtig drückt das riesige Tier den schutzlosen, nackten Frauenkörper an sich und schnuppert an Lizabetas Haar. Ein leiser, langgezogener Klagelaut entweicht der Drachenkehle.

Polina bleibt wie angewurzelt auf der Leiter stehen. Sie hat jahrelang davon geträumt, ihrer Drachen-Amme wieder zu begegnen. Dass es jetzt passiert, trifft sie völlig unvorbereitet. Die alte Drachin wendet sich von Butler ab und breitet ihre riesigen Flügel aus, die weit über die Turmzinnen reichen. Dann dreht sie noch einmal den Kopf. Der Blick ihrer weisen Augen ruht auf Polina, die sich in der Turmluke an die oberste Sprosse klammert und zu ihr aufschaut. Die Drachin bläst eine Atemwolke aus ihren Nüstern, in Polinas Richtung. Ein Gruß, eine Umarmung aus warmer Luft. Dann fliegt sie los – Lizabeta fest im Griff.

Plötzlich kommt Bewegung in Polina. Sie stürzt zu den Turmzinnen. »Nehmt mich mit!«, schreit sie der Drachin hinterher und wäre wohl über die niedrige Mauer ins Leere gefallen, wenn Butler sie nicht festgehalten hätte. Ein paar schnelle Flügelschläge, dann ist die Drachin in der Dunkelheit verschwunden.

»Ihr rührt Euch nicht von der Stelle, bis Ablösung kommt!«, befiehlt Butler. Der Wachmann salutiert. Butler nickt ihm unfreundlich zu. Je später Alarm geschlagen wird, desto besser.

Er wirft einen Blick auf Lizabetas Tochter, ein auf dem Boden zusammengekauertes Häufchen Elend. Aber Butler kann sich nicht länger um Polina kümmern; er hat ein Versprechen einzulösen. Er lässt sie am Turmausguck liegen, um ins Schlafgemach zurückzukehren und nach Damon zu sehen.

Bevor Butler zurück in Lizabetas Gemächer huscht, dreht er sich in alle Richtungen, um von niemandem gesehen zu werden. Die Angelegenheit ist heikel und könnte ihn schneller ins Verlies befördern, als ihm lieb ist. Er hat keine Ahnung, warum der Herrscher Galaxias nackt und ohnmächtig auf dem Steinboden herumliegt. Er weiß nur, dass ihm nicht mehr viel Zeit bleibt, um seine Zusicherung, die er Lizabeta gab, zu erfüllen. Das Feuerwerk ist beendet, die Zuschauer strömen zurück in die Burg. Sehr bald werden die Gänge wieder voller Gäste und Dienstboten sein.

Damon liegt unverändert bäuchlings unter der Fensterbank, so wie Butler ihn vor wenigen Minuten zurückgelassen hat. Er packt ihn unter den Armen und schleift ihn kurzerhand über den Boden zur Tür. Da wird ihm unsanft die Türklinke in den Rücken gerammt, und ein Kopf erscheint im Türspalt.

»Oh! Tschuldigung, ist hier besetzt?« Es ist der Schönling mit Blutgruppe Null, sein 3D-Girl im Schlepptau, auf der Suche nach einem ruhigen Plätzchen zum Knutschen.

»Wenn Ihr so freundlich wärt, mir zu helfen, diese Schnapsleiche hier herauszuschaffen, dann wäre das Zimmer frei«, säuselt Butler. Er ist erleichtert, dass es sich bei dem Störfall um einen Menschen aus Realwelt handelt, der überhaupt nicht weiß, mit wem er es zu tun hat.

Hilfsbereit bückt sich Blutgruppe Null nach Damons Beinen. Zusammen schleppen sie ihn den Korridor entlang, in Damons Arbeitszimmer, begleitet von dem albernen Kieksen der Bella-Domina-Projektion. Ihr Gekicher wiederholt sich alle vier Sekunden – länger ist die in Schleife gespielte Audiodatei nicht.

Butler greift rasch in den Barschrank und drückt seinem Helfer eine Flasche vom besten Brandy in die Hand, bevor er ihn aus dem Arbeitszimmer zurück auf den Gang schiebt und die Tür schließt. Je mehr dieser Mensch trinkt, desto weniger wird er morgen noch von der Nacht wissen.

Kaum ist er ungestört, zerrt Butler den Bewusstlosen schnaufend zum LogScreen. Der große Plasmabildschirm mit Teleportations-Software thront mitten auf dem handgeschnitzten Schreibtisch, der in einem Stück aus dem Stamm einer tausendjährigen Eiche gefertigt wurde. Damons Kopf knallt gegen die massive Tischplatte. Butler achtet nicht darauf. Er legt Damons blutverschmierte Hand auf den LogScreen, seine eigene knapp daneben, und sucht in den Untermenüs nach dem Zielort *Vampirgericht*. Als er den *GO!*-Button drückt, passiert nichts, außer dass Damon stöhnt und sich bewegt. Anscheinend kommt er langsam wieder zu Bewusstsein und spürt, wie sich die Ecke des Schreibtischs in seinen Unterleib bohrt.

Butler unterdrückt einen Fluch. Er sieht sich auf dem Schreibtisch um, greift nach dem antiken Galaxia-Globus mit dem schweren Metallfuß und zieht ihn Damon über den Schädel. Ein Mensch wäre tot gewesen. Ein Vampir dagegen verträgt so etwas schon, wenn auch mit leichten Nebenwirkungen.

›Seinen Kopfschmerz kann er in Untersuchungshaft auskurieren‹, denkt Butler achselzuckend. Er stellt den Globus behutsam zurück. Das kunstvoll gearbeitete Stück ist so alt, dass es Atlantis noch als Stadt über dem Meeresspiegel darstellt.

Warum hat das jetzt nicht geklappt mit der Teleportation? Butler wirft einen kurzen Blick auf Damons Hand. Kein Wunder, total blutverschmiert. Wahrscheinlich konnte der LogScreen seine biometrische Identität nicht ermitteln. Das Liebesspiel mit Lizabeta muss ja wieder der reinste Exzess gewesen sein. Dieser alte Gierschlund. Butler greift nach einer Kristallkaraffe, die auf einem Silbertablett steht, schüttet ordentlich Cognac auf Damons Hand und wischt sie an seinem Hemdärmel ab. Damon schnauft unregelmäßig. Noch ein Schuss Cognac, dann ist die Hand halbwegs sauber. Zweiter Versuch: Butler breitet Damons Hand sorgfältig auf dem LogScreen aus, legt seine eigene daneben und wiederholt das Auswahl-Prozedere. Als Tyranimos kurz darauf das Arbeitszimmer betritt, um seinen Vater zu suchen, ist der Raum leer.

****

»Polina?«

Eine Hand fasst sie am Arm und zerrt an ihr herum.

»Hmmm?«

»Polina!«

Sie schafft es kaum, ihre geschwollenen Lider zu öffnen. Mit einem halbgeöffneten Auge erkennt sie verschwommen zwei verdreckte Reitstiefel.

»Wieso schlaft Ihr am Turmausguck?« Es ist Tyranimos‘ Stimme. Seine Schnapsfahne erreicht sie sogar in Bodennähe.

»Wieso seid Ihr nicht im Bett?«, kontert Polina müde.

»Das lohnt sich ja gar nicht mehr, gleich geht die Sonne auf. Außerdem suche ich meinen Vater.«

Ach du heiliger Drachenfels! Schlagartig fällt ihr wieder ein, was in der Nacht alles passiert ist. Sie muss vor Kummer und Erschöpfung hier oben auf den Holzplanken eingeschlafen sein... zu Füßen des Wachpostens, der sich weisungsgemäß nicht vom Fleck gerührt hat. Aua! Langsam bewegt sie ihren Kopf hin und her, und dann die Muskeln im Schultergürtel. Jeder Knochen in ihrem Körper schmerzt.

»Habt Ihr Damon gesehen?«

»Mh-mmh...«

»Ich verstehe das nicht! Er ist spurlos verschwunden! Der Programmierer sagt, er war mal kurz im Computerraum, aber das war noch vor dem Feuerwerk.« Tyranimos‘ Augen hinter der goldplattierten Maske sind glasig und rot geädert, Spuren der durchzechten Nacht. »Und Butler ist auch nicht aufzufinden. Wie vom Meeresboden verschluckt!«

»Butler? Den hat Damon doch hochkant gefeuert.«

»Gefeuert? Ach was! Blödsinn! Butler muss doch wissen, dass mein Vater ihn nicht entlassen würde! Er war in Rage, das ist alles.«

»Nun... möglicherweise hat Butler das anders verstanden.«

»Lizabeta ist übrigens auch nicht da. In ihrem Bett liegt einer von den Gästen aus Realwelt und kotzt sich die Seele aus dem Leib. Diese Menschen vertragen wirklich überhaupt nichts. Wisst Ihr, wo sie sein könnte?«

»Meine Mutter? Nein, keine Ahnung«, antwortet Polina wahrheitsgemäß. Widerwillig setzt sie sich auf und lehnt sich kraftlos an die Mauerkrone. Ihr körperlicher Schmerz ist nichts gegen die Seelenqualen, die in ihrem Innern toben, die lähmende Trauer, die verzweifelte Sehnsucht. Wo hat die Drachin Lizabeta hingebracht? Wird sie sie retten können?

Die ersten Streifen Tageslicht färben den Horizont rosa. Dichter Morgennebel verhüllt die friedliche Landschaft. Polina weiß, dass die Idylle trügerisch ist. Sie wird kämpfen müssen, um sich den größten Wunsch ihrer Mutter zu erfüllen. Während ihres traumlosen Schlafs ist etwas mit ihr passiert: Das naive Kind hat sich in eine kaltblütige junge Frau verwandelt. Sie weiß plötzlich genau, was sie will. Und sie weiß auch, wie sie es bekommt. Der beste Augenblick ist jetzt, wo Tyranimos noch unsicher ist.

Polina steht langsam auf und streicht ihr zerknittertes Ballkleid glatt. Dabei lässt sie Tyranimos nicht aus den Augen, der weitschweifig auf sie einredet, berauscht vom Alkohol und von seiner eigenen Wichtigkeit: »An und für sich könnten wir ein paar der besoffenen Gäste in den Kerker stecken, dann wären wieder genug Blutkonserven im Haus. Hähä...«

Seine Mimik kann Polina nicht erkennen: Tyranimos' ganzes Gesicht ist von dieser Ledermaske bedeckt, die er schon damals trug, als sie sich zum ersten Mal begegneten. Schon damals starrte er sie unentwegt durch die Augenschlitze an.

Polinas direkter Blick macht Tyranimos nervös. Hektisch beginnt er, von Dienstplänen, Weinlieferungen und Biesterfütterung zu reden. Solange Damon nicht da ist, hat er das Sagen. Tyranimos weiß: Sein Vater würde von ihm erwarten, in seiner Abwesenheit die Verantwortung für das Tagesgeschäft zu übernehmen. Es gibt immer irgendwas zu erledigen – oder irgendwen, in der Politik ist viel zu tun. Meuchelmorde und Überfälle sind für diese Woche zwar keine geplant, aber die wichtigsten Intrigen sollten weiterlaufen.

»Mal in den Kalender gucken«, murmelt er. Die rebellischen Faune müssen unter der Knute gehalten werden, zwischen den Atlantikern und den Sharkmen muss man regelmäßig Unfrieden schüren, und was eben sonst noch so anliegt. Damon war immer schon ein sehr aktiver Herrscher. Tyranimos ist fest entschlossen, es ihm gleichzutun. Das Erste, was sein Vater vor jeder anstehenden Entscheidung gemacht hat, war eine Pulle Blut zu bestellen. Ein leerer Magen regiert nicht gut.

»Wache! Einen Liter Blut, lauwarm! Ins Arbeitszimmer!«, ruft er und klatscht in die Hände. »Dazu ein ordentliches Frühstück! Ein Omelette mit Schabengrütze! – Na, was ist denn? Abmarsch, hopp hopp!« Der Wachposten glotzt ihn verdutzt an, salutiert und steigt durch die Turmluke nach unten. »Und sauer eingelegte Seeschlange, gegen den Kater!«, brüllt Tyranimos ihm hinterher. »So. Die Dienstboten müssen dann...«

»Tyranimos! Legt Eure Maske ab! Ich will alles von Euch sehen, wenn ich Euch verführe.«

Hä? Tyranimos bleibt der Mund offen stehen. Nie zuvor hat ihn eine Frau in so einem herrischen Tonfall angeredet. Überhaupt hat noch nie eine Frau... Er schaut in Polinas blitzende Augen, fährt sich durch die Haare und schluckt. Eigentlich müsste er sich jetzt über sie ärgern. Diesen Umgangston ist er von Untergebenen gar nicht gewohnt. So darf sonst niemand mit ihm sprechen – nur sein Vater.

Polina nimmt Lizabetas Stola von den Schultern, legt sie auf den Holzplanken aus und schenkt Tyranimos ein herausforderndes Lächeln. Sie weiß, dass es riskant ist, so mit diesem verzogenen und unberechenbaren Fürstensöhnchen umzuspringen. Aber sie will gleich wissen, wie viel Macht sie über ihn hat. Ob er sie vor Wut über ihre Respektlosigkeit die Burgmauer hinabwirft... oder nicht.

Tyranimos glotzt sie unschlüssig an. Irgendetwas an ihr hat sich verändert. Sein alkoholgetränktes Gehirn kommt nur nicht darauf, was es ist. Kurz betrachtet er ihre zerzauste Frisur, ihren langen Hals, die schmalen Schultern, die nackten Füße. Dann hebt er die Hand und greift an seinen Hinterkopf, um die Schnallen der Maske zu lösen.

GAL OF GALAXIA

IMMORTAL LOVE

Ultimately lights are fading,
I can't help falling apart.
There's no fear inside my mind,
I feel the beat of your heart.

In my soul a flame is burning,
it's the flame of your love.
It needs no oxygen to feed it,
it only needs your touch.

Immortal love, they say,
is so bright and divine.
Maybe it's strong enough
to save this heart of mine...

Entdecke den Soundtrack zur Serie
www.gal-of-galaxia.de

REALWELT – in einer Kleinstadt vor den Toren Münchens

»Happy birthday to you, happy birthday to you! Happy birthday, liebe Amy...«

Dads Stimme übertönt Vince und Mum, penetranter als jeder Wecker. Dass immer diejenigen am lautesten grölen, die überhaupt nicht singen können! Warum kapiert in dieser Familie niemand, dass es ihr größter Geburtstagswunsch wäre, einfach mal auszuschlafen? Amy zieht sich ihr Kissen über den Kopf, um den Chor der Gratulanten nicht so deutlich zu hören. Dann hebt sie es wieder an.

Mum und Dad stehen an ihrem Fußende und halten kerzenbekränzte Kuchen hoch. Vincent baut eine Geschenkepyramide auf dem Parkett. Dreistimmig singen sie »Hoch soll sie leben...«, eine musikalische Antiquität mit Gruselfaktor. Dann verlängern sie ihr Konzert noch um Vincents Lieblingslied: »Old McDonald had a farm, i-a i-a o...«. Es grenzt an Folter.

Vince springt mitten auf die Bettdecke, so dass ihr sämtliche Luft aus der Lunge entweicht. »Amy, aufstehen! Du musst Geschenke auspacken!« Im Drangsalieren ist er Weltklasse, wie alle Sechsjährigen. »Ich habe auch ein Geschenk für dich!«, quiekt er und pustet ihr eine Luftschlange ins Gesicht. »Rate mal!«

»Eine bemalte Klopapierrolle«, murmelt Amy mit geschlossenen Lidern. Seit Vincent krakeln kann, verschenkt er nichts anderes.

»Falsch! Ganz falsch!« Eine Neuigkeit, die seine große Schwester veranlasst, ihre Augen wieder zu öffnen. »Ein Smartphone-Halter!«

Amy schielt auf das bunte Ding vor ihrer Nasenspitze und setzt sich auf, um es zu begutachten. Es ist der bemalte Pappkern einer Küchenpapierrolle, zu einem Dreieck geknickt, mit Schlitz in der Mitte.

Begeisterung heuchelnd nimmt sie ihren neuen Smartphone-Halter entgegen. Das Geschenk fühlt sich merkwürdig kühl an. Wieso hat sie denn jetzt grüne Finger? Na toll, die Wasserfarbe ist noch feucht. »Cool, Vince, super Idee, wirklich!« Ihr gequälter Blick fällt auf Mum und Dad, die ihrem jüngsten Spross gerade ein anerkennendes Lächeln schenken. Wahrscheinlich halten sie seine Klecksereien für Kunst.

Mum balanciert ihre Kaffeetasse und zwei kleine Päckchen in der einen Hand. In der anderen hält sie einen Gugelhupf. Ach du grüne Neune! Schlagartig erkennt Amy den Vorteil von verschmierten Fingern: Solange sie sich die Hände nicht wäscht, hat sie eine überzeugende Erklärung, warum sie Mums neuestes Experiment nicht essen kann. Von außen sieht das Ding völlig harmlos aus, mit dicker Schokokruste und Smarties darauf. Aber in seinem Inneren verbirgt sich garantiert wieder eine Fantasierezeptur mit Hirseflocken, veganem Ei-Ersatz und Möhrensaft.

Dad ist der Meinung, dass Geburtstagskinder das Recht haben, sich ungesund zu ernähren, und hat einen Abstecher in die Konditorei gemacht: Schichten von Nougat und Buttercreme unter einer quietschpinken Glasur, verziert mit gelben Marzipanrosen und 16 Kerzen. Ein Traum aus Zucker, Fett und Lebensmittelfarbe.

»Gab es keine andere Torte?«, zischelt Mum. »Amy hasst Pink!«

»Sie kann ja beim Essen die Augen zumachen!«, flüstert Dad. Er zupft ein Marzipanblatt vom Dekor und schiebt es sich in den Mund. Amy tut so, als hätte sie nichts gehört.

»Jetzt musst du das hier auspacken!«, fordert Vincent und wirft Amy das nächste Geschenk in den Schoß. Es ist mit blauem Glanzpapier umwickelt. »Ich helf' dir mal!« Ungeduldig zieht er am Kringelband.

»Eine Sequenz-Sofortbild-Kamera?«

»DIE Messeneuheit von der Photokina!« Dad strahlt so stolz, als hätte er das Ding selbst erfunden. »Sie produziert Fotoabzüge mit Gif-Animationen! Die dauern mehrere Sekunden lang!«

»Vincent! Mach mal was!« Amy richtet die Linse auf ihren Bruder und drückt auf den Auslöser.

Sssssssssssssssssip, schiebt sich ein Abzug aus dem Frontschlitz. Fasziniert betrachtet Amy das animierte Foto, auf dem Vince in Dauerschleife immer wieder die Zunge rausstreckt, während seine Augäpfel wirr in ihren Höhlen herumeiern.

Zufrieden, dass Amy voll darauf abfährt, zündet Dad die Kerzen auf der Torte an.

Vince grapscht sich die Kamera und knipst die Geburtstagsgesellschaft. Dad, wie seine Krawatte zwischen den brennenden Kerzen baumelt und Feuer fängt. Mum, wie sie in einer Reflexbewegung ihren Kaffee über Dads Bauch schüttet, um die Krawatte zu löschen. Amy, die entsetzt aufspringt. Alles wird als Sequenz-Foto festgehalten. Zum Glück sind Gif-Animationen ohne Ton, sonst würde man Dads gequälten Aufschrei hören, weil der Kaffee noch heiß war.

Sssssssssssssssssip, drückt Vincent ein weiteres Mal auf den Auslöser und erwischt den Moment, als Amy ihre Geburtstagskerzen ausbläst. »Wünsch dir was!«, ruft er.

Amy schaut in die dünnen Rauchschwaden, die sich vor ihren Augen in Luft auflösen. Die Kerzendochte glimmen nach. Beißender Wachsgeruch steigt ihr in die Nase.

»Und? Was hast du dir gewünscht?«

»Ich? Gar nichts!«, versichert Amy und verzieht ihren Mund zu einem breiten Lächeln. »Ich bin wunschlos glücklich!« Das entspricht nicht ganz der Wahrheit. Aber was bringt es, wenn sie herumjammert, dass sie am liebsten in ihr altes Haus zurückziehen würde, nach Edinburgh, zu ihren alten Freunden? Dann hätte Dad bestimmt ein schlechtes Gewissen. Vor wenigen Tagen erst hat er hier in der neuen Stadt seinen neuen Job angetreten. Es ist eine Chance, die man nur einmal im Leben bekommt: Er ist jetzt Chefprogrammierer bei der *GalaxiaFunPark AG*, die ein irre erfolgreiches Online-Spiel entwickelt hat.

»*Das genialste Cyberspiel seit Erfindung des WWW!*«, hatte eine Computerzeitschrift in ihrer Juni-Ausgabe geschrieben. »*Eine Revolution des technisch Machbaren, mit explodierenden Spieler- und Umsatzzahlen! Um es mit den Worten unserer Testredakteure auszudrücken: Hammergeil!*«

Mum ist auch happy, sie freut sich über den Tapetenwechsel. Als Fotografin kann sie sowieso in jeder beliebigen Stadt arbeiten. Und Vincent brauchte genau zehn Minuten, um sich einzuleben: Kaum dass der Umzugswagen in der Auffahrt stand, hatte er sich schon mit Bernhard von nebenan angefreundet. Seitdem rennen die beiden Knirpse jeden Tag mit Holzschwertern durch den Garten, klettern auf Bäume und durchwühlen Maulwurfshügel nach Regenwürmern.

Alle sind glücklich... mit einer Ausnahme: Amy kennt keinen Menschen hier, das bayerische Essen findet sie gewöhnungsbedürftig und vom Föhn kriegt sie Kopfschmerzen. Am liebsten würde sie nach Edinburgh zurückgehen. Dabei ist das zumindest im Juli völlig sinnlos: Die Freunde aus ihrer alten Schule haben sich über die spanische Küste verteilt und lassen sich dort von der Sonne krebsrot brutzeln.

Wenn ihr kleiner Bruder wüsste, dass sie sich einsam fühlt, würde er sie jeden Abend löchern: »*Und? Hast du heute schon wen kennengelernt?*« Vince ist voller Tatendrang, er würde auf eigene Faust in der Nachbarschaft suchen. Womöglich an sämtlichen Haustüren klingeln und alle Leute fragen, ob nicht vielleicht irgendjemand mit seiner Schwester befreundet sein will. Ja, das wäre ihm glatt zuzutrauen. Wenn sich dann nicht der Erdboden auftut, um sie zu verschlucken, ist sie gezwungen auszuwandern. Nach Alaska. Oder sich für den Rest ihres Lebens im Keller zu verstecken.

Mit sechs Jahren ist Vincent einfach noch zu klein, um ihr wirklich zu helfen. Amy seufzt und schiebt ihm die Kiste zu, die Mum ihr neben das Bett gestellt hat. »Komm, hilf mal beim Auspacken!«

Vince fällt fast in den Karton bei dem Versuch, die überdimensionierte Gummibärchen-Maschine herauszuheben. Amy deutet eine Handbewegung an, die erwartungsgemäß abgewehrt wird.

»Lass! Ich kann das schon!« Hingerissen studiert Vincent die Knöpfe. »Es gibt drei Formen: Teddy, Herz oder Spaghetti!«

Amy nimmt eine Packung mit dunkelroten Krümeln aus dem Karton. In der Zeit, die sie braucht, um die Zutatenliste zu lesen (›Bio-Granulat pflanzlichen Ursprungs auf der Basis von Roter Bete, zuckerreduziert‹), hat Vincent schon gelbes Granulat in den rechten Schacht gefüllt.

»Ist ja babyeinfach! Gibst du mir mal den Sirup? Der muss in den anderen Tank... Fertig! Darf ich drücken?«

Amy nickt. *Brmmmmmmmm*, landet ein Häufchen weicher, klebriger Herzchen im Ausgabeschacht. Geschmacksrichtung: Senfgelb.

»Für dich!«

Während Amy sich weigert, die Glibberteile zu probieren, greift Mum mit spitzen Fingern zu und kaut nachdenklich. »Vielleicht muss da doch noch Zucker rein«, murmelt sie.

Vincent ist hellauf begeistert. »Die ist voll cool, die Maschine!«, kräht er mit vollen Backen und produziert eine grüne Endlos-Schnur aus Fruchtgummi mit Spinat-Aroma.

»Ich schenk sie dir!«, sagt Amy gönnerhaft. »Aber nur, wenn du mir einen Kakao ans Bett bringst!«

Vincent nickt eifrig. »Gleich! Aber erst muss ich noch...« Aus der Spaghetti-Schnur ein Lasso knoten. Ah ja.

Amy hofft, dass sie den Tag heute ohne weitere Heimweh-Attacken durchsteht. Und vor allen Dingen: ohne Farbkleckse auf den Klamotten. Zumindest an ihrem Geburtstag möchte sie von Renovierungsarbeiten verschont bleiben. Am liebsten würde sie Party machen, oder zumindest die Fliege... aber sie hat hier keine Freunde, mit denen sie feiern könnte.

Lustlos friemelt sie das nächste Päckchen auf. Darin ist eine genoppte Kappe aus quietschgelbem Gummi. »Eine Bademütze?«

»Nein! Das ist ein Unikat aus unserer Entwicklungsabteilung!«, erklärt Dad stolz. »Eine Space-Cap! Die geht jetzt in Serienfertigung. Damit wir in Galaxia den Ansturm auf den Astrotunnel bewältigen!«

»Versteh‘ schon«, nickt Amy, plötzlich schlechtgelaunt. Alle dürfen nach Galaxia, nur sie nicht! Stattdessen bekommt sie eine Mütze, als Trostpreis. Einen aussortierten Prototypen. Hurra!

»Wieso ist die so knubbelig?«, fragt Vince.

Dad tippt auf die gelben Plastikwarzen, die sich über die komplette Haube verteilen. »Diese Elektroden hier übertragen elektronische Impulse ans Gehirn und erzeugen so das Gefühl der Schwerelosigkeit. Ganz ohne Parabelflug! Das funktioniert phänomenal gut! Sogar die NASA hat um eine Lizenz angefragt: Sie wollen unsere Caps für die Astronautenausbildung einsetzen!«

»Wird es einem auch schlecht dabei?«, fragt Vince hoffnungsvoll.

»Na klar!«

»Danke, Dad«, nuschelt Amy und widmet sich den restlichen Geschenken, in der Hoffnung, noch auf irgendetwas Brauchbares zu stoßen. – Oh, was ist das denn Schönes? Aus einem orangeroten Karton zieht sie eine stylische Metallbox mit der Aufschrift *SURVIVAL-Armband.*

Vincent buchstabiert den Werbeslogan, der auf der Garantiekarte steht: »*Le-ben ist Ri-si-ko. Wir mi-ni-mieren es!*«

Dad setzt zu einem euphorischen Vortrag an. Seinem Technik-Geschwafel ist zu entnehmen, dass dieses Hightech-Gadget eine Hochleistungs-Kombination aus Fitness-Tracker, GPS und Voice-Assistant ist – und zwar mit Survival-Features. Falls man mal in der Wildnis verlorengeht. Es überwacht alle möglichen Vitalfunktionen und alarmiert im Notfall Bergrettung oder Wasserwacht, sobald die SOS-Taste gedrückt wird.

Amy nimmt das Armband aus der Packung und legt es an. Es ist ein bisschen zu klobig für ihre schmalen Handgelenke, sieht aber gut aus. So ein Statusteil kann an der neuen Schule nicht schaden. Vielleicht kann sie es beim nächsten Wandertag gleich mal testen…

Das Survival-Armband fängt an, ohrenbetäubend zu piepen. Dad greift danach und zieht es Amy vom Handgelenk. Das Piepen hört sofort auf. »Hast du immer so niedrigen Blutdruck?«, fragt er und schaut ungläubig auf das Display. »Und was ist mit deinem Puls?«

Mum erdolcht ihn mit ihrem Blick. »Das Gerät muss wahrscheinlich noch kalibriert werden!«, sagt sie und rupft es ihm aus der Hand. »Ich bringe es mal in die Küche!«

Sie stampft hinaus auf den Flur, Dad schaut ihr überrascht hinterher, und Amy packt weiter aus: Ein Paar Carbon-Sneaker – wow! die absoluten Trendteile!, das Buch ›*Boarisch fia Breißn*‹ und ein paar Scheine im Kuvert.

»Damit du dir was Schönes kaufen kannst!«, sagt Mum, die ins Zimmer zurückkehrt.

»Und das ist...« Eine Gürteltasche im Ethno-Print. »Oh... ganz toll!«, ruft Amy schnell, damit ihr mäßig begeisterter Gesichtsausdruck nicht so auffällt.

Mum zwinkert ihr zu. »Ich habe doch gesehen, wie du bei dieser Boutique immer ins Fenster geschaut hast!«

Ääh? Ach so, ja. »So eine habe ich mir schon immer gewünscht!« Nur eben nicht die, sondern die andere, die im Schaufenster gleich daneben lag.

Dad knüllt das Geschenkpapier zu einem unförmigen Bündel. »Vince, bring das mal runter! In der Küche ist ein Mülleimer.«

»Vergiss meinen Kakao nicht!«, ruft Amy und schwingt ihre Beine über die Bettkante. »Dann werde ich jetzt...«

»Torte essen«, sagt Dad.

»Duschen!«, erklärt Amy.

»Warte noch!«, sagt Mum. »Gib mir deine Hand. Mal sehen, ob er dir schon passt...«

»Dein Ring?« Es ist der silberne Ring, den ihre Mutter trägt, seit Amy denken kann. »Wieso willst du ihn hergeben?«

»Nur wenn er dir gefällt!«

»Oh ja! Schon immer!« Amy streckt ihre Hand aus und spreizt die Finger.

Mum streift ihr das Schmuckstück über den rechten Mittelfinger. Er passt. Nachdenklich berührt sie das Relief der Einbuchtungen und Löcher in dem Metall. »Der Ring soll dein Glücksbringer sein! Ich möchte, dass du ihn trägst, wenn du in Galaxia unterwegs bist!«

»Ich darf? Oh, Mum! Endlich! Danke!« Amy umarmt ihre Mutter. »Das ist das beste Geburtstagsgeschenk überhaupt!«

»Du trägst den Ring! Das ist die Bedingung!«, präzisiert Mum.

»Hab‘ ich verstanden!« Amy strahlt. Seit Monaten diskutiert sie sich den Mund fusslig. Alle ihre Freunde sind von dem Online-Spiel völlig begeistert – nur Amy war nie dabei. Mum und Dad erlaubten es nicht. Besonders Mum stellte sich stur. Und jetzt geben sie ihren Widerstand auf? Einfach so? »Kriegen wir dann auch so einen Spezial-Bildschirm zum Einloggen?«

»Klar! Ich brauche sowieso einen LogScreen, wenn ich von zuhause aus arbeite«, sagt Dad.

Mum reckt den Hals. »Was ist denn da draußen los?«

»Ein Krankenwagen«, sagt Amy. Dieses typische Motorengeräusch in Verbindung mit Blaulicht – was soll es sonst sein? Kopfschüttelnd schaut sie zu, wie Mum und Dad zum Fenster hechten. Die haben ihre Augen und Ohren anscheinend auch nur zur Dekoration.

»Warum halten die denn bei uns?«, fragt Dad in das Gebimmel der Türglocke hinein. Er läuft die Treppe hinunter, um zu öffnen.

»Sie haben sich in der Adresse geirrt!«, erklärt er den beiden Rettungssanitätern, die mit ihren Medizinkoffern vor der Haustür stehen. »Bei uns gibt es keinen Notfall!«

Nach einigem Hin und Her... (»*Aber das Signal ist weniger als 10 Meter entfernt!*« – »Kann nicht sein! Vielleicht eine Fehlfunktion?« – »Wer ist denn krank?« – »Keiner. Vince, geh' da weg, es ist alles okay!« – »*Dürfen wir reinkommen?*« – »Bitte sehr, überzeugen Sie sich selbst!« – »Ist das ein Defibrillator? Kann ich den mal ausprobieren?« – »Gib doch endlich Ruhe, Vincent!« – »*Offensichtlich ein automatischer Alarm.*« – »Ganz sicher nicht bei uns!« – »*Aber es muss hier irgendwo sein!*« – »Schatz, glaubst du, es ist vielleicht der Fitness-Tracker?« – »Ach Blödsinn!« – »*Das Signal kommt aus diesem Raum! Hier, unter der Spüle!*« – »Ach du Sch...!«) ... ziehen die Sanitäter das Survival-Armband aus dem Küchenmüll. Vincent muss versehentlich den SOS-Ruf aktiviert haben, als er das Geschenkpapier oben draufgestopft hat.

Dad entschuldigt sich für den Fehlalarm und murmelt kleinlaut was von »Schnittstelle nicht optimal...« und »Wenn man nicht alles selber programmiert!« Mum holt ihre Geldbörse und bezahlt zähneknirschend die 300 Euro, die der Rettungswagen-Einsatz kostet.

Die Stimmung ist fürs Erste ruiniert. Amy nimmt einen Schluck von ihrem Kakao und spuckt die bittere Flüssigkeit sofort wieder in die Tasse. »Vince! Was ist das denn?« Sie schaut auf die Anrichte, wo die Zutaten noch herumstehen. »Büchsenmilch und Back-Kakao?«

»Und Wasser!«, erklärt Vincent hilfsbereit. »Kaba war alle. Und die Milch habe ich nicht gefunden.«

»Ach ja? Warum hast DU dann Kakao um den Mund?«

Vincent hört sie nicht mehr. Er wetzt nach oben, wuchtet die Gummibärchen-Maschine auf sein Skateboard und schiebt sie in sein eigenes Zimmer.

Amy trollt sich ins Bad. Cathrine bedeutet ihrem Mann mit einem Wink, die Küchentür zu schließen, und holt tief Luft: »Wieso schenkst du ihr ein Fitness-Armband? Amy hat andere Vitalwerte als unsereins! Das weißt du doch!«

»Ich hab's vergessen! Sorry!«

»Mhm! Dann vergiss' es bitte jetzt auch gleich wieder! Damit du es nicht jedem weitererzählst!«

»Ja! Nein! Wofür hältst du mich? Tut mir echt leid, Schatz!« Nick kippt die halbe Zuckerdose in seinen Kaffee und rührt wild darin herum. Der Rüffel ist verdient, das weiß er. »Ich wundere mich, dass du ihr den Ring geschenkt hast«, sagt er, um vom Thema abzulenken. »Denkst du, es ist schon Zeit dafür?«

Cathrine sägt mit einem Küchenmesser an ihrem Ei-freien Hirse-Möhren-Schokokuchen herum. »Amy ist jetzt mitten in der Pubertät. Wir müssen sie endlich aufklären!«

Nick hüstelt. Sexualkunde ist nicht gerade sein Lieblingsthema. »Kondome und Verhütung, das ist wichtig. Klar. Vielleicht könntest du mal mit ihr darüber sprechen?«

»Was?«, fragt Cathrine verwirrt. Dann fängt sie an zu lachen. »Ich rede doch nicht von Sex! Darüber weiß sie längst Bescheid! Ich will, dass Amy die Wahrheit erfährt über ihre Familiengeschichte.«

»Wie du meinst, Schatz... Du weißt aber schon, dass wir mit jedem Menschen, der auf dieser Erde lebt, 99,5% der Gene gemeinsam haben? Jedes Kind auf diesem Planeten ist mir genetisch so ähnlich, dass es genausogut...«

»Da wäre ich mir bei Amy gar nicht so sicher. Ihr gesamtes Innenleben ist völlig anders. Das Gehirn sowieso. Ihr Kopf arbeitet definitiv nicht so wie meiner. Oder deiner.« Cathrine schnauft entnervt. »Das Ding hat die Konsistenz von Beton!«

»Amys Kopf?«

»Nein! Der Gugelhupf!« Cathrine packt ihren Kuchen mit beiden Händen und versenkt ihn im Mülleimer.

Nick grinst sie an und betrachtet die Fotocollage an der Kühlschranktür: Amy mit Zahnlücke und Schultüte im Arm. Das ist jetzt zehn Jahre her... Schnappschüsse von ihr mit ihrem Babybruder im Gitterbett, Grimassen schneidend. Mit Engelsflügeln beim Krippenspiel. Mit Medaille um den Hals beim Sportfest.

Cathrine schaut auf die rosa Torte. »Ich probier' die jetzt einfach mal.«

»Du kannst doch nicht die Geburtstagstorte ohne das Geburtstagskind anschneiden!«, protestiert Nick.

»Warum nicht?«

Eines der Fotos ist nicht mal eine Woche alt: Amy und ihre Clique aus Edinburgh. Die Mädchen strahlen mit ihren Glitzerkleidern um die Wette und halten Victory-Handzeichen in die Kamera.

Fünf Minuten später – das sieht man natürlich nicht auf dem Foto – haben alle geheult wie die Schlosshunde. Auf Abschiedspartys kippt die Stimmung schnell. Amy steht ganz links im Bild, mittelgroß und schlank, wie die meisten Teenager. Lange schwarze Haare, ein schönes Gesicht. Aber das ist nichts Besonderes. Es gibt viele hübsche schwarzhaarige Mädchen. Kein Mensch würde auf die Idee kommen, dass...

Nick kratzt sich am Kopf. »Unser Vorsatz war immer, ehrlich mit ihr zu sein. Haben wir das hingekriegt?«

»Natürlich! Ich habe ihr immer die Wahrheit gesagt!« Eine Gabel voll rosa Zuckerguss wandert in Cathrines Mund. »Allerdings nicht die ganze.«

»Aber eigentlich war es doch eine Lüge.«

»Was meinst du?«

»Wir haben sie immer in dem Glauben gelassen, dass sie ein ganz normales Kind ist«, sagt Nick.

Cathrine tätschelt seine Hand. »Aber Schatz! Hätte sie mit dem Gedanken aufwachsen sollen, sie wäre ein Freak?«

I. C. HERMANN
DRACHENKIND
Salamander
2

GALAXIA – Oberstes Vampirgericht

An allen Eingängen der Tempelanlage sind Wachen postiert. Zwischen den gewaltigen Säulen erscheinen sie klein wie Insekten. Fackeln erleuchten die mondlose Nacht. Schatten tanzen über die wuchtigen Mauern.

Eine hochgewachsene Vampirin in voller Bewaffnung, den Schild geschmückt mit Verdienstorden und Tapferkeitsmedaillen, steht kerzengerade neben der Biesterjäger-Statue. Aufmerksam durchforstet ihr Blick die Dunkelheit. Was war das? Aus dem Augenwinkel sieht sie einen Schatten vorbeihuschen. Zu klein, um bedrohlich zu sein. Vermutlich ein Fuchs. Sie entspannt sich wieder. »Ich habe noch nie erlebt, dass so viel Aufwand für eine Gerichtsverhandlung betrieben wurde!«, murmelt sie. »Drei Mann an jedem Seiteneingang!«

Ein junger Vampir, dessen narbenfreie Gesichtshaut ihn als Frischling ohne Kampferfahrung ausweist, fühlt sich sichtlich unwohl in seinem Kettenhemd. Die Schutzausrüstung liegt schwer auf seinen Schultern. »Der Herrscher der Dunkelheit ist gefährlich!«, tönt er und verstummt sofort wieder. Der Klang seiner eigenen Worte ist ihm unheimlich.

Der dritte Wachposten ist ein alter Haudegen von bulliger Statur. Um seine Schultern und Hüfte wickeln sich mehrere Gürtel mit Wurfsternen, Dolchen und anderen Nahkampfwaffen. Er mustert den Jungen und lächelt nachsichtig. Vermutlich ist dies sein erster Einsatz, und dann gleich so ein Großereignis! Da kann man schon mal nervös werden. »Damon hat magische Kräfte, die andere nicht haben. Seine Position als Herr der Vampire konnte ihm seit sechs Jahrhunderten niemand streitig machen.«

Die Vampirin nickt bestätigend. »Damon ist um einiges älter als dieser Tempelbau!«

»Aber weswegen steht er jetzt vor Gericht?«, fragt der junge Wachtposten. »Was wird ihm eigentlich vorgeworfen?«

»Machtmissbrauch«, antwortet die Kriegerin geduldig. Als junge Vampirin fand sie Politik auch langweilig – bis jemand aus ihrer Verwandtschaft hingerichtet wurde. Sobald es einen selbst betrifft, wird Politik auf einmal interessant. »Es ist schon ein paar Jahre her, da lockte Damon den Häuptling der Faune in einen Hinterhalt und verschleppte ihn auf die Biesterburg. Mitsamt dem wertvollsten Edelstein Galaxias.«

»Der Wunschdiamant?« Der flackernde Blick des jungen Vampirs wird zu einem gierigen Funkeln.

»Genau der! Das Heiligtum der Faune!«, erzählt die Kriegerin bereitwillig. »Damon zwang die Faune, einen Schwur zu leisten: Sie mussten auf ihre heidnischen Götter schwören, dass sie bis in alle Ewigkeit für den Betrieb des Sanduhr-Kraftwerks sorgen werden. Daraufhin hat Damon zwar Häuptling Teres freigelassen... aber den Wunschdiamanten hat er behalten.«

»Weiß man, wo Damon ihn versteckt hat?«, fragt der Junge, betont beiläufig. Der bullige Wächter schaut angestrengt ins Schwarze.

»Nein. Damon behauptet bis heute, dass er den Wunschdiamanten nicht zurückgeben kann, weil er ihm gestohlen wurde. Aber das glaubt ihm natürlich niemand. Wer würde schon den mächtigsten Vampir Galaxias bestehlen? Man müsste lebensmüde sein!«

»Wurde denn seine Burg nicht durchsucht?«, wundert sich der junge Tempelwächter.

Die Vampirin schnaubt abfällig. »Ich glaube nicht, dass der Wunschdiamant in der Biesterburg ist. Vor den Putzgnomen dort ist kein Geheimnis sicher. Die Faune haben damals eigene Suchtrupps geschickt, aber nichts gefunden.«

»Vom Schicksal der Faune habe ich gehört.« Der Bullige zuckt bedauernd die Schultern. »Ihre Knechtschaft endet nicht einmal dann, wenn Damon verurteilt ist. Schwur bleibt Schwur: Von dem Tag an, wo sie ihn brechen, wird ihnen kein Nachkomme mehr geboren. So hat Damon es verfügt.«

Dem jüngsten Vampir bleibt der Mund offen stehen. »Unglaublich, welche Macht er besitzt!«

»Macht schützt nicht vor Feinden!« Die Vampirin senkt ihre Stimme. »Ich habe gehört, es gibt geheime Dokumente, deren Inhalt allein schon genügen würde, um Damon zur fünffachen Höchststrafe zu verurteilen!«

Ihre Kameraden ziehen reflexartig die Köpfe ein. Die Angst vor dem gleißenden Sonnenlicht der Mittsommerwende, das einen Vampir innerhalb kürzester Zeit in ein Häufchen Asche verwandelt, sitzt jedem Vampir im Nacken. Reglos starren sie in die Dunkelheit. Das beklemmende Schweigen wird nur vom fernen Ruf eines Käuzchens unterbrochen.

****

Während ganz Galaxia außerhalb der Tempelanlage den Atem anzuhalten scheint, herrscht innendrin Tumult: Damon, mächtigster aller Vampire, gefürchteter Herrscher über die Finsternis, erwartet seinen Rechtsspruch. Schon seit Einbruch der Dunkelheit ist die Tempelhalle überfüllt, die Türen sind verschlossen. Alles was Rang und Namen hat, ist im Gerichtssaal versammelt, um der Verkündung des Urteils beizuwohnen, das die Richterin des Orakels in dieser Nacht fällen wird.

Damon steht mitten im Sitzungssaal, umgeben von einem Gerüst aus halbdurchsichtigen Stangen, durch die silbrig schimmerndes Fluid wabert. Es ist ein Magnetkäfig, der die Zuschauer vor dem Angeklagten abschirmen soll, damit sie seinen magischen Kräften nicht schutzlos ausgesetzt sind.

Seinem Rang entsprechend ist Damon eine beeindruckende Erscheinung. Das hat nicht nur mit seiner Körpergröße oder seinem imposanten Auftreten zu tun: Schon durch seine tiefdunkle Aura sticht er aus der Menge heraus. Die Aura des Bösen, wie sie hinter vorgehaltener Hand genannt wird. Sein schwarzgelocktes Haar glänzt metallisch und reicht ihm weit über die Schulter. Wie die meisten Vampire im Saal ist Damon nach dem Vorbild der opulentesten Königshöfe in Realwelt gekleidet. Er trägt einen knielangen Frack aus gelbem Samt, der an jedem anderen Mann albern ausgesehen hätte, dazu ein schwarzes Rüschenhemd mit eingewebten Edelsteinen. Seine Beine stecken in einer schwarzen Lederhose und hohen Reitstiefeln, obwohl er schon lange kein Biesterrennen mehr mitgeritten ist.

Die Vibrationen, die das Magnetfeld des Käfigs erzeugt, verursachen Damon eine permanente Gänsehaut. Schlechtgelaunt starrt er aus roten Pupillen in das Gewühl. Sensationsgeiles, schadenfrohes Pack! Er hätte noch viel mehr von denen hinrichten lassen sollen! Vielleicht ergibt sich dazu später noch Gelegenheit. Aber jetzt muss er sich auf die Verhandlung konzentrieren. Die Richterin des Orakels ist eine der Wenigen, die sich immer außerhalb seines Machtbereichs bewegt hat. Sie ist für seinen Einfluss unempfänglich – ein Phänomen, das Damon sich nie erklären konnte, ein stetes Ärgernis. Und da kommt auch schon der Schwächling, den der Ältestenrat zu seinem Nachfolger bestimmt hat. Volltrottel allesamt! Damon spürt, wie Wut in ihm hochsteigt.

»Im Kellergewölbe wurden fünf zusätzliche Generatoren aufgebaut, die alle auf Hochtouren laufen!«, erklärt Baroon seinem Gefolgsmann. »Hört Ihr das Brummen? Es ist unglaublich, welche Unmengen an Energie der Magnetkäfig verbraucht!«

Sein Begleiter beginnt sofort, heftig zu nicken, und deutet eine Verbeugung an. »Euer technisches Verständnis ist extraordinär, Mylord!«

Baroon schnauft entnervt. Seitdem feststeht, dass er nach Damons Verurteilung zum ranghöchsten Vampirfürsten Galaxias aufsteigen wird, gibt es in seiner Umgebung kaum noch Gefährten, die vernünftig mit ihm reden. Es wimmelt von Heuchlern und falschen Freunden, die ihn untertänig anschleimen. Angewidert wendet er sich ab und fängt Damons Blick aus dem Magnetkäfig auf, der feindselig auf ihm haftet.

Baroon erwidert den gehässigen Blick mit einer leichten Kopfbewegung. Mehr braucht es nicht. Damons Herrschaft ist faktisch beendet. Baroons Regentschaft dagegen wird heute Abend beginnen. Baroon wurde von Damons jähem Sturz genauso überrascht wie alle anderen auch. Dass der Machtwechsel ihn persönlich betreffen könnte, damit hatte er nicht gerechnet.

Von hinten bedecken schlanke, kühle Frauenhände seine Augen. »Huhu, Baroon! Na? Erkennt Ihr mich?«

»Oksana!« Baroon dreht sich um und steht seiner Cousine dritten Grades gegenüber. Jung, hübsch, zickig. Ihre Aura ist ein merkwürdig heller Fliederton – eine Farbe, die er noch nie ausstehen konnte. Früher war sie in ihn verliebt – oder in sein Schloss, das kann man bei Vampirinnen nicht immer unterscheiden. Hoffentlich hat sich das jetzt erledigt. »Wir haben uns lange nicht gesehen.«

Bevor Baroon noch seine Hand ausstrecken kann, hängt Oksana sich ihm um den Hals und drängt ihm einen Begrüßungskuss auf, der für sein Empfinden deutlich zu lange dauert. »Was habe ich da gerade gehört? Ihr werdet zum Herrscher über ganz Galaxia ernannt?« Sie setzt ihr reizendstes Lächeln auf und fährt neckisch mit der Hand durch sein Haar. »Ich gratuliere!« Wer weiß... steter Tropfen höhlt den Stein. Auch die hartnäckigsten Junggesellen haben zuweilen ihre schwachen Momente.

»Hätte ich eine Wahl gehabt, ich hätte die Bürde des Amtes gerne einem anderen überlassen«, gibt sich Baroon zurückhaltend, während er Oksana eine Armeslänge von sich wegschiebt.

Oksana zieht einen Schmollmund, während sie ihren Cousin betrachtet. Schwarze Locken haben viele. Aber dazu die aristokratischen Gesichtszüge, die hohe Stirn, der schöne Mund über dem markanten Kinn... Wenn er nur nicht so furchtbar korrekt und steif wäre! Es wurmt sie, dass er weit und breit der Einzige ist, der auf ihre Reize nicht anspringt.

»Ich hörte, der Ältestenrat hat Euch bekniet...«, startet sie einen letzten Versuch, ihn zu bezirzen.

»Ich war der kleinste gemeinsame Nenner«, erklärt Baroon trocken.

»Aber so klein seid Ihr doch gar nicht!«, widerspricht Oksana und mustert seinen durchtrainierten Körper von oben bis unten.

»Ich war jedenfalls der, auf den sich alle einigen konnten. Um dem Allgemeinwohl zu dienen, habe ich zugesagt.«

»Wo ist das Problem?«, fragt Oksana verwundert. »Jeder andere würde die große Ehre zu schätzen wissen! Ihr habt doch Zeit! Ihr habt nicht einmal Familie!«

Sie sieht, wie ein Schatten über Baroons Gesicht huscht. Verblüfft lacht sie auf. »Ich glaube es nicht! Ihr träumt immer noch von dieser Frau aus Realwelt? Wie hieß sie doch gleich?«

Cathrine, denkt Baroon. Sechzehn lange Jahre hat er sie nicht gesehen. Sechzehn Jahre hat er in schlaflosen Stunden gegrübelt, ob es irgendwie eine Chance gegeben hätte, aber in all diesen Stunden ist ihm keine andere Möglichkeit eingefallen.

Oksana betrachtet ihren Cousin lauernd. »Man sagt, Ihr habt sie fortgeschickt! Obwohl sie schwanger war!«

WEIL sie schwanger war, denkt Baroon. Er musste es tun, um seine Liebste und sein ungeborenes Kind zu schützen – das Kind, von dem er noch nicht einmal weiß, ob es ein Sohn oder eine Tochter ist. »Ich hatte meine Gründe«, sagt er heiser und zuckt mit den Schultern, als wäre es nicht wichtig. Baroon weiß genau: Als ledigen Vampirmann hat Damon ihn all die Jahre am Leben gelassen, weil er auf seine Dienste angewiesen war. Aber eine Familie an Baroons Seite, eine offizielle Ehegattin, die ihm einen Erben geboren hätte, einen Stammhalter, der eines Tages Herrschaftsansprüche geltend machen könnte – diese Familie hätte in der von Ränken und Intrigen durchsetzten Vampirwelt nicht lange überlebt. Nicht unter diesem Machthaber. Wahrscheinlich keine sechzehn Tage. Mit Sicherheit keine sechzehn Jahre.

Baroon presst die Lippen aufeinander. Wenn sich die politische Lage aber nun ändert, wenn Damon entmachtet wird, wenn solche Grausamkeiten zukünftig nicht mehr stattfinden... wer weiß? Er kann Gesetze erlassen, die die fast unumschränkte Macht des Herrschers in Zukunft beschneiden. Umfassende, gerechte Regeln, die für alle gelten. Zumindest für alle Vampire. Um die Gleichberechtigung der anderen Völker Galaxias, die Najaden, Atlantiker, Sharkmen, Wüstennomaden, Faune und wie sie alle heißen... darum muss man sich später einmal kümmern. Das ist Zukunftsmusik, für einen anderen Herrscher in einem anderen Jahrhundert.

Schmetternde Fanfarenklänge reißen Baroon aus seinen Gedanken. Der Zeremonienmeister erhebt sich.

»Im Namen der Gerechtigkeit danke ich allen hier Versammelten für ihr Erscheinen. Da der heutige Prozess erhebliche politische Bedeutung hat, muss sich jeder, der sich in diesem Raum befindet, einem Schweigegelübde unterziehen. Wer nicht willens ist, diesen Eid des Schweigens zu leisten, der möge den Saal jetzt verlassen!«

Der Zeremonienmeister blickt sich um, aber niemand rührt sich.

»Ich möchte daran erinnern, dass dem Schweigegelübde ein Strafzauber anhaftet: Jedem, der diesen Schwur bricht, wird für den Rest seines Daseins die Zunge in Stein verwandelt.«

Als sich immer noch keiner der Anwesenden Richtung Ausgang bewegt, hebt er den Zeremonienstab, der aus einer versteinerten Schlange gefertigt ist. »Nun denn, da alle einverstanden sind: Der Prozess möge beginnen!«

Laut spricht er die Worte des Schweigegelübdes. Die versammelten Vampire tun es ihm nach. Ihr Raunen erfüllt das hohe Gewölbe.

»Ich gelobe zu schweigen,
über alles, was geschieht,
an diesem Ort, in dieser Nacht.
Ich gelobe zu schweigen,
bis zum Ende aller Tage,
stumm wie ein Stein.
Ich gelobe zu schweigen.«

Kaum sind die Stimmen verklungen, werden die schweren Türen aufgerissen. Abermals ertönen die Fanfaren. Die Richterin des Orakels betritt den Saal. Im Gegensatz zu den anderen Anwesenden hat sie kein menschliches Antlitz, sondern den Kopf einer riesigen Königskobra. Damit überragt sie die größten Vampire um eine Armeslänge.

Zwei geflügelte Panter flankieren sie, nachtschwarze Tiere, groß wie Kälber, die sich von der Nervosität im Saal anstecken lassen. Gereizt fauchen sie die Zuschauer an. Ihre Schwänze peitschen hin und her und verursachen schmerzhafte Striemen an den Beinen der umstehenden Vampire.

Langsam schreitet die Richterin die Gasse ab, die sich in der Menge für sie bildet. Ihr Reptilblick wandert durch den Raum. Schweigend mustert sie Damon und wendet sich schließlich dem Pult zu, auf dem die kiloschwere Anklageschrift liegt.

Eine Ewigkeit hört man nichts außer dem Rascheln der Blätter.

»Spart Euch die Mühe!« Damons Stimme zerschneidet die Stille. »Ich akzeptiere – nein, ich fordere! – die für Untote höchstmögliche Strafe!«

Ein ungläubiges Raunen geht durch den Saal. Will er wirklich zur Sonnenwende dem Tageslicht ausgesetzt werden? Allein die Vorstellung, vom unheilvollen Licht des längsten aller Tage erfasst zu werden und zu Staub und Asche zu zerfallen, lässt jeden Vampir erschaudern.

Die Richterin fächelt sich mit ihrer Nackenhaut Luft zu und blickt Damon unverwandt in die Augen. Obwohl sie schon über zweihundertvierzig Jahre im Dienst des Orakels steht und nahezu alles Vorstellbare und Unvorstellbare in diesem Gerichtssaal gesehen hat, ist sie unschlüssig. Sie hat mit vielen hochrangigen Persönlichkeiten gesprochen, aber niemand konnte ihr sagen, wie mächtig Damon wirklich ist. Was, wenn seine Macht sogar groß genug ist, das Licht zu manipulieren?

»Vielleicht finden wir eine andere Lösung«, weicht sie seiner Forderung aus. »Wo ist Euer Sohn, Damon?« Ihre Schlangenzunge bewegt sich im Rhythmus der Worte vor und zurück, während sie zischelnd spricht. »Will er nicht hier aussagen, um Euch zu entlasten?«

»Ha! Das hättet Ihr wohl gerne! Damit Ihr meinen Sohn auch gleich wegen Hochverrats anklagen könnt? Für wie dumm haltet Ihr uns!« Damons Verachtung trieft aus jedem Wort, das er ausspuckt. »Und nun fällt Euer Urteil und gebt mir die Höchststrafe! Jetzt sofort! Ich habe nicht den ganzen Abend Zeit!«

Die Zuschauer im Gerichtssaal starren ihn entgeistert an.

»Mäßigt Euren Tonfall, Angeklagter!«, ruft der Zeremonienmeister dazwischen und klopft mit seinem Stab auf den Richtertisch.

Damons Arroganz ist bekannt – er hat vor niemandem Respekt, nicht vor den Lebenden und nicht vor den Toten. Die Richterin hebt ihren Kobrakopf und sieht Damon mit schwarzen Augen an. »Auch wenn Euch die höchste Strafe für Vampire zustünde – nämlich im gleißenden Sonnenlicht zu verenden – werde ich Gnade walten lassen.«

Die Zuschauer flüstern und murren. Damon streckt seinen Kopf nach vorne und zieht die Lippen hoch, so dass seine Reißzähne hervorblitzen. »Was soll das heißen?«

»Ich verurteile Euch nur zur zweithöchsten Strafe.«

Der Lärm auf den Zuschauerbänken wächst sich zum Tumult aus. Damon stiert die Richterin hasserfüllt an. Dann strafft er seine Schultern und zischt: »Erklärt Euch genauer!«

Schlagartig wird es mucksmäuschenstill im Saal. Keiner will auch nur eine Silbe des Richterspruchs verpassen.

»Ich werde Euch ins All verbannen. Wenn Ihr ein paar Jahrhunderte lang in einer Metallkugel durch die Thermosphäre taumelt, habt Ihr genügend Zeit, Euch auf die wahren Werte Eurer vampirischen Wurzeln zu besinnen...« Die Richterin lächelt kühl. »Oder auf Eure Rache, Damon, ganz wie Ihr wollt.«

Damon richtet sich auf, bis sein Kopf fast an den Magnetkäfig stößt. Seine Augen blitzen. »Ich bin der ranghöchste Vampir in diesem Raum«, beginnt er mit schneidender Stimme. »Ich habe ein Recht auf die Höchststrafe! Wenn Ihr jedoch Zweifel an meiner Schuld habt, dann müsst Ihr mich freisprechen! Ich werde keine Strafe akzeptieren, die für niedere Vampire gedacht ist!«

»Ihr verkennt Eure Position«, erwidert die Richterin und krault dem geflügelten Panter zu ihrer Linken den Kopf. »Euer Machtmissbrauch ist für das Gericht hinreichend bewiesen. Durch die Schwere Eures Verbrechens habt Ihr jedes Einspruchsrecht verwirkt.« Sie beugt sich vor und sieht ihn eindringlich an. »Es würde Euch gut anstehen, Reue zu zeigen, Damon. Wenn Ihr uns mitteilt, wo der Wunschdiamant zu finden ist, dann könnte das Gericht mildernde Umstände geltend machen.«

Damons Gesicht verzerrt sich zu einer hasserfüllten Grimasse. »Ich habe mein Leben lang Kriege geführt! Im Feldzug gegen die Clans des Nordens habe ich ganze Adelsgeschlechter ausgerottet! Zu Tausenden sind sie elendig verreckt, in der Abaddonschlucht, wo sie sich in Sicherheit wähnten... bis ich mit Hunderten von Spiegeln gebündeltes Sonnenlicht zu ihnen hinunterlenkte, das ihrem jämmerlichen Vampirdasein den Garaus machte! Ihre Überreste wurden niemals gefunden, ihre Burgen sind zerfallen... Und Ihr wollt mich verurteilen? Wegen einem STEIN?«

Der Zeremonienmeister erhebt sich. »Ich bitte um das Schlußplädoyer!«

»Rutscht mir doch den Buckel runter mit Eurem Schlussplädoyer!« tobt Damon. »Was erlaubt Ihr Euch! Lasst mich frei! Sofort! Das ist ein Befehl! Ihr seid überhaupt nicht befugt, mich zu verurteilen! Ihr armseligen Witzfiguren!« Irritiert starrt er in die Menge, die von seinem Zornausbruch seltsam unbeeindruckt ist.

Die Richterin nickt dem Zeremonienmeister zu. Dieser klopft mit seinem Schlangenstab auf den Tisch. »Das Urteil ist gesprochen! Die Verhandlung ist geschlossen! Gelobt und gepriesen sei unser Hohes Gericht!«

»Gelobt und gepriesen sei unser Hohes Gericht!«, murmelt es durch die Reihen der Anwesenden.

Mit einer ausladenden Armbewegung winkt die Richterin Baroon zu sich. »Darf ich den neuen Fürsten der Dunkelheit bitten, dem Verurteilten seinen Schuldspruch zu überreichen?« Sie händigt ihm eine Schriftrolle aus.

Baroon schiebt Damon die Urkunde durch die Gitterstäbe zu, ohne sich um die Funken zu kümmern, die von den Stäben des Magnetkäfigs sprühen und ihnen beiden die Kleidung versengen.

Damon fletscht seine Zähne. »Na, dürft Ihr jetzt auch mal ein bisschen Herrscher spielen?«, geifert er. »Genießt es, so lange Ihr könnt! Denn sobald die Herrschaft wieder in meinen Händen ist, werdet Ihr Eures Lebens nicht mehr froh! Ich habe Euch all die Jahrhunderte verschont, Baroon, und Ihr – Ihr habt mich verraten! Dafür werdet Ihr bezahlen! Ein lächerlicher kleiner Wicht seid Ihr! Ein elender Lügner, eine Kakerlake, ein Intrigant!«

Baroon ist von den Drohungen und den wüsten Beschimpfungen nicht überrascht. Er begnügt sich damit, eine Augenbraue hochzuziehen. »Ihr verschwendet Eure Energie, Damon.«

»ICH bin der Herrscher über Galaxia!«, brüllt Damon, zitternd vor Zorn, und rüttelt an den Stäben. »Niemand kann mich absetzen! Ich werde Euch lehren, mir den gebührenden Respekt zu erweisen! Ich werde Euch alle vernichten!« Geifer fliegt aus seinem Mund, wird von den Gitterstäben des Magnetkäfigs angezogen und rinnt an ihnen herab. Er tritt gegen die Stangen, dass die Funken nur so stieben und blutrote Flammen über den Steinboden züngeln.

Hektisch bringen die Wachen ihre Schutzschilde in Position.

Damons Blick versengt einem von ihnen die Schulterklappe. »Geht mir aus der Aura, Wurm!«, kreischt er den Wächter an, und seine Stimme überschlägt sich dabei. »Eure minderwertige Gestalt beleidigt meine Augen! Sobald ich die Herrschaft wieder erlange – und das wird schon sehr bald sein! – dann werde ich Kreaturen wie Euch in Lurche verwandeln und dafür sorgen, dass Ihr endlich im Staub kriecht, dort wo Ihr hingehört!«

Ungerührt beobachtet die Richterin, wie Damon in seinem Käfig randaliert. Auf ihr Handzeichen hin wird es leise im Saal. Nur der Gefangene ist dermaßen außer sich, dass er noch ein paarmal gegen die Stäbe tritt, bis er bemerkt, dass um ihn herum kein Laut mehr zu hören ist.

»Ihr müsst verstehen, Damon, dass Ihr keinen Grund habt, Euch über andere zu erheben. Ihr werdet lernen, dass Lebewesen, die Ihr für niederrangig haltet, genauso ihren Platz in unserem Kosmos haben wie Ihr selbst.«

Zustimmendes Raunen begleitet die Worte der Richterin, während sie sich erhebt und neben Baroon vor den Käfig tritt. »In Zukunft sollt Ihr anderen Lebewesen nur das zumuten, was Ihr Euch selber zumuten würdet.« Feierlich breitet sie die Arme aus. »Damit Ihr diese Lehre im Gedächtnis behaltet, Damon, werde ich Euch für die Zeit Eurer Verbannung in einen Lurch verwandeln! Die Auswirkungen Eurer Flüche sollt Ihr am eigenen Leib erfahren!«

Überraschung liegt in Damons Gesicht, als er zu ihr aufblickt. Die Richterin des Orakels spreizt ihr Nackenschild, fixiert ihn aus schmalen Augenschlitzen und zischt ein paar unverständliche Silben. Ihm wird speiübel von dem Gefühl, zu fallen, obwohl er mit beiden Stiefeln fest auf dem Boden steht. Damon sieht, wie die Wachen um den Käfig herum größer werden und mit aufgerissenen Augen zu ihm hinuntersehen. Er versteht, dass er mit hoher Geschwindigkeit schrumpft, wie ein Kinderballon, aus dem die Luft entweicht.

Als Damon den Mund öffnet, um einen Gegenzauber zu sprechen, kommt kein Laut heraus. Die anwesenden Vampire nicken finster. Nur Baroon lächelt auf einmal, aber das kann Damon nicht mehr sehen.

Auf dem Käfigboden befindet sich an Damons Stelle ein Feuersalamander, der sich heftig schüttelt, mit seinem Schwanz hin und her schlägt und aus wachen, schwarzen Knopfäuglein nach allen Seiten blickt. Als er sich durch die Gitterstäbe schlängelt und losflitzt, bricht im Gerichtssaal ein Riesenchaos aus, weil jeder, der in der Nähe steht, sich kopfüber auf das schwarzgelbe Tierchen stürzt.

REALWELT – im Haus von Familie Palmer

Amy schlägt die Augen auf, von lauten Hammergeräuschen geweckt. Was ist denn hier los? Verschlafen greift sie nach dem Smartphone. Viertel nach sieben. Quasi kurz nach Mitternacht. Hat man in diesem Haushalt denn gar kein Recht mehr darauf, auszuschlafen? Entnervt hält sie sich die Ohren zu. Keine Chance. Das Gehämmer geht durch Mark und Bein: Dad klopft im Badezimmer alte Fliesen von der Wand. Jetzt hört sie ihn fluchen. Bestimmt hat er sich auf den Daumen gehauen. Geschieht ihm recht! Das hat er davon, dass er Mum jeden Wunsch von den Augen abliest!

Bei der Besichtigungstour mit dem Immobilienmakler hatte sich Cathrine auf den ersten Blick verliebt – und zwar in den Rosengarten. Echte Duftrosen, die ganz alten Sorten! Der Zustand des Hauses war ihr relativ egal. Amy hat das Gesäusel des Maklers noch im Ohr: »Leicht renovierungsbedürftig, aber die Substanz ist einwandfrei! Ein echtes Liebhaberstück!«

»Eine historische Herausforderung«, hatte Dad gesagt, und gelacht.

Amy ist das Lachen inzwischen vergangen. Seit sie hier eingezogen sind, wird sie pausenlos für Renovierungsarbeiten eingespannt: Tapeten ablösen, Türen abschleifen, Teppiche rausreißen. Nicht mal gestern an ihrem Geburtstag war Ruhe: Da musste unbedingt das Wohnzimmer geweißelt werden.

Sie steigt aus dem Bett und schleppt sich zum Kleiderschrank. Schon wieder so eine Nacht, nach der sie sich völlig gerädert fühlt! Ächzend zieht sie sich ein T-Shirt über den Kopf. Vor lauter Muskelkater kann sie ihre Arme kaum heben. *When the going gets tough, the tough get going!*, steht auf dem Shirt. Es war das Abschiedsgeschenk ihrer Girls-Gang aus Edinburgh.

Als sie durch den Flur geht, schielt sie in den Spiegel. Was ist das denn? Sie fährt mit den Fingern durch ihr blauschwarzes Haar. Die metallenen Strähnen dazwischen glänzen heute noch intensiver als sonst. Oder kommt ihr das nur so vor? In der Küche trifft sie auf Mum, die vor der Mikrowelle auf einem Bein steht und die Hände über dem Kopf gefaltet hält. »Was machst du da?«

»Yoga.«

»In der Mikrowelle, meine ich.«

»Porridge. – Hör mal, Amy, willst du dir nicht lieber ein altes T-Shirt anziehen? Heute streichen wir den Flur!«

»Da müsst ihr leider ohne mich auskommen. ICH werde mir heute meine neue Schule ansehen!«

Mum setzt langsam den Fuß auf den Boden und zieht das andere Bein hoch. »Das kannst du doch auch im September machen?«

»Hier in Bayern haben sie noch ein paar Wochen Unterricht«, erklärt Amy.

Ihre Mutter schüttelt den Kopf und fängt an zu wackeln. »Aber warum? Dieses Schuljahr hast du doch in Edinburgh schon abgeschlossen. Du musst da nicht mehr hingehen!«

»Weiß ich. Aber beim Flurstreichen lerne ich ganz sicher keine neuen Leute kennen!«

»Mpff...!« Mum ist krampfhaft darum bemüht, ihr Gleichgewicht zu halten. »Ich hoffe, du weißt, wo der Schulbus fährt? Nick und ich haben jedenfalls keine Zeit, dich herumzukutschieren!« Die Mikrowelle klingelt und beendet die Yoga-Session.

Amy zuckt mit den Schultern. »Mit Google Maps sollte das kein Problem sein.« Sie klopft ihre Jeans ab. Wo hat sie eigentlich ihr Smartphone gelassen?

»Ist es nicht schon ein bisschen spät für den Schulbus?«, fragt Mum hoffnungsvoll.

Da ist was dran. »Dann nehme ich eben ein Taxi!«

»Du könntest uns ruhig helfen! Ich werde kein Geld locker machen, nur damit du dich vor der Arbeit drücken kannst!«

»Dann zahle ich das Taxi eben von meinem eigenen Geld!« Amy rennt hoch in ihr Zimmer, zieht einen 50-Euro-Schein aus dem Kuvert mit ihrem Geburtstagsgeld und flitzt wieder in die Küche. »Hier!« Sie klatscht den Fünfziger auf den Tisch, um zu zeigen, dass sie es ernst meint. Sie wird keinen Tag länger mit Renovieren verplempern! Sonst kriegt sie die Krise!

»Alles klar bei euch?«, fragt Dad, der auf eine Kaffeepause in der Küche aufkreuzt. Mit der Staubschutzmaske über Mund und Nase sieht er aus wie ein Alien. Aus seinen Haaren rieselt Putz.

»Sie ist scharf auf Schule!«, sagt Mum und verdreht die Augen.

»Ich will auch in die Schule!«, quengelt Vincent, der hinter Dad in die Küche hopst.

»Nix da, du bleibst hier!« Mum stellt ein Glas Milch vor ihn hin. »Du kommst im September in die Schule. In die erste Klasse! Mein großer Junge! Wir zwei können später Wände streichen. Das macht Spaß!«

Amy holt tief Luft. »Wenn ich noch einen einzigen Farbeimer sehe – oder einen Putzeimer – oder eine Tapetenrolle – dann dreh' ich durch! Seid froh, wenn ihr mich los seid!«

»Ja, geh' du nur! Wir kommen auch ohne dich zurecht!«, sagt Mum kurz angebunden.

»Ich kann dich so gut verstehen!« Dad lässt sich auf einen Stuhl fallen. Um ihn herum staubt es in alle Richtungen. »Die Leitungen in diesem Haus, die machen mich fertig!«

****

Amy knallt den Hörer zurück auf die Ladestation. Die nette Frauenstimme hat ihr versprochen, dass das Taxi in zehn Minuten da sein wird. Wenn sie diesem Irrenhaus jemals entkommen will, muss sie sich sputen!

»Totale Zeitverschwendung!«, schimpft Cathrine leise. »Die könnte zumindest noch ein paar Kartons auspacken! Oder die Kellerregale aufbauen!«

»Lass sie ruhig«, beschwichtigt Nick. »Es ist doch gut, wenn sie Kontakt zu Gleichaltrigen hat.« Und Amy ruft er hinterher: »Es gibt übrigens nur EIN Gymnasium am Ort. Wenn du es gefunden hast, geh' rein! Besser wird's nicht!«

»Das Ding ist bestimmt voll okay. Alles besser als meine alte Schule... dieses beknackte Internat!« Amy fetzt mit der Zahnbürste im Mund durchs Haus und sucht ihre Sachen zusammen: Kugelschreiber, Schlüssel, Kaugummis. »Hat irgendwer mein Smartphone gesehen?«, schreit sie durch den Flur.

»Hier!«, ruft Vincent und läuft ihr nach. »Ich hab's!«

Kleine Brüder sind große Klasse! Amy wuschelt ihm dankbar durch die Haare.

»Ich hab' dir einen neuen Klingelton runtergeladen!«

Kleine Brüder sind echt das Hinterletzte! Angefressen reißt sie ihm ihr Smartphone aus den Pratzen. »Was soll das, du Nervensäge?« Dass dieses lästige Balg immer seine Griffel an ihren Sachen haben muss!

Vince zieht ab, bevor er noch mehr Stress bekommt. Vor dem Haus hupt es.

»Okay, ich bin dann mal weg!« Keiner beachtet sie mehr. Amy zieht die Tür hinter sich zu. Puh, endlich draußen!

Am Bürgersteig wartet ein beiger Mercedes. Amy zieht die hintere Tür auf und lässt sich auf den Rücksitz fallen. Dort ist die Wahrscheinlichkeit, vom Fahrer vollgequatscht zu werden, am geringsten. »Guten Morgen!«, wünscht sie – in einem Tonfall, der hoffentlich klarstellt, dass sie keine Lust auf Smalltalk hat.

»Morgen«, brummt der Taxifahrer zurück. »Wo soll's denn hingehen?«

»Zum Gymmi... Moment, wie heißt das gleich wieder?«

»Marie-Curie-Gymnasium?«

»Genau!« Amy legt den Gurt an und zieht ihr Smartphone heraus. Was riecht hier eigentlich so nach Kloreiniger? Ihr Blick fällt auf das Klimbim, das vom Rückspiegel baumelt: Zwei Oktoberfestrosen, ein Schwan aus schwarzem Plüsch und ein violetter Duftbaum, der Lavendelaroma verbreitet. »Sagen Sie, könnten Sie vielleicht das Fenster einen Spalt öffnen? Ich brauche dringend Frischluft!«

Der Taxifahrer wirft einen prüfenden Blick in den Rückspiegel. Hoffentlich kotzt die ihm nicht ins Auto! Hört man ja überall, dass die

Teenager von heute ihre Freizeit mit Komasaufen und Kiffen verbringen. »Kurze Nacht gehabt?«

Amy zieht die Augenbrauen hoch. Sieht man ihr etwa an, dass sie sich die halbe Nacht um die Ohren geschlagen hat? Und wenn schon: Was geht den das eigentlich an?

»Heute ist Neumond!«, hatte Mum gestern ganz beiläufig gesagt und dabei hintergründig gelächelt... so als wüsste sie von den beunruhigenden Episoden, die Amy seit einem Jahr regelmäßig durchmacht.

Kurz nach ihrem fünfzehnten Geburtstag hatte es angefangen. Die Halluzination war so heftig, dass sie fürchtete, verrückt zu werden: Das unheimliche Gefühl, in einem unbekannten Körper zu stecken. Das Pochen in ihrem Schädel. Das Kribbeln auf der Haut. Die fremdartigen Töne, die in ihren Ohren vibrierten. Als sie im Halbdunkel ins Badezimmer ging, um sich kaltes Wasser über die Arme laufen zu lassen, sah sie im Spiegel ein eigenartiges Glühen in ihren Augen – so als würde um ihre Pupillen ein Lichtkranz leuchten. Eine beängstigende Erfahrung.

Beim ersten Mal hatte sie noch gedacht, jemand hätte K.O.-Tropfen in ihre Cola gekippt, oder ihr einen Haschkeks untergejubelt. Einen Monat später, nach der zweiten derartigen Nacht, war klar, dass es keine Drogen sein konnten. In jenem Sommer las sie alles, was sie über Umweltgifte finden konnte. Aber diese ungewöhnlichen Symptome hatte niemand außer ihr.

Bei Amy jedoch trat diese Halluzination zuverlässig alle vier Wochen auf. Sie arbeitete sich verbissen in das Thema Radioaktivität ein. Dadurch geriet sie zwar bei ihrem Physiklehrer unter Genie-Verdacht, aber ansonsten brachte das nicht viel. An Silvester beschloss sie, das Phänomen in Zukunft zu ignorieren.

In Neumondnächten ist das allerdings nicht so einfach, da ist ihre komplette Wahrnehmung verändert. Selbst wenn es im Badezimmer stockdunkel ist, kann sie mühelos die Montageanleitung des Herstellers lesen, die immer noch an der Spiegelscheibe klebt. Sie sieht Linien aus tanzenden Farbflecken unter ihrer Haut pulsieren – genau dort, wo die

Schlagadern verlaufen. Ihre Kopfhaut brennt wie nach Ameisenbissen. An diesen Stellen entdeckt sie am nächsten Morgen blauschwarze Haare, die metallisch glänzen wie Lametta, aber so hauchfein sind wie Spinnenfäden.

Sobald die Sonne aufgeht, ist der ganze Spuk vorbei, und für den Rest des Monats ist alles wie immer. Nur die metallenen Haarsträhnen bleiben... und mit jeder Neumondnacht werden es mehr. Amy hat ihrer Mutter noch nichts davon erzählt, aber sie hat den Verdacht, dass Mum sowieso schon was ahnt. Manchmal haben Mütter erstaunlich feine Antennen. Amy seufzt.

Der Fahrer dreht den Kopf nach hinten. »Wie bitte?« Als keine Antwort kommt, stellt er das Radio lauter und lässt das Beifahrerfenster hinunter. Amy vertieft sich in ihr Smartphone.

Das Taxi schnurrt gemächlich durch eine Geschäftsstraße. Amy schaut kurz vom Display auf. Die Aussicht aus der Windschutzscheibe ist so kleinstädtisch wie erwartet: Klamottenläden, Frisör, Ärztehaus. Die Bäckereien haben schon geöffnet, aber viel ist noch nicht los.

Vor einer roten Ampel kommt das Taxi zum Stehen. »Ey, Meister«, poltert der Fahrer los, »kannst du nicht über die Ampel gehen, so wie andere Leute auch? – Haben Sie den gesehen? Der ist mir fast vor die Motorhaube gesprungen!«

Amy beobachtet den hageren Typ mit Pferdeschwanz und Nasenring, der jetzt seinen Kopf durch das offene Fenster steckt und sie durch seine Sonnenbrille anglotzt.

»Der Taxistand ist da hinten!«, pampft der Fahrer. »Und in Zukunft...«

»Klappe! Wir müssen zum Flughafen!« Der Nasenring greift ins Wageninnere und rackt die Beifahrertür auf. Er wirft sich auf den Sitz und zieht aus der Innentasche seiner Lederjacke eine Pistole. »Du tust jetzt genau, was ich dir sage, verstanden?«

Der Taxifahrer starrt mit panikgeweiteten Augen in den Pistolenlauf und nickt.

Amy wird es gleichzeitig heiß und kalt. Sie überlegt, ob sie aus dem Taxi springen soll. Oder ist es besser, ganz unauffällig sitzen zu bleiben, solange der Verrückte da vorne mit einer Schusswaffe herumfuchtelt?

Die Ampel schaltet auf Grün.

»Stehenbleiben!«, zischt der ungebetene Fahrgast und wedelt mit der Knarre. Den Autos hinter ihnen, die ungeduldig hupen, zeigt er den Stinkefinger.

Aus dem Juweliergeschäft auf der anderen Straßenseite rennt ein dicklicher Mann mit Baseball-Cap auf die Straße, schlängelt sich zwischen den fahrenden Autos durch und beäugt misstrauisch das Verkehrschaos, das er selber verursacht. Über der Schulter schleppt er einen vollgestopften Rucksack, den er in der Hektik des Raubzugs nicht richtig verschlossen hat: Herausfallende Ringe, Ketten und Armbanduhren säumen seinen Weg. Er reißt die hintere Autotür auf, wuchtet die Beute auf den Rücksitz und quetscht sich selbst fluchend daneben. Dann erst sieht er Amy. »Scheiße! Was sollen wir denn mit der da?«

Amys Nackenhaare stellen sich auf, als sie seine piepsige Stimme hört.

»Fahr los!«, bellt der Nasenring. Die Autotüren knallen zu, es klingt wie Schüsse.

Die Ampel ist inzwischen wieder rot, aber das ist dem Taxifahrer egal. Der achtet nur noch auf die Pistole. »W-w-w-wohin?«

»Zum Flughafen! Zack zack! Steig ins Gas, Mann!«

Mit schweißnasser Stirn schlängelt sich der Taxifahrer über die Kreuzung, sucht Lücken im Querverkehr, bremst und beschleunigt im Sekundentakt. Bremsen quietschen. Hinter ihnen hupt und kracht es. Das Taxi gerät ins Schlingern. Amy schreit auf, als ein Laster an ihrer Seite entlangschrammt.

»Maul halten!« Verärgert dreht sich der Nasenring nach hinten. Amy sieht ihr Spiegelbild in seiner Sonnenbrille. »Wenn sie nochmal quietscht, dann hau ihr eine rein!«, blafft er seinen Komplizen an. »Ich will in Ruhe telefonieren!«

Der zieht geräuschvoll einen Batzen Schleim den Rachen hoch.

»Ich dachte, du hast schon angerufen? Ist das jetzt nicht 'n bisschen knapp?«, nölt er mit seiner hohen Stimme.

»Die von der Notrufzentrale sind schnell!«, beruhigt ihn der Nasenring und hält sich das Handy ans Ohr. »Hallo? Ist da vielleicht mal jemand? Na endlich! Ich wollte eine Entführung melden!«

Am anderen Ende hört man die ruhige Stimme des Notruf-Disponenten, der sich nach weiteren Details erkundigt.

»Na, ICH bin der Entführer! Hehe!«

»WIR!«, berichtigt der Dicke von hinten und kratzt an seinem Fusselbart.

Der Disponent redet weiter. Er klingt so sachlich, als würde er eine Pizzabestellung aufnehmen.

Der Nasenring antwortet ausweichend. Amy kneift die Augen zu und hält den Atem an, um besser zu hören. Aus dem Hintergrundrauschen des Kidnapper-Handys macht sie einzelne Wortfetzen aus: Großfahndung... Hubschrauber... Einsatzkräfte...

»Seid ihr schwer von Begriff?«, schreit der Nasenring plötzlich los. »Ich sage doch: Ich habe eine Geisel! Nein, zwei! Und wenn ihr nicht spurt, dann habt ihr zwei Leichen! Habe ich mich klar genug ausgedrückt?«

Der Taxifahrer wischt sich mit zitternden Fingern eine Sprühladung Spucke von der Wange und lässt ein Winseln hören.

»Schnauze!«, quäkt der Fusselbart vom Rücksitz. Er stinkt nach kaltem Rauch, und Angstschweiß.

»Wir sind auf dem Weg zum Flughafen und brauchen ein Flugzeug!«, bellt der Nasenring ins Smartphone. »Eine Cessna. Viersitzer.« Er schielt aufs Navi. »In fünfzehn Minuten. – Was heißt, das wird knapp? Euer Problem, wie ihr das hinkriegt! Kann doch nicht so schwer sein! Da stehen doch genug rum! – Ohne Pilot, ich fliege selbst.« Er lauscht angestrengt und dreht sich zu seinem Komplizen um. »Sonst noch was?«

»Vollgetankt!«

»Ach ja! Vollgetankt, versteht sich! Und keine Mätzchen, sonst gibt‘s hier ein Blutbad!« Er klickt den Disponenten weg. Aus dem Seitenfenster sieht man einen Airbus im Landeanflug.

»Wieso Viersitzer?«, protestiert der Dicke von hinten und rutscht unruhig auf dem Sitz herum. »Willst du die beiden da mitnehmen? Die machen doch unterwegs nur Ärger!«

»Bist du blöd, oder was? Mein Gott, schalte doch mal dein Hirn ein!« Der Nasenring schlägt sich die Hand vor die Stirn. »Ohne Geiseln lassen die uns doch gar nicht in die Cessna! Da klicken die Handschellen, noch bevor du ›piep‹ sagst!«

»Äh... wenn du meinst?«

»Ja! Mein‘ ich!«

»Und wenn ihr nur das Mädel mitnehmt?«, schlägt der Taxifahrer vor, während er auf die A92 auffährt. »Die macht euch bestimmt keinen Ärger!«

»Hm...«

Amy sitzt stocksteif da und verzieht keine Miene, während der Fusselbart sie abcheckt.

»Ich würde euch sowieso nichts nützen!«, bettelt der Taxifahrer. »Ich habe Flugangst!«

»Mach dir ruhig in die Hose!« Der Nasenring lacht dreckig. »Aber ich kann dir versprechen: Runtergekommen ist bis jetzt noch jeder!«

Der Taxifahrer schaut krampfhaft geradeaus. Die Autobahn ist überfüllt mit Pendlern, Lieferwagen und Bussen – das Übliche um diese Uhrzeit. Sein Gesicht ist klatschnass. Ständig nimmt er die Hände vom Steuer, um sich den Schweiß von der Stirn zu wischen. Das Taxi pendelt zwischen den Fahrspuren hin und her, was Amy ebenfalls den Schweiß auf die Stirn treibt.

****

Bei Familie Palmer gehen unterdessen die Renovierungsarbeiten voran. Nick verfrachtet diverse Eimer Bauschutt nach draußen und dübelt in der Küche ein Regal an. So! Er ist zufrieden mit sich. Dann bemerkt er den Geldschein, der noch auf dem Küchentisch liegt. »Wem gehören denn die 50 Euro?«

»Oh! Jetzt hat sie ihr Taxigeld vergessen!«, sagt Cathrine kopfschüttelnd.

»Ich ruf' sie an, dass sie den Fahrer zurückschicken soll. Den bezahlen wir dann hier.« Nick greift zum Telefon und wählt Amys Handynummer.

****

Alle zucken zusammen, als ein Mannschaftswagen der Polizei das Taxi mit Blaulicht überholt. Der Taxifahrer nimmt den Fuß vom Gas und umklammert sein Lenkrad.

»Drück auf die Tube, du Penner!«, zischt der Nasenring und schwenkt seine Pistole durch das Wageninnere. »Die in dem Achter interessieren sich nicht für uns, das siehst du doch!« Der Mannschaftswagen verschwindet vor ihnen zwischen den anderen Autos.

Amy stiert mit gesenktem Kopf auf ihre Knie und versucht, ihre aufsteigende Panik im Zaum zu halten. Bald kommt die Ausfahrt. Wie werden ihre Entführer auf das Polizeiaufgebot reagieren, das sie dort erwartet? Austicken und um sich ballern? Soll sie sich dann in den Fußraum ducken? Oder wäre das eine Chance zur Flucht?

Ihr Smartphone-Display leuchtet auf: Eingehender Anruf von Dad. Das hat ihr gerade noch gefehlt! Die ganze Zeit versucht sie, sich so unauffällig wie möglich zu verhalten, und jetzt das! Wenn sie irgendwas nicht will, dann Aufmerksamkeit auf sich ziehen! Quasi gleichzeitig ertönt ein Martinshorn. »*Tatü-tata-tatü-tata…*« Hektisch wischt sie Dads Anruf weg und hält nach dem Polizeiauto Ausschau.

Den Gangstern fährt der Schreck in die Glieder. »Wo sind die denn?« Angespannt sehen sie sich um. Das Martinshorn ist nicht mehr zu hören.

»Ne Zivilstreife vielleicht?« Der Fusselbart schluckt nervös. »Schau nach vorne!«, keift er dem Taxifahrer ins Genick. »Jetzt mal Tempo!«

»Fahr langsamer!«, befiehlt der Nasenring. »So können wir gleich 'ne Leuchtreklame aus dem Fenster halten! Nimm die Mittelspur!«

Der Taxifahrer bremst ab und zieht in die Mitte. Mit weinerlichem Gesicht schielt er in den Pistolenlauf. Erst im letzten Augenblick bemerkt er den Laster, der vor ihm ebenfalls auf die mittlere Spur wechselt. Amy schreit auf. Reflexartig reißt der Nasenring die Arme vor den Kopf. Der Taxler lenkt gegen und zieht das Lenkrad so abrupt nach links, dass Amys Smartphone aus ihren Händen fliegt und im Fußraum landet, genauso wie der Rucksack mit dem Diebesgut. Raschelnd und klimpernd ergießt sich der glitzernde Inhalt über ihre Schuhe.

****

Währenddessen drückt Dad zuhause ungeduldig auf die Wahlwiederholung. »Warum geht sie denn nicht ran? Glaubst du, sie hat ihr Handy auf lautlos gestellt?«

****

»*Tatü-tata-tatü-tata...*« Die Vier im Taxi schrecken hoch. Dumpf hört man die Megafonstimme eines Polizisten: »... *Hier spricht die Polizei! Ergeben Sie sich! Tatü-tata-tatü-tata...*«

Der Schock sitzt. »Fuck!«, heult der Fusselbart neben Amy und schlägt seinen Hinterkopf gegen die Nackenstütze.

»Fahr! Endlich! Schneller!«, kreischt der Nasenring. Er packt die Pistole mit der Linken und drückt damit den Kopf des Taxifahrers ans Seitenfenster. Seine Hand zittert, schweißüberströmt. »Ich knall euch alle ab!«

»Bitte nicht!«, flüstert der Taxifahrer, den Hals verdreht, die Stirn an der Scheibe.

»... *Hier spricht die Polizei! Ergeben Sie sich! Tatü-tata...*«

»Reiß' dich zusammen!«, schreit der Fusselbart von hinten. »Oder willst du lebenslänglich?« Panisch dreht er den Kopf hin und her. »Keine Ahnung, wo die sind! Ich seh‘ sie nicht! Vielleicht schaffen wir's noch!«

»Nicht schießen!«, keucht der Taxifahrer und klammert sich an das Lenkrad. Im Zeitlupentempo bringt er seinen Körper wieder in eine aufrechte Sitzposition. Der Mercedes bewegt sich in Schlangenlinien durch die Autobahnbaustelle.

****

Die Zivilstreife, die auf dem Weg zu einem Großeinsatz beim Flughafen ist, wird durch ein schlingerndes Taxi ausgebremst.

»Der ist doch besoffen!«

»Oder auf Drogen. Sollen wir?«

»Ja! Die fünf Minuten haben wir noch! Von der Einsatzleitung gibt es immer noch nichts Neues.« Der Zivilpolizist hinter dem Steuer macht sich daran, den beigen Mercedes vorsichtig zu überholen.

Sein jüngerer Kollege nimmt die Kelle zur Hand und wirft einen kritischen Blick auf die Insassen des Taxis. Als er die Schusswaffe erkennt, die auf den Taxifahrer gerichtet ist, greift er zum Funkgerät.

****

Auch im Hause Palmer liegen die Nerven blank: Nick rutscht auf Knien über den Fußboden und kehrt die Scherben seiner Kaffeetasse zusammen.

»Was ist DAS?«, fragt Cathrine und begutachtet stirnrunzelnd die Schnur, die quer über den Küchenfußboden gespannt ist.

»Eine Stolperfalle für Dinosaurier!«, erklärt Vince.

»Aus Schnürsenkeln? Hast du die etwa aus meinen Turnschuhen rausgezogen?«, ärgert sich Cathrine.

»Aus meinen auch!«, schimpft Nick. »Sieh zu, dass du sie wieder einfädelst!«

»Ihr habt nicht gesagt, dass ich sie NICHT rausmachen darf!«, ereifert sich Vince, mit derselben Zornesfalte, die seinem Vater auf der Stirn steht.

»Du bist ja ein ganz ein Schlauer!« Klirrend verschwinden die Scherben im Restmüll. »Dann kannst du mir bestimmt auch erklären, warum deine Schwester nicht an ihr Handy geht? Wozu hat sie das überhaupt, wenn sie es nicht benutzt?«

»Ich nehme an, sie hat schon Unterricht«, überlegt Cathrine.

»Genau!«, bekräftigt Vincent. »Es ist schon halb nach acht!«

»Halb neun sagen wir auf Deutsch«, verbessert Nick. »Und du, tritt bitte nicht auf meine Unterlagen! Schatz!«

Cathrine schaut auf den Papierwust unter ihren Füßen. »Ich dachte, du hast den Flur mit Altpapier ausgelegt? Damit wir gleich streichen können?«

»Das ist kein Altpapier! Das sind meine Quellcodes!« Nick pfeffert das Kehrblech in die Ecke, greift nach dem Telefon und drückt die Wahlwiederholung. »Einmal probiere ich es noch.«

Mit storchenhaften Bewegungen bahnt sich Cathrine einen Pfad durch den Papierwust. »Aber warum liegt das alles hier im Flur rum? Vincent?«

»Ich war's nicht!«, beteuert Vince. »Ich bin nicht immer an allem schuld!«

»ICH war das. Ich habe meine Bohraufsätze gesucht«, erklärt Nick, mit dem Hörer am Ohr. Ungeduldig drückt er die rote Taste. »Also gut!«, mault er das Display an. »Wenn sie nicht rangeht, dann muss sie eben alleine klarkommen.« Er schaut achselzuckend auf das Chaos im Flur. »Ich muss jetzt wirklich los, Schatz. Bring mir bloß nichts durcheinander! Das räume ich später auf!«

****

»*Tatü-tata-tatü-tata. Hier spricht die Polizei! Ergeben Sie sich! Tatü-tata-tatü-tata. Hier spricht die Polizei! Ergeben Sie sich! Tatü-tata...*«

Auf einmal bricht der schrille Ton des Martinshorns ab. Die Stille wirkt noch bedrohlicher als die Polizeisirene.

Während der Fusselbart auf seinen Fingernägeln kaut und resigniert die Polizeikelle anglotzt, die da vorne aus dem Auto ragt, betäubt der Nasenring seinen Stress damit, auf das Armaturenbrett einzudreschen. »Fuck!«, heult er immer wieder. »Fuck! Fuck! Fuck!« Dann lässt er langsam seine Pistole sinken. Scheiß Skrupel! Aber wer will schon für einen lausigen Taxifahrer 15 Jahre hinter Gitter? »Anhalten!«, bellt er.

Hier? Auf der Autobahnbrücke? Der Taxifahrer tritt auf die Bremse und drängelt sich nach rechts durch. Ebenso die Zivilstreife, die in einigem Sicherheitsabstand mit eingeschaltetem Warnblinklicht auf dem Standstreifen parkt.

Amy schielt aus dem Fenster. Für eine Flucht steht das Taxi denkbar ungünstig, mitten auf der Brücke. Darunter verlaufen Gleise. Für kurze Zeit rauscht noch Verkehr an ihnen vorbei, dann ist die Autobahn plötzlich leer. Offensichtlich wurden alle Fahrspuren gesperrt.

Der Nasenring sieht sich um. Dann streckt er die Hand aus dem Beifahrerfenster und wirft seine Pistole weg. In hohem Bogen fliegt sie über die Brüstung. Unaufgefordert steigt er aus dem Taxi, die Hände zum Himmel erhoben.

Auch der Fusselbart hievt seinen massigen Körper aus der Autotür und hebt die Arme. Schön langsam, bloß keine missverständliche Bewegung. So wie man es aus dem Fernsehen kennt.

Amy wartet gespannt. Es passiert – nichts. Die zwei Gangster machen auf der Autobahnbrücke Männchen, und von der Zivilstreife traut sich keiner aus dem Auto, bevor nicht Verstärkung da ist. Niemand beachtet sie. Sie bückt sich, um im Fußraum unter dem herumliegenden Schmuck ihr Smartphone herauszufischen.

Der Taxifahrer hängt völlig fertig in seinem Sitz. Er atmet tief durch – zum ersten Mal seit einer Viertelstunde, die ihm so lang vorkam wie eine Woche. Er greift nach seinem Kaffeebecher und trinkt ein paar hastige Schlucke. »Wollen Sie auch kalten Kaffee?« Keine Antwort.

Mühsam dreht er sich nach hinten um, jeder Knochen tut ihm weh. Sein Fahrgast im Fond ist nicht mehr da.

So gründlich er auch nachsieht: Das schwarzhaarige Mädchen bleibt verschwunden. Der Taxifahrer wischt sich die Schweißtropfen von der Stirn. Wann hat die denn die Fliege gemacht? An der Ampel? Während der Fahrt? Mit dem Pistolenlauf an der Schläfe hat er nicht mehr allzuviel mitbekommen. Kurz entschlossen stellt er den Taxameter auf Null. Weniger Fragen, weniger Ärger.

Er schaut nach vorne, durch die Windschutzscheibe. Ständig rauschen neue Streifenwagen an. Ein ganzer Schwarm ist daraus geworden. Kreuz und quer stehen sie um sein Taxi herum. Die Einsatzkräfte gehen nicht gerade zimperlich mit den Gangstern um, während sie sie nach Waffen absuchen. Dann klicken die Handschellen.

Ein Beamter kommt und tippt an das Autofenster. »Alles klar bei Ihnen?«

Der Taxler nickt.

»Die Situation ist jetzt unter Kontrolle. Sie können aussteigen, wenn Sie wollen.«

»Moment noch«, sagt der Taxifahrer mühsam. Er hat ein flaues Gefühl im Magen. Wenn er jetzt aufsteht, kippt er um.

»Aber sagen Sie mal...« Der Polizist betrachtet kopfschüttelnd den Glitzerkram, der im Wageninneren den Boden bedeckt. »War nicht die Rede von ZWEI Geiseln?«

Der Taxifahrer zuckt mit den Schultern. Er wird jetzt einfach einen auf Blackout machen.

»Vielleicht meinte er seinen Komplizen?«, überlegt der Polizist. »Diese Typen haben oft so absurde Ideen! Sie werden mir aber jetzt nicht ohnmächtig, oder? – Sanitäter!«

****

Nach einem kurzen Parcours über Leitplanke, Asphaltschutt und Versorgungsrohre überquert Amy einen brachliegenden Acker und läuft an den Gleisen entlang. Bloß weg hier! Ein bescheuertes Erlebnis pro Tag reicht. Da hat sie auf ein langes Gespräch mit besorgt dreinblickenden Polizeipsychologinnen wirklich keine Lust mehr. Trotz Seitenstechen zwingt sie sich, ein zügiges Tempo beizubehalten. Die Polizisten, die einige hundert Meter entfernt eine Straßensperre errichtet haben, sind damit beschäftigt, Fahrzeuge zu kontrollieren, aufgebrachte Pendler zu beruhigen und in ihre Funkgeräte zu quaken. Die einsame Joggerin fällt ihnen gar nicht auf.

Die Gleise führen direkt in die nächste Ortschaft. Als Amy an dem Ortsschild vorbeiläuft und zwischen den Häuserzeilen eintaucht, fühlt sie sich endlich sicher. Je näher sie dem Bahnhof kommt, desto belebter werden die Straßen. Als sie die große Bahnhofsuhr sehen kann, ist es genau neun Uhr. Keuchend lässt sie sich auf einen der gelben Drahtgeflecht-Sitze fallen, stützt den Kopf in die Hände und ringt nach Luft.

Unter ihrem Sitz blüht zwischen den Pflastersteinen ein einsames Gänseblümchen. Daneben Zigarettenkippen, Kronkorken und ihre eigenen Schuhe.

Was hängt denn da in ihrem Schnürsenkel? Ist das aus Gold? Amy greift danach und entwirrt das dünne Kettchen, das sich in der Schleife verheddert hat. Daran hängt ein vierblättriges Kleeblatt, mit 333-Prägung auf der Rückseite. Es muss im Taxi an ihrem Schuh hängengeblieben sein, als sie ihre Füße unter dem Schmuckhaufen herausgezogen hat. Na, wenn das mal kein Omen ist! Kurzerhand hängt Amy sich ihr Fundstück um den Hals. Ist das jetzt Unterschlagung von Beweismaterial? Oder macht sie das gar zur Komplizin? Egal. Diese Kette wird sie behalten, als Glücksbringer. Zusammen haben sie eine bewaffnete Entführung überstanden. Das verbindet.

Als Amy ihr Smartphone herauszieht, um nachzusehen, wie sie von hier zu ihrer Schule kommt, staunt sie nicht schlecht: Diverse entgangene Anrufe von Dad? An einen kann sie sich erinnern – den hat sie im Taxi weggedrückt. Aber die anderen? Wieso hat sie die nicht gehört? Moment mal! Vince, diese Nervensäge – hatte der nicht an ihren Klingeltönen herumgepfuscht?

Sofort überprüft sie die Einstellungen. Als Weckalarm hat Vincent ihr das schottische Wiegenlied *Criogal Cridhe* ausgewählt. Bei Textnachrichten ertönt ein *Dinofurz*, und der Klingelton für eingehende Anrufe trägt den Namen *Polizeisirene*. Auf einmal wird ihr klar, was da vorhin im Taxi los war.

»*Tatü-tata-tatü*...« Diesmal nimmt Amy den Anruf an. »Hi Dad!«

»Na endlich!«, meldet sich Nick am anderen Ende. »Ich rufe schon die ganze Zeit bei dir an! Du hast das Geld für das Taxi zuhause vergessen!«

»Kein Problem, Dad! Der Fahrer hatte Stress mit anderen Fahrgästen und war zu beschäftigt, um mich abzukassieren.« Das ist nicht mal gelogen!

»Ach so?«

»Es ist alles in Ordnung, Dad! Wir sehen uns später!« Schnell drückt sie auf die rote Taste, bevor er noch Fragen stellt. In wenigen Minuten kommt eine S-Bahn, mit der sie zurückfahren kann. Amy ist fest entschlossen, heute noch zur Schule zu gehen. Der Unterricht hat zwar längst begonnen, aber das ist nun wirklich nicht ihre Schuld.

GALAXIA – Azurinschloss

Stocksteif steht Damons ehemaliger Butler in der Tür zu Baroons Arbeitszimmer. Wie immer wirkt er wie aus dem Ei gepellt, im mustergültigen Dienstboten-Look: gestärkter Hemdkragen, Weste, weiße Handschuhe und eine perfekt geplättete Bundfaltenhose über glänzenden Lackschuhen. Nur sein Gesicht verrät, dass er in früheren Zeiten ein anderes Leben führte – ein Leben, in dem es keinen Tee in Silberkännchen zu servieren gab. Seine Gesichtszüge sind grobschlächtig, die große Nase ist schief, das breite Kinn vernarbt. Widerspenstiges grauschwarzes Haar steht auf seinem Kopf in alle Richtungen ab und hängt wirr um die abstehenden Ohren herum. Unter der linken Oberlippe schiebt sich ein zu groß geratener Vampirzahn hervor, der seinem Anblick etwas Tierhaftes gibt.

»Ihr habt mich gerufen, Mylord?«

»Ah, Butler, gut dass Ihr da seid. Setzt Euch.« Baroon deutet auf den Besucherstuhl vor seinem Schreibtisch.

»Das würde ich mir niemals erlauben«, wehrt Butler ab und verbirgt sein geschmeicheltes Lächeln hinter einem Räuspern. »Ein Diener steht, wenn er Anweisungen empfängt. Sir.«

Butler gehört zum Nachlass Damons, um den Baroon sich jetzt zu kümmern hat – genau wie all die Anklageschriften, die Damon in seiner Zeit als Herrscher der Dunkelheit konsequent ignorierte. Es geht um Enteignungsdelikte, Korruptionsskandale, Verschwendung von Lebensenergie und ungeklärte Todesfälle. Die Stapel unbearbeiteter Akten türmen sich meterhoch rechts und links vom Schreibtisch auf.

»Ich will Euch gar keine Anweisungen erteilen, Butler«, sagt Baroon. Er steht auf, geht um den Schreibtisch herum und schüttelt Butler die Hand. »Ich möchte Euch im Namen von ganz Galaxia meinen Dank aussprechen! Wenn Ihr nicht so geistesgegenwärtig eingegriffen hättet, wäre es niemals gelungen, Damon dingfest zu machen und vor das Oberste Vampirgericht zu bringen.«

Butler wirkt erschrocken. »Ich möchte betonen, Sir, dass ich meinem Herrn gegenüber niemals und in keinster Weise unloyal gehandelt habe, solange ich in seinen Diensten stand!«

»Ich weiß, ich weiß.« Baroon nickt beschwichtigend. »Ihr habt Euch nur im richtigen Moment...«

»... an ein Versprechen gehalten, Sir«, ergänzt Butler schnell.

Baroon unterdrückt ein Grinsen. »Ihr seid als äußerst zuverlässig und vertrauenswürdig bekannt, Butler. Ich weiß, was ich an Euch habe! Wenn Damon Euch nicht unehrenhaft entlassen hätte, wäre die Sache vielleicht besser für ihn ausgegangen.«

Dunkelrote Flecken überziehen Butlers Gesicht. Soviel Lob an einem Tag ist er nicht gewöhnt.

»Dass er dem Gericht schlussendlich doch entwischen konnte, ist Pech. Aber ich glaube, in seiner jetzigen Existenzform kann er uns nicht mehr gefährlich werden.«

Butler wiegt bedächtig den Kopf hin und her. »Solange ihn niemand zurückverwandelt...«

»Wer sollte daran Interesse haben?«

Butler zuckt mit den Schultern.

»Jetzt aber möchte ich Euch eine großzügige Belohnung zukommen lassen, Butler – als Dank für die Risiken, die Ihr zum Wohle aller Vampire eingegangen seid!«

»Das Wissen um Damons Verurteilung ist mir Lohn genug, Sir«, winkt der Diener ab, mit gespielter Bescheidenheit. Sein Gesichtsausdruck jedoch verrät deutlich, wie sehr er sich über die Anerkennung freut.

Baroon deutet auf die Landkarte, die quer über seinem Schreibtisch liegt. »Was haltet Ihr davon, Butler, wenn Ihr zukünftig Euer eigenes Schloss bewohnt?« Er taucht seine Schreibfeder in rote Tinte und malt ein großes X mitten in den unbewohnten Landstrich zwischen Drachengebirge und Sanduhrkraftwerk. »Ich schenke Euch eines. Klein aber fein!«

»W-w-wie?«, stammelt Butler schockiert. »Ein Schloss? Für mich ganz alleine?«

»Mit Weinkeller, Waffenarsenal und eigener Sargschreinerei!« Baroon nickt wohlwollend.

»Aber Mylord... Seid Ihr nicht zufrieden mit meiner Arbeit, ist es das? Ich... Ich werde mir in Zukunft noch mehr Mühe geben! Ich...« Butlers Gestammel geht in Winseln über. Einer seiner blutunterlaufenen Tränensäcke zuckt nervös. »Mylord, bitte! Ihr könntet mir nichts Schlimmeres antun, als mich fortzuschicken!«

»Nicht doch, Butler! Davon kann keine Rede sein! Ganz im Gegenteil! Ich wollte Euch eine angemessene Belohnung zukommen lassen! Ihr habt Galaxia einen unschätzbaren Dienst erwiesen!«

»Mylord... Wenn Ihr mir erlaubt, Euch weiterhin dienen zu dürfen, stehe ich für den Rest meines Daseins tief in Eurer Schuld!« In Butlers Augen glitzert es verdächtig. Er stiert auf seine Fußspitzen und schluckt.

Baroon schaut irritiert. »Äh – nun gut«, beeilt er sich zu sagen. »Wenn das Euer Wunsch ist...?«

»Ja, Mylord.« Butler atmet auf. »Vielen Dank! Ich werde Euch nicht enttäuschen, Mylord!«

»Dann erhebe ich Euch zumindest in den Adelsrang. Keine Widerrede!«

Butler reißt die Augen auf. »Aber darf ich dann weiterhin...?«

»Selbstverständlich! Als Mitglied des unbetitelten Adels dürft Ihr weiter im Azurinschloss arbeiten! Ich könnte Euch aber auch den Titel eines Chevalier verleihen...«

»Nein, nein! Unbetitelter Adel, bitte, das ist genug für mich!«, beharrt Butler.

»Meinetwegen. Und ein Stück Land überschreibe ich Euch auch noch. Wer weiß, wann man es mal brauchen kann!« Baroon beugt sich erneut über seine Landkarte.

»Bitte kein Ackerland, Mylord! Ich bin kein Bauer!«

»Also gut. Ihr bekommt diesen felsigen Strand hier, direkt am Meer, in der Nähe der Najadenbucht. Zufrieden?«

Butler nickt erleichtert.

»Na, dann passt ja alles!« Baroon geht hinter seinen Schreibtisch, zieht ein Pergament aus einem Schubfach und beginnt zu schreiben. »Ich stelle Euch gleich eine Schenkungsurkunde aus. Die müsst Ihr dann beim Obersten Vampirgericht hinterlegen.«

»Sehr wohl, Mylord!« Butler strahlt.

»Erzählt mir unterdessen von Damon. Ich kenne ihn als jähzornig und unberechenbar. Seine Entgleisungen sind legendär...«

»Ich bitte um Verständnis, Sir, dass ich es vorziehe, Diskretion zu wahren«, nuschelt der Diener. »Trotz der ungewöhnlichen Vorkommnisse.«

Baroon zieht eine Augenbraue hoch. »Eure Loyalität Eurem Dienstherrn gegenüber ehrt Euch.« Er unterzeichnet die Urkunde, lässt Wachs darauf tropfen und drückt seinen Siegelring hinein. Dann überreicht er seinem Butler das zusammengerollte Pergament.

Butler verbeugt sich steif. »Mein jetziger Herr seid Ihr, und ich werde Euch ergeben dienen!«

»Ihr werdet noch Gelegenheit haben, Euren Treueeid zu leisten.«

»Betrachtet ihn als geschworen, Mylord!«

Baroon nickt. Er sieht Butler nachdenklich in die Augen. Der Kerl ist ein zuverlässiger Bursche, das weiß er zu schätzen. Auch wenn Butler natürlich gar keine andere Wahl hatte, als sich auf die Seite des neuen Herrschers zu schlagen... nachdem Damon zum Ende der Gerichtsverhandlung plötzlich so unauffindbar verschwunden war, als hätte ihn der Erdboden verschluckt. »Das wäre soweit alles!«

Kaum dass Butler mit einer abschließenden Verbeugung den Raum verlässt, ist im Korridor der silbrige Ton eines Glöckchens zu vernehmen. Der LogScreen ein Stockwerk tiefer meldet Ankömmlinge aus Realwelt. Butler strafft seine Schultern und eilt zur Treppe. Womöglich brauchen die Besucher Requisiten für ihre Abenteuerspiele in Galaxia. Oder einfach nur einen Drink.

REALWELT – Marie-Curie-Gymnasium

Amy klopft und zieht die Klassenzimmertür auf. »Guten Morgen! Ist das die 10d?«

28 Köpfe drehen sich zu ihr.

Hinter Amy erscheint die Schulsekretärin im Türrahmen. »Herr Dr. Maurer – das ist Amelie Palmer, sie ist neu an der Schule, sie kommt aus Edinburgh.«

Der Geschichtslehrer wirft einen Blick auf die Uhr. »An unserer Schule beginnt der Unterricht um acht Uhr, Amelie!«

»Tut mir leid!« Amy bemüht sich um ein zerknirschtes Gesicht. »Es ging nicht schneller. Mein Taxi wurde entführt.«

Schlagartig herrscht gehobene Stimmung in der Klasse.

»Schön, dass du uns trotzdem mit deiner Anwesenheit beehrst«, sagt Dr. Maurer, ohne eine Miene zu verziehen. »Setz' dich da hinten neben Haio.«

Haio ist ein Rollstuhlfahrer. Der Stuhl neben ihm ist der einzige, der frei ist. »Hi!« Amy nimmt Platz und mustert ihren Sitznachbarn von der Seite. Haio ist vom Hals abwärts mit Verbänden umwickelt. Wobei er nicht so aussieht, als ob man ihn dafür bemitleiden müsste: Halb belustigt, halb neugierig grinst er zu ihr rüber.

Amy schaut nach vorne und bemüht sich, dem Geschehen konzentriert zu folgen. Da ist sie so ziemlich die Einzige. Ihre neuen Mitschüler hängen wie Zombies in den Bänken oder gaffen sie ungeniert an, feilen ihre Fingernägel, hören heimlich mit dem Knopf im Ohr Musik, reichen Zettelchen weiter, krakeln im Geschichtsbuch herum oder spielen flüsternd Kiss-Marry-Kill.

Herr Dr. Maurer überhört hartnäckig ihre Bitte, mit »Amy« angesprochen zu werden, und referiert ausführlich über »Amelie – ein Name aus dem ostgotischen Königsgeschlecht der Amaler oder Amelungen...« Gut zu wissen. Amy hatte immer gedacht, es war einfach nur der Vorname ihrer Urgroßmutter.

Unter Haios weißem T-Shirt ragen zwei einbandagierte Arme heraus. Der Verband erstreckt sich auch über seine Hände, so dass es aussieht, als würde er Fäustlinge tragen. Nicht einmal sein Gesicht ist von Blessuren verschont. Mehrere Narben durchziehen seine Wangen und geben seinem Gesicht etwas Verletzliches. Seitlich vom Hals ragen zwei Schläuche aus den Bandagen heraus. Sie führen zu einem Beatmungsgerät, das am Rollstuhl befestigt ist und in regelmäßigen Abständen leise zischt. Amy ertappt sich dabei, dass sie ihn schon wieder anstarrt. Haio scheint das nicht zu stören, er lächelt freundlich zurück.

Fünf Minuten später ertönt der Gong. Das Klassenzimmer leert sich in Sekundenschnelle. Beim Hinausgehen wird Amy von Dr. Maurer zwischen Tür und Angel abgefangen: »Wenn du aus Schottland kommst, dann erzähl' uns doch morgen was über das dortige Schulsystem! Eine Viertelstunde nur, das reicht schon, um einen Überblick zu bekommen.« Dabei klopft er ihr so gönnerhaft auf die Schulter, als ob er ihr damit einen riesigen Gefallen tun würde.

»Über die öffentlichen Schulen dort weiß ich nichts«, sagt Amy liebenswürdig. »Ich war auf einem Internat. Aber es findet sich bestimmt was auf YouTube zu dem Thema.«

»Na gut, dann lassen wir das«, entscheidet Dr. Maurer und marschiert aus dem Zimmer.

»Eins zu Null für dich«, sagt eine Mädchenstimme hinter ihr. »Kommst du mit zum Sport?«

»Was ist denn mit deinen Haaren los? Hast du dir Geschenkband an den Kopf getackert?«, ätzt eine andere.

Amy dreht sich um. Eine aufgetakelte Blondine mustert sie von oben bis unten. Ihre drei Freundinnen kichern.

»Hey Elke, bist du neidisch?«, grinst der Typ hinter ihr.

»Ich?« Elke reißt ihre großen kornblumenblauen Augen auf. »Blödsinn! Man wird doch wohl noch fragen dürfen!« Mit einer geschmeidigen Handbewegung zieht sie ihr Handy heraus, sperrt den Mund weit auf, um ihr Zungenpiercing auf Essensreste zu checken, und lässt das Smartphone wieder in ihre Tasche gleiten.

Der Sportunterricht verläuft ereignislos... wenn man mal davon absieht, dass Elke das Ausdauertraining nach 30 Metern abbrechen muss, weil sie sich den Knöchel verstaucht.

»Schon wieder?« Die Sportlehrerin zieht missbilligend eine Augenbraue hoch.

»Letzte Woche war's der andere Fuß!«, beteuert Elke.

»Du Ärmste, dich erwischt es ja ständig! Was ist mit deiner Hand, die du dir beim Weitwurf gezerrt hast?«

»Die ist wieder okay!«, versichert Elke wahrheitsgemäß. Dass diese Antwort ein Fehler war, merkt sie sofort: Für den Rest des Sportunterrichts wird sie dazu verdonnert, in den Umkleideräumen die Fliesen von Graffiti-Schmierereien zu säubern. Beim Schrubben entdeckt sie ein Loch in der Zwischenwand. Ein kurzer Abstecher in die danebenliegende Jungs-Umkleide bestätigt ihren Verdacht: Es ist ein Spanner-Durchguck, der freie Sicht auf den größten Teil der Mädchen-Umkleide ermöglicht. Elke beschließt, das Loch vorläufig so zu lassen, wie es der unbekannte Missetäter gebohrt hat. Bestimmt war das ein heimlicher Verehrer, der gerne mehr von ihr sehen will... Das kann er kriegen!

REALWELT – im Haus von Familie Palmer

Kaum dass Amy die Haustür aufschließt, huscht Vincent wie ein Blitz die Treppe hinauf.

»Vince!«, ruft sie.

»Was denn?« Er linst aus sicherer Entfernung über die Brüstung. Sein freches Grinsen verrät, dass er genau weiß, was er verbrochen hat.

»Mein Klingelton!«

»Gefällt er dir?«

»Das kann man wohl sagen!« Sie rennt ihm hinterher, drei Stufen auf einmal. Vincent flüchtet ins Badezimmer, aber bevor er zusperren kann, ist Amy schon bei ihm. Sie packt ihn am Arm und zieht ihn zu sich.

Vince kreischt wie am Spieß, bis er versteht, dass sie ihn festhält und abknutscht. Er reißt sich los, rennt in sein Zimmer und schlägt die Türe zu. Seine Schwester spinnt, aber total!

In der Küche trifft Amy auf Mum, die wieder gute Laune hat: »Hallo, mein Schatz! Wie war dein Tag?«

»Mein Tag?« Amy greift unwillkürlich an ihren Hals, nach der Glücksklee-Kette. »Ach, nichts Besonderes. Schule halt. Sag mal, warum liegt denn da so viel Papier rum?«

»Kollateralchaos. Dein Vater hat sein Werkzeug gesucht. Wenn du das ganze Zeug mal eben zurück in die Kartons stopfen könntest?«

»Aber...«

Mum stemmt die Arme in die Hüften. »Keine Widerrede! Jetzt hilfst du auch mal mit! DU hast den ganzen Vormittag eine ruhige Kugel geschoben, und bei uns hier war der Teufel los!«

Kaum hat Amy murrend den Flur freigeräumt, erscheint Dad, vollbepackt mit Sanitär-Zubehör. Er grinst zufrieden. »Jetzt hatten die keinen Fugenkleber mehr! Den muss ich gleich noch woanders besorgen!« Dad läuft mindestens so gerne durch Baumärkte wie Vincent durch Legoland.

»Meinetwegen«, sagt Cathrine. »Aber lass' uns doch zuerst Essen machen!« Sie wedelt mit einem Zwiebelnetz.

Nick stellt seine Tüten ab, um beim Kochen zu helfen. »Wo sind meine Keramikmesser?« Voller Tatendrang wühlt er in den Umzugskisten.

Bevor Amy sich unauffällig verdrücken kann, wird sie von Mum zum Kartoffelschälen beordert. Das ist eine gute Gelegenheit, Dad über seine Arbeit auszufragen. »Daddy, was ist Galaxia eigentlich genau? Ein Online-Spiel?«

»Galaxia ist viel mehr als nur ein Spiel! Es ist eine Parallelwelt, in der du dich genauso bewegen kannst wie hier in unserer Welt!«

»Eine virtuelle Realität?«

Dad hackt in rasender Geschwindigkeit Zwiebeln klein. »Aber nein! Du bewegst dich mit deinem eigenen Körper! Galaxia ist kein bisschen virtuell!« Er hält kurz inne. »Mit Ausnahme von den 3D-Apps, die wir für die Touristen programmiert haben.«

»Aber die Benutzeroberfläche?«

»Die Landschaft, in der man spielt, wurde nicht programmiert... die war immer schon da.«

Mum halbiert einen Kohlkopf. »Es ist sehr schön dort. Schön und gefährlich.«

»Ach was, heutzutage doch nicht mehr! Damals, als du dort warst, das waren doch ganz andere Zeiten! Sag' mal, weinst du? Schatz?«

»Das sind nur die Zwiebeln!«, schnieft Cathrine und wischt sich über die Augen.

Nick reißt das Fenster weit auf. »Galaxia wurde irgendwann zufällig entdeckt. Das war kurz nach der Erfindung der Fotografie, glaube ich.« Er strahlt: »Und 200 Jahre später wurde die *GalaxiaFunPark AG* gegründet, um die Zugangssoftware zu entwickeln und Galaxia für Normaltouristen zugänglich zu machen!«

»... und sich eine goldene Nase zu verdienen...«, murmelt Mum halblaut.

»Also gehört Galaxia jetzt euch«, folgert Amy.

Nick schüttelt den Kopf. »Mein Chef hat versucht, sich die Rechte daran zu sichern, aber das Patentamt hat sich quergestellt. Der *FunPark AG* gehören nur die virtuellen Touristenattraktionen.«

»Verstehe.« Gedankenverloren schnibbelt Amy die Kartoffeln in Scheibchen. »Und was genau ist dein Job?«

»Ich bin der Chefprogrammierer. Jetzt gerade arbeitet mein Team an einem großen Update für die LogScreens.«

»Hmh?«

»So heißen die Monitore, die dich nach Galaxia befördern... und wieder zurück in unsere Welt.«

»Aber Daddy - wo befindet sich Galaxia eigentlich?«

»Gute Frage! Ich weiß es nicht.«

»Was heißt, du weißt es nicht? Ist es weit weg?«

Nick zuckt mit den Schultern. »Ich persönlich glaube, Galaxia besteht aus dunkler Materie und ist vielleicht nur einen Atomradius von unserer Welt entfernt. Leider ist das keine wissenschaftlich fundierte Meinung, ich bin kein Astrophysiker.«

»Die wissen es auch nicht«, sagt Cathrine.

»Aber sie arbeiten mit Hochdruck daran«, ergänzt Nick grinsend.

»Eine Parallelwelt, die noch keiner erforscht hat?«, wundert sich Amy.

»Man hört die wildesten Theorien«, erzählt Nick. »Ich habe mit Leuten geredet, die sind überzeugt, Galaxia befindet sich in einem großen Ufo, das über der Erde schwebt. Andere behaupten, es wäre eine Mondkolonie. Such' dir aus, was du glauben willst!«

Cathrine kichert. »Es gibt alte Illustrationen, die zeigen eine zweite Welt auf der Innenseite der Erdkugel.«

Amy verdreht die Augen. »Dafür müsste die Erde ja hohl sein. Das ist sie aber nicht!«

»Stimmt«, sagt ihre Mutter, »aber das wussten die Menschen im Mittelalter doch nicht!«

»Hier, fang!« Dad wirft Amy eine weiße Knolle zu. »Bitte schälen und fein hacken, für die Salatsoße!«

Kaum hält Amy den Knoblauch in den Händen, hört sie ihre metallenen Haarsträhnen knistern. Vor ihren Augen beginnt es zu flimmern. In ihrem Bauch macht sich ein mulmiges Gefühl breit, das sich in Sekundenschnelle zu heftiger Übelkeit auswächst.

»Was ist los, Amy?« Mum sieht sie prüfend an, bemerkt die Knoblauch-Knolle und nimmt sie ihr behutsam aus der Hand. »Gib her, den lassen wir besser weg. Das ist heute vielleicht zu intensiv.«

»Knoblauchdressing ohne Knoblauch wird aber schwierig!«, protestiert Dad.

Mum lächelt ihn an. »Heute am besten nur mit Essig und Öl. Kein Knoblauch so kurz nach Neumond!«

GALAXIA – Azurinschloss

Butler klopft an den Türrahmen des Arbeitszimmers. »Verzeiht die Störung, Sir, aber im Roten Salon wartet eine Besucherin, die Euch unbedingt sprechen möchte.«

»Wer ist sie?«, erkundigt sich Baroon, ohne von seinen Akten aufzublicken.

»Ihren Namen hat sie nicht genannt.«

»Aha. Hat sie gesagt, was sie will?«

»Nein, Mylord, aber...«

»Schickt sie weg!«, unterbricht ihn Baroon mit einer unwirschen Handbewegung.

»... sie meinte, es wäre dringend.«

Baroon lässt das Schriftstück sinken und reibt sich das Kinn. »Ach so?« Er fängt an zu lachen. »Das sagen sie alle. Ich habe keine Zeit für sowas!«

»Die Frau kommt aus Realwelt, Mylord. Ich erkenne es an ihrer Aura. Sie bat mich, Euch dies hier zu geben.«

»Was ist das?«

»Ein Sequenz-Foto, Mylord. Digitaler Schnickschnack aus Realwelt.«

Stirnrunzelnd betrachtet Baroon die Fotografie. Sie zeigt ein schwarzhaariges Mädchen, das die Backen aufbläst, um einen Schwung Kerzen auszupusten. »Was soll ich damit? Diese Person kenne ich doch gar nicht. Warum...« Jäh hebt er den Kopf. »Wo, sagtet Ihr, wartet die Frau? Butler?« Er steht so abrupt auf, dass sein Stuhl umkippt.

»Im Roten Salon, Mylord.«

»Bringt sie in die Galerie!«, weist Baroon seinen Butler an, bevor er in seine Privaträume eilt, um sich ein frisches Hemd anzuziehen. »Aber so, dass niemand sie sieht!«

****

Die Galerie ist ein langgestreckter Raum im ersten Stock, der die gesamte Schmalseite des Azurinschlosses einnimmt. Die Fensterfront gibt den Blick frei auf das Glasdach der Orangerie, in der exotische Ziersträucher und Palmen gedeihen.

»Hier entlang bitte, Mylady. Baroon wird gleich kommen.«

Die geschnitzte Holztür schließt sich hinter Cathrine. Sie schaut sich um, obwohl sie alles schon kennt. Bis auf den Butler hat sich hier nichts verändert. An den Wänden hängen Ölgemälde, dicht an dicht. Eine Ahnengalerie. Von der grobgestrichelten Schmierage bis zum lebensecht wirkenden Porträt ist alles vertreten. Vampire in barocker Kleidung, Männer wie Frauen, die mit stechendem Blick von der Leinwand starren. Ernste, geradezu unfreundliche Gesichter.

Vereinzelt wurden Bilder verkehrt herum aufgehängt, mit der bemalten Seite zur Mauer, so dass man statt des Kunstwerks den rückseitigen Keilrahmen sieht. Es sind die verfemten und verstoßenen Familienmitglieder. Cathrine hat diese Bilder früher so oft umgedreht, dass sie ohne hinzusehen genau weiß, welches Gesicht sich hinter welcher Leinwandrückseite verbirgt.

Sie lässt sich in einen Sessel sinken, gegenüber dem Ölgemälde des kopflosen Henkers. Außer dem traditionellen Umhang des Carnifex ist nicht mehr viel darauf zu erkennen. Dort, wo ursprünglich der Kopf war, wurde ein großes Loch in die Leinwand gebrannt. Spuren von Ruß und Wachs verraten, dass der Bilderschänder mit einer Fackel am Werk war. Cathrine betrachtet nachdenklich die blassen Hände des Henkers. Vor der Tür hört sie Schritte.

Als Baroon die Galerie betritt, fällt sein Blick auf die Gruppe von Loungesesseln, die in der Mitte steht. Auf der Lehne eines Sessels ruht ein schmaler Arm, den er sehr gut kennt. Baroon bleibt stehen, um sich zu beruhigen. Nur noch kurz durchatmen.

Es gab Zeiten, da meinte er bei jedem dunklen Lockenkopf seine große Liebe zu sehen. Es dauerte lange, bis die qualvolle Sehnsucht erträglicher wurde. Bis er wieder halbwegs normal leben konnte.

Arbeiten. Schlafen. Zeitweise dachte er sogar, er hätte die Trennung verwunden. Die Gefühle beruhigen sich mit den Jahren. So sagt man.

Jetzt aber erkennt er, dass er sich da böse getäuscht hat. Die Nervosität schießt in ihm hoch wie eine Fontäne. Unschlüssig starrt er auf dieses Stückchen sommergebräunte Haut auf der Armlehne des weißen Sessels. Er wird jetzt zu ihr hingehen. Auch auf die Gefahr hin, dass er vor ihr zusammenbricht und unverständliche Wörter stammelt. Aber gut, selbst wenn er sich ganz und gar lächerlich macht, dann ist das eben so. Baroon streckt die Schultern und geht hochaufgerichtet auf die Besucherin zu. »Cat!«

Seine Stimme klingt dunkler, als Cathrine sie in Erinnerung hat, unruhig und rau. Sie steht auf, dreht sich um und hält die Luft an. Baroon ist immer noch ein schöner Mann, aber in diesen 16 Jahren ist er um zwei oder drei Jahrhunderte gealtert. »Baro!« Wie in Zeitlupe nimmt sie wahr, dass er ihre Finger ergreift und an seine Lippen führt. Seine Hand ist kalt und fest, wie bei allen Vampiren, weil sie kaum eigene Körperwärme besitzen.

»Cat, meine Liebste – ich bin so froh, dass Ihr gekommen seid!«

Seine Stimme versetzt sie zurück in alte Zeiten. Die höfische Anrede der Vampire – »Ihr« und »Euch« – hat sie seit sechzehn Jahren nicht mehr gehört, aber kaum dass Baroon es sagt, klingt es in ihren Ohren wieder ganz selbstverständlich. Auch Liebespaare reden sich so an, alles andere wäre respektlos. Aber sie sind kein Liebespaar mehr.

»Ich habe mich oft gefragt, was Ihr in all diesen Jahren gemacht habt, ohne mich?« Baroon hält immer noch ihre Hand fest.

Ja, was? Es ist, als wären die sechzehn Jahre ausgelöscht, die zwischen diesem Tag und ihrer letzten Begegnung liegen. Cathrine starrt ihn an. Ihr ist bewusst, dass sie etwas sagen sollte. Smalltalk, eine Floskel, irgendwas. Aber es ist genauso wie am ersten Tag, als sie ihn zum allerersten Mal sah. Hat sie überhaupt noch einen Puls? Und sie hatte tatsächlich geglaubt, sie wäre über ihn hinweg. Für einen Moment wird ihr schwarz vor Augen. Bevor sie umkippt, setzt sie sich schnell wieder hin. »Nichts. Nichts Besonderes.«

Baroon setzt sich ebenfalls, auf den Sessel ihr gegenüber, obwohl er sie am liebsten in die Arme nehmen würde. »Ich hatte fast vergessen, wie schön Ihr seid.« Das ist eine Untertreibung. Er findet sie noch schöner als damals. Ihre Aura, die in allen Regenbogenfarben leuchtet, hat ein paar mattierte Facetten bekommen. Aber selbst das steht ihr.

Cathrine beschließt, das Thema zu wechseln. »Ihr seid jetzt der Herrscher über Galaxia? Meinen Glückwunsch!«

»Da gibt es nichts zu beglückwünschen, Cat. Meine Position ist so prekär wie sie es immer schon war – nur dass ich inzwischen einen wohlklingenden Titel trage: *Herrscher über die Finsternis*.« Er lacht bitter.

»Für Galaxia ist es das Beste, was passieren konnte!«

»Oh Cat! Wie gern würde ich...« Baroon schüttelt den Kopf. »In meiner Nähe seid Ihr nicht sicher! Ich habe heute mehr Feinde als jemals zuvor!« Der Schwung seines Mundes ist immer noch derselbe wie früher.

»Ich verstehe. – Trotzdem, es muss jetzt sein! Wir brauchen Euch!«

Baroon lehnt sich vor. Eine jähe, unvernünftige Hoffnung steigt in ihm auf.

»Wir dachten damals, es würde alle Probleme lösen, wenn unser Kind in meiner Welt aufwachsen würde. In Realwelt.« Cathrine deutet auf das Sequenz-Foto in seiner Hand. »Gestern hatte sie ihren sechzehnten Geburtstag.«

»Ich dachte es mir.«

»Sie ist eine junge Frau geworden, intelligent und eigensinnig, eine richtige Persönlichkeit«, fährt Cathrine fort. »Aber sie ist kein normales Mädchen, das ein normales Leben führen kann – da haben wir uns geirrt.«

»Was soll das heißen?«, fragt Baroon heiser.

»Sie entwickelt sich zu einer Halb-Vampirin.«

»Nun – das ist sie ja auch«, sagt Baroon beschwichtigend.

»Seit Monaten beobachte ich, wie in den Neumondnächten die Vampir-Kräfte in ihr durchbrechen. Jeden Monat werden sie stärker. Sie durchdringen ihren Körper und ihr Wesen!«

Baroon lächelt unwillkürlich. Das erinnert ihn an seine eigene Pubertät.

»Sie selber versteht nicht, was mit ihr passiert. Diese körperlichen Veränderungen müssen sehr anstrengend sein. Manchen Impulsen ist sie kaum gewachsen. Diese ständigen Alpträume zum Beispiel...«

Baroon nickt wissend. »Das wird schlimmer, bevor es besser wird.«

»Sie braucht einen Lehrer, Baro. Jemand, der ihr zeigt, wie sie ihre Fähigkeiten beherrschen kann, bevor sie unkontrollierbar werden.«

Aufmerksam betrachtet Baroon das Sequenzfoto in seiner Hand. Sie hat die Augen ihrer Mutter... und dazu Cathrines offenes Lachen. Von ihm sind Haare, Stirn und Nase. Er spürt, wie Stolz seine Brust durchflutet. »Sagt mir ihren Namen!«

»Sie heißt Amy.«

»Amy«, wiederholt Baroon. Er schweigt einen Moment, um den Namen seiner Tochter auf sich wirken zu lassen.

Cathrine wühlt in ihrer Handtasche. »Wo ist es denn? Ich glaube, ich habe mein Smartphone vergessen. Ich wollte Euch noch ein paar Fotos von ihr zeigen, aber...«

»Diese flimmernden Kleincomputer? Die lassen wir von den LogScreens herausfiltern. Wir Vampire vertragen die blaue Strahlung nicht. Sie schwächt unsere Aura.«

Cathrine muss an sich halten, um bei dem Wort ›Aura‹ nicht die Augen zu verdrehen. Dass Vampire die Ausstrahlung einer Persönlichkeit als Farbe wahrnehmen, kann sie nicht nachvollziehen. »Ich bin ein Mensch, Baro. Vieles aus Eurer Welt ist mir fremd.«

Sie wirft einen Blick auf die Gemälde, die hinter ihm an der Wand hängen. Eine Unterwasserhochzeit, bei der Fische und Quallen zwischen der Hochzeitsgesellschaft schwimmen. Ein Drache mit goldenen Schuppen, der auf einem Gelege goldener Eier sitzt wie ein übergroßes Huhn. Ein hässlicher Greis in einer Flasche. »Ich kann unserer Tochter nicht die Kenntnisse vermitteln, die sie in Eurer Welt braucht. Ihr wisst es doch besser als ich: Amy kommt jetzt in ein Alter, wo ein Vampir sie unter seine Fittiche nehmen muss, um sie in ihre Kräfte einzuweisen.«

»Ja...«, sagt Baroon zögernd.

»Vielleicht entwickelt sie sogar magische Fähigkeiten? Ungeschulte Vampire richten Schaden an! Sie werden eine Gefahr für sich selbst und für andere, wenn sie nicht wissen, wie sie mit ihren Kräften umgehen sollen!«

»Das stimmt allerdings. Aber geschulte Vampire sind auch nicht weniger gefährlich.« Baroon stützt den Kopf in die Hände und massiert sich die Schläfen. »Oh Cat – wenn Ihr wüsstet, was hier los ist! Ein einziges Hauen und Stechen um die Macht! Es ist um keinen Deut besser als zu den Zeiten meines Oheims.« Er macht eine verächtliche Handbewegung in Richtung der Porträts.

Cathrine weiß, wen er meint. Von ihrem Sessel aus kann sie die Plakette auf dem Rahmen nicht sehen, aber den eingravierten Text kennt sie auswendig: *Damiano Parricido, ca. 666 – ca. 1869.* Augenklappe, fliehendes Kinn, hängende Mundwinkel. Aus dem anderen Auge trifft den Betrachter ein verschlagener Blick. So hatte wohl jede Sippe ihren Massenmörder. Cathrine schaut Baroon in die leuchtend blauen Augen. »Jetzt gerade ist doch alles friedlich?«

»Die Ruhe trügt. Damons Sohn Tyranimos trifft Vorbereitungen für einen Putsch. Er denkt, ich weiß nichts davon, dass er aufrüstet, Kämpfer rekrutiert, Verbündete sucht... Er will die Macht, die sein Vater einst besaß. Sobald er stark genug ist, werde ich das Ziel seiner Angriffe sein. Bei mir ist Amy nicht sicher!«

»Das mag ja sein. Aber an wen sollte Amy sich sonst wenden, um mit ihrer Wandlung zurechtzukommen? An Eure Gegner etwa?«

»Natürlich nicht«, murmelt Baroon.

»Bei Euren Mitstreitern wäre sie auch nicht besser aufgehoben, Baro. Die sind alle schwächer als Ihr!« Cathrine beugt sich vor und fährt ihm mit der Hand durch seine schwarzen Haare, die aussehen wie von Lamettasträhnen durchzogen. »Jetzt ist die richtige Zeit, um Amy an die Fähigkeiten ihrer Vampir-Gene heranzuführen. Und niemand eignet sich für diese Aufgabe besser als ihr Vater!«

Baroon gibt sich einen Ruck. »Also gut. Ich werde ihr beibringen, was sie wissen muss. Aber wir sollten ihre Herkunft geheimhalten. Ich will sie nicht in Gefahr bringen!« Er greift nach Cathrines Hand.

»Ihr tragt immer noch Eure Hälfte des Zeitenrings«, bemerkt sie.

»Ich habe ihn nie abgelegt«, antwortet Baroon und verschränkt seine Finger in ihren. »Und Ihr? Seit wann...?«

»Ich habe ihn Amy geschenkt. Zu ihrem 16. Geburtstag.«

»Was hat sie dazu gesagt?«

»Nicht viel.«

»Schickt sie zu mir, Cat! Dann werde ich ihr die zweite Hälfte geben – die, die ich trage. Zusammengesetzt ist der Ring ein mächtiges Instrument, mit dem sie die Zeitenuhr lesen kann.« Baroon lächelt unwillkürlich. »Ja, meine Tochter soll diesen Ring bekommen. Ich habe meine Erinnerungen, das genügt.« Sein Griff um Cathrines Hand wird fester. Er spürt das Pochen des Blutes in ihren Adern. Er sieht es sogar. »Es ist viel Zeit vergangen. Aber meine Gefühle für Euch sind immer noch genauso stark wie damals!«

Sie sieht ihn an, wendet den Blick ab, sieht ihn noch einmal an. »Baro, ich...«

»Kommt zurück zu mir, Cat!« Seine Augen blitzen. »Ich bin jetzt der Herrscher über ganz Galaxia! Ich habe eine gewisse Macht, versteht Ihr? Es ist nicht so viel, wie ich gerne hätte... aber ich kann Dinge verändern. Ich brauche nur ein bisschen Zeit. In wenigen Tagen wird hier der Ältestenrat tagen, um neue Bündnisse zu schließen. Ich werde einen Weg finden, Galaxia zu befrieden. Dann kann ich Euch ein Leben in Sicherheit bieten. Hier in Galaxia. Bei mir!«

Cathrine hält seinem durchdringenden Blick stand. Sie versteht ihn besser als er ahnt. Es wäre einfacher, wenn er alle seine Feinde hinrichten ließe, so wie Damon es zu tun pflegte. Aber Damon war gewissenlos und grausam. Baroon dagegen hat Skrupel. Das liebt sie an ihm... und genau diese Skrupel werden es ihm vielleicht unmöglich machen, seine Macht zu festigen. »Die Vergangenheit ist vergangen, Baro. Unsere gemeinsame Geschichte ist vorbei. Wie ein Buch, das zu Ende geschrieben ist.«

»Ich weiß. Wir würden eine neue Geschichte beginnen.«

»So einfach ist das nicht.«

»Doch! Es ist so einfach! Cat... Ich vermisse Euch mehr als ich sagen kann. Ihr würdet mich zum glücklichsten Mann auf ganz Galaxia machen, wenn Ihr zu mir zurückkommt!«

Cathrine schüttelt den Kopf. »Ich habe jetzt eine neue Familie in Realwelt. Ein normales Leben für unsere Tochter. So wie wir es damals abgemacht haben.«

Baroon zieht eine Augenbraue hoch. »Ein ›normales Leben‹? Ist es wirklich das, was Ihr wollt?« Er streicht mit der anderen Hand über ihre Fingerspitzen. »Denkt darüber nach, Cat.«

»Ich muss jetzt gehen.« Cathrine erhebt sich.

»Wenn Ihr es Euch anders überlegt, dann lasst es mich wissen!«

»Adieu, Baro. Und vielen Dank für alles.« Sie löst ihre Hand aus Baroons Griff, gibt ihm einen flüchtigen Kuss auf die Wange und verlässt die Galerie.

REALWELT – im Haus von Familie Palmer

Cathrine materialisiert sich im Arbeitszimmer und lässt sich neben dem LogScreen in den Bürostuhl fallen.

»Und, wie war es bei Baroon?«, fragt Nick. Er klingt erleichtert. Seine Ängste, sie könnte in Galaxia bleiben und ihre Ehe über den Haufen werfen, sind unbegründet – zumindest bis jetzt. »Konntest du ihn überzeugen?«

»Ja. Wir hatten ein gutes Gespräch. Er wird mir helfen. Aber...«

»Was?«

»Ich habe Kopfschmerzen. Und Bauchweh. Ich glaube, ich werde krank.«

»Dieses Schloss ist so kalt, das bist du nicht mehr gewöhnt«, vermutet Nick.

Cathrine massiert ihre Stirn. »Als ich dort war, hat mein Kreislauf verrückt gespielt. Mir war die ganze Zeit schwindlig. Früher habe ich nie so merkwürdig auf Galaxia reagiert! Meinst du, es sind die Erinnerungen?«

Nicks Lächeln rutscht ihm sekundenlang vom Gesicht. Dann sagt er: »Mach' dir keine Sorgen, Schatz, das ist bestimmt normal. Eine große Liebe ist nie ganz vorbei. Reste davon begleiten dich dein Leben lang. Wie Hintergrundstrahlung im Universum.«

»Du bist eifersüchtig.«

»Selbst wenn...« Nick zuckt mit den Schultern. »Das wäre irrational. Ich kann nicht auf deine Vergangenheit eifersüchtig sein. Ohne Baroon hätten wir uns niemals kennengelernt.«

GAL
OF
GALAXIA
Entdecke den Soundtrack zur Serie
www.galaxia-fantasy.de

REALWELT – Marie-Curie-Gymnasium

»Hier ist ja schwer was los! Ab morgen nimmst du den Bus!« Nick fährt in Schrittgeschwindigkeit an dem Schülergewusel vorbei. Er hält am Straßenrand und steigt aus, um einen Blick auf das Schulgebäude zu werfen.

Ein schwarz glänzender Rolls-Royce mit abgedunkelten Scheiben kommt vor ihnen zum Stehen. Der Fahrer, ein schmächtiger Mann mit Schnauzer, Käppi und schlecht sitzender Uniform, schält sich aus dem Fahrersitz, schlurft zum Kofferraum, hebt einen Rollstuhl heraus, den er mit geübten Handgriffen aufklappt, und öffnet die hintere Tür.

Amy staunt nicht schlecht, als sie Haio erkennt, der sich mit seinen kräftigen Armen aus dem Rolls-Royce heraushievt und auf die Sitzfläche des Rollstuhls plumpsen lässt.

Haio hat sie ebenfalls entdeckt. »Hi Amy! Bist du auch mit Chauffeur da?« Er zwinkert ihr zu.

Während sein Fahrer sich wieder hinter das Steuer klemmt, öffnet sich die Beifahrertür, und eine Frau steigt aus. Sie trägt einen weißen Krankenhauskittel mit Schwesternhäubchen. Ihr strenges Gesicht wirkt verhärmt.

»Da ist Nurse!«, gackern ein paar vorbeilaufende Fünftklässler. Mit grobschlächtigen Händen, die eher zu einem Maurer passen würden, packt die Frau die Griffe des Rollstuhls und schiebt Haio zur gläsernen Eingangstür. Die breiten Absätze ihrer weißen Schuhe klackern über den gepflasterten Pausenhof.

»Tschau, Dad! Bis später!« Amy beeilt sich, Haio zu folgen - was bei dem zackigen Schritt, den Nurse an den Tag legt, ein gewisses Tempo erfordert. Am Aufzug hat sie ihn eingeholt. »Darf ich mitfahren?«

»Na klar!«

Amy zwängt sich in den Fahrstuhl, bevor die Tür zugeht. Die Frau schaut gleichgültig durch sie hindurch.

Nurse fährt Haio bis zu seinem Platz im Klassenzimmer. Dort klatscht sie ihm mit versteinerter Miene Bücher, Hefte und Kugelschreiber auf den Tisch und wickelt eine Decke um seine bandagierten Beine.

»Danke!« Haio lächelt sie an. »Bis heute Nachmittag!«

Nurse nickt und verschwindet.

Haio scheint ein stinkreiches Elternhaus zu haben. Genaues weiß keiner. Sein Vater ist entweder Waffenschmuggler, Menschenhändler oder ein durchgeknallter Erfinder, je nachdem, wen man fragt. Angeblich wohnt er in einer Villa mit goldenen Wasserhähnen und einem Kinosaal im Keller. Gesehen hat sie noch niemand, diese Bonzenvilla, weil noch keiner bei Haio zu Hause eingeladen war.

****

Die Doppelstunde Deutsch zieht sich wie Kaugummi. Herr Spieß wandert vor der Tafel auf und ab und referiert über Gestaltungsmittel moderner Lyrik. Endlich tönt der Gong. Haio legt den Stift weg und lehnt sich in seinem Rollstuhl zurück.

»Bleibst du in der Pause im Klassenzimmer?«, fragt Amy und greift nach ihrer Wasserflasche.

Haio grinst sie an. »Nein, wir gehen raus – Rebecca und ich.« Er deutet auf eine dürre Bohnenstange, die im Türrahmen wartet. »Komm doch mit, frische Luft schnappen!«

Amy schaut auf sein Beatmungsgerät, das leise surrt. »Frische Luft?«

»Oder hast du Angst vor den Hyänen?« Haio wirft einen Blick auf Elke, die mit einer routinierten Bewegung den Ausschnitt ihres Shirts ein Stück tiefer zieht, bevor sie an Herrn Spieß vorbei aus dem Klassenzimmer stolziert, mit ihrer Tussen-Clique im Gefolge.

»Nein, ich habe keine Angst vor diesen Hühnern!«

»Na dann!« Haio löst die Bremse seines Rollis, und sie folgen Rebecca zum Aufzug.

Im Pausenhof steigen Amy die unterschiedlichsten Deos und Körpergerüche in die Nase. Neuerdings gibt es Tage, da kommen ihr ihre Sinne viel schärfer vor als sonst. Schweigsam trödelt sie neben Haio und Rebecca her.

Haio steuert eine bunte Sitzskulptur an, wo schon ein pausbäckiges Mondgesicht wartet und nervös mit den Beinen wippt. »Hi Benni!«

Amy nickt ihm zu. Das ist doch der Typ, der in der Klasse schräg vor ihr sitzt und immer Schluckauf bekommt, sobald eine Lehrkraft ihn anspricht: »Benjamin!« – »Hicks?« Vermutlich ist er ein netter Kerl, aber nicht unbedingt der Hellste. Seine Überlebensstrategie an der Schule ist es wohl, sich so gut wie möglich im Hintergrund zu halten. ›Ein klassisches Opfer‹, denkt Amy, mit ihrem erfahrenen Internatsblick – und ahnt gar nicht, wie recht sie damit hat.

Benni lächelt unsicher. »Gut dass du da bist!«, erklärt er. »Wir brauchen dringend Verstärkung!« Dabei schielt er zu Elke und ihren Freundinnen hinüber – anscheinend sein Maßstab für gelungene Cliquenwirtschaft.

Ein weiterer Mitschüler stellt sich zu ihnen und beißt kommentarlos in eine riesige Vollkornsemmel. Er ist blass, bebrillt und schlacksig, aber seine Arme sind muskulös.

»Gregor!« Benni wedelt mit den Armen, um auf sich aufmerksam zu machen. »Kann ich deine Mathe-Hausi abschreiben?«

»Kannst du schon, bringt dir aber nichts. Ich habe einen anderen Rechenweg ausprobiert«, sagt Gregor mit vollem Mund.

Benni schaut ratlos. »Na und? Ich will doch nur abschreiben!«

»Das glaubt sie nie, dass dir das selbst eingefallen ist«, erklärt Haio. »Schreib‘ lieber von Rebecca ab, die rechnet immer nach Schema F.«

»So wie du das sagst, klingt es irgendwie negativ!«

Während Rebecca ihm in gespielter Entrüstung in die Schulter boxt, schlendern zwei bullige Typen über den Schulhof und sehen bemüht uninteressiert an der Gruppe vorbei. Blonder Bürstenschnitt, rötliches Gesicht, Stiernacken. Offensichtlich sind es Brüder.

»Was machen denn die Nertens hier draußen? Die haben es doch sonst nicht so mit Frischluft?«, wundert sich Gregor, während Benni angestrengt wegschaut. Jetzt, wo sie nicht mehr in der Schulbank sitzen, wirken sie so groß und breit wie Wrestling-Kämpfer. Bei der Tischtennisplatte machen sie kehrt, kommen zurück und begaffen

Amy. Der eine trägt ein Superman-T-Shirt. Auf der Brust des anderen prangt ein Stinkefinger.

»Hey, du da!« Superman setzt einen lässigen Gesichtsausdruck auf – oder zumindest das, was er dafür hält. »Wenn du uns zwei Cola aus dem Automaten spendierst, stellen wir dich ein paar cooleren Leuten vor!«

Amy wechselt einen Blick mit Haio. »Ich unterhalte mich gerade ganz gut!«

»Heißt das jetzt Ja oder Nein?«, erkundigt sich der zweite Nerten.

»Ich geb' dir einen guten Rat«, sagt Superman und piekst mit seinem Zeigefinger in Amys Richtung. »Wenn du zu lange mit den Losern hier abhängst, bist du bei den anderen schnell unten durch!«

Rebecca schaut böse durch ihre Brille. Gregor kaut an seiner Vollkornsemmel. Benni scharrt mit den Füßen. Keiner sagt etwas.

Amy ignoriert den Wichtigtuer und mustert seinen Bruder von oben bis unten. »Sag mal, hast du dir das selbst gestochen?« Sie deutet auf das Tattoo auf seinem Oberarm.

»Wieso?« Er verdreht den Kopf, um seine Tätowierung besser zu sehen. »Das ist vom Profi! Hat ordentlich was gekostet!«

»Ach so? Sag' ihm, er muss dir das Geld zurückgeben. Er hat sich verschrieben.«

»Hä? Wo denn?«

»Bei den chinesischen Schriftzeichen«, erklärt Amy geduldig. »Da steht: Made in China.«

»Quatsch, du spinnst doch!«, mischt sich Superman ein. »Woher kannst du denn Chinesisch?«

»Das war Wahlfach an meiner alten Schule.« Amy grinst ihn an. Muss ja niemand wissen, dass sie da nie hingegangen ist.

»Mein Tätowierer hat gesagt, das bedeutet Tiger!« Der Stinkefinger ist fest entschlossen, sich nicht verunsichern zu lassen.

»Die will dich nur verarschen«, beruhigt ihn Superman. Dann, an Amy gewandt: »Also, was ist jetzt?«

»Ich hab' keine Zeit, siehst du doch!«

»Das ist der größte Fehler deines Lebens!«, behauptet der andere Blonde im Brustton der Überzeugung. Als Amy zu lachen anfängt, kneift er die Augen zu schmalen Schlitzen zusammen und warnt: »Das wirst du noch bereuen!«

Sein Bruder zieht ihn am Ellbogen. »Lass' sie stehen, die knöpfen wir uns später vor! Kommst du jetzt mit, eine rauchen?«

Motzend und lästernd trollen sich die Brüder zur Mädchentoilette. (Das Jungs-Klo ist einem Raucher nicht zuzumuten, denn da stinken die Urinale so penetrant, dass man mehr Urinstein als Tabak inhaliert.) Als sie ihre Feuerzeuge und Kippen aus den Jeans fummeln, stiefeln sie an Elke vorbei, die sie ignoriert, während sie über den Waschtisch gelehnt ihren Lidstrich nachzieht.

****

Rebecca zeigt Amy den Weg zu den Kunstsälen. »Oh...!« Ihre Schritte verlangsamen sich.

In der Verbindungstür zum Seitentrakt stehen die Nertens. Sie haben ihre schmalen Lippen zu einem Lächeln verzogen, sehen aber trotzdem nicht nett aus, wie sie sich ihnen so breitbeinig in den Weg stellen.

»Wen haben wir denn da?«, fragt der Stinkefinger und tut überrascht.

»Die Kleine mit der großen Klappe!« Superman wippt auf den Fußsohlen hin und her.

»Ein Begrüßungskomitee!«, spottet Amy. »Gibt es auch ein Ständchen?«

»Du hast uns in der Pause vorhin ganz schön abblitzen lassen.« Superman zieht missbilligend die Augenbrauen hoch.

»Aber wir geben jedem eine zweite Chance!«, sagt der andere Nerten und geht bis auf Tuchfühlung an sie heran.

»Verpiss dich, sonst kriegst du Ärger!«, knurrt Amy.

»Cool down, Babe, alles easy!« Überheblich funkelt er sie an. »Eines musst du verstehen: Hier machen WIR die Regeln!«

»Welche Regeln?«, ätzt Amy. »Dass man sich mit billigem Deo einsprühen muss? Und Mohnkrümel in den Zahnritzen stecken hat?«

Der Stinkefinger schaut belämmert, dreht sich weg und pult mit dem Fingernagel im Mund herum.

Sein Bruder schiebt ihn zur Seite und baut sich vor Amy auf. »Ich erklär' dir das mal«, sagt er großspurig. »Regel Nummer eins: Wenn eine neu ist, schuldet die uns erst mal einen Begrüßungskuss!«

Rebecca zupft Amy unauffällig am Ärmel, um sie zum Rückzug zu bewegen. Aber Amy will sich nicht retten lassen. Sie lächelt Superman sonnig an. »Ach so ist das? Moment!« Nach kurzem Suchen zieht sie einen abgegriffenen Cremestift aus ihrer Jackentasche und schmiert sich damit die Lippen ein.

»Nicht zu viel, wenn's geht!«, sagt Superman erwartungsvoll. »Sonst wird's so fettig!«

»Was ist das? Erdbeergeschmack?« Der Stinkefinger drängelt sich dazu, um ja nichts zu verpassen.

»Das ist nur der Herpesstift von meinem Bruder«, beruhigt Amy. »Ich will mir ja schließlich nichts holen von euch!« Sie streckt ihren Arm vor, um Superman ebenfalls einzuschmieren.

Angewidert macht dieser zwei schnelle Schritte zurück. »Hau bloß ab damit!«

»Ist der immer so empfindlich?« Amy verdreht die Augen. »Wir sehen uns im Unterricht, Jungs. Rebecca, kommst du?« Superman weicht noch einen Schritt zurück, als sie an ihm vorbeirauscht.

»Wie heißen die noch mal?«, fragt Amy.

»Primus und Dominikus Nerten. Dominikus ist der Ältere. Der macht die Zehnte schon zum zweiten Mal.« Rebecca sieht sich um, ob sie wirklich schon außer Hörweite sind. »Die zwei tyrannisieren die ganze Schule! Sei froh, dass du einen großen Bruder hast. Vielleicht lassen sie dich dann in Ruhe.«

»Vincent? Der ist jünger als ich.«

»Ach so... Dann nimm dich lieber in Acht!«, warnt Rebecca. »Wenn die Nertens dich auf dem Kieker haben, hast du ein Problem!«

»Glaubst du?« Amy lächelt boshaft. Gegen jemand mit Internatserfahrung haben diese Großmäuler keine Chance. Nicht mal, wenn sie zu zweit sind.

»Zeig doch nochmal die Herpescreme«, bittet Rebecca. »So eine brauche ich auch!«

Amy zieht das Ding aus der Hosentasche und reicht es ihr.

»Ein Fettstift?« Rebecca dreht kichernd die blauweiße Hülse zwischen den Fingern. »Der funktioniert ja besser als Pfefferspray!«

****

In der Mittagspause stehen Amy und Rebecca am Food Truck vor dem Schulgelände, um sich für den Nachmittagsunterricht mit einer großen Portion Pommes Frites zu stärken.

Rebecca schielt in die Seitenstraße, die hinunter zum Stadtzentrum führt. Dort haben Elke und die drei Grazien ein weißes Porsche Cabrio entdeckt, das mit offenem Verdeck geparkt ist. Jetzt drapieren sie sich auf der Motorhaube und schießen Selfies. Ihr Gegacker ist meilenweit zu hören. Schließlich klettern sie sogar hinein, turnen auf den beigen Ledersitzen herum und werfen sich in Pin-up-Posen.

Amy schüttelt den Kopf. »Machen die in ihrer Freizeit auch noch was anderes als Selfies?«

»Klar, sie hängen in Galaxia ab.« Rebecca fängt Amys irritierten Blick auf. »Galaxia. Das Onlinespiel. Das kennst du doch?«

»Also, äh...« Theoretisch schon. Vom Hörensagen. »Mein Vater arbeitet für die Firma, die die LogScreens programmiert.«

»Du Glückspilz!« quietscht Rebecca mit glänzenden Augen. »Kriegst du dann VIP-Karten für die Hall-Of-Fame? Oder Backstage-Pässe? Darfst du auch die neuen Spiellandschaften testen?«

Amy nagt an ihrer Unterlippe. Die superpeinliche Wahrheit ist: Sie war noch nie in diesem Cyberspiel. »Weißt du, mein altes Internat war eher... so ein bisschen retro. Digital Detox und so.«

»Hm?« Rebecca schaut verständnislos. »Was heißt das?«

Amy zieht einen Flunsch. Ja, was hieß das? Digitale Nulldiät. Keine Handys, kein Internet. Dafür ganz viel Literatur, vorzugsweise aus dem vorletzten Jahrhundert. »Ich hab' eigentlich keine Erfahrung mit Computerspielen«, murmelt sie diffus.

Rebecca schüttelt ungläubig den Kopf. »Dann kennst du dich mit Computern überhaupt nicht aus?«

»Doch, mein Dad hat mir sogar das Programmieren beigebracht! Aber ich war noch nie in Galaxia.«

»Da hast du echt was verpasst! Galaxia ist absolut irre! Wir verabreden uns ständig dort. Der Loopingpark ist genial, der Astro-Tunnel auch. Aber am liebsten gehe ich in die Filmpyramide!«

»Kino?«

»Viel besser!«, schwärmt Rebecca. »Es ist ein 5D-Simulator, und du bist richtig im Film drin – mitten in der Handlung! Meistens suche ich mir Zeichentrickfilme aus. Oder Klassiker, wie King Kong. Das Original natürlich, die Erstverfilmung von 1933.«

»Da bist du dann in New York, und King Kong klettert mit dir auf den Wolkenkratzer?«

»Das ist sooo toll! Du glaubst gar nicht, wie gigantisch diese Stadt aus der Luft aussieht! Sogar in Schwarz-Weiß!«

»Wow!«

»Sag' ich doch! Und dann gibt es immer wieder so Pop-up-Aktionen, die nur für einen Monat freigeschaltet sind. Rooftopping, Tiefseetauchen, Skyline-Bungee...«

»Da warst du überall?«

»Nein, das war mir zu teuer. Aber ich war auf der Halloween-Parade und im Undercover-Workshop. Ich kann jetzt Autos knacken, Bomben entschärfen und mich aus einem Helikopter abseilen!«, sagt Rebecca stolz.

Hätte man der harmlosen Rebecca gar nicht zugetraut, denkt Amy. »Kann man immer brauchen!«, sagt sie.

»Und das Allerbeste ist natürlich die Hall-Of-Fame. Dort bist DU der Popstar! Das ist echt abgefahren!« Rebecca hält sich ein unsichtbares Mikrofon vor die Lippen und haucht hinein: »*Amor cuerdo... no es amor!*« Sie tänzelt im Latino-Hüftschwung den Gehweg entlang. »Es ist ein unglaubliches Gefühl, wenn ich da auf der Bühne stehe, mit Glitzerklamotten, Mikro und Backgroundtänzern. Dann singe ich einen Karaoke-Song, und das Publikum flippt total aus! Die ganze Arena ist voller Fans, die meinen Namen kreischen!«

»Und die kommen alle nur wegen dir?«

»Nein, das sind keine echten Fans, die sind virtuell! Aber sie sehen so echt aus, da merkst du keinen Unterschied!« Rebecca wirft sich auf die Knie und schrammelt auf einer Luftgitarre herum. »Die Bühnenshow ist wie bei einem richtigen Popkonzert! Voll aufwändig! Du läufst über den roten Teppich und siehst dich selbst auf einer riesigen Videoleinwand. Ein irres Lichtspektakel! Es regnet Konfetti! Und Süßigkeiten!«

»Klingt cool«, muss Amy zugeben.

»Voll der Hammer! Dann kannst du eine Pressekonferenz geben und dich mit Promis fotografieren lassen. Das ist absolut krass, es fühlt sich sowas von echt an! Die Fans drängeln sich um dich herum und wollen Autogramme, du kannst sie anfassen, du riechst das Parfum und das Haarspray!« Rebecca japst nach Luft, atemlos vom schnellen Reden. »Keine Ahnung, wie man so was programmiert. Vier DiamondPoints die Stunde, das ist eigentlich nicht teuer! Die Nertens hängen fast jeden Tag da rum.«

Amys Kinnlade steht offen. Und das haben Mum und Dad ihr jahrelang vorenthalten?

Aus der Seitenstraße kommt hysterisches Kreischen. Durch das Herumgeturne auf den Sitzen muss sich die Handbremse gelöst haben. Das Cabrio rollt langsam die abschüssige Straße hinunter. Elke, Chantal und Veronika hüpfen flink aus der Nobelkarosse, die als Kulisse für die Angeber-Selfies herhalten musste. Nur Sirins bloße Füße recken sich hoch über den Ledersitzen in die Luft. Ihr Kopf ist in den Fußraum abgetaucht.

»Handbremse anziehen, Leute!«, schreit Amy aus vollem Hals, aber

Elke und die drei Grazien hören sie nicht. »Sind die wirklich so hirnlos?«

Rebecca schüttelt den Kopf. »Nein, das siehst du falsch. Sie haben ein Hirn! Aber es wird von Modeblogs gesteuert.«

Zu guter Letzt schlängelt sich auch Sirin aus dem Innenraum, springt aus dem rollenden Porsche auf den Bürgersteig und schwenkt triumphierend ihre Sandalen. Kichernd und plappernd schlendert die Girls-Gang zurück zur Schule, ohne sich darum zu kümmern, was hinter ihnen passiert. Sie drehen sich noch nicht mal um, als es laut knirscht.

»Das ist übrigens Fahrerflucht!«, sagt Rebecca, als die Vier den Food Truck passieren. »Wenn das rauskommt, habt ihr richtig Ärger am Hals!«

»Bestimmt nur halb soviel wie du, wenn du petzt«, kontert Elke von oben herab. »Brillenschlange!« Mit wippender Hüfte stolziert sie weiter. »Geile Fotos haben wir, Mädels!« Ihre Hand wandert an die linke Pobacke, dann an die rechte, klopft die Hosentaschen ab. »Wo ist denn jetzt schon wieder...?« Nervös wühlt sie in ihrer Chanel-Bag, ein Abschiedsgeschenk ihres letzten Urlaubsflirts. »Hat zufällig eine von euch mein Smartphone eingesteckt?«

Vier belämmerte Gesichter drehen sich zu dem weißen Cabrio, das jetzt einem alten Opel Kombi am Kofferraum klebt.

»Ich bin keine Petze!«, zischt Rebecca, als Elke mit hochrotem Kopf an ihr vorbei zurück zum Porsche läuft.

Ungefähr zeitgleich hetzt ein jungdynamischer Typ im grauen Business-Anzug aus der anderen Richtung die Straße hinauf – wehende Krawatte, schlenkernder Aktenkoffer – und stößt beim Rennen Flüche aus, die sich anhören wie »F***!«, »Verdammte Sch****!« und »Himmel, A**** und Zwirn!«

»Sieht aus, als wäre es sein Auto!«, kommentiert Rebecca.

Amy dreht dem Geschehen den Rücken zu. »Gehen wir? So viel Blödheit kann man ja nicht mit ansehen!«

»Warte noch kurz! Ich bin gespannt, wie Elke sich aus der Affäre zieht!«

»Sie leugnet alles und stellt sich als Zeugin zur Verfügung«, vermutet Amy.

»Glaubst du, damit kommt sie durch?«

»Bei ihm schon. Weil sie blond ist, und er hetero.«

»Woher willst du das wissen?«

»Statistik.«

»Tatsächlich!« Rebecca beobachtet, wie die beiden Silhouetten neben dem Cabrio sich einträchtig unterhalten. Elke wirft ihre Mähne in den Nacken, den Mann hört man lachen. Schließlich fischt er ihr ritterlich das Handy aus dem demolierten Wagen.

»Ich glaub's nicht!«, jault Rebecca. »Komm, lass uns verschwinden! Sonst gibt sie noch uns die Schuld!«

Einträchtig machen sie sich auf den Weg ins Schulgebäude. Rebecca drückt die Tür zum Mädchenklo auf. »Hast du nicht Lust, mal mitzukommen, in die Hall-Of-Fame? Wir verkleiden uns so, dass uns keiner erkennt, und machen dort Party! Wie wär's?« Sie kichert. »Dann kannst du den Nertens zusehen, wie sie dich anbaggern!«

»Das kann ich auch hier!« Amy verdreht die Augen.

»Ja, DU schon... du bist ja auch voll hübsch!«, sagt Rebecca. Ihre Augen treffen sich im Spiegel. Rebecca überragt Amy um einen Kopf. Dazu ein strenger Ballettknoten und ein leichtes Lispeln, wegen ihrer Zahnspange. Das Gestell ihrer Brille sieht aus wie ein Kindermodell, schwarz-gelb gestreift, mit einer Janosch-Tigerente am Seitenbügel. Die Brillengläser sind so dick wie der Boden einer Glasflasche. »Ich bin zu groß für die meisten Jungs.«

»Alles Ansichtssache«, entgegnet Amy. »Man könnte auch sagen: die meisten Jungs sind zu klein für dich!«

»Stimmt!« Rebeccas Miene hellt sich auf. »Also, kommst du mit?«

»Gibt es auch die Chance, die Nertens mal NICHT in der Hall-Of-Fame anzutreffen?«

Rebecca nickt. »Immer wenn eine dieser Diamantjagden veranstaltet wird. Dann laufen sie mit, weil sie hoffen, sie finden den Wunschdiamanten.« Sie tockt sich mit dem Zeigefinger an die Stirn. »Als ob man den auf einer organisierten Tour finden würde!«

»Und was macht man dann mit diesem Wünschestein?«, fragt Amy.

»Wenn du ihn findest, musst du ihn in die Sanduhr werfen. Das ist so ein Felsentrichter auf Galaxia.« Rebecca blinzelt verlegen. »Ich zum Beispiel würde mir wünschen, dass ich ein Popstar-Casting gewinne.«

»Warum gehst du nicht einfach in die Hall-Of-Fame? Dort kannst du doch genausogut Popstar sein!«

»Aber mit dem Diamanten wird der Wunsch in UNSERER Welt wahr!«, ruft Rebecca.

»Glaubst du das echt?« Amys Stimme trieft vor Skepsis.

»Natürlich! Sonst würden doch nicht so viele Menschen nach dem Wunschdiamanten suchen!«

Amy schaut in Rebeccas begeistertes Gesicht. Wahrscheinlich ein Werbegag von Dads Firma. Ganz schön clever! »Sag mal... kennst du jemand, dem dieser Zauberstein einen Wunsch erfüllt hat?«

»Na klar! – Also, ich meine: Ich kenn‘ den nicht persönlich. Aber ich habe mal mit einer gesprochen, die hat einen Bekannten, der den kennt.« Rebecca strahlt sie an. »Und wenn ich wirklich mal ein Popstar werde, dann kriegst du immer Freikarten!«

Amy lächelt zurück. Rebecca redet zwar Stuss, aber sie ist nett. Zum ersten Mal hat sie das Gefühl, dass das möglicherweise klappen könnte, mit dem Freunde finden.

REALWELT – im Haus von Familie Palmer

»Hi Mum!« Amy steckt den Kopf durch die Tür. Das Zimmer unter dem Dach, das ihre Mutter sich als Fotostudio eingerichtet hat, heizt sich an Sommertagen auf wie eine Sauna. Die sechs Studioleuchten, die im Halbkreis stehen, blitzen im Takt.

In der Mitte des Raumes sitzt das Männermodel, das schon seit fünf Uhr früh da ist und extra für diesen Tag aus Warschau eingeflogen wurde – ein knackiger Schönling, der in zerrissenen Jeans auf einem grauen Plastikstein hockt und den ganzen Vormittag schon so tut, als würde er herzhaft in einen Proteinriegel beißen.

Sein nackter Oberkörper glänzt vor Schweiß. Ein erwünschter Effekt: So wirkt der Bizeps besser. Könnte man (bei niedrigeren Temperaturen) auch mit Babyöl imitieren – aber der Profi erkennt den Unterschied, und zwar am Glow. Cathrine ist begeistert, wie gut ihr Werbeshooting heute läuft.

»Ist es tatsächlich schon Mittag?« Erstaunt nimmt sie die Kamera vom Gesicht. Bei der Arbeit verliert sie jegliches Zeitgefühl.

»Halb vier!«, sagt Amy. »Gibt's was zu essen?«

»Ja, klar! Ich hab's gleich. Ich mach hier noch schnell fertig.« - Was soviel bedeutet wie: In drei Stunden vielleicht. Schnapp dir solange deinen Bruder, nimm die Geldbörse und such dir eine Frittenbude!

»Vince?« Amy findet ihn im Sandkasten. »Komm, wir gehen Currywurst holen! Mit Pommes!« Vincent bockt herum und lässt sich nur unter Protestgeheul von seinem Buddelloch wegziehen. Selbst das Versprechen »Du kriegst von mir auch eine Cola, aber du darfst es nicht Mum verraten!« besänftigt ihn nicht. »Und eine Tafel Schokolade! Und eine Tüte Schaumgummimäuse!«

»Zwei!«, verlangt Vincent. Puh, endlich ist Ruhe. Gerade als er seine Schuhe anzieht, kommt wider Erwarten Mum die Treppe herunter. Sie verabschiedet den jungen Mann – der in seinem hautengen T-Shirt fast genausogut aussieht wie ohne – und geht pfeifend in die Küche, um die Tiefkühltruhe zu inspizieren.

»Vince?«, ruft Amy. »Wir gehen doch nicht! Mum will kochen! – Ach komm, was soll das denn jetzt? Musst du dich immer so aufführen?«

Verstehe einer, warum Mum jetzt sauer auf SIE ist, dass ihr nerviger Bruder Zeter und Mordio plärrt – und eine riesige Beule an den Kopf kriegt, weil er seinen Schädel vor Wut an die Küchentür donnert! Amy hält sich die Ohren zu.

Zwanzig Minuten später gibt es gummiartige Fischstäbchen auf Toast. »Ich weiß jetzt, warum es Fast Food heißt! Weil es FAST essbar ist!«, beschwert sich Amy.

»Du kannst auch fasten, wenn es dir nicht schmeckt!«, sagt Mum und betrachtet ihren kleinen Sohn, der sein Mittagessen in Ketchup ertränkt und mit Appetit in sich hineinstopft.

»Findest du nicht, dass du etwas mehr Wert auf unsere Ernährung legen solltest?« Amy wirft ihr einen vorwurfsvollen Blick zu und schiebt den Teller von sich weg. »Schließlich sind wir noch in der Wachstumsphase!«

Mum denkt nach. »Du hast ja recht«, sagt sie zerknirscht. »Morgen mache ich Grünkern-Bratlinge mit Sojagulasch!«

REALWELT – bei Rebecca zuhause

Stichwort TELEPORTATION

›Teleportation‹ bezeichnet den Transfer eines Lebewesens oder Gegenstandes von Realwelt nach Galaxia oder umgekehrt. Der Körper wird von einem LogScreen in elektrische Impulse umgewandelt, in dieser Form über eine Datenleitung zu einem zweiten LogScreen gesendet, und am Zielort rematerialisiert. Nach derzeitigem Stand der Wissenschaft ist das Teleportieren (umgangssprachlich auch ›Beamen‹ genannt) nicht gesundheitsschädlich und kann beliebig oft wiederholt werden. Schwindelgefühle und ›Sternchen vor den Augen‹ während des Teleportierens sind normal und unproblematisch; diese Symptome dauern nur wenige Sekunden bis einige Minuten und werden durch Gewöhnung schwächer.
Die Technologie, um diesen Vorgang kontrolliert durchzuführen, existiert seit ca. 25 Jahren und wurde von der Firma GalaxiaFunPark AG entwickelt, unter der Leitung des Programmierers Nick Palmer. Anekdotenhafte Erzählungen über spontane Teleportations-Vorgänge, die durch Blitzeinschläge ausgelöst wurden, datieren bis ins Frühmittelalter zurück (ca. 500–1050 n.Chr.). Die erste dokumentierte Teleportation eines Menschen von Realwelt nach Galaxia fand im Jahr 1702 statt.
Teleportationen sind auch innerhalb von Galaxia möglich. Vampire meiden diese Art der Fortbewegung, weil es ihr Energielevel schwächt.

Quelle: CyberBrain – das Online-Handbuch.
Alles, was du über Galaxia wissen musst.

****

Während Rebecca über ihrer Mathe-Hausaufgabe brütet, schweift ihr Blick immer wieder zur Uhr. 17:52. Jetzt wird es aber Zeit, dass ihr ein

Lösungsweg einfällt! In ein paar Minuten kommt Julia, und mit der gibt es dauernd Zoff.

Julia hält sich selbst für die talentierteste, intelligenteste und nebenbei attraktivste Jura-Studentin, die jemals einen Hörsaal betreten hat. Derart wichtige Menschen haben einen straffen Zeitplan (»*Meine Woche ist so eng getaktet, ich muss was delegieren!*«) – weshalb sie Rebecca heute früh die Order gab, ihr ein paar Blusen zu bügeln. Rebeccas Protest (»*Aber wieso an mich? Delegier' es doch ans Wochenende!*«) wurde von Julia mit Leidensmiene abgeschmettert. (»*Ich würde es ja selbst machen, aber ich habe leider gaaar keine Zeit, ich muss für die Klausur lernen! Ich bin total im Stress! Sei bloß froh, dass du noch zur Schule gehst! So eine Work-Life-Balance wie du hätte ich auch gerne!*«)

Rebecca hatte widerwillig »Ich schau mal...« genuschelt, um nicht auch noch das Psycho-Gelaber zu hören, das Julia ihr immer reinwürgt, um sie weichzuklopfen. (»*Als Mama ausgezogen ist, haben wir drei gesagt, dass wir ganz fest zusammenhalten müssen – du, Paps und ich! Lässt du uns jetzt hängen, oder was?*«)

Der einzige Ausweg, um nicht von Julias Manipulationsversuchen eingelullt zu werden, ist, ihr aus dem Weg zu gehen. Schließlich will Rebecca nicht als Aschenputtel enden.

Die Haustür knallt. »Halli hallo! Bin zuhause!«

Hektisch tippt Rebecca auf ihrem Taschenrechner herum, streicht den alten Lösungsansatz in ihrem Matheheft durch, schreibt einen neuen auf. QED. Na bitte.

Sie stopft das Heft zurück in die Schultasche und wendet sich ihrem LogScreen zu. Ihr Gerät ist schon ein älteres Modell und braucht ewig, um die Galaxia-Software zu öffnen. Aber wenn es mal läuft, dann läuft es stabil. Der vorgezeichnete Umriss einer linken Hand erscheint auf dem Monitor. Rebecca legt ihre Hand dagegen und wartet, bis der Bildschirm ihre Identität gescannt hat. Im Auswahlmenü daneben tippt sie eilig auf den himmelblauen Button und wählt hektisch ihre gewohnten Zusatzoptionen aus. Kurz blinkt ihr DiamondPoints-Guthaben auf. Ups – wieso ist dieses Kostüm auf einmal so teuer?

Egal, sie muss sehen, dass sie verschwindet. Julia stapft schon die Treppe hinauf.

Ein letzter Klick mit dem rechten Zeigefinger auf den *GO!*-Button, und der Handumriss am LogScreen beginnt zu pulsieren. Kälte kriecht vom Bildschirm aus über Rebeccas linke Hand den Arm entlang. Kaum wahrnehmbare Vibrationen gehen durch ihren Körper. Dann das gewohnte Schwindelgefühl, immer wieder wird ihr für Sekundenbruchteile schwarz vor Augen. Kleine Lichtblitze flirren hinter ihren geschlossenen Augenlidern. Es fühlt sich an, als würde ein Tornado sie hochheben und in ihre einzelnen Moleküle zerlegen, die dann in Bits und Bytes durch die Datenleitung sausen, wie bei einer Achterbahnfahrt. Uuuh, jetzt wird ihr doch ein bisschen übel, aber das geht gleich wieder vorbei. Wie peinlich... sie ist doch keine Anfängerin, die sich zum ersten Mal teleportieren lässt!

Julia reißt die Tür zu Rebeccas Zimmer auf. »Du bist voll unzuverlässig, weißt du das? Warum hast du meine Blusen noch nicht...?« Aber der Stuhl vor dem LogScreen ist leer.

Dieses Kribbeln am ganzen Körper, wenn man am Ziel wieder zusammengepixelt wird, ist durchaus angenehm. Als sich Rebecca im Azurinschloss materialisiert, vor dem LogScreen auf dem Korridor im ersten Stock, steht da schon der Vampir-Butler: »Willkommen in Galaxia, Mylady! Bitte sehr, hier Euer Kostüm!«

»Was ist das?« Rebecca schaut verblüfft auf den haarigen Fetzen Stoff, den er in seiner Hand hält. »Uuups, meine Manieren! Wollte sagen: Hallo Butler. Danke schön! Aber: Was ist das?«

Butler schielt auf den LogScreen, um die Details der letzten Teleportation abzulesen. »*Hairy Spider*, achtbeinig, extra lang behaart. Genau so, wie es aus den Bestell-Optionen ausgewählt wurde.«

»Oh...« Mit spitzen Fingern nimmt Rebecca das *Hairy-Spider*-Kostüm entgegen. Die Spinnenhaare fühlen sich an wie die Borsten einer Klobürste. »Da muss ich mich wohl vertippt haben!«

»Das kann vorkommen, Mylady. Probiert es trotzdem! Ihr werdet erstaunt sein, wieviel Bewegungsfreiheit es bietet!«

»Äh... Na gut...« Mehr aus Höflichkeit dem Butler gegenüber, der sich extra ihretwegen auf den Weg zum LogScreen gemacht hat, steigt sie in zwei der acht Spinnenbeine, steckt ihre Arme in das oberste Beinpaar und lächelt tapfer. »Supi... passt alles... Ich geh' dann mal!«

Wie üblich ist sie mit Haio, Gregor und Benjamin im Roten Salon verabredet. Sie huscht den Korridor entlang, vorbei an einer Reihe von Ritterrüstungen. Den Gedanken, ihr Kostüm gegen eine Rüstung einzutauschen, verwirft sie gleich wieder: Die würden ihr alle nicht passen. Früher waren die Leute kleiner.

Praktischerweise liegt der Rote Salon nicht weit vom LogScreen entfernt. Nur ein Stockwerk tiefer, die breite Wendeltreppe hinunter, dabei die 13. Stufe auslassen, die als Falltür bekannt ist, dann rechts. Rebecca reißt die weiße Flügeltür auf, geht an den Stehtischen vorbei zu dem Podest, das für Stammgäste reserviert ist, und lässt sich in einen Samtsessel plumpsen. »Ha!«, ruft sie triumphierend. »Auf die Sekunde!«

Das Geräusch der großen Pendel-Standuhr schneidet ihr das Wort ab: *Dong... Dong...*

»Fast wärst du zu spät zur Happy Hour gekommen!«, kichert Chantal.

...Dong...Dong...

»Nein, das ist perfektes Timing!«

...Dong...Dong. Mit dem letzten Stundenschlag klappt der Deckel des alten Konzertflügels selbsttätig auf. Mechanische Hände an Ziehharmonika-Drähten fahren heraus und hämmern eine Polka in die Tasten. Kaum ist der letzte Ton verklungen, klappt alles wieder zusammen und steht stumm herum wie vorher. Die Gelegenheitstouristen, dichtgedrängt an den Stehtischen, glotzen und klatschen.

Rebecca lehnt sich zufrieden zurück und sieht sich um: Weinrot gestrichene Wände, große Ölgemälde in vergoldeten Rahmen, opulente Kristalllüster mit mehrstöckigen Kerzenreihen... und an der Wand hinter ihr eine merkwürdige Sammlung von Wolpertinger-Köpfen, die auf Holzbretter genagelt sind und mit großen Glasaugen auf die Gäste hinunterschauen.

In den wenigen Wochen, seit Butler im Azurinschloss arbeitet, hat sich der Rote Salon zur beliebtesten Szene-Location Galaxias entwickelt. Besucher aus Realwelt zahlen inzwischen Wucherpreise, um sich stundenweise an einen der Stehtische lehnen zu dürfen – wohingegen Stammgästen wie Rebecca nur ein symbolischer DiamondPoint abgezogen wird (oder gar nichts, wenn sie sich zur Happy Hour einloggen).

Reservierungen für das Podest lehnt Butler rigoros ab: »Bedaure, meine Herrschaften«, lautet seine Standardfloskel, »aber die Plätze dort sind belegt.« Nämlich von den Schülern aus Rebeccas Klasse. Alle aus der 10d können kommen und gehen, wie sie wollen, und beliebig lange bleiben. Zu Rebeccas Leidwesen gilt dieses Privileg auch für die Nerten-Brothers.

Die trendigen Pärchen, die sich dicht um die reservierten Stehtische drängeln und Cocktails schlürfen, fragen sich bestimmt, wie die Teenager auf dem Podest zu dieser Vorzugsbehandlung kommen. Und Rebecca fragt sich das ehrlich gesagt auch. Vielleicht betrachtet Butler es als eine Art Gewohnheitsrecht, das nur den Schülern der 10d zusteht – weil sie den Roten Salon bereits in den Zeiten besuchten, als er noch kein Geheimtipp war.

Der Hype kam erst mit Butler und seinem verrückten Spezialcocktail *Spicy Dragon* – Blutorangensaft mit einem Schuss von selbstgebrautem Bier und einer scharfen Gewürzmischung über Bergen von Eiswürfeln. Beim ersten Schluck schmeckt das Gebräu geradezu widerlich... dann jedoch gewöhnt sich der Gaumen rasch daran und empfindet die letzten Züge sogar als angenehm erfrischend.

Nachdem Butler den nächsten Schwung Gäste mit seinem Spezialcocktail versorgt hat, läuft er geschäftig durch den Salon. Rebecca beobachtet ihn, wie er die exotischen Schlingpflanzen in den Blumenkästen vor den Fensterfronten der Reihe nach anvisiert. In jeden offenen Blütenkelch lässt er ein oder zwei schlachtfrische Fleischbrocken hineinfallen, die er mit einer Grillzange aus einer Silberschüssel herausfischt. Wenn der Blütenschlund zuschnappt, kracht es wie die Kiefer eines Raubtieres. Noch Minuten später sind leise Schmatzgeräusche aus dem Blüteninneren zu hören.

****

Elke lässt sich die Happy Hour natürlich auch nicht entgehen. Umringt von einer Handvoll Klassenkameraden aalt sie sich auf der einzigen Sitzgelegenheit direkt vor dem Kamin des Salons – ein orientalischer Diwan, auf dem mindestens fünf Leute Platz hätten, wenn Elke ihn nicht komplett für sich alleine beanspruchen würde. Sie steckt in einem opulenten Marie-Antoinette-Kostüm mit geschnürtem Korsett, diversen Unterröcken und gepuderter Perücke. Rechts und links von ihr knien zwei virtuelle Bewunderer. Es sind computeranimierte Hologramme im Bodybuilder-Look, dreidimensional verpixelte Illusionen für je einen halben DiamondPoint die Stunde. Während sie der eine Cyber-Lakai unterwürfig anhimmelt, fächelt ihr der zweite mit einem Federwedel Luft zu.

Elke zwirbelt gelangweilt an einer Haarsträhne herum, während sie auf den großformatigen TV-Monitor glotzt, der über dem Kamin hängt. Zwischen den stündlichen Galaxia-News werden hier Standbilder der Live-Cams gezeigt, die überall im Salon installiert sind. Momentan starrt ihr ihr eigenes muffiges Gesicht aus dem Bildschirm entgegen, was ihre Laune nicht gerade verbessert. Genausowenig wie die Gesprächsfetzen, die sie hinter ihrem Rücken aufschnappt, und die sich immer wieder um ›die Neue‹ drehen. Mann, das nervt! Als ob es nicht schon reicht, dass ihr ›die Neue‹ im Unterricht ständig die Show stiehlt! Bisher war noch nicht mal jemand da, der sie gefragt hat, ob sie einen Drink will. Da muss sie wohl ein bisschen nachhelfen...

»Benjamin!«, schnurrt Elke und winkt das Pickelgesicht im gelben Sponge-Bob-Quader zu sich her. Benni ist zwar definitiv unter ihrem Niveau, aber er hat auch seine guten Seiten: Er kann einfach nicht Nein sagen. Genau so jemanden braucht sie jetzt, wenn sie einen *Spicy Dragon* will.

»Hi Elke!« Benjamin kommt schüchtern zu ihrem Diwan und hebt seinen Blick von ihren Plateaupumps bis hoch zu ihren schwarzumrandeten Augen. »Sag' mal...«

»Jaaa?« Sie schenkt ihm ein verführerisches Lächeln.

»... weißt du eigentlich, wo die Neue wohnt?«

»Hä?«

»Die Neue. Amy.«

Elke schüttelt fassungslos den Kopf. »Was habe ich denn mit DER zu tun? Die interessiert mich ja sowas von überhaupt nicht!«

»Jaja, schon klar... war auch nur 'ne Frage.« Benni verzieht sich wieder.

Null Feingefühl, der Typ! Elke verdreht die Augen. Unreifes Milchbubi! Aber da kommt Dominikus. Der zumindest wird froh und dankbar sein, ihr einen Drink ausgeben zu dürfen. Denn diese DiamondPoints summieren sich ganz schön. Ihr Taschengeld für diesen Monat ist jedenfalls schon futsch. »Duhu, Dominikus...?«, gurrt sie.

»Meinst du mich?« Dominikus grinst verwirrt. Elke ist nicht oft nett. Zu ihm eigentlich nie.

»Na klar! Wen denn sonst?« Elke setzt sich in Pose, um ihr Marie-Antoinette-Dekolleté wirken zu lassen. »Ich wundere mich nur gerade, dass du es bei dieser Hitze ohne einen Drink aushältst... Ich könnte einen *Spicy Dragon* vertragen, du nicht auch? Butler läuft irgendwo da hinten rum. Wenn du dir was bestellst, nimm mir auch gleich einen mit!«

Dominikus nickt gehorsam. »Geht klar. Du kannst mir das Geld später zurückzahlen. Ich muss Butler sowieso noch fragen, ob Amy schon mal hier war, im Roten Salon.«

»Wer??!«

»Amy! Die Neue in unserer Klasse! Vielleicht hängt die ganz woanders ab, und wir sind hier! Das wäre ja blöd... Sag's nicht weiter, aber Primus ist an ihr interessiert.«

»Spinnt der?«, entfährt es Elke.

»Also, hässlich ist sie nicht!«, urteilt Dominikus. »Oh, da ist Butler!« Er springt auf und läuft dem Vampir hinterher, der gerade in einen Nebenraum verschwindet.

Elkes Korsett ist zu eng geschnürt für die Zorneswallungen, die in ihr aufsteigen. Primus steht auf dieses schwarzhaarige Teil? Das ist ja lächerlich! Sie schaut sich um. Wo sind eigentlich ihre Freundinnen, wenn sie sie braucht? Ah, da schlurft ja Nerten Nummer Zwo um die Ecke. Dem wird sie gleich auf den Zahn fühlen. »Primus, hi! Du auch hier?« Okay, das war jetzt nicht die intelligenteste Anmoderation... aber Primus soll gefälligst happy sein, dass sie überhaupt das Wort an ihn richtet.

»Halt doch mal die Klappe!«, grunzt Primus ungnädig. Er hasst es, gestört zu werden, wenn er im Kopf seine DiamondPoints zusammenzählt. Egal wie er rechnet: Wenn er nachher wieder in die Hall-Of-Fame will, muss er sich hier durchschnorren, sonst reicht die Kohle nicht. Elke braucht er nicht um einen Drink anzuhauen, die ist chronisch pleite. Aber vielleicht kann sie ihm ja bei einem anderen Problem helfen? Räuspernd tritt er näher. »Du, Elke...« Er geht vor ihrem Diwan in die Hocke, bis er mit ihr auf Augenhöhe ist. »Unter uns gefragt: Diese Amy... kennst du die näher?«

Elkes Augen schrumpfen auf die Größe von Münzschlitzen zusammen. »Wieso? Willst? Du? Das? Wissen?«

Ihr schneidender Tonfall hätte anderen Leuten schwer zu denken gegeben. Aber Primus, so sensibel wie ein Rhinozeros, peilt nichts. »Oooch, nur so... Erzähl's nicht weiter, aber Dominikus hat sich in sie verknallt.«

Elke klappt die Kinnlade herunter. Hektisch wedelt sie sich mit der Hand Luft zu, um ihre beginnende Atemnot in Schach zu halten.

»Den hat's richtig erwischt, sag' ich dir!« Primus inspiziert seine Fingernägel, während er überlegt, inwieweit er Elke ins Vertrauen ziehen soll. »Er spielt sogar mit dem Gedanken, sich ihren Namen tätowieren zu lassen. Hier...«, er deutet auf seinen Oberarm, »da hat er aktuell so chinesische Zeichen stehen, die will er sich überschreiben lassen.«

»Ja, ist der denn völlig plemplem?«, quietscht Elke.

Primus nickt zustimmend. »Ich hab' schon versucht, es ihm zu erklären: Wie bescheuert das aussieht, wenn die mit MIR geht und ER das Tattoo trägt. Er rafft's aber nicht. Er bildet sich ein, er hat Chancen.«

»Ich glaub's nicht!«

»Ja, ich glaube auch nicht, dass er ihr Typ ist«, pflichtet Primus ihr bei. »Die ist cool, keine Frage! So eine hat was Besseres verdient! – Ah, da ist er ja! Und er hat mir einen *Spicy Dragon* mitgebracht!« Er sprintet auf seinen Bruder zu, klopft ihm auf die Schulter und verschwindet mit Elkes Drink in Richtung Billiardtisch.

Elke ist auf hundertachtzig. Das darf doch alles nicht wahr sein! Aber da kommt ja die Schnepfe, mit der sie noch ein Hühnchen zu rupfen hat! »Rebecca!«, pflaumt sie sie an. »Warum hast du es ihr erzählt? Die Hall-Of-Fame ist ständig überbelegt! Das weißt du doch!«

»Wer? Wem? Amy? Sie hätte es demnächst sowieso von irgendjemandem gehört!«, verteidigt sich Rebecca.

»So wie Benni sie anschmachtet, vermutlich morgen«, kommt es dumpf unter einer Taucherglocke hervor. Darunter steckt Marcel, der Klassenkasper.

Rebecca stemmt trotzig zwei Spinnenbeine in die Hüften. »Außerdem mag ich sie!«

»Hast du dich mit der etwa angefreundet? Dass du einen ausgefallenen Geschmack hast, sieht man ja«, keift Elke, während sie Rebecca von oben bis unten mustert. »Warum hast du dir eigentlich so ein dämliches Kostüm ausgesucht?« Ihr gereizter Blick bleibt an den Spinnwarzen hängen, die beulenartig vom Kostüm abstehen.

Rebecca zupft an den borstigen Haaren herum, die auf ihrem Spinnenkörper wuchern. »Na ja, ich hab' mich in der Kostüm-Auswahl vertan. Eigentlich wollte ich als *Herzdame* gehen. So wie immer. Aber ich bin in der Zeile verrutscht, und da habe ich versehentlich auf *Hairy Spider* geklickt.«

Elkes Mundwinkel zeigen angewidert nach unten. »Du hättest mal lieber auf ›Rundumverschönerung‹ klicken sollen!«

Rebecca grinst sie an: »Dabei habe ich richtig Glück gehabt! Weil das die beste Maskierung ist, die ich jemals hatte! Ich kann damit Wände entlanglaufen! Schaut mal!«

Sie krabbelt los, mit acht Beinen, quer über einen Brokatvorhang, der heftig unter ihrem Gewicht zu schlenkern beginnt. Staub rieselt von den Wandteppichen, als sie weiterläuft, an gekreuzten Säbeln und einem wuchtigen Hirschgeweih vorbei, die stuckverzierte Decke entlang bis zu dem prachtvollen Kronleuchter, der direkt über Elkes Diwan baumelt.

»Und wisst ihr was?«, ruft sie kopfüber den Gesichtern zu, die ihre Kletteraktion sechs Meter tiefer vom Fußboden aus beobachten. »Das ist die perfekte Gelegenheit, um von außen die Schlossmauer hochzuklettern und oben bei den Türmen nach dem Wunschdiamanten zu suchen. Dort gibt es massenhaft Ecken, Nischen und Vogelnester, in denen er liegen könnte!«

Aus der Spinnen-Perspektive kann Rebecca in zahlreiche offene Münder gucken. Nur die Cyber-Lakaien bleiben unbeeindruckt. Das schrille Quietschen kommt von Elke. Leider ist ihr neidisches Gesicht nicht zu sehen, weil der Federwisch davor herumwedelt.

»Wenn ich ihn finde, kriegt ihr alle was ab von meinen Milliarden!«, ruft Rebecca gutgelaunt. »Du auch, Elke. Dir spendiere ich eine Gehirnvergrößerung!«

Die Blumenvase verfehlt Rebecca um mindestens einen Meter – Elke zielt erbärmlich schlecht – und fällt unverrichteter Dinge auf den Boden zurück, wo sie mit einem dumpfen Knall Elkes Knöchel lädiert.

Rebecca schiebt sich durch einen gekippten Fensterflügel und bewegt sich mit ihren acht haarigen Beinen die Außenfassade entlang, an Fensterfronten vorbei, die das Licht der tiefstehenden Sonne spiegeln, über Erker, Dachrinnen, Gauben, Türmchen und die himmelblauen Dachziegel, denen das Azurinschloss seinen Namen verdankt. Oben bei den Schornsteinen hält sie kurz inne, um die grandiose Aussicht auf den Sanduhrfelsen zu genießen. Der Wind, der vom Landesinneren zum Meer des Vergessens weht, verwirbelt ihr

Haar und trägt ihr den Geruch von saftigen Wiesen und Sommerblumen in die Nase. Es ist eine einzigartige Stimmung, die nur durch Elkes Geheule gestört wird. Sogar von ganz oben ist es noch zu hören.

GALAXIA
DRACHENKIND
3 Assassine
I. C. HERMANN

REALWELT – Marie-Curie-Gymnasium

Dominikus streckt seinen fleischigen Finger nach den Mädchenklos aus. »Hey, wollten wir nicht eine rauchen?«

Sein Bruder zieht ihn am Ärmel zur Jungentoilette. »Wir gehen zur Abwechslung mal für kleine Königstiger!« Zwei Sechstklässler flüchten panisch, als die Nertens den Waschraum entern.

»Hier drinnen stinkt's aber so!«

»Es lohnt sich!«, verspricht Primus. »Ich habe da was flüstern hören...« Er stößt die erste Kabine auf, schaut hinter die Tür, grunzt missbilligend, wechselt zur nächsten. »Ha! Da ist es ja! Was sagst du dazu?«

Dominikus schiebt sich neben seinen Bruder, die Hände an die Wand gestützt, damit er in der engen Kabine nicht auf die Kloschüssel fällt. »Nicht schlecht!«, lobt er. »Die sieht aus wie Elke!«

»Das IST Elke!«

Dominikus pfeift anerkennend, zieht sein Smartphone heraus und macht ein Foto von dem Poster, das an der Innenseite der WC-Kabine klebt: Ein Nacktmodel mit XXL-Oberweite, das sich mit gespreizten Beinen und herausgestrecktem Po an einen roten Rennwagen kuschelt. Das lachende Gesicht, aus dem aktuellen Klassenfoto herauskopiert, vergrößert und darübergelegt, gehört ganz eindeutig der blonden Oberzicke, die in diesem Moment auf der anderen Seite der Mauer steht und sich vor dem Spiegel der Mädchentoilette eine zweite Schicht Lipgloss auf die Lippen tupft.

»Ist eine Fotomontage, oder?«

»Ja, klar!« Primus grinst und löst den Tesa von der Klotür. Er faltet das Plakat zusammen und schiebt es in die Gesäßtasche seiner Jeans.

»Warst DU das?«

»Spinnst du?!« Primus drängt ihn aus der Kabine heraus und sieht sich hektisch um, aber das Jungsklo ist leer. »Halt' bloß die Klappe! Ich will doch wegen sowas keinen Stress kriegen!«

Das Getuschel und Gelächter ist groß, als Primus das Bild unter den Mitschülern herumzeigt. Innerhalb von zehn Minuten verbreitet sich die Info in der gesamten Schule. Der Missetäter hat in sämtlichen Jungs-WCs mindestens eines dieser Poster aufgehängt. In der Pause wird es dort eng: Schüler und Schülerinnen aus allen Klassen quetschen sich in die Jungentoiletten, um einen Blick auf Elke im Porno-Look zu erhaschen.

Elke und die drei Grazien, sonst immer an vorderster Front, wenn es um Neuigkeiten geht, sind diesmal völlig vom Informationsfluss abgeschnitten. Sie sitzen in der hintersten Ecke des Pausenhofs, wo sie sich mit Permanent-Marker Smileys auf die Fingernägel malen, und kriegen von der Aufregung gar nichts mit.

Als Elke schließlich davon Wind bekommt – irgendein Witzbold hält ihr eines der Plakate unter die Nase, mit der Bitte, es zu signieren – tickt sie natürlich aus. Ihre Beschwerde beim nächstbesten Pauker, der herumsteht, fällt auf fruchtbaren Boden: Walter Werner Klemmt, der prüde Religionslehrer, sieht die Würde des Menschen mit Füßen getreten und echauffiert sich mächtig. In den Toiletten ist mittlerweile kein einziges dieser Poster mehr zu finden, aber Herr Klemmt hat das Exemplar eines Unterstufenschülers konfisziert, mit seinem Smartphone abfotografiert und an das gesamte Lehrerkollegium geschickt. Zur Beweissicherung. In Sekundenschnelle zieht der Skandal Kreise bis ins Direktorat.

In der 10d ist es vergleichsweise ruhig. Ein paar kichernde Fünftklässler reißen die Tür auf, zeigen auf Elke und knallen die Tür wieder zu.

»Hast du vielleicht einen Verdacht, wer dir das angetan haben könnte?«, fragt Herr Klemmt mit glitzerndem Blick und schiebt erwartungsvoll seine wulstige Unterlippe vor.

Elke schüttelt vehement den Kopf. »Keine Ahnung, wer mich so demütigen will! Natürlich habe ich Neider! Missgunst und Eifersucht bin ich ja gewöhnt... gutaussehende Frauen haben es auch nicht immer leicht!« Schniefend wirft sie ihre Haare in den Nacken. »Ich bin doch kein Flittchen! Sowas tut mir wirklich weh!« Theatralisch legt sie sich eine Hand aufs Herz: »... Hier!«

Alle schauen betroffen zu Boden, nur Amy und Haio nicht.

»Was guckt ihr so?«, zischt Elke.

»Reg' dich wieder ab«, sagt Haio. »Ich finde, du übertreibst.«

»Tut sie nicht!«, ruft der Chor der Grazien.

Herr Klemmt starrt auf Haio. »Willst du hier die Problematik verharmlosen? Die Verantwortlichen decken?« Er reißt entsetzt die Augen auf. »Oder warst du es am Ende selber? Schau mich an!«

Haio erwidert den Blick des Lehrers und hat Mühe, sich das Grinsen zu verkneifen.

Herr Klemmt schüttelt den Kopf. »Haio?« Sein Gesicht wird noch ernster, als es das ohnehin schon war. »Hast du uns etwas zu sagen?«

»Ja, Herr Klemmt.«

»Ich höre?« Mitschüler und Lehrer halten gespannt die Luft an.

Haio fängt an zu lachen: »Mein Rollstuhl passt leider nicht durch die Klotüren!«

»Das ist doch... das ist... unglaublich!« Herr Klemmt stapft wütend hinaus. Die Klasse 10d liegt johlend auf den Bänken. Die Religionsstunde ist zu Ende, bevor sie begonnen hat.

Der Schuldirektor fackelt nicht lange: »Eine derartige Verrohung der Sitten können wir an unserer Schule nicht dulden!«, dröhnt seine Stimme aus den Lautsprechern. »Deshalb bitte ich um eure Mithilfe! Jeder, der zur Klärung dieses Vorfalls beitragen kann, wird dringend aufgefordert, sich zu melden! Selbstverständlich werden alle Lehrkräfte so eine Meldung vertraulich behandeln.«

»Na klar doch«, spottet Primus.

»Falls der Schuldige nicht gefunden wird, würde ich mich gezwungen sehen, eine Kollektivstrafe zu verhängen«, schallt es blechern in jedem Klassenzimmer. »Dann müsste unser Sommerfest leider ausfallen. Stattdessen würden wir an diesem Tag Workshops zur Mobbing-Prävention veranstalten!«

Die Schüler ziehen lange Gesichter. Hauptsächlich die Mädels sind angefressen, allen voran Elke. Damit hat sie nicht gerechnet. Dieser

Schuss ging nach hinten los. Kein Sommerfest bedeutet nämlich: Kein Model-Contest. Und das wiederum bedeutet: Keine Schärpe, kein Krönchen, kein Siegerfoto im Lokalteil der Tageszeitung... und den ausgelobten Modelvertrag bei der Agentur Adchicks kann sie dann auch vergessen. Elke könnte sich jedes Haar einzeln ausrupfen, schließlich ist sie die unangefochtene Favoritin! Und jetzt, verdammt noch mal? Sie beißt sich auf die Lippen. Wie lässt sich das wieder ausbügeln?

Schräg vor ihr bohrt Dominikus Nerten gedankenverloren in der Nase. Elke mustert ihn schlechtgelaunt. Sie braucht einen Schwachkopf, der dumm genug ist, sich die Tat in die Schuhe schieben zu lassen. Ihr Blick schweift zwischen Dominikus und Benjamin hin und her, beide mit verkümmerten Spatzenhirnen ausgestattet.

Gegen Dominikus spricht: Er hat einen cleveren Bruder, der könnte ihren Plan vereiteln.

Gegen Benjamin spricht: Er ist die Nettigkeit in Person, dem nimmt man so eine Plakat-Aktion gar nicht ab. Dominikus dagegen hat schon mehrere Verweise einkassiert. Sobald irgendwas Hirnrissiges passiert, ist der dabei.

Also Dominikus.

In der zweiten Pause fängt sie die Nertens ab, als die gerade auf den Hof gehen wollen. »Primus! Warte mal! Du sollst ins Sekretariat kommen!«

»Schon wieder?«, mault Primus.

»Irgendwas stimmt mit deinen Attesten nicht«, erläutert Elke.

Primus zieht genervt ab.

Zu Dominikus‘ großer Überraschung verdünnisiert sich Elke NICHT sofort, mit ihrem gewohnten verächtlichen Schnauben... sondern ganz im Gegenteil: Sie lächelt ihn an, wickelt eine blonde Haarsträhne um ihren Finger und fragt, ob sie etwas Vertrauliches mit ihm besprechen könnte. Ein Problem.

Dominikus ist gebauchpinselt, dass die tolle Elke gerade ihn ausgewählt hat, um ihr Herz auszuschütten. Er begleitet sie in den menschenleeren Seitengang zu den Kunsträumen. Hier können sie in Ruhe reden.

Mit unschuldigen runden Augen offenbart sie ihm, dass sie selbst diejenige war, die die Nackedei-Poster zusammenkopiert und in den Klos drapiert hat.

Dominikus schlackern die Ohren. »Aber warum hängst du selber Nacktfotos von dir auf?«

Elke zuckt mit den Schultern. »Na und? Das ist doch nicht MEIN Körper!« Sie kichert. »Mich sieht doch keiner nackt! Ist doch offensichtlich, dass das der Body von 'ner Anderen ist!«

»Äh?«

Elke erklärt ihm den Hintergrund: »Weißt du, das Gehabe von der Neuen, das geht mir tierisch auf die Nerven!«

»Amy?«

»Hmpf!« Solange Elke denken kann, war sie in ihrer Klasse die Nummer Eins. Jetzt ist sie plötzlich abgemeldet. Und wenn diese Amy glaubt, dass Elke sich das einfach so gefallen lässt, dann ist sie schief gewickelt! Elke bemüht sich um eine verständliche Ausdrucksweise: »Seit die da ist, reden alle nur von ihr. Neuigkeitsbonus, klar.«

»Aber das stimmt doch gar nicht!«, schleimt Dominikus. »Du siehst doch viel besser aus!« Ob er das wirklich findet oder nicht, weiß er selber nicht, aber es ist ihm auch völlig egal, denn Elke ist unbestreitbar näher dran. An ihm. Jetzt berührt sie sogar seinen Arm!

»Weißt du... Aufmerksamkeit ist einfach die wichtigste Währung heutzutage! Die lass' ich mir doch von so einer dahergelaufenen Neuen nicht abspenstig machen!«

»Auf die brauchst du doch nicht eifersüchtig sein!«, tröstet Dominikus.

»Iich? Bin doch nicht eifersüchtig! Du verstehst das ganz falsch! Es geht ums Prinzip!«

Dominikus blickt's nicht.

»Also habe ich ein bisschen nachgedacht und den Plan mit den Pin-up-Postern entwickelt. Hat doch super funktioniert, oder? Die Story ist Gesprächsthema Nummer Eins... garantiert in den nächsten

Wochen auch noch!« Elke lächelt breit: Die Aufmerksamkeit, die ihr zusteht, hat sie sich wieder verschafft.

»Dann ist ja alles in Butter!« Dominikus nickt zufrieden.

»Nicht ganz.« Elkes Mundwinkel klappen schlechtgelaunt nach unten. »Du hast ja gehört, dass deswegen jetzt die Schulgala ausfallen soll – und der Model-Contest!«

Dominikus zuckt mit den Schultern. »Na, dann melde dich halt! Du gibst zu, dass du das alles selbst angezettelt hast, und die Schulgala findet statt!«

»Hältst du mich für...?« Elke schlägt die Hände vor den Mund. Dieser Typ ist ja noch viel blöder als gedacht! »Kannst du dir vorstellen, wie ich dann dastehe? Das traue ich mich nicht!«

Dominikus schaut Elke treuherzig an. Er ist sehr geschmeichelt, dass er derjenige ist, den sie ins Vertrauen zieht. »Ich würde dir echt gerne helfen, Elke... Wenn ich irgendwas tun kann, brauchst du es nur zu sagen!«

»Oh, Dummilein... Äh, Domilein! Du bist ja soooo süß!« Elke strahlt und drückt ihm ein Bussi auf die Wange, so dass er puterrot anläuft. »Es ist ganz einfach, mir zu helfen. Würdest du das wirklich tun?« Ein tiefer Blick in die Augen gibt ihm den Rest. Er nickt hypnotisiert. »DU! Meldest dich. Für mich!«

In seinem Denkapparat rattert es langsam: »Du meinst, ich soll dem Direx sagen, dass du deine Nacktbilder selbst aufgehängt hast?«

»Nein, Dummi! Du sollst ihm sagen, dass DU es warst!«

Dominikus stiert sie entgeistert an.

»Ich bezahle dir auch 100 DiamondPoints dafür!«, bettelt Elke. Als Dominikus' Augen zu immer schmaleren Schlitzen werden, beeilt sie sich, ihr Angebot nachzubessern: »Und einen Hall-Of-Fame-Gutschein... und ich bring' dir bis Schuljahresende jeden Tag eine Tüte Gummibärchen mit... und...«

»Vergiss' es!« Dominikus tippt sich an die Stirn. »Wenn ich das tue, dann flieg' ich hochkant von der Schule!«

»Hm...« Elke taxiert ihn kurz. Möglicherweise ist er doch nicht so blöd wie angenommen. Aber darauf kann sie jetzt keine Rücksicht mehr nehmen. Für sie geht es schließlich um Alles oder Nichts, um Ruhm oder Schande, um eine Karriere als zukünftiges Supermodel. Sie wäre keine echte Blondine, wenn sie so kurz vor dem Ziel aufgeben würde.

»Ich versteh' dich ja«, säuselt sie und klimpert mit den Wimpern. »Aber interessiert es dich gar nicht, wie ich das gemacht habe?« Sie wühlt in ihrer Umhängetasche und drückt ihm einen USB-Stick in die Hand. »Da kannst du dir alles anschauen!«

Dominikus glubscht auf den Stick. Ihr Making-Of! Wie geil ist das denn? Primus wird Augen machen!

Wie auf Bestellung läuft die Pausenaufsicht vorbei. Zeit für Elke, ihre Show abzuziehen: »Herr Leywandt!«, winselt sie in tiefster Bestürzung, den ausgestreckten Zeigefinger auf Dominikus gerichtet. »ER war es! ER hat gerade vor mir damit geprahlt!«

Dominikus und Lehrer Leywandt sehen sich überrascht an. »Hä?«

»Auf seinem USB-Stick sind all die schweinischen Bilder drauf, die er zusammengebastelt hat!«, schluchzt Elke überzeugend. Sie steigert sich so in ihre Darbietung hinein, dass ihr echte Tränen über die Wangen kullern. »Außerdem hat er mir gedroht, sie alle auf Facebook zu stellen!«

Belämmert starrt Dominikus auf das Corpus Delicti in seiner Hand. Seine Ahnung verdichtet sich zur Gewissheit: Er hat verloren – keiner wird ihm glauben.

REALWELT – im Haus der Nertens

Vip Nerten knallt die Haustür hinter sich zu. Sein Gesicht ist eine wutverzerrte Fratze. Nur die Erinnerung an seine eigenen Jugendsünden hält ihn davon ab, seinen Sohn nach Strich und Faden zu verprügeln. Das – und die Tatsache, dass Dominikus einen halben Kopf größer ist als er.

Vip schnauft tief durch und zwingt sich zur Ruhe, bevor er ins Wohnzimmer geht: »Alle mal herhören! Ich habe eine gute und eine schlechte Nachricht!«

Seine Söhne drehen widerwillig ihre Köpfe vom Fernseher weg. »Zuerst die gute!«, verlangt Dominikus, der gerne positiv denkt, weil das weniger anstrengend ist.

»Die schlechte!«, widerspricht ihm sein Bruder, der ewige Pessimist.

»Und zwar: Die Sportanlagen an eurer Schule werden umfassend renoviert...«

»Oh wow! Super!« Strahlend geben sich die Brüder einen High-Five-Handschlag: Wenn sie Glück haben, fällt währenddessen der Sportunterricht aus.

»... und zwar von meinem Geld!«, brüllt ihr Vater unvermittelt los.

Dominikus kratzt sich am Kopf. »Das ist die schlechte Nachricht – oder?«

»Ja, du Schwachkopf! Damit DU wegen dieser Nacktposter nicht von der Schule verwiesen wirst! Was hast du dir eigentlich dabei gedacht?«, schreit Vip Nerten. »Dein Taschengeld ist hiermit gestrichen! Für die nächsten hundert Jahre!«

»Aber Papa, Dominikus war das nicht!«, verteidigt Primus seinen Bruder.

»Wer dann? Du etwa? Also gut! Für dich auch kein Taschengeld mehr!«

Es reicht ein Blick auf Vips Zornesfalten, um zu erkennen, dass jeglicher Protest zwecklos ist. Schweigend verziehen sich die Brüder auf ihre Zimmer.

REALWELT – Marie-Curie-Gymnasium

Gleich am nächsten Tag geht Dominikus in der Pause seine Schulden eintreiben. Er hat schließlich nichts zu verschenken! Elke wirkt nicht mehr so entgegenkommend wie am Vortag, aber das interessiert Dominikus inzwischen weniger.

Breitbeinig baut er sich vor ihr auf. »Du, Elke... wie ist das jetzt mit den 100 DiamondPoints? Und dem Hall-Of-Fame-Gutschein? Den könnte ich heute wirklich gut brauchen. Und außerdem eine Tüte Gummibären pro Tag! – Hast du gesagt! Das war dein Angebot!«

»Yup!«, nickt Elke. »Ist abgelaufen!«

»Ich ess' auch abgelaufene Gummibärchen!«

»Gilt nicht mehr! Du hast Nein gesagt!«

»Aber den Ärger deswegen habe ich trotzdem gekriegt! Und wie!«

»Ist nicht mein Problem, Dummi. Einer schönen Frau sagt man nicht Nein!«

****

Dreizehn Uhr. Der Schulgong ertönt, und ein Haufen lethargisch auf den Bänken liegender Sechzehnjähriger bewegt sich mit verblüffender Geschwindigkeit in Richtung Tür. Die letzten Sätze des Lehrers gehen im allgemeinen Tumult unter.

»Über die marinen Ressourcen müssen wir in der nächsten Stunde unbedingt noch mal sprechen!« Herr Fröhlich, im Schülerjargon nur ›Happy‹ genannt, schaut unglücklich auf die leeren Stühle. Nur in der letzten Reihe packen noch eine Handvoll Schüler ihre Sachen zusammen.

»Meinetwegen können die Ozeane ruhig austrocknen«, mault Elke. »Ich hasse Fisch!«

»Für das Leben auf der Erde sind die Meere total wichtig!«, widerspricht Haio.

»Find' ich auch«, pflichtet Sirin ihm bei. »Auf mein Meerwasser-Lockenspray kann ich wirklich nicht verzichten!«

»Also ich habe mindestens hundert Nagellacke – und alle werden sie im Salzwasser stumpf!«, schimpft Veronika. »Das kann einem den ganzen Urlaub versauen!«

»Oder Selbstbräuner!«, empört sich Chantal. »Versuch' mal, eine Tanning-Lotion zu finden, die nicht stinkt!«

Die Zicken-Clique marschiert aus dem Klassenzimmer. Herr Fröhlich quetscht seinen Atlas in seine abgegriffene Ledertasche und folgt ihnen.

Haio schüttelt den Kopf. »Sind die doof oder strohdoof?«

Amy zuckt die Schultern. »Man muss nicht mit jedem klarkommen.«

»Zumindest sind wir beide auf einer Wellenlänge.« Haio grinst sie an. »Gib zu, dass es kein Zufall war, dass du dich neben mich gesetzt hast!«

»Als ich neu in die Klasse gekommen bin? Nein, das war kein Zufall. Das war der einzige freie Platz.«

»Du weißt schon, worauf ich hinauswill... Uns verbindet eine ganze Menge!«

»Wieso? Bist du auch von woanders hergezogen?«

Haio schaut irritiert. »Das meine ich nicht.«

»Was dann?«

»Unsere Familienkonstellation. Ich meine: Wir müssen beide mit einem Ersatzvater zurechtkommen. Das ist manchmal echt nicht so einfach. Finde ich jedenfalls.«

»Ersatzvater?« Amy zieht die Stirn kraus und schüttelt den Kopf. »Nein, da verwechselst du was. Du hast meinen Vater schon mal gesehen, erinnerst du dich? Als er mich an meinem zweiten Tag zur Schule chauffiert hat.«

»Ja... aber das ist doch nicht dein richtiger Vater!«

»Wie kommst du denn auf so einen Schwachsinn?« Amy wird langsam sauer. »Du kennst mich gerade ein paar Tage! Und jetzt fängst du an, blöde Geschichten zu verbreiten, oder wie?«

»Ich erzähl's nicht weiter... Ehrlich!«

»Mach dich nicht lächerlich!«, faucht Amy. »Ich werde doch wohl meinen eigenen Vater kennen!«

Haio starrt sie mit geweiteten Augen an und entschließt sich zum Rückzug. »Vielleicht haben sie es dir ja noch nicht gesagt«, nuschelt er undeutlich.

»Was meinst du?«

»Vergiss es einfach, das war nur so dahergeredet...«

»Was hat wer mir nicht gesagt?«

»Na ja...«, druckst Haio herum. »Deine Haare... diese metallischen Strähnen... das kenne ich nur von Vampiren.« Er zieht unmerklich den Kopf ein, in Erwartung eines Tobsuchtsanfalls, aber Amy guckt nur verstört. »Warst du schon mal in Galaxia?«, redet er schnell weiter. »Hast du dir die Haare von den Vampiren dort schon mal genauer angeschaut?«

»Vampire? Auf Galaxia?«

»Ganz genau«, sagt Haio geduldig. »Oder kennst du noch irgendwelche Vampire, die woanders wohnen?«

»Äähh? Ich kenne überhaupt keine Vampire!«

»Kein Realwelt-Mensch hat solche metallenen Strähnen wie du. Sie sind also entweder gefärbt...«

»Nein, sind sie nicht!«, sagt Amy eisig. Gerade, als sie dachte, sie hätte neue Freunde gefunden, da kommt schon der erste mit so einem Bullshit daher.

»... oder du hast die Metallic-Haare von deinen Eltern.« Haio sieht ihr eindringlich in die Augen, mit dem triumphierenden Blick eines Verrückten, der das, was er da von sich gibt, tatsächlich selber glaubt. »Vererbungslehre! Sagt dir das was?«

Hält er sie für blöd? Amy spürt förmlich die Hitze ihren Kopf hochsteigen. Sie muss schon ein feuerrotes Gesicht haben. »Und du glaubst also, ich habe sie von einem Vampir geerbt?«

»Natürlich. Was sonst?«

»Wer sollte das denn sein, deiner Meinung nach?«, presst sie zwischen schmalen Lippen hervor. »Mein Vater oder meine Mutter?«

Haio trommelt mit seiner bandagierten Hand auf der Tischplatte herum. Er würde das Gespräch hier gerne abbrechen, sie scheint das alles ziemlich persönlich zu nehmen. Aber ihr Blick sagt ihm, dass sie ihn ohne eine Antwort nicht ziehen lassen wird. »Ich tippe auf deinen Vater.«

»Ach?«

»Wegen deinem kleinen Bruder. Wenn sich deine Mutter um ihn kümmert, ist sie keine Vampirin. Also ist es logischerweise dein Vater.«

»Ah! Ja klar, völlig logisch! – Mein Vater ist aber ein Mensch, schon vergessen?«

»Ich meine ja auch: Dein richtiger Vater ist ein Vampir!«

Angriffslustig stemmt Amy die Hände in die Hüften. »Und wer wäre dann mein richtiger Vater? Klär mich auf!«

»Woher soll ich das wissen? Da musst du schon deine Mutter fragen!« Haio ist genervt: In diesem Tonfall muss er sich nicht anblöken lassen.

Amy sieht das ganz genauso: Diesen Schwachsinn muss sie sich nicht länger anhören! Sie greift nach ihrer Tasche, geht zur Tür und knallt sie so heftig zu, dass die Wände wackeln.

Auf dem Flur begegnet sie Nurse, die auf breiten weißen Absätzen zum Klassenzimmer hastet. »Ist Haio noch da?«

»Ja, klar, weglaufen kann er noch nicht«, ätzt Amy und verschwindet so schnell sie kann. Bloß raus aus diesem Irrenhaus.

REALWELT – im Haus von Familie Palmer

In der Küche riecht es nach verkohlten Pfannkuchen. Cathrine legt jedem einen schwarzbraunen Fladen auf den Teller. »Der ist nicht verbrannt«, erklärt sie auf Nicks tadelnden Blick hin. »Das ist Vollkorn!«

Nick wühlt im Marmeladenglas und schaufelt sich so viel darauf, dass er die angekokelten Stellen nicht mehr sieht. »Wie läuft‘s in der Schule, Amy?«

»Geht schon.«

»Neben wem sitzt du denn?«, erkundigt sich Mum.

»Hmpf.«

»Wie bitte?«

»Haio. So heißt er.« Amy sägt hochkonzentriert die schwarzen Flecken aus ihrem Pfannkuchen heraus, bis er aussieht wie ein Schweizer Käse. »Haio glaubt, ich wäre eine Vampirin! Der ist doch bescheuert! Ich werde Rebecca fragen, ob sie mit mir Platz tauscht. Der Typ geht mir ja voll auf die Nerven!«

Ihre Eltern tauschen stumme Blicke. »Wie kommt er denn darauf?«, fragt Dad vorsichtig.

»Haio behauptet, nur Vampire hätten so Haare wie ich. Diese metallischen Haarsträhnen gibt es bei normalen Menschen nicht. Sagt Haio.« Amy klatscht sich wütend Marmelade auf den Teller. »Der hat doch einen an der Waffel!«

»Er hat sich bestimmt nur ungeschickt ausgedrückt.« Dad greift über den Tisch und streicht ihr eine Strähne hinter das Ohr. »Ich finde deine Haare sehr schön.«

»Nimm es Haio nicht übel, der wollte dich nicht ärgern«, sagt Cathrine. »Außerdem ist das gar keine Beleidigung. Vampire sind sehr spannende Persönlichkeiten und haben alle möglichen interessanten Fähigkeiten.«

»Und auch ein paar hochinteressante Unfähigkeiten!« Nick grinst von einem Ohr zum anderen.

Cathrine straft ihren Mann mit einem strengen Blick. »Weißt du, Amy... die Vampirlegenden aus früheren Zeiten – die sind zum größten Teil geschrieben von Leuten, die nie einen Vampir aus der Nähe gesehen haben. Da sind völlig absurde Geschichten dabei, reine Fantasie!«

»Nicht alle«, murmelt Nick.

»Ähem!«, räuspert sich Cathrine. Amy könnte schwören, dass Mum unter dem Tisch nach Dads Schienbein tritt.

»Deine Mutter hat eine große Schwäche für Vampire«, erklärt Nick und nimmt sich den nächsten verkohlten Pfannkuchen. »Sie war mal mit einem... äh, befreundet.«

Amy schaut ungläubig von einem zum anderen. Wird sie gerade veralbert? Aber keiner verzieht eine Miene.

»Ich glaube, es wird mal Zeit für eine kleine Schulung«, sagt Dad. »Vampire für Anfänger.«

Cathrine legt beide Hände an die Schläfen und schließt kurz die Augen, so als hätte sie Kopfschmerzen. »Allerhöchste Zeit. Ich möchte, dass du einen von ihnen kennenlernst.«

»Einen Vampir?« Amys Gesicht zeigt deutlich, was sie von diesem Vorschlag hält.

»Du brauchst keine Angst zu haben, das ist völlig ungefährlich!«, versichert Nick.

»Aber Dad! Ich...«

»Vampire sind nicht besser oder schlechter als Menschen«, schneidet Cathrine ihr das Wort ab. »Sie sind anders.«

»Du wirst sehen, das wird sehr aufschlussreich.« Dad zwinkert Amy aufmunternd zu. »Ein nettes Gespräch mit einem guten Bekannten von uns, weiter nichts.«

»Am besten gleich morgen!«, entscheidet Mum.

»Ich habe keine Zeit für sowas! Ich habe Schule!«

»Dann schwänzt du eben mal den Unterricht.«

Amy starrt ihre Mutter entgeistert an. »Wie bist DU denn drauf?«

»Ich denke, es kann nicht schaden«, beharrt Dad.

»Ich denke, es ist wirklich wichtig«, ergänzt Mum.

»Und wenn ich nicht will?«

»Dann gehst du trotzdem!«, sagt Mum eisig.

Amy kennt diesen Tonfall: Ende der Diskussion.

****

In dieser Nacht schläft Amy noch schlechter als sonst.

Das grauenvolle Ungeheuer steht über ihr. Es packt sie mit seiner schuppigen Klaue und hebt sie hoch in die Luft. Sie hört es schnaufen, sein Atem streift ihre Haut. Ein Geruch von Rauch, und frischer Erde, und... was noch? Ein Duft, der Amy sehr vertraut ist, trotzdem weiß sie nicht zu sagen woher. Sie hält den Atem an, bis sie glaubt zu ersticken. Das Untier keucht, sein hässlicher Kopf pendelt hin und her. Sie will sich wegdrehen, aber die großen Krallen halten sie fest.

Um sie herum knistert und knackt es. Amy schaut beharrlich auf den Boden, damit sie das widerwärtige Ungetüm nicht ansehen muss. Aus dem Augenwinkel nimmt sie wahr, wie der große Schädel näherkommt und sie beschnuppert, wie er sich bemüht, ihren Blick einzufangen.

»Bist du es? Schau mich an!« Die tiefe Stimme vibriert in ihrem Inneren. Amy kneift ihre Augen zusammen und versucht, an nichts zu denken.

Auf einmal ist es ganz still, so als wäre die Zeit stehengeblieben... und Amy wird plötzlich gewahr, dass sie immer noch am Leben ist, dass ihr das Monstrum immer noch nicht den Kopf abgerissen hat. Vielleicht hat sie sich das alles nur eingebildet?

Unwillkürlich hebt sie die Lider. Ihr Blick trifft auf ein riesiges rundes bernsteinfarbenes Auge. Die Pupille ist hochgeschlitzt, pechschwarz, hypnotisch. Alles um sie herum verschwimmt. Sie schafft es nicht mehr, ihre Augen abzuwenden. Plötzlich ist da nur noch diese Stimme in ihrem Kopf: »Du bist es!«

»Ich bin nicht die, für die du mich hältst!«, ruft Amy heiser. Sie kann ihre eigene Stimme kaum hören, die Wörter klingen seltsam verzerrt.

»Du bist es! Du trägst den Ring... Ring... ing... ing...«

Amy schreckt schweißgebadet hoch. Endlose Sekunden vergehen, bis sie begreift, dass es nur ein Traum war. Sie streicht sich die feuchten Haarsträhnen aus der Stirn und spürt das kühle Metall an ihrem Finger. Mums Ring. Das Wort hallt in ihrem Kopf nach. Tatsächlich, dieses »*ing-ing-ing*« hat sie nicht geträumt: Das kommt von der Kirchturmuhr.

Zwölf Schläge. Mitternacht. Die Vorhänge bauschen sich vor dem geöffneten Fenster. Mondlicht dringt herein. Amy sieht einen schwarzen Schemen, zuckt zusammen, unterdrückt einen Schrei... aber es war nur der verzerrte Schatten ihres eigenen Körpers, der sich über die Wand bewegte, im Scheinwerferlicht eines vorbeifahrenden Autos. Ihr Herz rast. Einatmen. Ausatmen.

An Alpträume gewöhnt man sich nicht. Nicht einmal dann, wenn man immer wieder denselben träumt. Es ist jedesmal aufs Neue verstörend. Noch nie konnte sie dem Blick dieses gelben Auges widerstehen.

Langsam beruhigt sie sich, lässt sich zurück ins Kissen sinken und zieht die Decke fest um ihren Körper. Im Laufe der Zeit hat sie eine Strategie entwickelt, um mit ihren Ängsten umzugehen. ›Denk an etwas Schönes, Amy!‹, ermahnt sie sich.

In Gedanken lässt sie ihren Geburtstag Revue passieren: Dad, der ihr die Space-Cap vorführen will und dabei mit seinem großen Kopf das Material überdehnt, so dass die Kabelkontakte ausreißen. Vince, der von dem Glibberzeug aus der Gummibärchenmaschine Bauchschmerzen bekommt. Mum, die ihr den Ring ansteckt und sie liebevoll umarmt.

Amy ist schon fast wieder eingeschlafen, als ihr plötzlich ein Gedanke durch den Kopf schießt. Ruckartig setzt sie sich auf. Das Ungeheuer aus ihrem Alptraum roch nach Rauch, nach Erde – und nach Mums Parfum.

****

Stichwort BLUTRAUSCH

›Blutrausch‹ nennt man das unbeherrschte maßlose Trinken von Blut ohne Rücksicht auf Leib und Leben des Opfers. Ein zu hoher Blutverlust führt unmittelbar zum Tod. Der Übergang zum Kannibalismus ist fließend.
Noch vor wenigen Jahrzehnten wurde der Blutdurst als instinktiv-impulsives Vampirverhalten betrachtet, und der Blutrausch als leidenschaftlicher Exzess oder bedauerlicher Unfall entschuldigt. Diese Sichtweise gilt mittlerweile als überholt.
Mit der Einführung der LogScreens und der Umstellung auf alternativ produzierte Lebensenergie sind Vampire nicht mehr auf Blut als Nahrungsquelle angewiesen. Heutzutage wird das Trinken von Blut – insbesondere von Menschenblut – als unzeitgemäß und barbarisch kritisiert und allgemein geächtet.
Vereinzelt gibt es aber immer noch Apologeten, die sich auf Brauchtumspflege und erotische Tradition berufen und den Biss in die Halsbeuge – zur Steigerung des Lustgewinns oder zur Demonstration eines Machtgefälles – zu ihrem Gewohnheitsrecht deklarieren.
Seit dem Ende von Damons Herrschaft wird Blutsaugen als Mordversuch bzw. Mord eingestuft. Alle Ausnahmen wurden abgeschafft, insbesondere das Herrscher-Privileg und das Recht des Ersten Bisses. Jede Zuwiderhandlung ist mit hohen Strafen belegt. Dies soll der Abschreckung dienen und zeigen, dass die Sicherheit der Touristen auf Galaxia oberste Priorität hat.

Quelle: CyberBrain – das Online-Handbuch.
Alles, was du über Galaxia wissen musst.

****

Als Amy am nächsten Morgen aus der Haustür huschen will, fängt Mum sie im letzten Moment ab. »Hiergeblieben, Schätzchen! Du gehst jetzt nach Galaxia!«

Zu den Blutsaugern! Amy schüttelt sich. »Warte kurz…« Sie eilt ins Bad, greift sich eine Nagelfeile und stopft sie in ihre Gürteltasche. Die Feile ist aus Metall und so spitz wie ein Dolch. Außerdem noch eine Mini-Sprühdose Deo. Das ist fast so gut wie Tränengas. Wer weiß, wie die in Galaxia drauf sind.

Im Türrahmen steht wie ein Wachhund ihre unerfreulich gutgelaunte Mutter. »Auf nach Galaxia!«, sagt sie und legt ihr den Arm um die Schultern, um sie zum LogScreen in Dads Arbeitszimmer abzuführen.

»Was soll ich da überhaupt, so ganz alleine?«, mault Amy und studiert den flimmernden Bildschirm. »Kann ich da nicht mit meinen Freunden hin?«

»Die haben doch jetzt Unterricht!«

»Die Glücklichen«, nuschelt Amy.

»Du lernst heute noch genug, keine Bange!« Mum tippt im Auswahlmenü herum, wählt den Button *Azurinschloss* aus und deutet auf den blinkenden handschuhförmigen Umriss. »Hier – damit loggst du dich ein.«

Widerwillig stützt Amy ihre Handfläche auf dem LogScreen ab. Das Feld *DiamondPoints-Guthaben* in der rechten Monitorhälfte wird grau.

»Was denn – ich habe nicht mal Spielgeld?«

»Das brauchst du heute nicht. Dad hat dich für alles freigeschaltet. Er ist ja nicht umsonst Systemadministrator.« Für ihr Lächeln erntet Mum nur ein genervtes Schnauben, das sie bestmöglich ignoriert. »So… die Software hat deine Identität gescannt. Wenn ich jetzt auf *GO!* drücke, dann wirst du teleportiert.« Sie legt den Finger auf den Button.

Der Umriss pulsiert. Kälte kriecht Amys Hand entlang und ihren Unterarm hoch. Ihr Körper vibriert. Kurz wird es ihr schwarz vor Augen, dann sieht sie Lichtblitze.

»Mach‘ die Augen zu, sonst musst du spucken!«, hört sie Mum sagen.

Tatsächlich, das Schwindelgefühl ist jetzt so stark, dass es Amy fast übel wird. In ihrem Kopf dreht sich alles, wie ein Kreisel. Ihr Körper wird gerade Bit für Bit durch die Datenleitung geschickt, das hat Dad ihr vorher erklärt... und auf der anderen Seite wird sie wieder zusammengesetzt. Keine große Sache. Andere machen das ständig. Am besten nicht darüber nachdenken.

Das Karussell in ihrem Kopf wird langsamer. Als sie die Augen öffnet, drehen sich die Wände weiter und halten schließlich an. Ihre Schuhe sieht sie vierfach, bis ihr plötzlich der Fußboden entgegenkommt und sie den weichen Teppich unter ihren Knien spürt. Farbiges Licht fällt von oben auf sie herab, durch eine Glaskuppel, deren bunte Mosaikbilder den Raum erleuchten.

»Mylady!« Die Stimme kommt von einem Bediensteten mit Silbertablett und Stoffserviette über dem Arm. »Kann ich behilflich sein?« Schwarze Pupillen schauen sie aus tiefliegenden dunklen Augenhöhlen an.

»Nicht nötig...« Amy versucht sich aufzurappeln und sackt wieder zusammen. Kurz schließt sie die Augen und reibt ihre Schläfen. Der Bedienstete wartet geduldig, bis sich ihr Drehwurm einigermaßen beruhigt hat. Dann steht sie schwankend auf. »Wo bin ich denn hier?«

»Im Privattrakt des Fürsten. Dieser Seitenflügel ist für Besucher aus Realwelt gesperrt. Wenn ich Euch also bitten dürfte, mir ins Haupthaus zu folgen?«

»Äähh...« Amy schaut ihn unschlüssig an. Hat er Fürst gesagt? »Der LogScreen hat mich hier abgesetzt.«

»Ich nehme an, das war eine Fehlfunktion. Ich werde gleich die Software-Einstellungen kontrollieren«, sagt der Diener freundlich. Er ist lang und dünn. Seine Haare stehen drahtbürstenartig von seinem Kopf ab. Schwarz-metallic, so wie Haio gesagt hat.

»Alles in Ordnung, Butler, das habe ich so arrangiert.« Eine hochaufgerichtete Silhouette kommt vom anderen Ende des Korridors auf sie zu. »Für diese junge Lady bin ich immer zu sprechen. Ich möchte, dass sie jederzeit Zutritt zu allen Räumen des Azurinschlosses bekommt.«

»Wie Ihr wünscht, Mylord!«

Der Unbekannte bewegt sich aus dem Gegenlicht in Amys Sichtfeld. Er ist ein eleganter, gutaussehender Mann. »Amy. Ich bin Baroon. Willkommen auf meinem Schloss.«

»Sehr erfreut«, sagt Amy reserviert. Sie ist nicht automatisch beeindruckt von Personen, die Geld und Schlösser besitzen. Was ihr allerdings sofort auffällt, ist seine Haarfarbe: Schwarzblau mit metallischen Strähnen, die schimmern wie feinstes Lametta. Es ist derselbe Farbton wie ihr eigener, nur noch intensiver. Baroon muss der Vampir sein, von dem Mum gesprochen hat.

Der Schlossherr reicht ihr zur Begrüßung die Hand. Amy spürt, wie sich die Härchen auf ihrem Arm aufstellen. Er hat eine Ausstrahlung von Macht und konzentrierter Lässigkeit, wie ein Löwenbändiger. »Ich gratuliere zur Volljährigkeit.« Diese ungewöhnlich tiefe, samtige Männerstimme würde man überall wiedererkennen.

»Ich bin erst sechzehn.«

„Bei uns auf Galaxia bist du damit volljährig.« Er lächelt sie an. »Die Volljährigkeit alleine gibt dir allerdings keine Rechte, keine besonderen Privilegien. Deine Abstammung schon.«

Ach so? Amy lächelt zurück. Nur weil ihr Dad für Galaxia arbeitet, hat sie hier einen Sonderstatus? Das ist ja schräg!

»Lass uns in die Orangerie gehen. Dort können wir in Ruhe reden.«

Baroon geht voraus, die ausladende Treppe hinunter. Sie durchqueren ein paar schmale Korridore und einen großen Saal, in dem ein langer Tisch gedeckt ist wie für ein Festbankett, mit weißen Blumen und edlem Porzellan. Dann führt er sie durch eine Seitentür ins Freie.

Amy schaut sich um und ist fast enttäuscht, dass auf Galaxia das Gras grün und der Himmel blau ist. Sie folgt Baroon durch eine gläserne Flügeltür. In der Orangerie ist es heiß, obwohl die Fenster offenstehen. Gelbe Schmetterlinge flattern um schwarze Blüten.

Die Blütensträucher erfüllen den Raum mit ihrem schwülen Duft. Amy schnuppert. Das erinnert sie wieder an Mums Parfum.

Baroon weist auf eine kleine Sitzgruppe, die im Schatten einer Palme steht. Amy will einen der Korbstühle herausziehen, greift nach der Rückenlehne, aber der Diener kommt ihr zuvor. Versehentlich berührt sie seine weiße Haut. Die Hand ist eiskalt. Sie nickt ihm höflich zu und setzt sich damenhaft auf die vordere Stuhlkante.

Der Schlossherr setzt sich ihr gegenüber und mustert sie aufmerksam. Die Ärmel seines weißgerüschten Smokinghemds trägt er hochgekrempelt, so dass man die Tätowierung auf seinem rechten Unterarm sehen kann: Eine Schlange, die sich um gekreuzte Schwerter windet. Das Reptil ist so detailliert gestochen, dass es sich zu bewegen scheint, sobald er seine Muskeln spielen lässt. Seine Haut ist makellos weiß, wie frischgefallener Schnee. Für einen Moment spürt sie den Impuls, diesen Arm zu berühren. Ob seine Haut auch so kalt ist?

Der Diener bringt eine Kristallkaraffe mit einer dunkelroten Flüssigkeit und gießt sie in langstielige Gläser. Amy betrachtet ihn argwöhnisch. »Ist das Blut?«

»Nein. Rotwein.« Baroon lächelt nachsichtig. »Er erinnert uns an die alten Traditionen.«

»Ich dachte immer, Vampire trinken... äh...«

»Blut? Ja, früher war das so. Aber mittlerweile haben wir unsere Ernährung völlig umgestellt. Wir Vampire brauchen zwar eine bestimmte Art von Lebensenergie... aber dafür müssen wir kein frisches Blut mehr trinken.«

»Blutkonserven?«

»Viel zu umständlich«, winkt Baroon ab. »Seit zwei Jahrzehnten können wir uns mit Lebenskraft versorgen, ohne Blut zu vergießen. Der technische Fortschritt macht es möglich: Wir Vampire bekommen Lebensenergie von den LogScreens. Pur und gefiltert.«

»Von den Einstiegsbildschirmen?«

Der Vampirfürst nickt. »Die Lebensenergie, die dir das System abzapft, ist sozusagen deine Eintrittsgebühr, wenn du nach Galaxia kommst.«

»Deswegen habe ich mich beim Teleportieren so flau gefühlt!« Ihre Augen verengen sich zu Schlitzen. »Heißt das, jeder Besuch in Galaxia kostet mich ein paar Tage meines Lebens?«

»Aber nein, keine Sorge. Du verlierst nicht mehr Energie, als wenn du mit deiner Hand dieses Glas anwärmst.« Baroon prostet ihr zu. »Auf deine Zukunft!«

Amy stößt mit ihm an. Der Rotwein ist sauer wie Essig. »Vampire sind also keine blutrünstigen Monster wie Dracula«, sagt sie erleichtert.

Baroon verzieht das Gesicht, als hätte er eine Ohrfeige bekommen.

»Vampir-Geschichten sind in Realwelt sehr beliebt, Mylord«, sagt Butler, während er Nüsse in Silberschalen serviert. »Unsere Spezies kommt in diesen Storys nicht gut weg, fürchte ich.«

»In den alten Erzählungen«, sagt Amy hastig. »Aber die sind ja hiermit, äh, ins Reich der Fabel verwiesen.«

»Nicht ganz«, räumt Baroon ein. »Vereinzelt gibt es immer noch Vampire, die ihrem Blutdurst freien Lauf lassen. Obwohl es mittlerweile verboten ist. Aber das müssen wir unterbinden. Wir können es uns nicht leisten, dass Menschen Angst vor uns haben. Auf Galaxia brauchen wir den Tourismus. Und für den Gaumen gibt es unzählige Genüsse, die besser munden.«

Amy nickt und nimmt noch einen Schluck Wein. Er brennt ein bisschen die Kehle hinunter und hat einen bitteren Nachgeschmack. Ihr Lieblingsgetränk wird das nicht. »Apropos Blut: Was haben Vampire eigentlich in den Adern?«

»Hm?«

»Es heißt immer, Vampire sind blutleer... aber irgendeine Flüssigkeit muss in den Adern sein, sonst wärt ihr ausgetrocknet wie Mumien!«

»Himmel, was für eine Vorstellung!« Baroon lacht kurz auf und schüttelt den Kopf. »Nein, wir sind doch keine Zombies! In unseren Adern fließt Blut, so wie bei Menschen auch. Aber unser Blut ist kalt, und nicht so dickflüssig.«

Er beobachtet sie, wie sie am Rotwein nippt, den Zeigefinger in ständiger Bewegung, ein dünnes Halskettchen auf- und abwickelnd.

Ihr kleiner Kleeblatt-Anhänger streift leise klirrend das Glas. Genauso scheu wie Cathrine damals...

»Deine Mutter hat mich gebeten, dir ein paar vampirtypische Eigenheiten zu erklären«, sagt Baroon. »Cathrine zum Beispiel kann die Aura eines Vampirs nicht sehen, es war ihr nicht beizubringen.«

»Die Ausstrahlung? Das Charisma?«

»Richtig! Es ist dieser farbige Schimmer, der den Körper umgibt. Je dunkler die Aura, desto finsterer der Charakter.«

»Ich sehe nichts.«

»Es ist ganz einfach. Stell' dir vor, um mich herum ist ein Leuchtkranz.«

Amy zieht die Stirn kraus. Da ist kein Leuchtkranz. Sie konzentriert sich auf Baroons Augen. Er kommt ihr auf einmal sehr vertraut vor. Sie kennt diesen Blick von sich, wenn sie ihr eigenes Spiegelbild studiert.

»Siehst du eine Farbe?«, drängt Baroon. »Wenn du haarscharf an mir vorbeischaust, bemerkst du sie dann? Aus dem Augenwinkel?«

Für Vampire ist das anscheinend ein Kinderspiel. Amy verdreht ihre Augen, bis sie ihr fast aus den Höhlen springen. Neben einer Palme steht der Butler, der keine Miene verzieht. Dann sieht sie, wie das Sonnenlicht um Baroons Silhouette orangerot aufblitzt. »Mandarinenfarben?«

Baroons Mundwinkel zucken. »Stimmt.«

»Habe ich auch eine Aura?«

»Natürlich! Jedes Lebewesen hat sie! Deine leuchtet sandgelb. Wie ein Taifun, der an den Rändern bunt ausstrahlt.«

Amy nickt und betrachtet ihre Unterarme. Aber außer ein paar Muttermalen und hauchfeinem Flaum auf der Haut fällt ihr nichts auf. Vermutlich erkennt er, wie aufgewühlt sie ist.

»Dieses Bunte in deiner Aura ist außergewöhnlich«, erklärt der Vampirfürst. Er streckt seine Hand über den Tisch und zeichnet in der Luft die Rundung ihrer Schulter nach. Obwohl er eine Handspanne Abstand hält, kribbelt es auf ihrer Haut. »Das kommt von deinem Menschen-Anteil.«

»Wie bitte?«

»Hat dir deine Mutter nicht gesagt, dass du etwas ganz Besonderes bist?«

»Jeder Mensch ist einzigartig«, erwidert Amy bescheiden, aber insgeheim ist sie geschmeichelt. Netter Mann eigentlich, der Fürst.

»Du bist aber kein Mensch. Du bist ein Halbling.«

»Ein... was?«

»Ein Halbling: Halb Mensch, halb Vampir.«

Vergeblich sucht sie nach einem Grinsen in seinem Gesicht. Aber das war kein Scherz. Der meint das ernst. Obwohl Haio schon so etwas angedeutet hatte, trifft sie der Schock wie ein Hieb in die Magengrube. »Und was bedeutet das?«, würgt sie schließlich heraus.

»Das wüsste ich auch gerne«, sagt Baroon.

Amys Blick verdunkelt sich. Sie wird sich nicht von irgendeinem Typen irgendwelchen Schwachsinn einreden lassen, nur weil sie eine ungewöhnliche Haarfarbe hat! Genervt schiebt sie ihren Stuhl zurück. »War schön, mit Ihnen zu reden, Herr... Fürst. Ich muss jetzt gehen.«

Baroon steht auf und öffnet einen der Fensterflügel an der Schmalseite der Orangerie. »Komm mal her. Ich will dir etwas zeigen.«

Amy kämpft mit ihrer schlechten Laune, aber die Neugier gewinnt die Oberhand.

Draußen stehen große Marmorstatuen, die einen Kiesweg säumen und als Fackelhalter dienen. Baroon deutet auf die erste Skulptur. Die Fackel, die sie hält, steht auf einmal lichterloh in Flammen und verlöscht in einem Funkenregen.

»Was war das?«

»Ein kleiner Blitz. Das geht ganz leicht; wir schleudern ihn einfach aus der Hand.« Er spreizt die Finger, und mit einem Schlenker aus dem Handgelenk explodiert die nächste Fackel. »Jetzt du! Du kannst das!«

Na klar. Hokus pokus fidibus. Amy streckt ihre Hand aus und fuchtelt in der Luft herum.

»Fokussiere das Ziel! So lange, bis dein Blick und dein Gedanke eins werden. Du bündelst deine Energie und sendest sie los!«

Amy probiert es noch ein paarmal, ohne Erfolg, und kommt sich zunehmend bescheuert vor. »Wofür soll das überhaupt gut sein?«

»Du musst den Umgang mit Vampirblitzen üben, damit du dich nicht selber verletzt«, erklärt Baroon.

»Die Gefahr besteht offensichtlich nicht«, sagt Amy spöttisch. „Ich muss jetzt los.«

»Warte noch! Hat Cathrine dir gesagt, dass du am Tag der Sommersonnenwende die Mittagssonne meiden musst? Für Vampire kann das tödlich sein!«

»Ich war als Kind immer in der Sonne!«, behauptet Amy. Sie ist sich zwar nicht sicher, ob das auch für die Sonnwendtage zutrifft, aber der soll sich mal nicht so haben, sie lebt ja noch. »Ist das alles?«

»Nein, ähm... Hattest du in letzter Zeit Zahnschmerzen?«

»Wie bitte?«

»In der Pubertät machen die Saugzähne oft Probleme.«

Das reicht jetzt! Amy funkelt ihn an. Ob sie Karies hat oder nicht, kann ihm ja wohl egal sein. »Was geht Sie das eigentlich an?«

»Sie?« Baroon blickt um sich, aber da ist niemand. Nur der Butler, der sich im Hintergrund hält und auf Anweisungen wartet. Baroon fängt an zu lachen. »Ach, du meinst mich!«

Der Diener tritt an Amys Seite und raunt ihr zu: »Auf Galaxia ist die korrekte Anrede für einen Vampir die höfische Form, Mylady: IHR und EUCH. Faune dagegen könnt Ihr ruhig duzen, und die Atlantiker...«

»Lasst gut sein, Butler! Keine unnötigen Formalitäten, bitte. Amy darf alles sagen, was sie will.« Baroon streckt ihr beide Hände entgegen. »Meine Tür steht dir jederzeit offen! Wenn du Fragen oder Probleme hast, kannst du dich immer an mich wenden. Ich werde mein Bestes tun, um dir zu helfen!«

Amy schaut ihn misstrauisch an. So ganz geheuer ist ihr dieses vertrauliche Getue nicht. Mehr als ein »Danke, sehr freundlich!« bekommt sie nicht heraus. Dann reicht sie ihm die Hand, um sich zu verabschieden.

»Cathrine hat mich gebeten, dir dies hier zu geben.« Er nimmt Amys dargebotene Hand. Aber statt sie zu schütteln, steckt er ihr einen silbernen Ring an den Finger – wo schon der Silberring sitzt, den sie von ihrer Mutter bekommen hat. Es ist das Gegenstück dazu. Baroons kühle Finger streifen ihre Haut, als er die beiden Ringe zusammenschiebt. Die Metallkanten verzahnen sich ineinander, blitzen flüchtig auf. Ein Lichtreflex, vermutlich.

»Achte darauf, dass du ihn nicht verlierst!«, mahnt Baroon. »Dieser Ring ist unersetzlich. Vielleicht wird er eines Tages sehr wertvoll für dich sein.«

Erwartet er jetzt ein Dankeschön? Amy zögert einen Moment. »Danke«, murmelt sie. »Eine Frage hätte ich doch noch: Wenn ich tatsächlich ein halber Vampir wäre...«

»Ja, das bist du!«, sagt Baroon stolz.

»... dann müsste mich doch jemand gebissen haben.«

»Du wurdest gebissen?«

Amy gerät ins Stottern. »Nein, also, nicht dass ich wüsste, aber... Überträgt sich das nicht so? Durch Beißen?« Baroon schaut sie merkwürdig an. Sie ärgert sich über sich selber.

»Cathrine hat dir also nichts gesagt? Nun gut, dann erfährst du es von mir: Du bist eine Halbvampirin, weil ich dein Vater bin.«

Amy erstarrt. Sie schaut weg, um Baroons erwartungsvollem Blick auszuweichen, und betrachtet schließlich ihre Finger. Die filigranen Linien auf Mums Ring werden durch die Linien auf Baroons Ring ergänzt. Sie blinzelt. Zusammengefügt zeigen die beiden Ringhälften ein Bild: Zwei gekreuzte Schwerter, um die sich eine Schlange windet. Wie die Tätowierung auf Baroons rechtem Unterarm. Wie das Muster der Bodenfliesen, die Gravur auf dem Rotweinglas und die Abbildung auf dem Wandteppich. Es ist das Familienwappen der Baroons.

Das ist es also, was dieser zweiteilige Ring ihr sagen soll: Ihre Mum und dieser Vampir waren früher ein Paar. Vor noch gar nicht so langer Zeit. Dass sein blauschwarzes Haar genauso metallisch gesträhnt ist wie ihr eigenes, das ist kein Zufall. Baroon sagt die Wahrheit: Er ist tatsächlich ihr leiblicher Vater.

Aber was heißt das schon? Ein Fremder ist er trotzdem! Der hat in ihrem Leben gar nichts zu suchen! Sie hat schon einen Dad, und zwar den besten, den man sich wünschen kann! Eine Zornesfalte bildet sich auf ihrer Stirn. Was denkt sich dieser Vampir überhaupt? All die Jahre hat er sie ignoriert! Aber jetzt, auf einmal, macht er einen auf Familienanschluss! Was soll der Müll?

»Ich bin kein halber irgendwas!«, faucht Amy. »Ich bin ein ganzer Mensch! Und überhaupt: Ich brauche keinen neuen Vater! Ich habe einen! Mein Dad hat sich sechzehn Jahre lang sehr gut um mich gekümmert!«

»Dafür bin ich ihm sehr dankbar.« Baroon öffnet die Arme. »Ich möchte, dass du weißt, dass du hier immer willkommen bist. Das Azurinschloss ist auch dein Zuhause.«

»Ich habe schon ein Zuhause! Und das ist ganz sicher nicht hier!« Amy geht zur Glastür. Wütend rüttelt sie an der Klinke. Das darf doch nicht wahr sein! Baroon hat sie eingesperrt!

Sie spürt, wie ihr das Blut in den Kopf schießt. Wenn dieser Vampir glaubt, dass er sie damit aufhalten kann, dann hat er sich aber getäuscht! Schnell schaut sie sich um, nach einem Gegenstand, mit dem sie die Scheibe zertrümmern kann. Die Bodenvase dort drüben! Da fällt ihr auf, dass dies gar nicht die Tür ist, durch die sie hereingekommen waren. Oh wie peinlich! Trotzig schaut sie hoch... direkt in Baroons Augen.

»Vielleicht kommt einmal der Tag, an dem du Galaxia brauchst, Amy – oder Galaxia dich.«

»Ich hoffe doch sehr, dass mir das erspart bleibt!«, erwidert Amy, klirrend kühl wie Queen Mum persönlich. Hoch aufgerichtet marschiert sie an ihm vorbei zur Tür, diesmal zur richtigen. Sie reißt sie auf und stampft nach draußen.

»Das war jetzt vielleicht ein bisschen viel auf einmal«, hört sie Butler noch sagen. Dann scheppert die Tür hinter ihr zu.

Amy braucht sich nicht umzudrehen, um zu wissen, dass die Scheibe jetzt einen Sprung hat. Das ist ihr aber sowas von egal! Wütend hetzt sie über den Rasen ins Schloss zurück. Nur noch die große

Treppe hoch, den Gang entlang zum LogScreen, und dann ab nach Hause. »Ich finde schon alleine raus!«, murmelt sie verbissen und schaut sich um, aber glücklicherweise folgt ihr niemand.

****

Stichwort LEBENSENERGIE

Lebensenergie besteht aus elektrischen Impulsen, die je nach Persönlichkeit des Spenders eine spezifische Signatur haben (auch Ausstrahlung, Charisma, Kraftfeld oder Magnetismus genannt).

Seit der Erfindung der LogScreens vor etwa 25 Jahren ist es möglich, menschlichen Besuchern aus Realwelt bei jeder →Teleportation ein kleines Quantum Lebensenergie unblutig abzuzapfen. Die Entnahmemenge ist minimal und daher für den Spender gesundheitlich unbedenklich. Die dabei generierten Lebensenergie-Impulse werden in Quellwasser eingeleitet. Dieses energetisch angereicherte Wasser steht allen Vampiren kostenlos zur Verfügung. Mit einer entsprechenden eisenhaltigen Beikost (Biestersteaks, rostige Sargnägel, Schwarzwurzel etc.) ist eine ausreichende Grundversorgung der Vampire mit Lebensenergie möglich.

Somit zählt die Einführung der LogScreens auf Galaxia zu den größten Errungenschaften des modernen Zeitalters. Waren die Jahrtausende davor noch durch Hunger-Epidemien und Kannibalismus geprägt, ist die Jagd nach frischem Blut für Galaxia-Vampire dank dieser Technologie überflüssig. Die Lebensgewohnheiten der Vampire haben sich dadurch stark verändert. Seit dem Ende von Damons Herrschaft ist das Trinken von Blut verboten und wird als barbarisch geächtet.

Da die Lebensenergie-Versorgung der Vampire vom Tourismus aus Realwelt abhängig ist, hat die Sicherheit der menschlichen Besucher auf Galaxia allerhöchste Priorität. Verstöße dagegen werden strengstens geahndet.

Quelle: CyberBrain – das Online-Handbuch.
Alles, was du über Galaxia wissen musst.

GALAXIA – Biesterburg

»Setzt Euch doch! Möchtet Ihr etwas trinken?«, bietet Tyranimos seinem Gast an, obwohl klar ist, dass sie beides ablehnen wird. Von seinem Vater weiß er, dass sie gut ist, ein Vollprofi – und Profikiller sitzen bei der Arbeit nicht. Wer im Grenzbereich zwischen Leben und Tod arbeitet, macht es sich lieber unbequem. Das hält wach.

Tyranimos ist ein bisschen nervös; es ist der erste Mord, den er beauftragt. »Hier steht alles, was Ihr wissen müsst: Interessen, Vorlieben, wo und wann ihm am besten aufzulauern ist. Lest selbst!« Er reicht eine Schriftrolle über den wuchtigen Schreibtisch.

Ihre Hand, die danach greift, ist schmal und blass. Es fällt ihm schwer, sich vorzustellen, wie sie damit einen Hals aufschlitzt oder einen Hinterkopf zertrümmert. Wenn er ihr helles Gesicht betrachtet, eingerahmt von einem traditionellen Nomadenumhang, bekommt er eine Ahnung davon, was sie in diese Profession gedrängt hat: Wimpern und Augenbrauen sind schlohweiß wie bei einer Greisin, dabei ist sie kaum älter als er selbst. Ihre Pupillen glühen blutrot, die Iris darum ist eine rot-weiße Scheibe – untrüglich ein Zeichen für Albinismus.

Elexa lächelt verhalten. Keiner ihrer Auftraggeber hat sich jemals nach ihrer Vergangenheit erkundigt. Aber jedesmal, wenn sie ein neugieriger Blick zu durchbohren scheint, kommen die Erinnerungen hoch. Geboren unter Wüstennomaden, war sie vom ersten Lebenstag an ein Sonderling. Die Mutter hielt ihr rotäugiges Mädchen für einen Engel. Der Vater, die Großeltern und der Rest des Stammes hielten sie für einen Dämon. Sie war noch klein, als sich die Attacken und Übergriffe auf sie häuften, als die Stammesältesten ihr Blutopfer für die Wüstengötter forderten.

Elexas Mutter war verzweifelt. Insgeheim plante sie ihre Flucht, obwohl das in der Wüste einem Todesurteil gleichkommt. Da wurde ihr Zeltdorf von Räubern heimgesucht. SanSansibar, der grausamste Killer von ganz Galaxia, schon zu Lebzeiten eine Legende, plünderte mit seinen Mannen Schätze, Lebensmittel, Wasservorräte – alles.

Während die Nomaden flüchteten, um ihr nacktes Leben zu retten, warf sich die junge Mutter mit ihrem Albino-Mädchen vor sein Reittier. Sie flehte ihn an, ihm als Sklavin dienen zu dürfen – wenn er dafür ihrem Töchterchen das Töten beibringen würde. Sie wollte alles dafür tun, damit sich ihr kleiner Liebling niemals mehr fürchten oder um sein Leben bangen musste.

Den Rest ihres Stammes hat Elexa nie wieder gesehen. Jahre später – da war sie von SanSansibar schon gut ausgebildet, und der Tod erschreckte sie nicht mehr – äußerte ihre Mutter die Vermutung, die anderen seien alle verdurstet: SanSansibar hätte bei diesem Überfall keinen einzigen Wasserkanister im Lager zurückgelassen, und die nächste Oase wäre drei Tagesmärsche entfernt gewesen.

Tyranimos nimmt ihr Lächeln als Ermutigung. »Wie würdet Ihr MICH umbringen, Elexa?«, fragt er, mit erwartungsvollem Grinsen.

»Das würde ich niemals tun!«, ruft Elexa, ehrlich entsetzt. Obwohl sie, wenn sie so darüber nachdenkt, schon Lust darauf hätte. Sie mustert ihn mit ausdruckslosem Gesicht. Ja, doch... so überheblich wie er sich gibt, würde ihr das eine gewisse Befriedigung verschaffen.

Leider wachsen zahlungskräftige Auftraggeber nicht auf Bäumen. Was sie für diesen Job wohl verlangen kann? Elexa wiegt die Schriftrolle in ihrer Hand, als wäre sie ein Geldsack. Dann bricht sie das Siegel, zieht das Papier auseinander und überfliegt den Inhalt. Ihr Gesicht zeigt keinerlei Regung, als sie das Blatt über eine Kerze hält, um es zu zerstören.

»Wenn Ihr so gut seid, wie Ihr sagt, dann müsste ich Angst vor Euch haben, nicht wahr?« Tyranimos‘ Stimme hat einen lauernden Unterton.

»Ich habe bereits mehrfach für Euren Vater gearbeitet, immer zu seiner größten Zufriedenheit!«, protestiert Elexa, obgleich sie ahnt, dass Tyranimos sich für ihre Referenzen aus der Vergangenheit herzlich wenig interessiert.

»Nehmen wir trotzdem an, Ihr solltet mich abmurksen... es würde mich brennend interessieren, wie Ihr das anstellen wolltet. – Also?«

»Ich würde mich niemals gegen meinen Auftraggeber wenden! Das verbietet mir meine professionelle Integrität!«

»Mhm?«

»Mein Berufsethos! Meine Ehre!«

Tyranimos lehnt sich lässig zurück. »Würdet Ihr mich mit einem Flammenwerfer abfackeln? Lebendig begraben? In kleine Stücke schneiden? Verratet es mir, ich bin gespannt!«

Elexa verdreht innerlich die Augen. Ohne blöde Spielchen kommt sie hier wohl nicht raus. Also gut. Das kann er haben. »Ich würde Euch zu Tode reiten!«, sagt sie anzüglich. »Euer Flehen um Gnade würde ich natürlich ignorieren.«

Tyranimos wird schlagartig hellwach. »Das kann dauern!«

»Oh ja!«

»Und wenn Ihr dann mit mir fertig seid...«

»Bevor Eure Lustschreie zu Todesschreien werden, würde ich eine Grammophonplatte auflegen: *Prélude à l'après-midi d'un faune...*«

»Französisch!« Tyranimos leckt sich die Lippen.

»Mais oui! Kennt Ihr das Stück?«

»Ein bisschen pervers?«

»Nein, das ist Debussy!« Sie lächelt nachsichtig. »Betörend... sogar wenn es sehr laut ist. Das *Vorspiel...*«

»Ja, gerne!«

»... *zum Nachmittag eines Fauns.* – Wir müssen uns nur noch über die Bezahlung einigen, dann ist er vor Sonnenuntergang aus dem Weg geräumt. Allerdings frage ich mich: Warum nur den Sohn? Warum nicht den Häuptling?«

»Der Alte kratzt bald von selber ab. Das kann ich aussitzen. Aber die Brut, die da nachkommt! Jung und kräftig, und voller Hass! Die würden mir das Leben schwer machen!« Tyranimos reibt sich nachdenklich das Handgelenk. »Ich habe große Pläne... und dafür brauche ich auf dem Häuptlingsthron einen, der vernünftig mitarbeitet.«

»Eine Marionette.«

»Nennt es wie Ihr wollt... Es sind übrigens zwei Söhne.«

»Der zweite ist noch ein Kind. Das lehne ich ab.«

Tyranimos schaut genervt. »Macht das einen Unterschied, wenn er in zehn Jahren erwachsen ist, und ich Euch dann auf ihn ansetze?«

»Kein Kind!«, wiederholt Elexa sachlich.

Tyranimos starrt missmutig vor sich auf den Tisch. Warum machen Frauen immer alles so unnötig kompliziert? »Na gut«, knurrt er. »Dann stirbt heute eben nur einer.« Er greift in eine Schublade und wirft ihr einen Münzbeutel zu.

»Das Doppelte«, fordert Elexa, nachdem sie hineingesehen hat. »Und wenn Ihr so gütig wärt, mir eines Eurer Rennbiester zu überlassen? Ich kann nicht per LogScreen reisen, da lässt sich meine Fährte verfolgen.«

»Meinetwegen«, brummt Tyranimos. »Das gehört aber nicht zur Bezahlung! Das will ich zurück! Meine Biester sind wesentlich mehr wert als so ein lumpiger Faun!« Stolz blitzt in seinen Augen auf. »Und sie sind deutlich schwerer zu züchten!«

GALAXIA – Azurinschloss

Amy rauscht stinksauer durch die Gänge. Nur weg von hier! Mit Baroon will sie nichts mehr zu tun haben! Nie wieder!

Irritiert schaut sie sich um. Müsste sie nicht langsam mal bei dieser farbigen Glaskuppel vorbeikommen? Der Blick durch die Fenster verwirrt sie noch mehr: Zerklüfteter, abschüssiger Fels scheint mit der Außenwand zu verschmelzen, so dass sie gar nicht mehr weiß, in welchem Stockwerk sie sich inzwischen befindet.

Sie läuft die nächste Treppe hinab, einen Korridor entlang, und noch zwei Treppen hinunter ins Souterrain. Das sieht aus wie der Dienstbotentrakt. Sie öffnet jede Tür, auf der Suche nach einem Ausstiegsbildschirm. Die Zimmer rechts sind Lagerräume, in den Regalen liegen Requisiten: Hüte, Handschuhe, Astronautenhelme, Federboas. Truhen voller Masken und Modeschmuck.

Die Räume links beherbergen den Kostümfundus: Alles, was Touristen aus Realwelt am LogScreen bestellen können, wenn sie ein paar Stunden lang in eine andere Identität schlüpfen wollen. Blaue Hosenbeine streifen Amys Haar. Sie schaut hoch und sieht einen Superman-Anzug. Greifer hängen an Drähten von der Decke, bewegen sich in Schienen durch die Regalreihen und befördern die Verkleidungswünsche zu einem Ausgabeschacht. Alles neu, alles vollautomatisch. Hier müsste es doch einen LogScreen geben? Fehlanzeige.

Amy biegt in den nächsten Korridor ein. Das Azurinschloss ist riesengroß, aber weit und breit trifft sie niemanden, der ihr den Weg zeigen könnte. »Verdammt!« Ihre Stimme hallt von den Wänden. Erschrocken hält sie inne und lauscht. Da ist nichts, außer ihrem Atem und ihrem Herzschlag.

Entnervt streunt sie weiter. Ihr Blick haftet an dem Bodenmosaik, auf dem ihre Absätze klackern. Meerjungfrauen, Seeschlangen, Faune, Drachen. ›*Kein Realwelt-Mensch hat solche metallenen Strähnen wie du*‹, funkt Haios Stimme durch ihr Gehirn. Dazu sieht sie Baroons Gesicht, wie in einem bescheuerten Musikvideo. Argh! Sie schüttelt heftig den Kopf, um den Gedanken loszuwerden. Am liebsten würde sie die Erinnerung an den Vampirfürsten aus ihrem Gedächtnis löschen. Wenn da nicht dieser Ring wäre! Sie hätte gute Lust, ihn abzustreifen und aus dem Fenster zu werfen. Leider ist der Gang fensterlos.

Zu allem Überdruss lässt sich Baroons Ring nicht von der Ringhälfte ihrer Mutter trennen. Verbissen zieht Amy an dem Schmuckstück herum. Mit dem Fingernagel sucht sie die Trennlinie, aber da ist keine mehr. Die beiden Ringhälften sind wie verschmolzen. Es ist unmöglich, Baroons Ring loswerden, ohne den ihrer Mutter ebenfalls zu verlieren. Muss sie den jetzt zwangsweise behalten, oder wie?

Gar nichts muss sie! Wutentbrannt klatscht Amy ihre Faust gegen die Wand, im sinnlosen Versuch, den Ring zu zerbrechen. Autsch! Sie nuckelt an ihren Fingerknöcheln und sieht sich um. Vereinzelt stecken funzelige Fackeln in Metallringen an der Wand. Rußwolken wabern hoch und ziehen in den düsteren Gang. Als Amy klar wird, dass sie sich verlaufen hat, nimmt sie eine davon aus der Halterung. Heiße Wachstropfen spritzen ihr über die Hand. Soll sie umkehren? Auf die Gefahr hin, Baroon noch einmal in die Arme zu laufen? Ausgeschlossen! Irgendwann wird doch mal wieder eine Tür kommen, oder eine Treppe nach oben.

GALAXIA – in der Nähe des Sanduhr-Kraftwerks

»Meister Armato?« Elexa klopft an die Tür zur Werkstatt und schiebt sie auf, ohne eine Antwort abzuwarten. »Ich brauche unverzüglich...« Verdutzt schaut sie auf den buckligen Vampir, der auf einem Schemel sitzt und den Helm einer Rüstung poliert. Sie kennt ihn nicht. »Wo finde ich den Waffenmeister?«

Der Händler wirft einen beiläufigen Blick auf die pralle Geldtasche an Elexas Gürtel, springt auf und verbeugt sich. »Gestern hättet Ihr ihn noch antreffen können. Heute ist er in Atlantis. Ich habe den Laden übernommen!«

»Ach wie ärgerlich! Und was mache ich jetzt? Ich habe es wirklich eilig!«

»Ihr kauft bei mir! Ich habe das Waffenarsenal modernisiert!«

Elexa schaut sich in der Werkstatt um, die einen ungewohnt aufgeräumten Eindruck macht. »Mhm... Alles sehr übersichtlich hier!«

»Schwerter und Schilde in bester Qualität! Degen, Florette, Säbel, Dolche... eine Auswahl sehr schöner Streitkolben...«

»Das kann ich jetzt alles gar nicht brauchen.« Sie schlendert die Regalreihen entlang und streicht gedankenverloren über die Dornen eines Morgensterns. Warum versucht dieser Trottel, ihr den albernen Ritterkram aufzuschwatzen? Sieht sie etwa aus wie eine Biesterjägerin? Elexa greift nach einer Doppelaxt, wiegt das schwere Eisenstück in der Hand und holt aus. Der Bucklige bekommt große Augen und hechtet hinter den Verkaufstresen. Mit einem dumpfen Knall kracht die Streitaxt neben ihm in einen Stützbalken und bleibt mit bebendem Schaft im Holz stecken.

»Seid Ihr verrückt?«, jault der Waffenhändler.

»Wollt Ihr mir Klump andrehen?«

»Wenn ich mich nicht weggeduckt hätte, hättet Ihr mir den Schädel gespalten!«

»Allerdings – und das wäre Eure eigene Schuld gewesen! Die Axt hat einen Linksdrall!«

Mit eingezogenem Kopf, und deutlich wachsamer als zuvor, bemüht sich der Vampir, ihr zu Diensten zu sein. »Was sucht Ihr denn?«

»Einen Bogen. Für die Jagd.«

Der Bucklige senkt die Lider zu verschlagenen Schlitzen. »Ich rate Euch dringend, etwas Moderneres zu nehmen! Es gibt bestimmt Händler, die Euch dieses alte Zeugs gerne aufschwatzen würden – aber so einer bin ich nicht! In meinem Laden gibt es nur das allerbeste Waffenmaterial! Ich zeige Euch gerne eine Armbrust, ein Damenmodell, die Technik ist ganz einfach zu bedienen...«

Elexas rote Augen mustern ihn geringschätzig. »Zeigt mir lieber ein paar gute Eibenholzbögen«, verlangt sie.

»Nun, äh, die... die nehme ich gerade aus dem Sortiment.« Der Händler deutet in eine Ecke, wo neben aufgestapelten Scheiten Hobelspäne und gebogene Hölzer liegen. »Mit einer Armbrust könnt Ihr viel exakter zielen!«

Elexa nickt verständnisvoll: Schon klar - die Gewinnspanne ist auch viel höher. »Damit kann ich aber keine Holzpfeile verschießen; sie würden zerbrechen.«

»Wer verwendet denn heutzutage noch Holzpfeile? Die Faune vielleicht... allen anderen sind sie zu unpraktisch.«

Die Faune, das ist das Stichwort. Elexa lächelt so naiv wie möglich. »Ihr habt natürlich nicht ganz unrecht... Vielleicht nehme ich doch besser eine Feuerarmbrust. Habt Ihr sowas?«

»Einen Balester? Für die Vogeljagd? Da muss ich im Lager nachsehen.« Der Vampir hebt eine hölzerne Bodenklappe an und steigt mühsam die wacklige Leiter hinab in den Keller. Dort hört man ihn kramen und fluchen.

Elexa huscht zur Feuerstelle, hebt die schöngeschwungenen Holzbögen auf und spannt sie probeweise. »Zu schwach«, murmelt sie. »Zu lang... Dieser geht! Und der hier? Der liegt nicht gut in der Hand... Oh, das ist ja ein schönes Stück!« Rasch hat sie den besten Bogen ausgewählt und legt die übrigen zurück in die Späne. Zwischen dem

Kleinholz sieht sie Pfeile liegen. Mit flinken Fingern rafft sie alle zusammen und wirft sie mitsamt dem Bogen aus dem Fenster.

Als der Händler wieder aus der Bodenluke auftaucht, betrachtet seine Kundin gelangweilt die Vogelnetze, die von der Decke hängen.

»Leider habe ich keinen Balester vorrätig.« Er niest und wischt sich die Spinnweben aus den spärlichen Haaren. »Aber wenn ich Euch vielleicht meinen neuesten Verkaufsschlager zeigen dürfte? Netzfallen für größere Tiere, wunderbar elastisch und gleichzeitig sehr stabil. Davon habe ich gestern schon drei Stück verkauft!«

Elexa schüttelt den Kopf. »Dann kommen wir heute wohl nicht ins Geschäft!«, sagt sie und wendet sich abrupt zum Gehen.

»Beehrt mich bald wieder, Verehrteste!«, schnarrt der Bucklige, während er ihr die Tür aufhält. »Das nächste Mal findet Ihr bestimmt etwas! Täglich treffen neue Lieferungen ein!« Als er ihr Rennbiest vor seiner Werkstatt angebunden sieht, bleiben ihm die Worte im Hals stecken. Schnell schlägt er die Tür von innen zu.

Nervös scharrt das Biest mit seinen Pfoten im Sand. »Feiner Kerl, gleich darfst du laufen!« Elexa schwingt sich in den Sattel und treibt ihr Reittier einmal um die Werkstatt herum. Kopfüber hängend greift sie nach Bogen und Pfeilen, die unter dem Fenster liegen, schwingt sich in den Sitz zurück und prescht im Galopp davon.

GALAXIA – Azurinschloss

Langsam wird es Amy mulmig. Die Stille in diesen dunklen, kühlen Gängen hat etwas Bedrohliches. Die Wände sind hier nicht mehr verputzt, der Boden wird abschüssig. Immer wieder durchbricht unregelmäßig behauener Fels das Mauerwerk. Der Weg führt direkt in den Berg, auf dem das Azurinschloss erbaut wurde. Nur noch um die nächste Ecke schauen, ob da ein LogScreen ist, und dann wird sie umkehren.

Plötzlich gibt der Boden unter ihren Füßen nach. Es kracht. In Sekundenbruchteilen registriert Amy das viereckige Loch. Bretter, die nach unten klappen: Eine Falltür. Sie stürzt ins Leere.

»Aaaaaahhhh!« Das Echo ihres Schreis bricht sich an den Wänden, sie hört es aus allen Richtungen. Dann verlischt die Fackel in ihrer Hand. Heftig knallt sie auf die Planken einer Holzkiste. Aua, verdammt! Was ist das denn? Sie ertastet die Bretterwände um sich herum. Ein Sarg? Nichts wie raus hier! Als sie sich an der Seitenwand hochzieht, ruckelt und rattert es, als ob das Ding Räder hätte. Sie verliert das Gleichgewicht und landet erneut auf ihrem Allerwertesten.

Ächzend rappelt sie sich in der wackligen Kiste auf die Knie und versucht, in der Schwärze um sich herum irgendetwas zu erkennen. Schimmernde Linien laufen vor ihr am Boden entlang und krümmen sich nach links und rechts. Gleise! Amy atmet auf: Sie ist in einen kleinen Transportwaggon gefallen.

Das Rumpeln und Quietschen wird lauter, der Fahrtwind peitscht ihr die Haare ins Gesicht. Mit Karacho holpert das Wägelchen ins Freie. Es fährt über eine unwegsame Schlucht und saust an Wasserfällen entlang, über die sich Regenbögen spannen. Amy wischt sich das Spritzwasser aus dem Gesicht. Genießen kann sie den Ausblick nicht, denn gleich neben ihr geht es steil in die Tiefe. Wer hier herausfällt, der stürzt in den Tod.

Die Gleise führen zur gegenüberliegenden Felswand. Dort laufen sie hinter knorrigen Kiefern in einen engen Tunnel. Eine Steigung verlangsamt die rasende Fahrt, bis das Wägelchen in einer Felsenhöhle zum Stehen kommt. Schnell klettert Amy heraus und legt einen Stein hinter die Räder, damit der Waggon nicht ohne sie zurückfahren kann.

Wo ist sie denn hier gelandet? Es ist eine Vorratskammer. An den grauen Wänden stapeln sich Körbe, Kisten und Säcke, beschriftet mit verschnörkelten Buchstaben. Schlehen, Flechten, Räucherpilze. Vorsichtig zieht sie den Stopfen aus einem Tontopf und schnuppert. Sind das Rüben? Sauer eingelegt? Naja. Verhungern wird sie jedenfalls nicht. Hinter Kisten mit riesigen Salzkristallen entdeckt sie eine Öffnung im Fels: Ein schmaler Tunnel, der so niedrig ist, dass sie den Kopf einziehen muss.

Amy tastet sich durch das Dunkel, die Hände links und rechts an den Felswänden, und prüft bei jedem Schritt mit der Fußspitze den Untergrund, bevor sie den Fuß aufsetzt. Mehr als einmal überlegt sie, ob sie umkehren soll. Aber in den klapprigen Holzwaggon will sie nicht noch einmal einsteigen. Es muss einen anderen Weg geben.

Nach ein paar Kurven wird der Felsentunnel breiter. Schwarz wird zu Dunkelgrau. Licht fällt ein, gerade so viel, dass sie die Wände erkennen kann. Schließlich biegt sie um eine Kurve und sieht eine blendend helle Öffnung. Knirschende Geräusche dringen an ihr Ohr. Für einen Moment glaubt sie sogar, Stimmen zu hören. Sind dort Menschen? »Meinetwegen auch Vampire«, murmelt Amy. Sie muss ja nicht alle Vampire meiden, nur weil sie mit Baroon nichts mehr zu tun haben will.

Sie beschleunigt ihren Schritt. Wer auch immer in diesem Berg arbeitet, kann ihr vielleicht helfen, einen LogScreen zu finden. Erleichtert läuft sie auf das Licht zu. Der Tunnel mündet in eine gigantische Höhle. Hier steht ein riesiges Mühlenrad und dreht seine Runden. Die uralte Holzkonstruktion ächzt und knarzt. Von oben prasselt Sand in die großen Schaufeln und treibt das Mühlenrad an.

Als sie den zweiten Fuß in die Höhle setzt, hört sie ein Surren. Drei Pfeile schwirren auf sie zu. Drei Spitzen bohren sich in ihren Oberkörper. Amy taumelt rückwärts. Die Wucht der Geschosse lässt sie straucheln. Sie schreit auf, so hoch und schrill, wie sie ihre eigene

Stimme noch nie gehört hat. Auf einmal wird es ihr schwindelig. Ihre Knie geben nach, sie sackt auf den Boden. Statt eines Hilfeschreis kommt nur ein Röcheln aus ihrem Mund. Ihr Kinn kippt nach unten, und ihr Blick fällt auf drei Pfeilschäfte. Sie keucht. Ihre Atemstöße lassen die graubraunen Federn an den Enden vibrieren. Rote Kreise breiten sich auf ihrem T-Shirt aus. Übelkeit steigt in ihr hoch. Sie will an ihre Brust greifen, aber ihre Hände gehorchen ihr nicht mehr, ihre Augenlider zucken. Wie aus weiter Ferne hört sie Stimmen, Hufgetrappel, aufgeregte Rufe. Dann wird es ihr schwarz vor Augen.

GALAXIA – im Höhlenlabyrinth des Sanduhrkraftwerks

Fluchend beeilt sich Kito, nach Hause zu kommen. Der Transportwaggon war nicht an der gewohnten Stelle im Gewölbekeller des Azurinschlosses. Er musste also die Steilwand unterhalb des Gleises entlangklettern, an den Wasserfällen vorbei. Die meisten Faune würden sich über die Gelegenheit freuen, ein bisschen am Fels unterwegs zu sein. Kito aber hat es eilig: Teres ist unberechenbar, man darf ihn nicht zu lange ohne Aufsicht lassen.

Das Fell an Kitos Beinen ist klatschnass, als er endlich das Bergwerk erreicht. Zügig trabt er neben dem Gleisbett durch den schmalen Tunnel, bis er das Vorratslager erreicht. Da steht sie ja, die Lore, mit einem Stein gegen das Wegrollen gesichert.

Während er sich noch wundert, hört er einen gellenden Schrei. Das Echo pflanzt sich in den Gängen des Bergwerks fort. Kito schließt die Augen, um sich ganz auf sein Gehör zu konzentrieren. In den Jahren der Verbannung hat er eine Menge Erfahrung mit diesem unterirdischen Tunnelsystem gesammelt. Er lauscht. Der Nachhall klingt nicht gedämpft, sondern voluminöser, so als hätte dieser Schrei seinen Ursprung in einer Höhle. Am Sanduhrkraftwerk also. Er beginnt zu rennen.

Als Kito die Höhle erreicht, in der das Mühlenrad sich behäbig dreht, sieht er eine Gestalt am Boden liegen. Ein Mädchen. Das Gesicht ist von dunklem Haar verdeckt. In ihrem Oberkörper stecken Pfeile. Blut sickert aus den Wunden. Ihr Brustkorb hebt und senkt sich im Takt ihres rasselnden Atems – sie lebt noch.

Während er seine Hände trichterförmig um den Mund legt und um Hilfe brüllt, suchen seine Augen die Höhle nach verdächtigen Schatten ab.

Vier Wächter kommen mit klappernden Hufen angelaufen. Der Anführer erfasst die Situation mit einem Blick. »Bloß nicht die Pfeile herausziehen! Sonst kannst du die Blutung nicht mehr stillen!«

»Ist mir klar! Sucht alles ab, beeilt euch! Weit können die Mordgesellen nicht sein!« Kitos Nerven liegen blank: Es ist nicht das erste Attentat in diesem Jahr. Die Wächter schwärmen aus.

Kito widmet sich der Verletzten. Ein Pfeil hat rechts die unterste Rippe gestreift. Die Spitze ist vom Knochen abgerutscht und steckt nur oberflächlich fest, so dass die Widerhaken nicht ins Fleisch eingedrungen sind. Es sind Faun-Pfeile; sie sehen denen, die er selbst im Köcher stecken hat, zum Verwechseln ähnlich. Das Faunvolk hat also Verräter in seinen eigenen Reihen! Kito zieht die Eisenspitze vorsichtig heraus. Es blutet zwar, aber nicht so schlimm wie erwartet.

Der zweite Pfeil hat sie unterhalb des Rippenbogens getroffen. Im weichen Gewebe des Bauchraums ist er tief in den Körper eingedrungen. Kito verfügt zwar über anatomische Kenntnisse, weil er nach der Jagd regelmäßig mithilft, Hirsche auszuweiden... aber ein Mensch ist doch etwas anderes. Er überlegt. Es ist anzunehmen, dass der Pfeil mindestens ein lebenswichtiges Organ durchbohrt hat. Aber vielleicht hat sie Glück gehabt; das ist zwar unwahrscheinlich, aber nicht unmöglich.

Der dritte Pfeil aber... Kito spürt ein flaues Gefühl im Magen. Der dritte Pfeil ist ein Problem, das sich möglicherweise nicht lösen lässt. Er betrachtet den gefiederten Schaft, der auf Herzhöhe aus ihrem T-Shirt herausragt. Behutsam legt er die Hand auf ihre Brust und spürt, wie ihr Herzmuskel tobt und sich um die Metallspitze krampft, die in ihm steckt. Um den Eschenstab herum ist der Stoff blutgetränkt. Kito zieht seine Hand vorsichtig zurück und tastet nach ihrer Halsschlagader. Ihr Puls ist stabil. Er muss sie zum Schamanen bringen. Der soll entscheiden, was zu tun ist.

GALAXIA – Biesterburg

»Potzblitz, das wird ja immer schöner!« Mit puterrotem Hals wühlt sich Tyranimos durch den Stapel Rechnungen. Sein Kopf hinter der goldenen Ledermaske fühlt sich heiß an, die Adern pochen. Wutentbrannt schwenkt er ein Stück Papier. »Von dem Geld, das mich dieser Pelz kostet, hätte ich den Ostturm renovieren lassen können! Warum habt Ihr nichts gesagt? Ich hätte Euch einen Biesterpelz fertigen lassen! Zwei, drei, Dutzende!«

»Biesterfell ist nicht so weich«, sagt Polina, die hinter ihm steht und seine Schultern massiert. »Entspannt Euch! Eure Nackenmuskulatur ist ganz steif!«

»Und noch einer!« Sein Finger deutet anklagend auf den nächsten Zettel. »Das darf ja wohl nicht wahr sein!«

»Andere Farbe«, erläutert Polina.

»Einer ist genug! Der andere wird zurückgeschickt!«, verfügt Tyranimos.

»Geht nicht. Das sind Maßanfertigungen«, erklärt Polina geduldig.

»Warum so viele Klamotten?« Tyranimos zählt die Quittungen, verzählt sich, gibt es auf.

»Wenn der Mann an meiner Seite ein Schafhirte wäre, dann könnte ich natürlich im Kartoffelsack herumlaufen«, säuselt Polina. »Aber Ihr... in Eurer Position...«

»Noch nicht«, sagt Tyranimos mürrisch.

»Aber bald!«

»Und hier, wieso sind die Strümpfe so teuer? Diese paar Gramm Stoff?«

Polina schüttelt den Kopf über so viel Ignoranz. »Das ist keine Durchschnittsware!« Sie nimmt seine Hand und führt sie an ihrem Bein entlang, vom Knie bis unter den Saum ihres knackig engen Leder-Minirocks. »Sie sind handgewebt, aus Najadenhaar. Fühlt Ihr es?«

»Aber...«

»Wenn Ihr sie mir nicht immer zerreißen würdet, dann bräuchte ich auch nicht so viele!«, ereifert sich Polina.

»Ja, nun... im Eifer des Gefechts...« Beinahe entkommt ihm ein Lächeln, aber schon die nächste Zahlungsaufforderung sorgt wieder für schlechte Laune. »Vom Juwelier? Das grenzt ja wohl an Unverschämtheit! Für die paar Steinchen?«

»Eine Exklusivanfertigung!« Verzückt betrachtet Polina ihre Hand, an der ein herzförmiger Smaragd funkelt, von kleinen, blitzenden Brillanten umgeben. »Das ist eine Investition, die im Wert steigen wird!«

Fassungslos schnaubend blättert Tyranimos den Rest der Zahlungsbelege durch. Die Verschwendungssucht seiner Mätresse kennt keine Grenzen. »Handtaschen! Sextoys!«

Polina rollt die Augen. »Soll ich meine erotischen Accessoires vielleicht ohne Handtasche herumtragen? Obwohl, warum nicht... dann hätten die Spießer vom Ältestenrat wenigstens ein bisschen Gesprächsstoff! Und überhaupt: Für wen habe ich die eigentlich gekauft?«

»Jaja, das Spielzeug ist meinetwegen in Ordnung... aber hier, die Dessous...« Erzürnt hält er ihr eine parfümierte Rechnung vor die Nase. »Musste das sein?!«

»Ein Hauch von Nichts«, gurrt Polina. »Eine Frau braucht ein paar hübsche Kleinigkeiten zum Ausziehen!«

»Meinetwegen, die gibt's aber auch billiger!«

Polina bläht die Nüstern. »Wäre es Euch lieber, wenn ich mir ein Paar lange Unterhosen selber stricke?« Wie absichtslos streicht sie über das Oberteil ihres engen Kleides, unter dem der neue Push-up-BH ihren Busen in Kugelform quetscht.

Tyranimos zieht scharf die Luft ein. »Ja... Nein... aber warum lasst Ihr Euch ZWEI-UND-ACHT-ZIG Paar Schuhe anfertigen, wenn Ihr nur zwei Füße habt?«

»Darling, bitte!« Dieses ständige Genöle macht sie wahnsinnig. Wie soll man einem Mann, der mit seinen Reitstiefeln ins Bett geht, die

Faszination für edles Schuhwerk erklären? Handschuhweiche High Heels! Sexy Slingbacks! Obszöne Overknees! Polina drängt sich vor seinen Stuhl und stellt ihren Fuß auf die lederne Sitzfläche, direkt zwischen seine Beine. »Der Schuh einer Frau ist ihr Podest, mein Lieber!« Ihr Stilettoabsatz bohrt sich in das Polster. Die Schuhspitze wippt provozierend auf seinem Schritt.

»Ihr treibt mich in den Ruin, Polina! Eure Ausgaben übersteigen sogar die Entwicklungskosten für meine Kampfroboter!«

»Ihr könnt mich doch einfach zu Euren Kampfrobotern dazuaddieren – als Eure stärkste Waffe«, schnurrt sie und krault seinen Bart unter dem Kinn.

»Mir fällt noch eine bessere Lösung ein!«, knurrt er und weist launisch ihre Hand zurück. »Ich könnte Euch mit Euren 82 Paar Schuhen in die Wüste schicken und mich stattdessen mit Bella Domina amüsieren!«

»Das Hologramm-Girl?« Polina lacht auf.

»Warum nicht? Während Ihr mich Zeit, Geld, Aufmerksamkeit und tausend Dinge mehr kostet, begnügt sich dieses 3D-Hologramm mit einem Stromanschluss!«

»Pah!« Ihre Augen funkeln erregt. Dass er sie für auswechselbar hält, bringt ihr Blut in Wallung. »Ihr glaubt doch nicht wirklich, so ein programmiertes Flittchen, das nur aus Lichtimpulsen besteht, könnte jemals mit mir konkurrieren?«

»Nun, Hologramm-Figuren haben ihre Vorzüge. Sie halten den Mund, wenn ich den Ton ausstelle – um nur ein Beispiel zu nennen.«

»Ich habe mehr Vorzüge!«, schnaubt sie gereizt.

»Ach ja?« Tyranimos verschränkt seine Hände hinter dem Kopf und sonnt sich im Gefühl seiner Überlegenheit. »Welche denn?«

»Hm... Kann sie Euch fesseln?« Polinas Hände nesteln am Gürtel seines schwarzseidenen Hausmantels und ziehen ihn aus den Schlaufen. Langsam streichen ihre Fingernägel über seinen muskulösen Oberkörper. »Mit einer Feder necken?« Mit sanfter Strenge drängt sie ihn vom Stuhl zum Bett. Dort zurrt sie seine Hände mit dem Gürtel am Bettpfosten fest.

Grinsend lässt er sie gewähren.

»Kann sie Euch nur mit ihren Haaren ganz und gar kirre machen – so lange, bis Ihr um Erlösung bettelt?« Sie beißt kurz und schmerzhaft in seine Brustwarze.

Tyranimos stöhnt lustvoll. Dann muss er zugeben: »Nicht ganz. Sie kann... äh... na ja, nichts wirklich gut. Es ziept ständig.«

»Dann lasst Euch überraschen, was ich alles kann! – Ich gehe nur noch eben die Feder holen.« Polina huscht aus dem Zimmer und lässt Tyranimos splitterfasernackt auf seinem Bett zurück. Probeweise zieht er an den Fesseln. Die sitzen fest. Keine Chance, sich zu befreien. Tja... Er leckt sich über die Lippen. Dann muss sie sich wohl etwas einfallen lassen, um auf ihre Kosten zu kommen! Denn er kann sich ja gar nicht bewegen! Er ist jetzt gefesselt wie ein Lustsklave, der alles über sich ergehen lassen muss! Freudig erregt wartet er auf Polinas Rückkehr.

GALAXIA – im Höhlenlabyrinth des Sanduhrkraftwerks

Als Amy wieder zu sich kommt, möchte sie schreien vor Schmerz, aber sie ist zu benommen, um den Mund zu öffnen. Die harten Kanten eines behelfsmäßigen Krankenbetts, bestehend aus zusammengeschobenen Holzböcken, bohren sich in ihren Rücken.

Das Atmen fällt ihr schwer. Sie kann sich nicht rühren, nicht einmal ihre Finger bewegen. Stumme Tränen rinnen ihr aus den geschlossenen Augen über die Schläfen. Wie durch eine Wattewand hört sie Stimmen.

»Und deswegen störst du mich bei meiner Siesta? Was geht mich diese Fremde an?«, brummt es tief und ungehalten.

»Du bist der Schamane!«, antwortet ein jüngerer Mann. »Du musst ihr helfen, sonst...«

»Sonst was?«

»... sonst wirst du in Zukunft nicht mehr die Muße haben, um Mittagsschläfchen zu halten!«

»Willst du mir etwa drohen, Bursche? Du glaubst wohl, weil dein Vater der Häuptling ist...«

»Nein! Aber ich glaube, dass unser ganzes Volk darunter leiden wird, wenn eine Touristin aus Realwelt hier zu Schaden kommt!«

»Nun mach dir mal nicht in die Hose. Das betrifft uns doch nicht!«

»Oh doch! Wenn die Menschen Galaxia für unsicher halten, werden sie die LogScreens deaktivieren!« Der Jüngere klingt nervös. »Dann würden die Vampire keine Lebensenergie mehr aus Realwelt bekommen, und sie wären gezwungen, wieder Blut zu saugen! Für unser Volk wäre das eine Katastrophe!«

»Vampire mögen kein Faunblut. Angeblich verursacht es Mundgeruch«, knurrt der andere.

»Ausgehungert sind sie bestimmt nicht mehr so wählerisch.«

Der Schamane grunzt unwillig. »Siehst du die Pfeile? Da kommt jede Hilfe zu spät. Wir sollten der Natur ihren Lauf lassen.«

»Dann wird sie sterben!«

»Das wird sie so oder so. Ist doch kein Problem. Wir werfen die Leiche in das Sanduhr-Kraftwerk. Dort wird sie zwischen den Steinen zermahlen, und es ist, als hätte es sie nie gegeben.«

»Das kannst du nicht machen!« In der Stimme des Jüngeren liegt blanke Panik. »Wenn die Vampire davon Wind bekommen, werden sie uns dafür reihenweise hinrichten lassen!«

»Wie sollten sie davon erfahren? Oder willst du es ihnen erzählen?!«

Ein Schuss Adrenalin im Blut macht wach. Amy versteht, dass es um sie geht. Sie schafft es, ihre Augenlider einen winzigen Spalt zu öffnen.

Vor ihr steht ein weißhaariger Mann, der die Pfeile in ihrer Brust betrachtet. Sein hageres Gesicht ist wettergegerbt und faltig. Aus seiner Stirn ragen zwei lange braune Hörner heraus, die nach hinten gebogen sind und aussehen, als wären sie zu schwer für seinen schmalen Kopf. Ist das ein Faun? Verächtlich stülpt er die schmalen Lippen nach vorn und entblößt seine großen gelben Vorderzähne. »Ich denke, wir sollten sie von ihrem Leid erlösen. Damit die Spuren beseitigt sind, bevor sie jemand vermisst.«

»Laok!«, fällt ihm der Jüngere scharf ins Wort. »Du bist nur ein Schamane! Entscheidungen über Leben und Tod trifft unser Häuptling, und sonst niemand!«

Der Schamane läuft unter seinen weißen Haaren dunkelrot an, schluckt seine Wut aber hinunter. »Kito! Junge!«, säuselt er stattdessen. »Wenn das Schicksal für dieses Mädchen ein anderes Los bestimmt hat, ist all meine Kunst vergebens!«

»Willst du damit sagen, du kannst sie nicht heilen?«

»Das liegt alleine bei den Waldgöttern! Ob sie meine Gesänge erhören, ob ihnen meine Tänze Ehre genug sind...«

»Vom Singen und Tanzen verschwinden diese Pfeile nicht!« Schwarzgelockte Haare schieben sich in Amys Blickfeld. Das Gesicht des jungen Mannes trägt menschliche Züge... dazu jedoch Ziegenohren, Kinnbart und spiralförmig verdrehte Hörner. »Wenn du ihr nicht helfen willst, dann mache ich es eben selbst!« Seine Stimme zittert leicht.

»Nein, nein, das ist meine Aufgabe!«, sagt der Schamane eilig. »Ich bin der Einzige, der die Beschwörungsformeln kennt! Warte auf mich, Kito, ich muss nur eben meine Zeremonien-Kluft anlegen!«

Während der Weißhaarige davoneilt, packt Kito Amys blutiges T-Shirt und reißt ungeduldig den Stoff auf, um ihren Oberkörper freizulegen. Seine schwarzen Hörner bewegen sich so dicht vor ihren Augen, dass ihr wieder schwindlig wird. »Aber das kann doch nicht sein!«, murmelt er.

»Ich komme schon!« Der Schamane wickelt sich eine Schnur um die Hörner, während er heranhetzt. Eine Girlande aus bunt bemalten Tierknochen, Federn und Eicheln wippt jetzt über seiner Stirn. Um die Schultern hat er ein braunrotes Hirschfell gelegt.

Amy schließt die Augen und tut so, als wäre sie noch bewusstlos. Sie spürt, wie sanfte Fingerspitzen ihren Rippenbogen abtasten. Kaltes Wasser läuft über ihre Brust. Eine Hand wischt vorsichtig über ihre Haut.

Kitos Stimme klingt aufgeregt: »Als ich sie gefunden habe, war da ein dritter Pfeil – genau hier! Es war nur eine oberflächliche Wunde, trotzdem hat sie geblutet. Und jetzt sieht man überhaupt nichts mehr!«

»Blödsinn!« Der Schamane betrachtet Amys blutverschmierten Oberkörper, mit angewidertem Gesichtsausdruck, ohne sie anzufassen. Die Haut unter ihrem Rippenbogen ist makellos, frei von Wunden und Narben. »Vielleicht hast du rechts und links verwechselt?«

Die gegenüberliegende Körperseite ist gleichfalls unversehrt. Laoks Blick wandert weiter, zum Kopf des Mädchens. Ein schmales Gesicht, blass, mit... »Heiliger Dionysos!« Er greift in Amys Haare. Sie sind schwarz, mit metallisch glänzenden blauen Strähnen. »Da, schau her, siehst du das?«

»Du hast recht!« Kito strahlt über das ganze Gesicht.

Der Schamane streicht nachdenklich über seinen Ziegenbart. »Das ist keine Touristin!«, sagt er unfreundlich. »Warum sollte ich der helfen?«

»Weil ich dich darum bitte!« Kitos Stimme hat einen scharfen Unterton. Er ruft ein paar Befehle, deren Sinn Amy nicht versteht.

Sie hört Stimmengewirr und Hufgetrappel. Mehrere Faune umringen sie und fixieren ihre Arme und Beine. Dann steht plötzlich der Schamane über ihr und schwingt einen riesigen Hammer. Fluchtreflexe durchzucken ihren Körper, aber sie kann sich nicht bewegen, viele warme Hände halten sie fest.

Der Schamane stimmt einen unverständlichen Singsang an, seine Stimme wird eindringlich, beschwörend, immer lauter, bis er auf einmal ausholt und den schweren Eisenklotz auf sie niedersausen lässt. Wack! Amy zuckt zusammen. Ein brennender Schmerz bohrt sich in ihren Leib.

Wack! Wack! Es gibt ein eklig schmatzendes Geräusch, als der Hammerschlag den Pfeil durch ihre Eingeweide treibt. Endlich hört es auf. Eine Faunfrau hält das gefiederte Ende des Pfeils fest, eine andere sägt es vorsichtig ab, sie braucht endlose Minuten dafür. Langsam wird der Schaft nach unten herausgezogen. Amy hält die Luft an. Sie wartet darauf, dass das Licht ausgeht und sie nie wieder aufwacht.

Wieder richtet der Schamane sich auf und hebt den Hammer. Amy versucht, ihre Lippen zu bewegen, aber ihr geröcheltes Nein! geht in dem Lärm unter. Schweiß tropft von Laoks Stirn. Der Text seiner Beschwörungsformel scheint ihm entfallen zu sein, er keucht nur noch. Sein Gesicht ist verzerrt. Zwischen seinen Hörnern wippt der Knochenschmuck, als der Hammer nach unten saust und den letzten Pfeil durch ihr Herz schlägt.

Die Schmerzen sind unerträglich. Sie wird sterben. Weil sie sich nicht verständigen kann. Weil aus ihrem Mund nur ein leises Stöhnen herauskommt, wenn sie versucht zu schreien. Wissen diese Faune denn nicht, dass es ein tödlicher Fehler ist, diese Pfeile herauszuziehen? Sie wird innerlich verbluten!

Die Faune sind still geworden, während Laok den Pfeil mit vielen leichten Schlägen weitertreibt, zwischen ihren Rippen hindurch.

»Aaah!«, schreit der Schamane triumphierend. Kaum dass er den Hammer zur Seite wirft, stürzen sich die beiden Faunfrauen auf Amy und machen sich mit quietschender Säge an dem Pfeil zu schaffen. Als die Faune sie loslassen, bleibt Amy reglos liegen. Es ist vorbei.

»Du bist ein Meister!«, ruft Kito bewundernd aus. »Ich verneige mich vor dir! Niemand außer dir hätte das geschafft!«

Johlend beklatschen die Faune ihren Schamanen. Dieser reckt großspurig seine Arme in die Höhe und lässt sich feiern. Das bescheidene Grinsen gelingt ihm nur halb.

Kitos schwarzgelockter Faunkopf beugt sich über Amy. »Der hier war mitten in deinem Herz!«, erklärt er und wedelt mit einem blutverschmierten Pfeilstumpf vor ihrem Gesicht herum.

Amy muss die Augen schließen, damit es ihr nicht übel wird. Dann reißt sie sie panisch wieder auf. »Könnt ihr meine Mum holen?« Ihre Stimme ist ein leises Röcheln.

Das muntere Geplapper verstummt. Die Faune starren sie an.

Amy spürt einen Kloß im Hals. »Jemand muss meiner Mum Bescheid sagen!« Nun fängt sie doch an zu weinen. »Bevor ich sterbe, will ich noch einmal meine Mum sehen! Bitte!«

»Du stirbst nicht!«, sagt der Schamane verächtlich. »Ich habe dich gerettet!«

Meint der das ernst? Ein durchlöchertes Herz? Kann man so etwas überleben? »Äh... danke«, sagt Amy unwillig. Vorsichtig setzt sie sich auf und ist selber erstaunt, dass das so einfach geht.

Die Faune betrachten sie neugierig und tuscheln.

»Du hast das Herz einer Vampirin!«, erklärt Kito begeistert. »Deswegen hast du überlebt!« Es sieht so aus, als wollte er sie im Überschwang der Gefühle umarmen, aber dann hält er in der Bewegung inne und scharrt verlegen mit seinen Hufen.

»Sie ist nur ein Halbling«, grunzt der Schamane.

»Woher willst du das wissen?«, fragt Kito überrascht.

»Ihr Körper ist so warm wie unserer! Echte Vampire sind so kühl wie Schlangen.« Der Schamane nickt in die Runde, plötzlich wieder schlechtgelaunt, und wendet sich ab.

Amy blinzelt verwirrt. Dass sie immer noch lebt, verdankt sie ihren Vampir-Genen! Sollte es mehr Segen sein als Fluch, eine Halbvampirin zu sein? Glücklich streicht sie über den Ring an ihrem Finger.

Als eine übereifrige Faunin mit einem Büschel Moos an ihren Wunden herumtupfen will, wehrt sie ab: »Habt ihr nicht irgendwas Antiseptisches da? Desinfektionsspray, oder hochprozentigen Alkohol? Und sterile Verbände?«

Die Faunfrau schüttelt den Kopf. »Einen Verband brauchst du nicht. Schau, es blutet kaum noch!« Ein Strahlen überzieht ihr Ziegengesicht. »Vampirkörper heilen sich selbst, das weißt du doch! Aber es kommt nicht alle Tage vor, dass man so einen Schreck kriegt, armes Ding...« Vertraulich tätschelt sie Amys Hand. »Es braucht mehr als einen Pfeil, um so ein Herz zu zerstören!«

Amy blickt an sich hinunter auf ihr blutiges T-Shirt. Dort, wo es aufgerissen ist, kann sie beobachten, wie die Wunden von außen nach innen kleiner werden, auf Punktgröße zusammenschrumpfen und schließlich unsichtbar werden. Ungläubig betastet sie ihre Haut. Es ist, als wären die Verletzungen nie dagewesen.

»Ich habe dir neue Kleidung holen lassen.« Kito reicht ihr ein weißes Leinenhemd. Während der Erste-Hilfe-Maßnahmen war ihr entblößter Oberkörper kein Problem für ihn, aber jetzt schaut er verschämt zur Seite. »Hinter dem Felsvorsprung ist eine Wasserstelle, dort kannst du dich umziehen. Ukira hilft dir dabei.«

Die ersten Schritte sind sehr wackelig, aber immerhin kann Amy sich auf den Beinen halten. Eine junge Faunin stützt sie, als sie zu dem gemauerten Wasserbecken wankt, und schneidet ihr zerfetztes T-Shirt mit einem Jagdmesser auf. Der blutverkrustete Stoff haftet an der Haut, als wäre er angeklebt. Vorsichtig wäscht Ukira Amys Oberkörper mit einem Schwamm, tupft ihn trocken und zieht ihr das saubere Leinenhemd über den Kopf.

Von Ukira erfährt Amy auch, dass der verübte Anschlag eigentlich Kito galt, und dass es nicht der erste Versuch war, ihn aus dem Weg zu räumen. »Er ist der Sohn des Häuptlings, er hat natürlich Neider.«

Amy schaudert. »Wer tut so etwas?«

»Ich wünschte, ich wüsste es«, murmelt Ukira. »Wir können uns nicht darauf verlassen, dass er immer Glück hat!«

GAL OF GALAXIA

Heart Attack

Sometimes destiny is infamous.
Sometimes it proves to be murderous.
Sometimes life‘s fading from bright to black.
It‘s a heart attack!

Suddenly your arrows hit my chest.
Suddenly it seems that luck has passed.
Suddenly I lie there like a wreck.
It‘s a heart attack!
Ha ha ha ha heart attack!

Your ambush may be brilliant.
And you may look innocent.
But you can‘t fool me, I know:
The trail leads directly to your bow...

Entdecke den Soundtrack zur Serie
www.gal-of-galaxia.de

GALAXIA – Biesterburg

Vip setzt seinen blasiertesten Blick auf. »Nerten ist mein Name. Ich habe einen Termin beim Burgherrn.«

Mit einem Schlenker aus dem Handgelenk zündet der Diener die Kerzen neben Vip an, so dass dieser erschreckt zur Seite springt. Der Dienstbote wirft ihm einen Blick zu, der schwer zu deuten ist. Dann verschwindet er durch eine Seitentür, um den Besucher anzumelden.

Vip tut so, als würde er die Waffen begutachten, die an den Wänden hängen. Nervös dreht er an dem klotzigen Siegelring, den er sich extra beim Goldschmied hat anfertigen lassen, um Tyranimos zu beeindrucken. Geistesabwesend streicht er seinen neuen Designeranzug glatt. Es steht viel auf dem Spiel.

Der Bedienstete kehrt zurück in die Eingangshalle. Nachdem er Tyranimos nicht im Arbeitszimmer angetroffen hat, wird der Herr aus Realwelt sich in Geduld üben müssen. »Ich bedaure, Mylord... der Fürst ist momentan anderweitig beschäftigt. Wenn Ihr die Güte hättet, einen Moment zu warten? Ich lasse Euch etwas zu trinken bringen.«

»Nein, nein, keine Umstände bitte. Ich werde mir solange die Beine vertreten.« Vip hatte schon lange vor, sich mal unauffällig auf der Burg umzusehen. Die Gelegenheit erscheint ihm perfekt. Er lächelt zufrieden und spaziert in den Burghof hinaus.

Die Anlage wirkt ziemlich heruntergekommen. Fensterläden hängen schief in den Angeln, zwischen den Dachschindeln klaffen Löcher, aus den Mauerfugen wuchert das Unkraut. So eine alte Burg ist ein Millionengrab! Vip verzieht spöttisch das Gesicht. Kein Wunder, dass Tyranimos scharf darauf ist, mit ihm nach Diamanten zu buddeln. Eine Million ist so schnell weg... Der Burgruinenbesitzer wird ihm aus der Hand fressen!

Hinter der Zugbrücke der gleiche trostlose Anblick: Ein halb zugewucherter Wassergraben, aus dem es morastig stinkt. Verdorrte, unbewirtschaftete Wiesen. Zerrissene Fahnen. Wo sich einst das stolze

Wappen Damons im Wind bauschte, flattern inzwischen nur noch Fetzen herum.

In der Ferne hängt ein Staubstreifen in der Luft, der sich in Vips Richtung bewegt. Darunter zieht sich eine braune Schneise durch das trockene Gras. Es ist die Rennbahn, die rund um die Biesterburg führt. Ein dunkler Schemen zischt an Vip vorbei.

»Hui!« Gianpierro trainiert Tyranimos' Rennbiester für die bevorstehenden Wettrennen. Schon lange finanziert sich die Biesterzucht aus Preisgeldern und den Einkünften von Wetteinsätzen. Die erfolgreichste Rasse, Sprinter genannt, ist unansehnlich, grau und struppig, mit rotem Schwanz und rotem Nackenfell, ähnlich einer Löwenmähne. Vom Stockmaß sind sie kaum höher als ihre Reiter. Von dem untersetzten Körperbau und den stämmigen Beinen darf man sich nicht täuschen lassen – sie sind unglaublich schnell.

Vip beobachtet, wie das Biest plötzlich die Beine in den Boden stemmt und versucht, sich im Staub zu wälzen. Sein Reiter traktiert es mit Gerte und Sporen. Als er den Sprinter mit unbarmherzigen Schlägen vorwärtstreibt, brechen bei dem Biest wieder die antrainierten Reflexe durch: Wie verrückt galoppiert es los, und Gianpierro lässt es laufen, Runde um Runde.

Schließlich bleibt der Sprinter in einer Staubwolke vor der Zugbrücke stehen. Aus seinem Maul trieft Schaum, seine Flanken beben. Ein verhutzelter hässlicher Vampir mit klauenartigen Händen rutscht mit einem triumphierenden »Ha!« aus dem Sattel. Für diesen Tag hat er den Willen des Biests gebrochen. Morgen geht dasselbe Spiel wieder von vorne los.

Als Gianpierro seinen Zuschauer bemerkt, verzieht er seine Visage zu einer Grimasse, die man beinahe mit einem freundlichen Grienen verwechseln könnte. Es war schon lange keine Kundschaft mehr da, die Ställe sind voll besetzt. Höchste Zeit, dass mal wieder ein paar Rennbiester abverkauft werden.

»Was für ein Kraftprotz!«, sülzt Vip und betrachtet das struppige Viech, das so schnell rennen kann, obwohl es ausgeprägte Ähnlichkeit mit einem Hängebauchschwein hat. Sein Atem pfeift aus den großen Nüstern und rasselt so laut, als würde es gleich abkratzen.

»Gefällt er Euch?« Gianpierro strahlt. »Man darf keinen Trainingstag auslassen! Sonst sind sie beim Rennen so wild, dass sie nach allen Seiten treten und beißen.« Er begutachtet Vip. Diese O-Beine sind eindeutig. »Ihr reitet selber, nehme ich an?«

»Nur gelegentlich«, behauptet Vip. Seine Erfahrung mit Huftieren beschränkt sich auf das Betrachten der Brauerei-Gäule auf dem Oktoberfest. Allerdings haben Tyranimos' Sprinter gar keine Hufe, sondern Pfoten. Sie erinnern Vip eher an übergroße Hunde, die irgendjemand ganz dringend zum Hundefriseur bringen müsste. »Aber interessieren würde es mich schon einmal, wie sich diese, äh, Kreaturen reiten lassen!«

»Dann nichts wie rauf in den Sattel!«, ruft Gianpierro enthusiastisch. »Ihr werdet sehen: Es ist ganz einfach, wenn Ihr den Zeckentrick beherrscht!«

»Und wie geht der?«

»Ihr klammert Euch fest wie ein Blutsauger und lasst nicht mehr los! Wenn er buckeln und beißen will, dann gebt Ihr ihm ordentlich die Peitsche!«

Hm... warum eigentlich nicht? Vip ist nicht abgeneigt. Neulich haben seine pubertierenden Söhne Primus und Dominikus ihn einen Langweiler genannt, weil er die Achterbahnfahrten im Skyline Park nicht mehr verträgt. Denen wird er was erzählen, heute Abend!

»Ihr werdet begeistert sein von seinen gleichmäßigen Gangarten!« Gianpierro verschränkt seine Hände zu einem Steigbügel und wuchtet Vip Nerten in den Sattel. Das Biest bleibt reglos stehen und dreht seine Ohren nach hinten. Vip hopst im Sattel auf und ab. Schließlich haut er seine Hacken in die struppigen Flanken, so wie er es in Westernfilmen gesehen hat. Langsam dreht das Biest den Kopf und nimmt seinen neuen Reiter ins Visier.

Gianpierro holt aus und klatscht dem Sprinter mit seiner Gerte auf den Schenkel. »Also los!«

Das Rennbiest zischt ab. So wie der Realweltmensch draufsitzt – alle Viere von sich gestreckt und »Uahhhhh!« schreiend – gibt Gianpierro ihm keine zwei Minuten auf dem Sprinter-Rücken. »Zeckentrick!«, plärrt er ihm hinterher. »Denkt an den Zeckentrick!«

Der Vampir-Jockey stakst auf seinen krummen Beinen den Burggraben entlang und klatscht sich die Gerte im Rhythmus eines alten Husarenlieds an den Stiefel. Gleich wird der Sprinter hier wieder vorbeikommen, mit oder ohne Reiter.

Abwartend lässt er den Blick schweifen – und traut seinen Augen kaum. Ja ist das denn die Möglichkeit? Da klettert jemand von außen die Burgmauer hoch! Direkt unter Tyranimos' Fenster! Es ist eine schmale Gestalt, in Tücher gehüllt. Sie klettert sehr zügig und sicher, die halbe Höhe hat sie schon hinter sich gebracht. Gianpierro schaut sich hektisch um: Wo sind denn die Biesterwachen, wenn man sie braucht? Er fetzt los, trampelt über die Zugbrücke und rennt in die Burg hinein, um seinen Herrn zu warnen.

Währenddessen krallt Vip sich in der roten Mähne des Sprinters fest. So sehr sein Steiß auch schmerzt, so stolz ist er darauf, dass er immer noch nicht abgeworfen wurde. Er spürt, wie die Muskulatur des Biests arbeitet, am Rücken, am Rumpf, das Vieh ist ein einziges Powerpaket. Dort ist die Zugbrücke, endlich, die Runde ist geschafft! Aber wo ist der Jockey, um ihn auszubremsen?

Verzweifelt sieht sich Vip nach dem kleinwüchsigen Vampir um. Verdammt, er ist verschwunden! Das Rennbiest ist jetzt voll auf Touren: Es läuft ausdauernd und energiegeladen im Kreis, ohne langsamer zu werden, es zeigt nicht die geringsten Ermüdungserscheinungen.

Nachdem Vip ein paarmal erfolglos »Brrr!« geschrien hat, zerrt er an den Zügeln und prügelt mit seinen Fäusten auf den Hals des Sprinters ein, aber er schafft es nicht, das Rennbiest zu stoppen. Seine Schenkel sind schon ganz wundgescheuert, und sein Gesäß tut mittlerweile scheußlich weh. Je nachdem, wie er im Sattel sitzt und wohin er sein Gewicht verlagert, kann er zwischen Steißbeinprellung und Hodenquetschung wählen. Trotzdem traut er sich nicht, in vollem Lauf abzuspringen.

Schon wieder rast der Sprinter an der Zugbrücke vorbei, und diesmal erscheint endlich ein Biesterwächter: Es ist einer von diesen gorillaköpfigen Muskelprotzen, die unterhalb des Fallgitters Wache schieben. Vip brüllt so laut er kann, aber der Biesterwächter ignoriert seine Hilfeschreie. Eher scheint es so, dass der Sprinter von Vips Gebrüll zu noch schnellerem Galopp angetrieben wird. Also beißt Vip die Zähne zusammen und schickt stumme Flüche in den Himmel über Galaxia, während er seine verkrampften Waden an den Sattel presst, um nicht abgeworfen zu werden.

GALAXIA – im Höhlenlabyrinth des Sanduhrkraftwerks

»Warum hat er mich nicht selbst gefragt?«, flüstert Amy dem Faunmädchen Ukira zu. »Wieso hat er dich dafür geschickt?« Sie wirft einen Blick zu Kito, der sie mit klackernden Hufen durch das Höhlenlabyrinth führt. Unter seinen weiten Pluderhosen sieht man stämmige, behaarte Ziegenbeine.

»In unserer Kultur ist es ein Liebesbeweis, eine Frau direkt nach ihrem Namen zu fragen.« Ukira kichert, als sie Amys entgeisterten Blick auffängt. »Und wenn man keine ernsten Absichten hat, dann schickt sich das nicht!«

»Ach so, aha...« Die spinnen, die Faune, um es mal mit Asterix zu sagen. Im Grunde bereut Amy es schon, dass sie sich bereiterklärt hat, diesen Faunhäuptling zu treffen. Mum macht sich bestimmt Sorgen, wo sie bleibt. Vorsichtig tastet sie durch das Leinenhemd ihren Oberkörper ab, dort, wo die Pfeile in ihrem Körper steckten. Sie spürt nichts, keine Vertiefungen, keine schmerzenden Stellen. Es ist so, als wäre sie nie verwundet gewesen.

Kito führt sie in eine große Höhle, deren steinernes Gewölbe hoch aufragt wie das Innere einer Kathedrale. Trotz der zerklüfteten Felsenwände erinnert der Raum an einen Prunksaal. Der unterste Streifen Fels ist glatt verputzt und mit Wandmalereien verziert: Vögel, Hirsche, Füchse. Faune. Waldlandschaften.

Bild für Bild werden die Szenen unheimlicher. »Was ist das?« Amy deutet auf eine Serie von alptraumartigen Wandgemälden. Schlangenähnliche Untiere, die ihre Schätze bewachen. Ungeheuer, die aus der Tiefe ans Licht kriechen.

»Höhlendrachen«, antwortet Ukira.

»Gibt es die wirklich?«

»Natürlich! Aber man sieht sie nicht oft.«

»Oh.« Amy muss kurz anhalten, um durchzuatmen. So ganz fit ist sie doch noch nicht.

Kito deutet ihre Verschnaufpause als künstlerisches Interesse. »Das ist der Lebensbaum, der das Himmelsgewölbe trägt«, erklärt er und zeigt auf die große Wandmalerei, vor der sie stehen.

»Mhm... Habt Ihr hier auch irgendwo einen LogScreen?«

»Nein, dafür musst du an die Oberfläche. Ich kann dich nachher hinbringen.«

In der riesigen Höhle wimmelt es von Faunen. Offensichtlich ist dies der zentrale Treffpunkt. Verstohlen mustert Amy die Menge. Diese Faune bewegen sich zwar wie Menschen, aber es genügt ein Blick, um zu sehen, dass sie keine sind. Alle haben sie Ziegenohren und Hörner, in den unterschiedlichsten Formen: Länger, kürzer, dünn und leicht gebogen oder dick und spiralig eingedreht. Die Männer tragen Bärte: feuerrot, rabenschwarz oder braun wie Eichhörnchen. Den Frauen wächst nur ein kleines Haarbüschel unter dem Kinn. Ihre Stummelschwänze sind kurz und fransig behaart, die kräftigen Ziegenbeine enden in breiten Hufen. Sie schmücken sich mit Armbändern und Ketten aus geflochtenen Lederschnüren. Gürtelschnallen und Armreife sind aus Holz. Die meisten tragen eine Tunika mit gemusterter Bordüre, darüber eine Fellweste oder einen verzierten Umhang.

»Willkommen in unserer Mitte!«, ruft Kito mit einer ausladenden Geste. »Das hier ist unsere Große Halle!«

Amys Augen folgen der Bewegung seiner Hände, hoch zu dem grauen Fels über ihnen. Ein »Danke!« wäre angebracht. Stattdessen entfährt ihr ein »Huch!« Sie springt reflexartig nach hinten, rempelt gegen Ukira und entschuldigt sich schnell. Am Zenit der Höhle hängt ein kegelförmiger Stein, hell glitzernd, am Ende spitz wie ein Dolch. Er muss mehrere Meter lang sein. Wassertropfen haften daran. Sie schimmern wie Perlen.

Kito blinzelt, so als würde er den gewaltigen Stalaktiten zum ersten Mal sehen. »Dieser Tropfstein hängt seit Tausenden von Jahren dort. Er ist nicht gefährlicher als der Rest der Höhle.« Er zeigt zur Decke, wo etliche weitere Steindolche kleben, wie bizarre Kronleuchter. »Weißt du, wie Stalaktiten entstehen? Das Wasser tropft herunter und hinterlässt Kalkablagerungen. So werden die Stalaktiten immer größer.«

»So lange, bis sie irgendwann zu schwer werden und hinunterfallen?«

»Aber nicht heute«, sagt Kito ungeduldig. Er winkt ihr, ihm zu folgen, und geht auf den steinernen Thron zu.

Dort sitzt Teres, der Häuptling, im Schneidersitz auf einem Stapel Felle. Eine Krone aus Hirschgeweih klemmt zwischen seinen eigenen Hörnern, um ihn imposanter wirken zu lassen. Sein nackter Oberkörper ist übersät mit Tätowierungen, die aussehen wie Höhlenmalerei. Der größte Teil davon wird von seinem Bart bedeckt. Graugewellte Haare reichen ihm bis zur Brust. Pfeife schmauchend wiegt er sich hin und her und bewegt die Lippen im stummen Selbstgespräch.

»Ich grüße dich, Vater!«

»Störe mich nicht!«, lallt Teres durch seinen Haarteppich und haucht ein paar Rauchringe in die Luft. »Ich bin im Gespräch mit unseren Ahnen!«

»Hör mir zu!« Kito zieht ihm die Pfeife aus dem Mund. »Es hat wieder einen Anschlag gegeben!«

»Schon wieder?« Teres‘ Hände bewegen sich suchend durch die Luft. »Wo bist du jetzt? Im Schattenreich?«

»Ich bin mit dem Leben davongekommen. Schau mich an, Vater!«

Der Blick des Häuptlings irrlichtert von einem zum anderen, bis er an Amy hängenbleibt. »Wer ist dieses Mädchen?«

»Der Attentäter verwechselte sie mit mir…«, erklärt Kito.

»Der muss ja blind und taub gewesen sein!«, spottet der Schamane im Hintergrund.

»… und er verletzte sie mit seinen Pfeilen! Ein Wachtrupp war in der Nähe und konnte ihn festnehmen.«

»Dann ist doch alles geklärt«, murrt Teres. »Kannst du mir jetzt meine Ruhe lassen?« Er grapscht nach der Pfeife, aber Kito versteckt sie hinter seinem Rücken.

»Vater! Der Angreifer war einer von uns! Ein Faun! Er hat versucht, mich umzubringen! Jetzt musst du die Wahrheit herausfinden: Warum hat er das getan? Wer hat ihn dazu angestiftet?«

Teres nickt bekifft. Eigentlich interessiert ihn das alles gar nicht. Aber er kennt seinen Sohn – der lässt nicht locker, bis er bekommt, was er will. Vielleicht wäre es doch an der Zeit, das Häuptlingsgeweih abzugeben? »Wachen!«, schreit er mit heiserer Stimme durch die Halle. »Führt den Gefangenen vor!«

Amy reckt den Hals und stellt sich auf die Zehenspitzen, so dass sie größer ist als die Faune. Um sie herum drängeln sich die Schaulustigen. Sie bilden eine Gasse, durch die der Gefangene vor den Steinthron gezerrt wird.

»Der Mühlenmeister!«, flüstert Ukira entsetzt. Amy wirft ihm finstere Blicke zu.

Es ist ein dicklicher Faun mit kurzen Hörnern und rotem Gesicht. Seine Knie schlottern. »Nicht so grob!«, jammert er, als ein Wächter ihm einen Tritt versetzt. Die Arme sind auf dem Rücken gefesselt. Sein Stummelschwanz wackelt nervös.

Teres beschließt, das Verhör von hinten aufzurollen. Die Regierungsarbeit ist ihm lästig. Eigentlich will er nur seine Ruhe, und die Pfeife zurück. »Jakan! Bekennst du dich schuldig? Sprich!«

»Ich habe nichts Verbotenes getan!«, beteuert der Mühlenmeister. »Ich war draußen, beim Sanduhrkraftwerk, um Windstärke und Sandverwehungen zu messen. Da kam dieses Nomadenweib angeritten und sagte mir, sie wäre herbestellt zur Kraterinspektion. Sie bat mich, ihr Rennbiest festzuhalten, weil sie kurz in den Trichter hinabsteigen wollte. Das Vieh trug einen Maulkorb, also tat ich ihr den Gefallen.«

»Eine Nomadin?« Zwischen Kitos Augenbrauen bilden sich zwei tiefe Falten. »Wie sah sie aus?«

Der Gefangene sieht ihn verwundert an. »Keine Ahnung! Sie war von oben bis unten in Tücher gehüllt!«

»So wie alle Nomaden.« Ukira nickt.

»Weiter!«, krächzt Teres. Er spürt, wie sich ohne den Rauschtabak sein benebelter Kopf langsam klärt – ein Gefühl, das er gar nicht mag.

»Sie ist in die Kraterö ffnung hinuntergestiegen, und nach wenigen Minuten wieder herausgeklettert. Auf einmal war sie wütend, sie hat geschimpft und geflucht. Als ich sie gefragt habe, ob im Krater alles in Ordnung ist, hat sie mich angefaucht! Mich! Wo ich doch ihr Biest gehalten habe!«

»Ich glaube dir kein Wort!«, ruft eine Faunin. »Du versuchst nur, deinen Hals zu retten!«

»Sie hat mir die Zügel aus der Hand gerissen, ist in den Sattel gesprungen und davongaloppiert. Als die Wachen kamen, war nichts mehr von ihr zu sehen, nicht mal eine Staubwolke.« Dem Beschuldigten läuft der Angstschweiß über die Stirn. Nervös kaut er mit seinen langen vorstehenden Zähnen auf seiner Unterlippe.

»Seit wann reiten Nomaden denn auf Rennbiestern? Kann es sein, dass du uns einen Bären aufbinden willst?«, grollt der Schamane von hinten über die gereckten Köpfe hinweg. »Nomaden leben in der Wüste, das weißt du ja wohl... und dort gibt es nicht genug Wasser und Futter für diese vierbeinigen Fressmaschinen!«

Der Gefangene schaut verzweifelt auf die murmelnde Menge. Er windet sich unter den anklagenden Blicken, aber er bleibt dabei: »Es war genau so, wie ich gesagt habe.«

»Warum haben wir dann keine Nomadin gesehen? Und auch keine Fußspuren von irgendeinem Biest?«, ruft ein Wächter.

»Vielleicht gibt es diese Nomadin nur in deinen Träumen?«, keift ein anderer.

»Die Wachen haben gar nicht nach Spuren gesucht!«, protestiert der Gefangene. »Sie haben mich nur gepackt und abgeführt.«

»Biester zu zähmen vermögen nur die Vampire!«, dröhnt der Schamane. »Wenn es also tatsächlich so war wie du sagst – dann muss es eine Vampirin gewesen sein!«

Die Menge wird immer unruhiger.

»Nein!«, schreit der Gefangene. »Ich schwöre bei Dionysos – mit Vampiren habe ich nichts zu tun!«

Da gibt es für Teres kein Halten mehr. Mit einem Satz springt er vom Steinthron. Seine goldlackierten Hufe schlagen Funken, so stampft er über den Felsenboden. »Du weißt, zu welchen Gräueltaten Vampire fähig sind!«, schreit er, den ausgestrecktem Zeigefinger auf den unglückseligen Mühlenmeister gerichtet. »Du weißt, dass sie mich gefoltert und eingekerkert haben! Und da lässt du es zu, dass sie in unsere Höhlen einsteigen?«

Während die Faune aufgeregt durcheinanderreden, übertönt ein höhnisches Lachen das Gewinsel des Beschuldigten. »Hast du dir deinen neuesten Gast schon genauer angeschaut, Teres?«, fragt der Schamane.

Amys Nackenhärchen kribbeln, als sie die Blicke sämtlicher Faune auf sich spürt.

»Dein eigener Sohn hat sie hier angeschleppt!«

»Ist sie ein Vampir?« Teres dreht sich zu Amy um.

»Nicht mal das, sie ist nur ein Halbling«, erklärt Laok genüsslich. »Aber wir wissen doch alle, welchen Blutdurst diese Bastarde entwickeln können!«

»Ich trinke kein Blut!«, schreit Amy ihn an.

»Mäßige deinen Ton, Vampirspross!« Der Schamane grinst ihr in das kalkweiße Gesicht. »Oder ist das deine Art, dich zu bedanken, dass ich dir die Pfeile aus den Eingeweiden geholt habe?«

»Lass sie in Ruhe, Laok!« Kitos Stimme zerschneidet die Luft. »Du weißt es genausogut wie ich: Die Pfeile, die dieses Mädchen getroffen haben, waren für mich bestimmt!« Er sieht dem Häuptling beschwörend in die rotgeränderten Augen. »Amy ist unschuldig, Vater! Dafür lege ich meine Hand ins Feuer!«

Der Alte greift nach dem Arm des Sohnes. Was für die Umstehenden nach einer vertrauensvollen Geste aussieht, ist in Wahrheit ein Zeichen körperlicher Schwäche: Die zittrigen Beine des Häuptlings können seinen ausgemergelten Körper kaum mehr tragen. »Die Pfeife, Sohn?«

Statt einer Antwort führt Kito ihn zurück zum Steinthron, wo vier Faune sich damit abmühen, ihren Häuptling wieder auf die Felle zu hieven.

Teres schnauft überanstrengt. Er ist ein körperliches Wrack, und daran sind diese verfluchten Vampire schuld! Die Monate in Damons Kerker haben seinen Willen gebrochen und ihn empfänglich für Rauschtabak gemacht. Mit zitternden Fingern wischt er sich die Schweißtropfen von der Stirn. Er spürt, wie der Entzug qualvoll beginnt, sich durch sein Hirn zu fressen.

Und dann dieses fremde Mädchen. Sie sieht aus wie ein Mensch, aber ihr blauschwarzes Haar weckt unheilvolle Erinnerungen. Der Faun-Häuptling wackelt unschlüssig mit dem Kopf und beschließt, seine Gottheit zu befragen.

»Oh großer Dionysos!«, säuselt er und legt seine beiden Hände auf den gekreuzten Waden ab. Seine Handflächen zeigen nach oben, er hält sie gekrümmt wie Opferschalen. »Ist sie blutrünstig oder ehrbar? Sollen wir sie in eine Steinspalte werfen? Oder verdient sie unsere Freundschaft?«

Alle Blicke sind auf ihn gerichtet. Teres schließt die Augen und summt eine eintönige Melodie. Kurze Zeit später hört man ihn schnarchen.

»Und jetzt?« Verunsichert dreht sich Amy nach Kito um.

»Jetzt warten wir auf das göttliche Zeichen!«

Immer dichter drängen die Faune heran, legen den Kopf in den Nacken und beobachten, wie sich an der Spitze des Stalaktiten ein Wassertropfen bildet und größer wird, bis er schließlich heruntertropft.

Teres, vom lauten »Oooohhhh!« der Umstehenden geweckt, schielt verwirrt in seine feuchte rechte Hand und unterdrückt ein Gähnen. »Der große Dionysos hat gesprochen! Der Tropfen bezeugt den Willen der Gottheit!« Sein ratloser Blick wandert hilfesuchend zu seinem Sohn.

»Ein Tropfen rechts bedeutet, dass dieses Mädchen ehrbar ist und unsere Freundschaft verdient!«, verkündet Kito feierlich.

»So sei es! Lasst uns einen Willkommenstrunk zusammen trinken!« Häuptling Teres klatscht in die Hände, woraufhin zwei Faune reihum getöpferte Schalen verteilen.

»Auf unsere Rückkehr in die Wälder!«, ruft Teres und hält seine Trinkschale in die Höhe. Dann kippt er sich den Inhalt in den Mund.

»Auf unsere Rückkehr!«, wiederholen die Umstehenden und tun es ihm gleich.

Amy nippt vorsichtig. »Hui! Salzig! Was ist das?«

»Tropfsteinwasser. Es symbolisiert die Tränen, die wir weinen, seit Damon uns aus unseren Wäldern verbannt hat«, erklärt Ukira.

»Das tut mir wirklich leid«, stammelt Amy.

»Freunde!« Zaghaft wendet sich der Mühlenmeister an seine Bewacher, die ein angeregtes Schwätzchen begonnen haben und sich gar nicht mehr um ihn kümmern. »Würdet ihr mir vielleicht die Fesseln abnehmen, damit ich mit anstoßen kann?« Kurzerhand wird er zum Opferstein gezerrt und daran festgebunden. Die Wächter haben nämlich selber Durst.

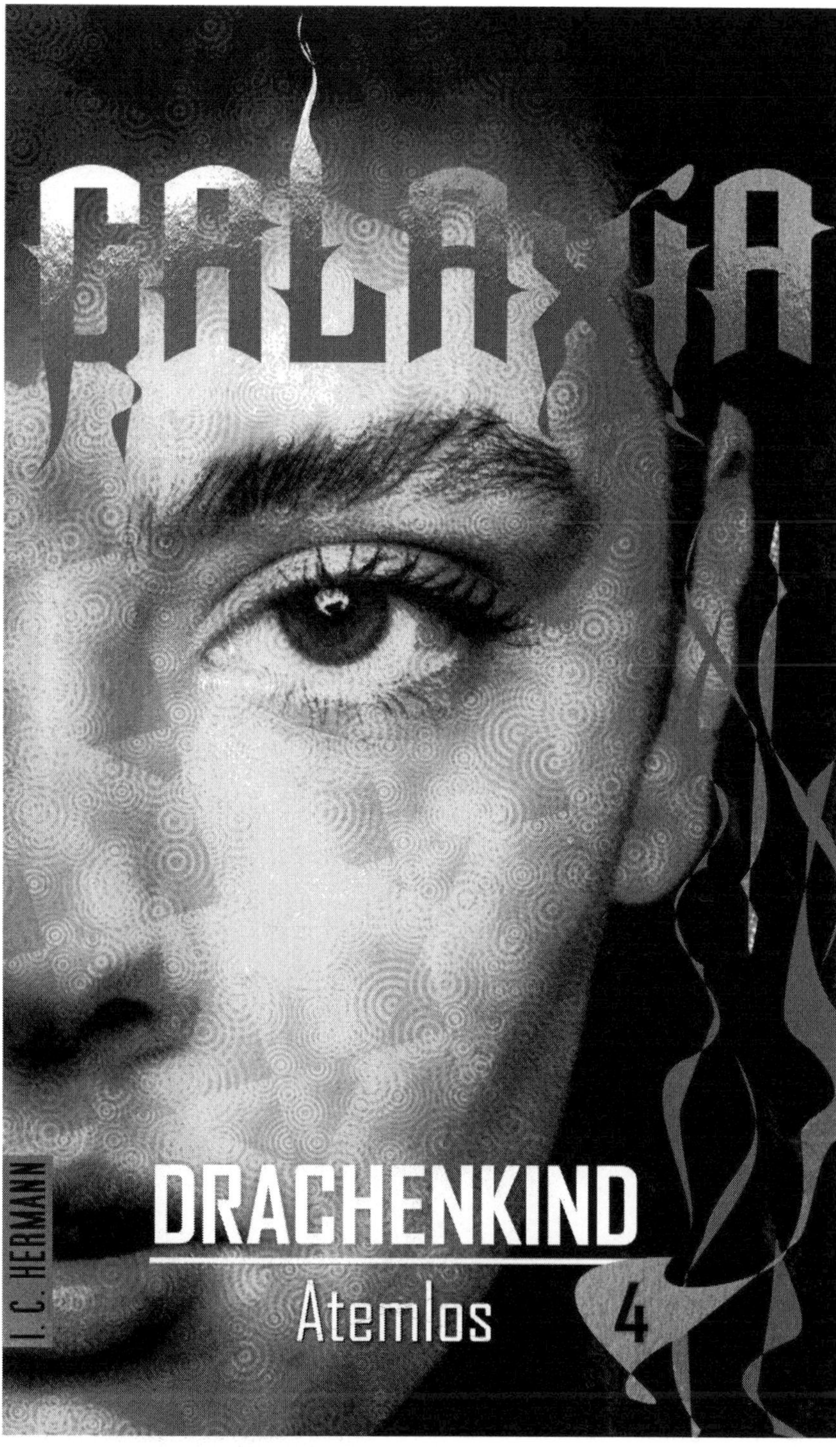
DRACHENKIND
Atemlos
4
I. C. HERMANN

GALAXIA – Biesterburg

Wie betäubt klettert Elexa die Burgmauer nach oben, ohne nachzudenken und ohne Ausrüstung. An den Außenmauern der Burg gibt es genügend Ritzen und kleinere Überstände, um Halt zu finden. Der Schock ihres missglückten Anschlags steckt ihr noch in den Knochen. In ihren Ohren klingt der Aufschrei des Opfers nach, wie ein Echo, das nicht verhallt. Schrill und hoch. Eine Frauenstimme.

Noch schlimmer als sein Ziel zu verfehlen, ist es, ein falsches Ziel zu treffen. Dabei war alles genauestens durchdacht. Der Tagesablauf des jungen Fauns war zum Gähnen langweilig und berechenbar. Immer war es dieselbe Uhrzeit, immer derselbe Transportwaggon, mit dem der Häuptlingssohn seine Tauschgeschäfte erledigte. Elexa hatte sich über dem Mühlenrad positioniert, drei Pfeile auf einmal in den Bogen gespannt, in den dunklen Tunnel gezielt – und mitten ins Herz getroffen, wie jedesmal.

Elexa wirft einen Blick nach oben. Sie hofft, dass es sich bei dem Zimmer im zweiten Stock um Tyranimos‘ Herrenzimmer handelt. Jedenfalls ist es das einzige Fenster mit schweren dunkelblauen Brokatvorhängen. Dann bräuchte sie dem Burgherrn nicht persönlich unter die Augen zu treten, sondern sie könnte das Geld einfach dort ablegen und wieder verschwinden. Das wäre ihr deutlich angenehmer, denn Tyranimos ist berüchtigt für seine Tobsuchtsanfälle.

Neben ihr wird ein Fenster aufgerackt, und ein schimpfender Putzgnom entleert einen Nachttopf in den Burggraben. Und noch einen. Und einen dritten. Elexa presst sich an die Mauer und hofft, nicht bemerkt zu werden. Sie hat keine Angst vor Tyranimos. Cholerische Kundschaft gibt es öfter. Allerdings müsste sie sich dann ihrer Haut erwehren – und damit wäre der Ärger vorprogrammiert.

Die Nomadin seufzt unhörbar. Von den Dummköpfen, die sie um ihren Sold prellen wollten, hat keiner überlebt... nur weil sie sich nicht vorstellen konnten, einer Frau im Kampf zu unterliegen.

Würde sie Tyranimos in Notwehr umbringen müssen, wäre ihr Leben mit einem Schlag ruiniert. Sie wäre die meistgesuchte Person in ganz Galaxia: eine Fürstenmörderin. Tyranimos ist zwar kein Fürst, noch nicht – aber die Gerüchteküche brodelt. Es heißt, der Ältestenrat wolle ihm den Titel seines Vaters übertragen. Dann gäbe es kein Mauseloch, in dem der Ältestenrat sie nicht suchen lassen würde. Kein Gericht im gesamten Universum würde ihr – einer Auftragskillerin – die Unschuld bescheinigen. Und auf Begnadigung bräuchte sie nicht zu hoffen.

Der Putzgnom knallt das Fenster zu. Während Elexa sich weiter die Mauer hinaufschiebt, sickert es in ihr Bewusstsein: Mit ihrer Karriere als Profikillerin ist es vorbei. »Der Tag, an dem du zum ersten Mal dein Ziel nicht triffst – das ist der Tag, an dem du aufhören musst!«, lautete eine von SanSansibars eisernen Regeln. Die Erklärung war ganz einfach: »Sobald du einen schweren Fehler machst, steigt die Gefahr, dass du einen zweiten begehst – und der könnte dein letzter sein!«

Regeln waren für SanSansibar das Korsett, das ihre fragilen Leben zusammenhielt – weshalb er ihr unablässig seine Merksätze einbläute: Freundschaften unverbindlich halten. Keine Liebesbeziehung eingehen. Mitwisser ausschalten. Niemandem Geld schuldig bleiben.

Genau dieser letzte Punkt ist das Problem, das es jetzt zu lösen gilt: An Elexas Gürtel baumelt der Münzbeutel, mit dem Tyranimos ihre Dienste im Voraus bezahlt hat. Nachdem der Faunsohn immer noch am Leben ist und sie keinen Versuch mehr unternehmen wird, das zu ändern, muss sie das Geldsäckchen zurückgeben. Kein Mord – kein Sold. Das ist Ehrensache.

Geschickt zieht sich die Nomadin am Fenstersims hoch, schwingt ihr Bein darüber und steigt in das Zimmer ein. Um das Himmelbett, das in der Mitte steht, bauschen sich breite Bahnen von feinstem Organza-Gewebe. Zu spät entdeckt sie die blanken Füße, die über den Holzrahmen herausragen.

»Elexa?« Tyranimos stiert sie entgeistert an. »Was macht Ihr denn hier?« Gerne würde er sich den Seidenmantel über seine Männlichkeit legen, aber leider sind ihm die Hände gebunden.

Die Killerin schaut mindestens genauso perplex drein. Sie hatte nicht damit gerechnet, den Burgherrn gefesselt und entblößt in seinem Bett vorzufinden. »Entschuldigung... Ich sehe, Ihr seid beschäftigt.« Sie räuspert sich. Keine Regung ihres Gesichts verrät, was sie wirklich denkt. »Ich will auch gar nicht länger stören. Hier ist nur etwas, das Euch gehört.« Sie wirft den Münzbeutel neben ihn auf die Matratze.

Tyranimos zuckt zusammen. Er hätte einen abgetrennten Finger erwartet, ein Ohr, ein Faunhorn... irgendein Beweisstück, dass der Mordauftrag erfolgreich durchgeführt wurde. Aber dieses Klimpern ist eindeutig: Sie bringt ihm sein Geld zurück!

»Was soll das?«, raunzt er und ruckelt an dem Strick, der ihn an den Bettpfosten fesselt. Manchmal knotet Polina ihn absichtlich so lax, dass er sich selbst befreien kann – weil es sie erregt, unvermittelt überwältigt zu werden. Aber heute hat er keine Chance. Je fester er zieht, desto fester schnüren die Fesseln in seine Haut. »Ich akzeptiere nicht, dass Ihr von unserer Vereinbarung zurücktretet!« Er streckt seinen Kopf mit der goldplattierten Maske so weit vor, wie es die Fesselung zulässt. Der Hals und die muskulöse Brust sind vor Wut gerötet. »Ich habe Euer Wort, dass Ihr mir Teres' Sohn vom Halse schafft!«

»Diese Vereinbarung kann ich nicht einhalten. Es lief nicht so wie geplant.«

»Das interessiert doch mich nicht!«, brüllt Tyranimos. »Ich verlange, dass Ihr Wort haltet! Stecht ihn ab! Hängt ihn auf! Macht was Ihr wollt mit ihm, aber macht ihn kalt!«

Elexa zuckt bedauernd die Achseln, murmelt was von wegen Berufsethos und höherer Gewalt und tritt den Rückzug Richtung Fenster an. »Ihr werdet Euch einen anderen Killer suchen müssen.«

»Worauf Ihr Gift nehmen könnt!«, schreit Tyranimos. »Und der erste Auftrag, den ich ihm erteile, werdet IHR sein! Wenn er EUCH umlegt, zahle ich ihm für Euren Kopf das Doppelte!« Seine Stimme überschlägt sich. »Ach was, ich zahle ihm das Zehnfache!«

Elexa wirft einen spöttischen Blick auf seine Fesseln. »Dafür, dass Ihr momentan recht wenig Handlungsspielraum habt...«

»Das Hundertfache!«

»... reißt Ihr das Maul ziemlich weit auf!« Sie mustert ihn abschätzig. Es war zu befürchten, dass er austickt. Viele dieser hochwohlgeborenen Vampirsprösslinge lassen gegenüber nichtadeligen Galaxianern jeglichen Respekt vermissen.

Während die Beschimpfungen auf sie niederprasseln – »Miese Verräterin! Rotäugige Schlampe!« – überlegt sie, ob es nicht angebracht wäre, ihm die Zunge aus dem Mund zu schneiden, um ihn zum Schweigen zu bringen.

»Besser, man hätte Eurem ehrlosen Leben schon in der Wiege den Garaus gemacht!«, tobt Tyranimos.

Nein, sie wird ihre niederen Impulse beherrschen. In Zukunft hat sie ganz andere Probleme. Sie muss sich eine neue Existenz aufbauen, irgendetwas Bodenständiges. Dafür braucht sie Startkapital. Cyanquarze, Gold, oder am besten Diamanten. Sowas wie die goldenen Weinkelche dort auf dem Kaminsims! Das wäre schon mal ein guter Anfang. Und auch für den anderen Glitzerkram, der hier überall herumliegt, würde sie bei dem Hehler ihres Vertrauens einen guten Preis bekommen.

Seine blutunterlaufenen Augen funkeln sie an, in leuchtendem Violett... ähnlich der Farbe, die seine festgezurrten Handgelenke mittlerweile angenommen haben. »Ich mache Euch einen Vorschlag«, flüstert er, mühsam beherrscht. »Ihr nehmt diesen Geldbeutel zurück. Dann versucht Ihr es erneut, und wir vergessen diesen Streit.« – Natürlich nur so lange, bis der Häuptlingssohn erledigt ist. Und dann kann dieses vertragsbrüchige Miststück was erleben!

»Völlig unmöglich.«

Tyranimos mustert sie böse. »Es ist leicht verdientes Geld!«

Elexa schüttelt den Kopf. »Ich habe meine Prinzipien.«

Soll sie doch abhauen, die blöde Sumpfkuh... »Dann ist unsere Geschäftsbeziehung hiermit beendet!« Tyranimos lässt den Kopf auf das Kissen fallen.

»So ist es.« Die Nomadin geht lautlos an seinem Fußende vorbei zur Zimmertür. »Ich bin jetzt als Privatperson hier.«

Das Geräusch von kratzendem Metall verrät ihm, dass sie die Tür von innen zusperrt. »Was soll das denn heißen?«

»Ich lege Wert auf Privatsphäre!« Elexa zwinkert ihm zu. »Wir wollen doch nicht gestört werden?« Sie streicht ihm durch die Haare, hebt seinen Kopf ein wenig an und zieht das Kissen darunter hervor.

Bei Tyranimos regt sich Interesse... das aber gleich in sich zusammenfällt, als er sieht, wie sie den Kissenbezug herunterreißt. Ihm ist sonnenklar, was sie vorhat. Diese falsche Schlange! »Das werdet Ihr bereuen!«, brüllt er.

»Jaja«, murmelt Elexa und zieht eine Nachttischschublade auf. Riesige Perlenohrringe! Armreifen! Kristallflakons mit edlen Duftessenzen! Sie steckt alles in den Kissenüberzug.

»Ich werde Euch vernichten!« Tyranimos schnauft und zerrt an seinen Fesseln.

»Oh! Wie hübsch!« Verzückt schaut Elexa in die zweite Schublade: Kamm und Bürste mit diamantbesetzten Griffen! Ein goldenes Zigarettenetui samt passendem Aschenbecher!

Sein stoßweiser Atem streift ihr Ohr, der feuchte Aasgeruch zieht an ihr vorbei. »Bis in den hintersten Winkel werde ich Euch verfolgen!«

»Habt Ihr nicht zuvor ein paar andere Kleinigkeiten zu erledigen?« Elexa blättert durch handgemalte Tarotkarten, die einem Kunstkenner ein beachtliches Sümmchen wert sein werden. »Eine schlagkräftige Armee aufstellen, den Ältestenrat bequatschen, den Fürstenthron erringen, all sowas?«

Während Tyranimos wieder herumschreit, geht Elexa mit suchendem Blick durch das Zimmer. In aller Ruhe räumt sie die silbernen Bilderrahmen und Kerzenhalter ab und stopft sie in die Kissenhülle.

Von dem Gepolter, das Gianpierro und Polina vor der verschlossenen Zimmertür veranstalten, lässt sich Elexa nicht hetzen. Die Tür und das Schloss sind stabil. Sie schnuppert an den Kristallflakons. Das Parfum mit dem höchsten Alkoholanteil ist ein sinnlicher Veilchenduft. Schade drum, aber was soll's...

Sie leert das Duftwasser auf den Boden und zündet es an. Knisternd und knackend lecken die ersten Flämmchen über die trockenen Holzdielen und wachsen schnell auf Kniehöhe heran. Tyranimos ist schon ganz heiser, er krächzt nur noch und speit wütende Beschimpfungen.

Elexa zurrt einen bestickten Samtgürtel um den prall gefüllten Kissenbezug und schnallt sich ihre Beute auf den Rücken. Neckisch winkt sie zum Abschied, steigt aus dem Fenster und ist verschwunden.

GALAXIA – im Höhlenlabyrinth des Sanduhrkraftwerks

In der Versammlungshalle ist eine Festtafel aufgebaut, die flinke Hände augenblicklich mit Schüsseln, Platten und Krügen füllen. Während ein Bongo-Trupp seine Trommeln schlägt und für Stimmung sorgt, sitzen die Faune dichtgedrängt auf den Bänken, reden laut durcheinander und schlagen sich die Bäuche voll.

Unschlüssig wandert Amys Blick über die aufgetürmten Speisen. Faun-Spezialitäten sind aus allem zubereitet, was der Wald so hergibt: Gräser, Blätter, Zapfen, Moose, Pilze. Von dem Obstteller voller bunter, saftiger Früchte kommen ihr nur die Himbeeren bekannt vor. Mit spitzen Fingern klaubt sie sie heraus. Dann greift sie zögernd nach einem Gebäckstück aus grobgehackten Bucheckern. Essbar.

»Probier mal! Flechten in Bärlauchsud!«, empfielt Ukira mit vollem Mund und schöpft ihr eine Kelle voll grünbrauner Pampe in den Holznapf. Hm. Etwas bitter, aber sonst gar nicht schlecht.

»Hier, willst du auch ein Ei?« Ein Knirps in Vincents Alter, mit ganz kurzen Hörnern auf dem wolligen Kopf, hält einen Korb mit kleinen, gepunkteten Eiern vor sie hin.

Viele Hände greifen über den Tisch und grapschen gierig danach. Schmatzend schlürfen die Faune die Eierschalen leer und fordern Amy lachend auf, dasselbe zu tun. Als sie sich ziert, drückt Kito ihr ein Ei in die Hand und zeigt ihr, wie es geht: Die raue Schale wird mit der Daumenkuppe eingedrückt, und dann lässt man sich die Leckerei im Inneren des Eis in die Kehle laufen.

Amy öffnet die Schale mit ihrem Daumen und betrachtet die Delikatesse. Das Eiweiß schimmert durchsichtig, leicht bläulich und trüb wie Opal. Der Dotter ist kräftig orange. »Ist das etwa roh?«

»Diese Eier sind von Papageienlummen! Etwas ganz Besonderes!«, erklärt Kito gutgelaunt.

Also schön, der Gastfreundschaft zuliebe, ausnahmsweise... Kurzentschlossen führt sie das Ei an ihre Lippen, nimmt einen Schluck und muss sich zusammenreißen, um nicht zu würgen. Der Geschmacksimpuls ist sehr intensiv, nicht jedermanns Sache. Als sie merkt, dass ihr Gesicht angewidert verzerrt ist, zieht sie schnell die Mundwinkel hoch, um sich den Anschein eines Lächelns zu geben. Unauffällig spült sie mit Tropfsteinwasser nach. Bäh.

Als sie gerade den letzten Rest Gänseblümchensalat in sich hineinstopft, steigt Teres mühsam von seinem Fellthron herab und schlurft zu ihr. Er reicht ihr ein Holzkistchen. »Nimm dieses Geschenk von uns! Es ist ein Stein, der aus den Tiefen dieses Berges kommt. Er soll dich jeden Tag an das Faunvolk erinnern und den Grundstein legen für eine lange Freundschaft!«

Amys »Dankeschön!« geht im allgemeinen Applaus unter. Sie greift nach der kleinen Kiste, klappt sie auf und macht große Augen: In einem Nestchen aus schwarzer Seide liegt der größte und schönste Edelstein, den sie je gesehen hat. Er strahlt in hellem Blau. Sobald sie ihn dreht oder kippt, funkeln seine geschliffenen Facetten in allen Farben des Regenbogens. Eine Welle von Glück überflutet sie. »Der Wunschdiamant!«, ruft sie aus.

Die Faune starren sie an. Dann brechen sie in Gelächter aus.

»Das ist nicht der Wunschdiamant!«, flüstert Kito, der als Einziger nicht lacht.

»Ach so?« Amy ist viel zu verwirrt, um beleidigt zu sein. »Er glitzert aber so schön!«

»Der Wunschdiamant ist kein Glitzerding«, erzählt ein Faunmädchen, das sich neugierig neben sie drängelt und die Holzkiste befingert. »Er ist ein ungeschliffener Rohdiamant, grau und matt, aus dem tiefsten Gang des tiefsten Bergwerks. Wir Faune verehren ihn als Heiligtum, weil ein Haar unseres Ur-Ahns darin eingeschlossen ist. Ein rotes!« Sie kichert, während sie Amy mit dem Ende ihres langen Haarzopfs an der Nase kitzelt: Ihr Zopf ist ebenfalls rot.

»Das, was du da hast, ist ein Cyanquarz«, sagt Kito.

»Quarz.« Das ist Siliziumdioxid. Etwas ganz anderes als Kohlenstoff. Amy begutachtet den Stein, der auf einmal nur noch halb so bunt leuchtet.

»Die großen Kristalle verschenken wir als Glücksbringer.« Ukira deutet auf den Cyanquarz, der also anscheinend kein Hauptgewinn ist, sondern eher ein Mitbringsel. So wie ein Strauß Blumen von der Tankstelle. »Die kleinen benutzen wir als Zahlungsmittel. Wenn du mal Geld brauchst, kannst du diesen Stein kleinschlagen.«

Amy schaut auf. Lauter freundliche Augen gucken sie gespannt an. Da ist wohl eine kurze aber überschwängliche Lobeshymne fällig. Sie faselt etwas von dem herrlichen Blau, das die Weite des Himmels und des Wassers wiederspiegelt. Eine unbehagliche Stille breitet sich aus.

»Ich war schon seit Jahren nicht mehr an der Oberfläche«, flüstert das rothaarige Faunmädchen neben ihr.

Schnell steckt Amy den glitzernden blauen Stein in ihre Gürteltasche und plappert weiter: »Meine Freunde suchen alle diesen legendären Wunschdiamanten. Völlig verrückt! Hat der wirklich solche Zauberkräfte? Kann man sich alles wünschen, egal was?«

Kito nickt. »Wenn man den alten Überlieferungen Glauben schenkt, dann ist das wohl so. Wir haben es aber nie ausprobiert.«

»Warum nicht?«

»Wir wollten den Wunsch nicht verschwenden«, sagt Kito achselzuckend. »Der Wunschdiamant war nie dafür gedacht, als Wunschkarussell zu dienen – sondern zur Rettung aus großer Not für das Faunvolk! Aber leider wurde er uns gestohlen. Keiner von uns weiß...«

»Du!« Alle fahren herum. Teres spreizt die knochigen, langen Finger seiner rechten Hand wie Spinnenbeine und deutet auf Amy. »Du bist eine Kriegerin!«

Amy schüttelt heftig den Kopf. »Ganz bestimmt nicht!« Der alte Faun tut ihr leid... aber trotzdem muss sie vorsichtig sein. Wenn der Häuptling sich einbildet, von ihr ginge eine Gefahr aus, dann hat sie ein Problem.

Teres kichert. »Du wirst ihn das Fürchten lehren!«

»Aber nein! Ich kann noch nicht mal mit Pfeil und Bogen umgehen!« Verdutzt sieht sie den Häuptling an. »Wen eigentlich?«

Teres' glasige Augen sehen durch sie hindurch. »Sein Herz lässt sich nicht mit Pfeilen durchbohren. Es muss brennen! Brennen!« Er bricht in meckerndes Gelächter aus.

Hilfesuchend dreht sich Amy zu Kito. »Von wem redet er?«

Der zuckt die Schultern. »Das wird sich noch herausstellen. Mein Vater ist bekannt für seine kryptischen Prophezeihungen!«

Die Festtafel wird abgeräumt. Kito hebt den Arm und winkt zwei Faunkrieger heran. Er stellt sie vor: »Das sind Pilon und Vener – der Anführer des Wachtrupps und sein Stellvertreter.«

Pilons Händedruck ist kurz und kräftig. »Wir sorgen hier für Recht und Ordnung!«, erklärt er und deutet auf die Männer hinter sich. Alle sind bis an die Zähne bewaffnet. Neben jeder Gürtelschnalle stecken ein großes Messer und eine Doppelaxt, dazu Wurfsterne und eine Steinschleuder. Die Wächter salutieren mit einem gleichzeitigen Trappeln der Hufe, so dass es klingt wie ein Trommelwirbel.

Amy lächelt verhalten. Ihr Bedarf an eigenartigen Bekanntschaften ist vorerst gedeckt.

Vener streckt sein Kinn energisch vor. »Du musst noch die Todesart auswählen!«, sagt er, den Blick auf Amy geheftet.

»Wie bitte?« Bestimmt hat sie sich verhört.

»Strick, Pfeil oder Steinigung?«

»Äh...?«

»Die Pfeile haben DICH getroffen. Also obliegt es DIR, die Strafe für den meuchlerischen Attentäter festzulegen«, erklärt Kito.

Amy schaut ihn verwirrt an. »Aber ich lebe doch! Mir ist gar nichts passiert!« Sie zieht ihr Leinenhemd ein Stück nach oben und präsentiert einen glatten, makellosen Bauch. »Hier! Alles wieder verheilt!«

»Das ändert nichts daran, dass es ein Verbrechen war!«, beharrt Vener. »Wenn wir hier Milde walten lassen, werden wir uns nur Nachahmer heranzüchten!«

»Aber das dürft ihr nicht tun!« Amys Blick wandert durch die Halle, zum Mühlenmeister, der gefesselt am Boden neben einem großen Steinwürfel kauert. »Er muss doch zumindest eine anständige Gerichtsverhandlung bekommen!«

»Mpf!«, grunzt Vener. »Das Urteil unseres weisen Stammesoberhaupts genügt!«

Amy reißt entsetzt die Augen auf. Dieser verwirrte Alte mit seinem verworrenen Gelaber soll über Leben und Tod entscheiden? »In meinem Land gibt es keine Todesstrafe!«

Pilons Blick verhärtet sich. »Mörder haben keine Gnade verdient! Das gilt auch für gescheiterte Mordversuche!«

»Und wenn er unschuldig ist? Es ist doch gar nicht sicher, dass er es war!«, beharrt Amy.

»Du verteidigst ihn auch noch?« Kito schüttelt fassungslos den Kopf.

»Ich will nicht für seinen Tod verantwortlich sein!«, erklärt sie. Den Gedanken, dass sie sich dabei selbst wie eine Mörderin fühlen würde, schluckt sie wohlweislich hinunter. Wenn die Stimmung so aufgeheizt ist, muss man aufpassen, was man sagt.

»Was sollen wir dann mit ihm machen?«, fragt Vener.

»Sperrt ihn ein, lasst ihn Steine klopfen, irgendwas... aber lasst ihn am Leben!«

Die Wächter werfen sich vielsagende Blicke zu.

»Die Schlange, die wir an unserem Busen genährt haben, müssen wir zertreten!«, lallt Teres.

»Und du, Kito?« Pilons Gesichtszüge sind zu einer Maske erstarrt. »Wenn sie nicht entscheiden will, dann liegt es bei dir, das Strafmaß zu wählen. Immerhin warst du das Ziel des Anschlags!«

»Ja, entscheide du!«, ereifert sich Vener. »Ob dieser Meuchelmörder weiterhin in unserer Mitte leben soll – oder ob er seine gerechte Strafe bekommt!«

Aller Augen sind auf den Häuptlingssohn gerichtet. Kito sieht in Amys verzweifeltes Gesicht. Ein Vampirherz, das Milde zeigt, verwundert ihn zwar, denn dafür sind sie nicht bekannt... aber Amys Haltung imponiert ihm. Er schaut unschlüssig von einem zum anderen und ringt sich schließlich zu einer Entscheidung durch: »Legt ihn in Ketten und schickt ihn zum Tunnelbau!«

Volksgemurmel hebt an. Sein Vater schüttelt entgeistert den Kopf. »Habe ich ihn etwa verweichlicht erzogen?«

Vener quittiert diese Frage mit finsterem Nicken. »Das schreckt doch niemanden ab!«, regt er sich auf. »Einen Aufwiegler sperrt man weg, drei andere kommen nach!« Die bewaffneten Wachen stehen mit hängenden Schultern hinter ihm.

»Du machst einen großen Fehler!«, sagt der Anführer des Wachtrupps knapp.

»Es gab eine Zeit, da warst du nicht so hartherzig!«, entgegnet ihm Kito.

Die Faune diskutieren erregt miteinander, es wird immer lauter.

»Du bringst unsere Ordnung durcheinander, Junge!«, grunzt der Häuptling. Die Gier nach Rauschtabak lässt seine Laune rapide sinken. »Wenn im Stamm Ruhe einkehren soll, dann musst du gehen!« Endlich eine Gelegenheit, seinen Sohn loszuwerden – den Einzigen, der sich traut, ihm die Pfeife wegzunehmen.

Schlagartig ist es still. Kito starrt seinen Vater an. Dann wendet er sich ab, wortlos, und stapft aus der Versammlungshalle.

Die anderen Faune stehen wie vom Donner gerührt. Amy beißt sich auf die Lippen. Ist es am Ende ihre Schuld, dass Kito sein Zuhause verliert? Sie springt auf. »Danke für die Einladung!«, ruft sie in die Runde. »Es hat mich sehr gefreut, euch kennenzulernen! Aber jetzt muss ich gehen.«

Der Häuptling hebt seine Hand. Alle Blicke wandern zu ihm. »Du bist uns jederzeit willkommen!«, sagt er majestätisch. »Der große Dionysos möge mit dir sein!« Für einen kurzen Augenblick erkennt sie den stolzen Stammesfürsten, der er früher einmal gewesen sein muss. Dann rennt sie Kito hinterher.

GALAXIA – unweit der Biesterburg

Vip Nerten klammert sich mit letzter Kraft an den Sattel. Das verfluchte Rennbiest hat sehr bald gemerkt, dass Gianpierro, dieser erbarmungslose Schinder, nicht mehr da war, und hat die Chance zur Flucht genutzt.

Mit kraftvollen Sprüngen jagt der Sprinter durch die Biesterwälder, angeheizt vom würzigen Duft der Freiheit. Immer dunkler wird das Dickicht, immer unheimlicher die Tierlaute, die von allen Seiten aus dem Unterholz zu hören sind. Vips Hose ist klatschnass. Ob es sein Angstschweiß ist oder der Biesterschweiß, ob er eingenässt hat oder ob ihm gar sein eigener Dünnpfiff die Hosenbeine hinab in die Schuhe rinnt – er hat keine Zeit, sich darüber den Kopf zu zerbrechen. Es gibt gerade Wichtigeres. Überleben, zum Beispiel.

Vip hat aufgehört, um Hilfe zu schreien, seit ihm klar ist, dass sein Reittier verfolgt wird. Jedesmal wenn ihm Zweige ins Gesicht peitschen, unterdrückt er ein Stöhnen. Massige Körper brechen hinter ihm und neben ihm durch das Gestrüpp. Kehliges Knurren und Schnauben dringt an sein Ohr. Die Biester des Waldes verteidigen ihr Revier und wittern Beute.

Just in dem Moment, als Vip doch einen Blick über seine Schulter wagt, schlägt der Sprinter einen Haken, und sein Reiter fliegt in hohem Bogen aus dem Sattel. Rücklings knallt er auf den Waldboden, mehr schlecht als recht durch Dornengestrüpp abgefedert. Vip schreit auf. Unzählige dünne, harte Stacheln bohren sich durch den teuren Anzugstoff in seinen Rücken, in den Nacken, in die empfindliche Haut hinter den Ohren. So muss sich das Nagelbett eines Fakirs anfühlen! Als er sich erschrocken die Hand vor den Mund schlägt, reißen ihm die Dornenranken blutige Linien in den Unterarm.

Er hört ein heiseres Bellen. Neben ihm setzen Stelzenhyänen zum Sprung an. Vip bleibt wie ein Käfer auf dem Rücken liegen und wagt kaum zu atmen. Glatte Bäuche strecken sich über ihm, getüpfeltes Fell flimmert vor seinen Augen, als die Hyänen über die Dornbüsche setzen, um den Sprinter anzufallen. Vip hört ein panisches Quieken. Dem Rennbiest knicken die Beine ein, als sich drei der hochbeinigen Hyänen gleichzeitig in ihm verbeißen. Der Sprinter wird bei lebendigem Leib in Stücke gerissen. Die lautstarken Rangkämpfe um die Fressreihenfolge vermischen sich mit seinem Todesschrei.

Vip kämpft sich auf die Füße. Die Dornen, die überall in seiner Haut stecken, spürt er nicht mehr. Er rennt um sein Leben, schlotternd vor Angst. Hinter sich hört er die Hyänen schmatzen. Diese schwüle Urwaldluft enthält überhaupt keinen Sauerstoff! Er japst und keucht, stolpert über eine Luftwurzel und wird hoch in den Himmel geschnalzt. Alles dreht sich um ihn. Für einen Sekundenbruchteil schließt er die Augen.

Als er sie wieder öffnet, hängen vor ihm zwei Papageien kopfüber von einem Ast und kreischen ihn an. Langsam realisiert er, dass er selbst derjenige ist, der kopfüber hängt, in einem Netzbeutel, der hoch oben zwischen zwei Bäumen aufgespannt ist. Unter ihm – er zuckt zusammen – haben sich Wölfe zusammengerottet, nein, es sind eher Wolpertinger, die keifen, springen und mit langen gelben Zähnen nach ihm schnappen, aber sie kommen nicht an ihn heran.

Zwei von diesen räudigen Kreaturen geben auf und ziehen ab. Endlich! Verschwindet alle! Haut ab! Hier gibt es nichts zu fressen! Trotz seiner ungemütlichen Lage ist Vip froh um sein Gefängnis aus unzerreißbaren Fäden. Aber was machen die Viecher denn da? Die trollen sich keineswegs, sie klettern den Baum hinauf! Langsam und mühsam, in beharrlicher Biestigkeit, arbeiten sie sich Zentimeter um Zentimeter an dem Baumstamm hoch. Verfluchte Bestien! Von unten geifert das Rudel. Die beiden kraxelnden Wolpertinger haben die Astgabel erreicht, an der das Netz befestigt ist, und beißen wie tollwütig in die Haltestricke. Die anderen jaulen und hecheln und können es kaum erwarten, dass Vip ihnen in den Rachen stürzt.

Vip versucht, sich in den elastischen Schnüren zu drehen, um irgendwie zu flüchten. Das Netz lässt jede Bewegung zu, aber es ist zu engmaschig, um herauszukommen. Nach geraumer Zeit muss er sich eingestehen, dass es keinen Zweck hat. Zu diesem Schluss kommen auch die Wolpertinger, die schließlich mit knurrenden Mägen nach einem neuen Opfer suchen und Vip zwischen den Baumwipfeln seinem Schicksal überlassen.

GALAXIA – im Höhlenlabyrinth des Sanduhrkraftwerks

»Kito! Warte doch mal!« Amy schiebt sich durch die Menge, quer durch die Versammlungshalle, und holt den Häuptlingssohn gerade noch rechtzeitig ein, bevor er in einem Felsengang verschwindet. »Warum schickt Teres dich weg? Will er dich bestrafen? Ich meine – er ist doch dein Vater!«

»Teres ist krank im Kopf«, sagt Kito, ohne seinen Schritt zu verlangsamen.

Das sieht ja wohl ein Blinder. »Aber warum...?« Warum lassen die Faune ihn trotzdem regieren?

»Damon hat ihn in seinem Kerker gefangengehalten. Seitdem ist Teres ein gebrochener Mann. Er hat Schmerzen. Er raucht Kräuter, die seinen Kopf benebeln.« Kito biegt ab in einen niedrigen Tunnel, der in eine Treppe mündet und zu tiefer gelegenen Etagen führt. Der ganze Berg scheint nur aus Höhlen und Tunneln zu bestehen, ein unüberschaubares Labyrinth.

»Und was hast du jetzt vor?«, keucht Amy. Es ist ganz schön anstrengend, mit ihm Schritt zu halten.

»Ich tue das, was er mir befohlen hat. Ich gehe weg von hier.«

»Obwohl er...« ...ein durchgeknallter Junkie ist?

»Was wolltest du sagen?«

»Unzurechnungsfähig ist?«

»Teres ist das Stammesoberhaupt. Ich muss ihm gehorchen.« Vor ihnen klafft eine Felsspalte auf, schmal genug, um übersprungen zu werden. Kito reicht Amy seine Hand, um ihr darüberzuhelfen. »Gut, dass wir endlich ungestört sind. Ich wollte dir nämlich etwas sagen.«

»Ach ja?« In Amys Hirn schrillen alle Alarmglocken.

»Ich bin nicht blind, weißt du! Ich merke schon die ganze Zeit, dass du mir interessierte Blicke zuwirfst!«

»So ein Quatsch!«, rutscht es Amy heraus.

»Du brauchst es nicht abzustreiten... du bist nicht die Einzige! Ich bin es gewohnt, damit umzugehen.« Kito lächelt ihr verständnisvoll zu.

»Natürlich interessieren sich die Frauen in Scharen für mich. Das ist doch logisch: Abgesehen davon, dass ich gut aussehe, bin ich auch noch der Häuptlingssohn. – Amy? Alles okay mit dir?«

Amy hustet zum Gotterbarmen. »Jaja, kein Problem, ich habe mich nur verschluckt!«, röchelt sie.

Kito klopft ihr zwischen die Schulterblätter. »Die anderen Männer des Stammes beneiden mich darum. Die können sich nicht vorstellen, was für eine Belastung das ist! Aber diese Anhimmelei gehört zu meinem Status nun mal dazu.« Er lächelt schief. »So wie die regelmäßigen Mordversuche.«

»Glaubst du das wirklich?« Sie trocknet sich verstohlen die Tränen, die ihr der Hustenanfall in die Augenwinkel gequetscht hat.

»Ja, das ist so. Leider.« Kito weist nach vorne. »Bei der Hängebrücke dort musst du aufpassen! Sie schwankt wie ein Grashalm im Wind, weil sie so lang ist. – Soll ich dir helfen?«

»Ich komm' schon klar, danke!« Amy balanciert darauf fast so geschickt wie Kito mit seinen Ziegenbeinen.

Als sie auf der anderen Seite hinunterspringt, steht er ihr plötzlich auf Tuchfühlung gegenüber. »Ich bewundere deine Instinkte!«, sagt er und sieht ihr tief in die Augen. »Ich spüre die Leidenschaft, die in dir brennt!«

»Aha?« Amy weicht zurück, um wieder eine gewisse Distanz herzustellen.

»Aber...« Kito gibt sich einen Ruck. »Ich will ehrlich zu dir sein: Die Frau, die ich heiraten werde, muss langes Fell an den Beinen haben... dicht und weich, und möglichst lockig.«

»Okay...«

»Das ist ein Zeichen für Fruchtbarkeit.«

»Ach so?«

»Am besten falbenfarben.«

»Blond?« Sofort fällt ihr Elke ein. Allerdings müsste die – genau wie sie selbst – erst wochenlang Haarwuchsmittel einnehmen, bis sie für Kito in Betracht käme.

»Und da ist noch etwas, was ich dir sagen muss... damit du dir keine falschen Hoffnungen machst...«

»Mhm?« Dieses Gespräch fängt an, interessant zu werden.

»Ich bin nicht frei, zu lieben, wen ich will.«

Besser nicht nachfragen. Amy schaut auf ihre Schuhe und wackelt mit den Zehen.

»Das bedeutet, ich kann mich nicht einfach so mit dir paaren...«

»Hmpf??!!«

»... denn mein Volk erwartet von mir, dass ich eine Faunin heirate. Um sicherzustellen, dass es einen Thronerben gibt.«

»Ah ja.« Amy lächelt erleichtert.

»Ich meine, wahrscheinlich wäre unser Nachwuchs überhaupt nicht lebensfähig! Du bist ja schon ein Halbling, und was bei so einem Viertelmix rauskäme, weiß keiner so genau.«

»Angh?«, macht Amy, und klappt mühsam ihren Unterkiefer wieder hoch.

»Das ist wie bei Maultieren, verstehst du?«

»Hm?«

»Die sind ja...«

»Unfruchtbar«, sagt Amy, die langsam ihre Sprache wiederfindet.

»Oh nein, keineswegs! Das ist ein weit verbreiteter Irrtum, aber es stimmt nicht! Maultiere sind nicht unfruchtbar, sie sind bloß nicht fortpflanzungsfähig. Wegen der ungeraden Chromosomenanzahl.«

»Interessant.«

»Dann hätten wir das schon mal geklärt.« Kito wirkt erleichtert. »Du bist mir wirklich nicht böse deswegen?«

»Aber nicht doch, das ist völlig okay! Gar kein Problem!«

Mit so viel Verständnis hat Kito nicht gerechnet. »Äh, also...« Irritiert blinzelt er sie an. »Wir können aber trotzdem Freunde bleiben?«

»Logisch! Seh‘ ich auch so!« Amy schaut auf seine Ziegenhufe, die nervös hin und her trippeln. »Sag‘ mal, wo wirst du denn jetzt wohnen?«

»Ich gehe zurück in unsere alte Heimat. In den Wald.«

»Für immer?«

»Nein. Nur so lange, bis Häuptling Teres zurücktritt. Oder seine Meinung ändert. Oder stirbt.«

»Ach Kito, es tut mir so leid...«

»Das muss es nicht«, sagt Kito und strafft die Schultern. Mitleid ist ihm unangenehm. »Eigentlich habe ich sogar das große Los gezogen. Weil ich gehen kann, wohin ich will!«

»Das kannst du doch sowieso. Oder nicht?«

»Nur auf Befehl des Häuptlings. Wir Faune sind durch einen Schwur daran gebunden, das Sanduhr-Kraftwerk zu betreiben. Tag und Nacht. Auf immer und ewig.«

Amy nickt. Teres hat seinen Sohn von der Pflicht befreit, sein Leben in den Dienst des Stammes zu stellen. Die anderen Faune dagegen müssen weiterbuckeln, lebenslang unter das Joch eines grausamen Eides gebannt.

Kito schaut sie nachdenklich an. »Mein kleiner Bruder ist in den Felsenhöhlen geboren. Die Freiheit der Wälder kennt er nicht.«

»Wird dein Bruder dich vermissen, wenn du weg bist?«

»Bestimmt. Aber so kann ich ihn schützen.«

»Wie kannst du ihn beschützen, wenn du nicht da bist?«

»Durch meine Abwesenheit. Indem ich so lange wie möglich am Leben bleibe.« Kito sieht Amys verständnislosen Blick. »Puck kommt in der Thronfolge direkt nach mir. Also würde er wahrscheinlich auf der Abschussliste meiner Feinde an die oberste Stelle rücken, sobald es ihnen gelungen ist, mich zu ermorden.«

Amy schluckt. »Na dann... Sei vorsichtig!«

»Muss ich wohl. Wir Faune haben keine phänomenale Wundheilung, so wie du.« Er geht voraus, schlägt den linken Pfad einer Abzweigung ein. »Pass auf, der Boden ist rutschig!«

»Wo gehen wir jetzt hin?«

»Ich muss nur meine Sachen packen. Dann bringe ich dich an die Oberfläche.« Kito trappelt voran, in einen Seitengang, der mehrere Türöffnungen verbindet. Vor einem der niedrigen Rundbögen bleibt er stehen und hebt den Vorhang an.

Amy schlüpft hindurch. Von kleinen Luken, die zur Meerseite zeigen, fällt Tageslicht in die Felsenkammer. Die Innenwände sind grob verputzt, auf dem Felsboden liegen Schilfgras-Teppiche. Zwischen zwei Wänden ist eine Hängematte aufgespannt. Schweigend beobachtet sie den Häuptlingssohn, wie er seine wenigen Habseligkeiten in die Hängematte legt und sie zu einem Bündel zusammenrollt.

»So, das war's«, sagt Kito. Er wendet sich zum Gehen und hält inne. »Ach... Was mache ich jetzt mit dem?«

»Mit wem?« Amy folgt seinem Blick in die hinterste Ecke des Raumes. Auf Bodenhöhe leuchten dort zwei Augen aus dem Schatten heraus. Vorsichtig tritt Amy näher und geht in die Hocke.

»Mit dem Mixie.«

Ein Tier, wie es da liegt, hat Amy noch nie gesehen. Das Fell schimmert blau, mit dünnen schwarzen Streifen. Die Größe könnte zu einer Katze passen, aber die Schnauze ist spitzer, und länger. »Ist das ein Waschbär? Oder ein Fuchs?«

»Nein, ein Mixie.« Kito stellt sein Bündel neben der Tür ab.

Amy streckt ihre Hand aus und schnalzt leise mit der Zunge. »Wie heißt er denn?«

Kito muss lachen. »Mixies haben keine Namen!«

»Warum nicht?«

»Das sind doch keine Haustiere! Sie sind viel zu wild!«

Unruhig peitscht der blaue Puschelschwanz hin und her.

»Du brauchst keine Angst haben, wir tun dir nichts! - Warum läuft er nicht weg?«

»Weil er verletzt ist. Siehst du sein Bein?« Eine schwarzverkrustete Fleischwunde klafft an einem Hinterlauf. »Er ist schon zu schwach, um aufzustehen.«

»Das schaut ja böse aus! Zeig mal her...« Das Fellknäuel faucht leise und zeigt seine spitzen Zähne. Schnell zieht Amy ihre Hand wieder zurück. »Hast du ihn gefüttert?«

»Ja, aber er frisst nicht, schau!« Kitos Huf stippt an eine verendete Ratte und schiebt sie näher an den Mixie heran.

Amy rümpft die Nase. Das tote Nagetier riecht verwest.

»Der Schamane sagt, der Mixie hat viel Blut verloren. Die Wunde ist groß und entzündet. Er wird wohl sterben.«

»Hat dieser Quacksalber denn keine Heilkräuter?«

»Doch, viele. Aber nicht für Mixies. Mixies sind anders.«

»Wenn du willst, kann ich ihn mitnehmen«, schlägt Amy vor. »In meiner Welt können wir ihn vielleicht retten. Wir haben...« Sie denkt nach. Tierärzte, Antibiotika, Katzenfutter. Das könnte klappen.

»Ja, mach das«, sagt Kito. Er klingt erleichtert, den Problemfall loszuwerden. »Aber sei nicht traurig, wenn er morgen nicht mehr lebt!«

Amy hebt einen zerrissenen Jutesack vom Boden auf.

»Du brauchst bei mir nicht aufzuräumen«, sagt Kito.

»Mache ich nicht.« Amy reißt den Jutesack noch weiter auf, knotet einen Umhängebeutel daraus und breitet ihn auf dem Boden aus. »So, Kleiner, jetzt kommst du mit zu mir!« Mit ausgetrockneter, rissiger Nasenspitze schnüffelt das kranke Tier in ihre Richtung. Die schwarzen Knopfaugen glänzen fiebrig. Amy hält ihm ihre Hand vor die Nase, und der Mixie leckt kurz darüber. Seine rote Zungenspitze ist rau wie Schmirgelpapier.

Erstaunlicherweise wehrt er sich nicht, als sie ihn hochnimmt und behutsam in den Jutebeutel legt. Kito hilft Amy, die behelfsmäßige Tasche um ihren Hals zu hängen. Durch den Stoff spürt sie den fieberheißen Tierkörper. »Okay, das hält. Kannst du mir jetzt zeigen, wo der LogScreen ist, damit ich nach Hause komme?«

GALAXIA – Azurinschloss

Butlers Absätze klacken, als er die Marmorstufen ins Souterrain hinuntereilt. Ausgestattet mit Kleiderbürste, Mottenkugeln und seinem selbstgebrauten Spezial-Fleckentferner macht er sich auf den Weg zum Kostümfundus. Dass die Tür nur angelehnt ist, fällt ihm gar nicht auf, so sehr ist er in seine Gedanken vertieft. Ein paar beiläufige Sätze, die Baroon neulich gesagt hatte, gehen ihm immer noch durch den Kopf: »Wenn Ihr Urlaub wollt, Butler, braucht Ihr es nur zu sagen! Mal verreisen, oder Eure Familie besuchen? Ihr habt doch Familie, Butler?«

»Selbstverständlich, Mylord«, hatte Butler geantwortet – und grübelt nun darüber nach, ob das eine Lüge ist, oder die Wahrheit. Zählt man noch zur Familie, wenn man verstoßen wurde?

Butler wurde in eine traditionsreiche Soldatenfamilie hineingeboren: Alle männlichen Nachkommen waren beim Militär. Die Enttäuschung seines greisen Vaters kann man sich vorstellen, als ihm klar wurde, dass der einzige Sohn kein Interesse an einer Armeekarriere zeigte. Butler konnte sich weder für die hohe Kunst des Tötens begeistern, noch verstand er die Notwendigkeit des Kriegshandwerks.

Butlers Eltern drängten den jungen Vampir auf die Militärakademie, in der Hoffnung, dass er dort auf den Geschmack kommen würde. Und tatsächlich war Butler ein Naturtalent, einer der Besten unter den Offiziersanwärtern. Mit Begeisterung stürzte er sich in das Studium der Waffenkunde. Theorie und Praxis der Manöverstrategie fielen ihm leicht. Seine Abschlussarbeit über die Zerschlagung von Meutereien und Putschversuchen wurde in die Lehrbücher übernommen.

Seine wirkliche Leidenschaft aber galt den Alltagsritualen des Soldatenlebens: Spiegelblank geputzte Schuhe, akkurat gemachte Betten, aufgeräumte Spinde. Der effiziente und doch korrekte Tonfall der jungen Vampirsoldaten gefiel ihm... und vor allen Dingen das Gefühl der Zugehörigkeit. Der Mannschaftsgeist. Beim Militär ist man nie alleine.

Die meisten seiner Kommilitonen weilen nicht mehr unter den Lebenden. Butler hingegen hat alle Schlachten überlebt. Da gibt es landläufig nur zwei Erklärungen: So einer ist entweder ein Glückspilz oder ein Drückeberger.

Für seinen bedauernswerten Vater war der Fall klar: Welche Schande! Der missratene Sohn war seinen Eltern so unendlich peinlich, dass sie ihn enterbten und sich für die Jahrhunderte, die ihnen noch verblieben, jegliche Besuche des Sohnes verbaten.

Mit derselben Präzision, mit der Butler früher Sprengstoffe mischte, mixt er jetzt Drinks für die Touristen. Mit derselben Sorgfalt, mit der er früher Uniformen bügelte, verwaltet er nun die Requisiten und hält die Kostüme der Besucher pieksauber in Schuss.

Pfeifend bürstet er Perücken aus, entknotet Miederschnüre und desinfiziert Latex-Masken. Als er die Neandertaler-Kluft in den Schrank hängt, sieht er sie dort liegen: Nackte Füße in Pluderhosen, die Knie an den Körper gezogen, von dünnen Armen umschlungen. Haar und Gesicht sind unter einem Nomadenumhang versteckt. Das zusammengerollte Fell eines Säbelzahntigers dient ihr als Unterlage, er hört sie leise schnarchen.

Vom Luftzug der geöffneten Schranktür geweckt, reißt die Unbekannte die Augen auf und unterdrückt einen Fluch, als sie den hochgewachsenen Vampir über sich bemerkt. Butler erschrickt genauso heftig, als er in ihre Augen sieht: Blutrote Pupillen leuchten ihm entgegen. Diese Frau ist eine Albina.

Nicht dass ihm dies Angst einflößen würde – das Phänomen ist ihm bekannt. Aber dieses Rot, so dicht unter der Oberfläche, so deutlich sichtbar, dass es ihm fast unanständig erscheint... dieses Rot weckt seinen Blutdurst. Es ist ein archaischer Reflex, gewiss, etwas völlig Natürliches für einen Vampir, er bräuchte sich nicht zu schämen. Dennoch ist es ihm höchst unangenehm, seine Impulse nicht unter Kontrolle zu haben.

Elexa sind seine niederen Regungen nicht entgangen. Angespannt starrt sie auf seine Saugzähne, die sich deutlich sichtbar über seine Unterlippe schieben.

»Entschuldigung!« Sie setzt sich auf ihre Fersen und zwingt sich zu einem Lächeln. »Ich weiß, es ist unhöflich, sich einfach in ein fremdes Schloss zu schleichen, aber ich war völlig erschöpft...«

»Kein Problem«, nuschelt Butler. Die überstehenden Saugzähne verziehen seinen Mund lefzenartig und geben seiner Stimme einen merkwürdigen Klang. Um sich selbst nicht so hören zu müssen, verzichtet er darauf, die junge Frau nach Einzelheiten auszufragen. Ihr Anblick verrät ihm alles, was er wissen muss: Wer seine spärlichen Besitztümer in einem Kopfkissen mit sich herumschleppt statt in einer Reisetasche... so jemand hat vermutlich größere Schwierigkeiten, als er sich anzuhören bereit ist.

Andererseits war Butler in seinem Leben auch schon das eine oder andere Mal in der Klemme. Er weiß, wie es ist, ohne Obdach zu sein. Das Schlimmste daran war der Hunger. Wie ernähren sich eigentlich Nomaden? So wie Realwelt-Menschen? »Ihr könnt gewiss einen kleinen Imbiss vertragen, wenn Ihr auf der Durchreise seid«, sagt er. »Ich werde Euch Tee und Kekse bringen.«

»Das wäre wirklich nett!« Die Unbekannte schaut ihn dankbar an. Als er mit einem üppig gedeckten Tablett zurückkommt, ist sie verschwunden.

GALAXIA – im Höhlenlabyrinth des Sanduhrkraftwerks

Amy und Kito gehen durch steinerne Tunnel bis zu einem kleinen Höhlensee, gespeist aus Tropfwasser und Rinnsalen, die ihren Weg durch die Felsritzen finden. Mehrere Faunmädchen knien am Rand und waschen Kleider. Ihr Geschwätz und Gekicher verstummt, als das fremde Mädchen mit den schwarzen Haaren an ihnen vorbeigeht.

»Siehst du, wie sie mich anstarren?«, raunt Kito ihr aus dem Mundwinkel zu. »Diese gierigen Blicke!«

»Vielleicht sind sie nur neugierig?«, flüstert Amy zurück.

»Sie sind gamsig, das weiß ich genau! Manchmal träume ich nachts davon, wie sie sich auf mich stürzen!« Er schüttelt sich in einem wohligen Schauder.

Neben einem unterirdischen Wasserlauf, der sprühend in die Tiefe rauscht, steigen sie mehrere lange Treppen hoch, vorbei an Werkstätten, in denen die Teile für ein hölzernes Mühlenrad bearbeitet werden. Werkzeuge liegen überall verstreut, aber es ist niemand zu sehen.

Nach einer schier endlosen Zahl von Stufen stehen sie schließlich vor einer riesigen Statue, die aus einem Tropfstein gehauen wurde. Amy legt den Kopf in den Nacken. Es ist ein steinerner Faunkrieger in voller Kampfmontur, der grimmig auf sie herabschaut.

Kito hämmert mit der Faust ein Klopfsignal gegen den Schild. Knirschend dreht sich die untere Hälfte der Skulptur zur Seite und lässt sie passieren. Nacheinander zwängen sie sich durch die Öffnung.

Staunend steht Amy in einer glitzernden Tropfsteinhöhle. Hunderte von Stalagmiten und Stalagtiten lassen das Höhleninnere aussehen wie ein riesiges Haifischmaul. Mit offenem Mund starrt sie auf das Durcheinander von goldenen Masken, Büsten, Kelchen, Figurinen. Große Amphoren, bis zum Rand gefüllt mit Edelsteinen. Reich verzierte Waffen sind an die Felswände gelehnt. Es ist die Schatzkammer der Faune. Bis auf den Steinkrieger ist sie nicht einmal bewacht.

Kito hebt ein paar Stoffballen von einer Truhe und klappt den hölzernen Deckel auf. Ketten, Armreife, Diademe. »Wo sind denn die... ach, hier!« Er knallt die Truhe wieder zu, greift in einen Kupferkessel und holt ein paar Goldmünzen heraus.

»Die Steine hier auf dem Haufen – das sind auch Cyanquarze, stimmt's?«

»Nimm dir noch ein paar mit, wenn du willst«, sagt Kito großzügig. »Einer ist vielleicht ein bisschen wenig.«

»Neinneinnein, passt schon«, wehrt Amy verlegen ab.

»Wir können gar nicht so viel ausgeben, wie wir haben«, sagt Kito, als müsste er sich für den Reichtum seines Stammes entschuldigen. »Wenn wir zuviele Edelsteine auf einmal in Umlauf bringen, sind sie weniger wert.«

»In meiner Familie haben wir keinen Diamantenüberschuss«, sagt Amy bedauernd.

Kito nickt. »Wir haben ganz viele. Weil wir nach einem zweiten Wunschdiamanten suchen.«

Amy kichert. »Theoretisch würde doch einer reichen! Wenn man sich damit lauter neue Wunschdiamanten wünscht...«

»Der eine, den wir besaßen, der hätte uns schon genügt. Aber Damon hat ihn uns gestohlen.« Kito wirft noch eine Handvoll Perlen in seinen Hängematten-Beutel und knotet das Bündel sorgfältig wieder zu. »So, jetzt habe ich alles. Komm!«

Sie drücken sich wieder an dem steinernen Wächter vorbei. Kito berührt die gemeißelte Gürtelschnalle, um den Eingang zu verschließen. Dann biegt er in einen zugigen Gewölbegang ein.

»Achtung, hier wird's eng!« Locker wie ein Springbock hüpft er den schmalen Pfad am Rand einer Felsspalte entlang. Das Klackern seiner Hufe hallt von den Wänden.

Amy folgt ihm nach kurzem Zögern. Ihr Herz klopft wie verrückt, während sie sich in Minischrittchen vorantastet. Die Felsspalte wird tiefer, die steilen Wände fallen ins Schwarze ab. Panisch drückt sie sich an das kalte Gestein.

»Schau nicht nach unten, schau zu mir!«, ruft Kito, der am Ende der Felsspalte auf sie wartet. Der Wind pfeift und bläst ihr durch die Haare. »Gut so! Du hast es gleich geschafft!«

Draußen ist es kaum heller als im Inneren des Berges. Windböen zerren an ihrer Kleidung. Schützend hält Amy ihre Arme über den Jutebeutel, der vor ihrem Körper hängt.

Sie folgt Kito auf ein Plateau, dessen graue Felskante ins hellgelbe Nichts hinausragt. Es ist eine Nebelwand aus Abermillionen aufgewirbelten Körnchen. »Lass' uns warten, bis der Sandsturm vorbei ist!«, schreit sie gegen das Tosen an.

Kito stellt sich ganz dicht neben sie, damit sie ihn besser hören kann. »Ach was, das bisschen Seewind flaut gleich wieder ab!«

Tatsächlich, nach einer Minute ist der ganze Spuk vorbei. Amy blinzelt in die Sonne. Hundert Meter tiefer liegt ein weiteres Plateau. Noch tiefer liegt das Meer, graublau glitzernd. Lautstark klatschen die Wellen gegen die steilen Klippen. Weiße Gischt spritzt hoch. Die Luft riecht nach Salzwasser und Seetang. »Wo sind wir hier?«

»Beim Sanduhr-Kraftwerk! Das Loch dort im Boden« – er deutet auf einen riesigen Trichter im Fels – »das ist die Sanduhr. Sie erzeugt den elektrischen Strom für Galaxia.«

Der Faun erklärt ihr, wie das Kraftwerk funktioniert: Durch die Sanduhr verläuft ein Schacht, in dem sieben große Schaufelräder untereinander aufgehängt sind. Der Wind bläst Sand in den Trichter. Der Sand rieselt in die Schaufeln des obersten Mühlrads und setzt es in Bewegung, so dass es sich dreht und den Sand in die Schaufeln des zweiten Mühlrads kippt... und immer so weiter, bis ganz nach unten. Jede Radachse treibt einen Stromgenerator an.

Amy starrt unbehaglich auf die Krateröffnung. An einem dieser unterirdischen Mühlenräder wurde sie von den Pfeilen getroffen.

»Wenn der Sand unten angelangt ist, wird er vom Meer des Vergessens weggeschwemmt«, erläutert Kito. »Im Lauf der Jahrhunderte befördert ihn die Strömung auf die andere Seite, zur Südküste. Von dort weht ihn der Wind irgendwann erneut hierher –

viele hundert Meilen, quer durch Galaxia. Es ist ein ewiger Kreislauf.« Tief atmet er die Salzluft ein.

»Kito, wo ist denn hier ein LogScreen?«

»Da vorne!« Er greift nach ihrer Hand und zieht sie ein paar Schritte weiter zu einer Felsnische. Dort steht ein Kasten, der unter dem gelben Sand gar nicht als Monitor zu erkennen ist – es könnte auch eine Steinplatte sein.

Während Kito den Bildschirm freiwischt, wirft Amy einen Blick in den Jutebeutel. Hoffentlich übersteht der verletzte Mixie die Teleportation! Sachte berührt sie sein Fell. Er gibt einen Schnurrlaut von sich.

Sie umarmt den Faun zum Abschied und hält dabei ein bisschen Abstand, damit der Mixie in dem Beutel zwischen ihnen nicht eingequetscht wird.

»Vielleicht sehen wir uns mal wieder?« Kito lässt seine Hand wie zufällig auf ihrer Schulter liegen.

»Ja, vielleicht besuche ich dich mal.« Amy überlegt. »Wo kann ich dich denn finden?«

»Wenn du hier bist und mich rufst, dann komme ich!«

»Hast du so gute Ohren?«

»Nein... aber ich habe Freunde, die mich benachrichtigen!« Grinsend deutet Kito nach oben, auf die Vögel, die über ihnen kreisen. »Den Papageienlummen entgeht nichts!«

Amy nickt. »Danke für alles, Kito!« Mit ihrem Ärmel wischt sie die letzten Sandkörner vom LogScreen und legt ihre linke Hand auf den vorgezeichneten Umriss. Noch während das System ihre Identität scannt, tippt sie auf den *HOME*-Button und beobachtet, wie die schwarze Linie um ihre Hand pulsiert. Der Mixie im Jutebeutel stemmt seine Vorderpfoten gegen ihren Bauch. Ein letzter Blick zu Kito, dann wird es schwarz um sie.

GALAXIA – Biesterwälder

»Haaallo! Ist da jemand? Hiiilfe!« In zehn Meter Höhe baumelt Vip in seiner Netzfalle und krächzt heiser vor sich hin. Aus der Vogelperspektive wirken die Biesterwälder geradezu harmlos: Ein dichter dunkelgrüner Teppich, der sich bis zum Horizont erstreckt.

Vip dreht den Kopf zum Waldrand. So nah und doch so fern. Zwei Kilometer höchstens. Dahinter erhebt sich die Biesterburg: Ein wuchtiger Trutzbau mit grauen Steinmauern und vielen kleinen und großen Ziegeldächern, die sich wie schwarze Scherenschnitte gegen die untergehende Sonne abheben.

Vor wenigen Stunden war sie noch ein abgewrackter gammeliger Kasten. Jetzt ist sie das Ziel seiner Wünsche, innigst ersehnt, unerreichbar. Vip tränen die Augen, er blinzelt heftig. Der Wind riecht salzig. Die verdörrten Grasflächen an der Nordseite der Burg verschwimmen mit dem graugelben Sandstein der Klippen. Dahinter liegt das Meer des Vergessens, vom blauen Himmel nicht zu unterscheiden.

Mit der nahenden Dämmerung kriechen die nachtaktiven Tiere aus ihrem Unterschlupf. Vip kommt es vor, als würden die Geräusche des Waldes minütlich lauter. Überall keckert, kläfft, grunzt, jault und zirpt es. Er schaudert.

Um den Ast, an dem sein Netz hängt, hat sich eine giftgrüne Schlange gewickelt, die ihn glücklicherweise nicht weiter beachtet. Vip schließt die Augen. Von dem Geflirre der Stechmücken vor seinen Augen wird es ihm übel.

Vögel fliegen auf. Es raschelt im Dickicht. Seine Sinne sind so überreizt, dass er sich einbildet, Stimmen zu hören. Er braucht eine Weile, um zu begreifen, dass es keine Sinnestäuschung ist – da streifen tatsächlich Personen durchs Gebüsch! Von oben erkennt er zerschlissene Hüte und Schrotflinten mit abgesägten Läufen. Edelmänner sehen anders aus.

Vip öffnet den Mund, um zu schreien, und macht ihn wieder zu. Wie hoch ist die Wahrscheinlichkeit, dass sie ihm helfen? Was werden sie mit ihm anstellen? Hat er überhaupt eine Wahl? Entsetzt stellt er fest, dass seine Zähne klappern. Er beißt in den Ärmel seines Sakkos und atmet flach.

Die drei Wilderer, die die Fallen kontrollieren, biegen sich vor Lachen, als sie sehen, was für ein Vogel ihnen da ins Netz gegangen ist. Dann lassen sie das Netz hinunter und befreien ihn.

Kleine Geschenke besiegeln die Freundschaft, beschließt Vip, und verteilt seine Armbanduhr, die Goldkette und den Siegelring an seine Retter. »Danke, Männer! Ohne euch wäre ich da oben noch verhungert!«

»Wos z'essen waar uns aa liaba!«, stimmt ihm einer der Wilddiebe zu. Er befingert die Armbanduhr und mustert Vips stattlichen Wohlstandsbauch.

»I mog amoi wieder wos woachs«, grunzt der zweite Wilderer, und zeigt dabei seine Zahnlücken. »Ned immer des zache Biesterfleisch!« Er kneift Vip in den labbrigen Bizeps.

»Aba I mog's net so lasch!«, meckert der Dritte. Er beißt in Vips goldenen Siegelring und steckt ihn sich an den Finger. »I mog a Kruschtn!«

Vip versteht kein Wort. Das Dickicht um sie herum scheint undurchdringlich. Aus welcher Richtung sind die eigentlich gekommen? »Könnt ihr mir vielleicht den Weg zur Biesterburg zeigen?« Er lächelt gewinnend von einem zum anderen.

»Hört's des Streitn auf!«, befiehlt der Erste. »An dem is gnua dro! Da kriagt a jeda wos a wui!« Er zieht sein Jagdmesser aus dem Gürtel. Die anderen tun es ihm nach.

Vip starrt ungläubig auf die mageren zerlumpten Gestalten, die ihn mit hungrigen Blicken verschlingen. Kann es sein, dass diese Wilderer mehr auf ihr eigenes leibliches Wohl bedacht sind als auf sein Wohlergehen? Mit gezückten Klingen bewegen sie sich auf ihn zu. Schlagartig versteht er, dass diese drei ihn ganz unsentimental als

Nahrungsquelle betrachten: Bacon vom Stinktier oder vom Mensch – wer in den Biesterwäldern lebt, der nimmt, was er kriegen kann.

Panik steigt in ihm hoch. »Ich bin ungenießbar!« Gerne würde er bedrohlich, dunkel, gefährlich klingen, aber stattdessen quiekt er wie ein Schwein. »Mein Fleisch ist verseucht! Radioaktiv! Voller Bazillokokken! Von den Fingern bis zu den Zehen! Da!« Er zeigt ihnen seine dornenverkratzten Unterarme, damit sie ihm glauben. »Ein Parasit, im ganzen Körper! Der geht auch vom Kochen nicht weg!«

Die Wilderer lassen die Messer sinken. Erleichtert registriert Vip den Abscheu in ihren Gesichtern.

»A so a Depp!«, schimpft der erste resigniert.

»Ois ummasunst!«, beschwert sich der Zweite.

»Naa, den nemma mir ois Köder!«, schlägt der Dritte vor.

»Wenn ihr mich laufen lasst, dann besorg' ich euch Essen! Jede Menge! Käse, Schinken, Schokolade und Gummibären, eine ganze Wagenladung voll!« Vip schaut hoffnungsvoll in die Runde. »Zwei Wagenladungen! Die stelle ich morgen früh vor die Biesterburg, da könnt ihr sie abholen! – Na? Wie wär's?«

»Glei so vui? Des glaabst do selber ned!«

»Des is glogn!"«

»Etz glangts!«

Entsetzt stiert Vip auf die blitzenden Messerklingen, die sich wieder auf ihn zubewegen. »Das ist die nackte Wahrheit! Ich krieg das hin!«

»Oiso guad. Aba wennst uns prellst, dann bist a toda Mo!«

»Dann find ma di, egal wost steckst!«

»Dann ziagst di etz nackert aus! Und dann haust ab!«

Vip schaut in die wettergefurchten Gesichter und wagt nicht, zu diskutieren. Er zieht sich bis auf die Unterhose aus und flüchtet in die Richtung, in der er die Biesterburg vermutet.

Gewandet in ein riesiges Rhabarberblatt, umwickelt mit einem Gürtel aus Lianen, kraucht Vip barfuß durch das Gestrüpp. Nach qualvollen Stunden hat er es hinter die schützenden Mauern der Biesterburg geschafft. Benommen schleppt er sich zum LogScreen im

Foyer. Er fühlt sich wie ein Samurai-Krieger nach der Schlacht, auf abartige Weise tiefenentspannt.

Gerade will er seine Hand auf den pulsierenden Umriss legen, um die Teleportation nach Hause zu starten, da taucht der Diener neben ihm auf.

»Ah! Mylord Nerten! Tyranimos lässt Euch schon überall suchen! Euer Termin – Ihr erinnert Euch?« Sollte sich der Bedienstete über Vips Aufmachung wundern, so lässt er sich jedenfalls nichts anmerken.

»Mir ist da was dazwischengekommen«, nuschelt Vip, peinlich berührt, dass man ihn auch im Rhabarberblatt-Röckchen erkennt. »Sagt Eurem Herrn, ich melde mich ein andermal wieder.«

„Aber, aber, lieber Nerten!« Unvermittelt klatscht ihm Tyranimos' Pranke auf den nackten Rücken. »Wir wollten doch heute unser Joint-Venture unter Dach und Fach bringen!«

Vip hält krampfhaft sein Rhabarberblatt fest, als die starke Rechte des Burgherrn ihn energisch vom LogScreen wegschiebt.

»Ihr ahnt ja gar nicht, welches Medienecho unsere zukünftige Zusammenarbeit auslöst!«, schnurrt Tyranimos' Bass in sein Ohr. »Sogar aus Realwelt sind Reporter gekommen!«

»Aber ich...«, quäkt Vip.

»Wir wollen doch die Presse nicht noch länger warten lassen?«

Noch bevor Vip weiß, wie ihm geschieht, sind sie von Presseleuten, Kameralinsen und Stabmikrofonen umzingelt. Fragen prasseln auf sie ein, die Tyranimos gewitzt und souverän beantwortet. Als eine Reporterin Vip ein Mikrofon vor den Mund hält, kommt außer Räuspern und Krächzen nicht viel heraus. Er sieht nicht nur aus wie ein Halbaffe, er spricht auch so. Später kann er sich nicht mal mehr erinnern, wie er das Interview hinter sich gebracht hat – ein klassischer Blackout. Er hat nur noch das Blitzlichtgewitter vor Augen und den Jingle von »GalaxiaTV« im Ohr.

REALWELT – im Haus von Familie Palmer

Teleportiert zu werden ist ziemlich ätzend. Ein Gefühl, als würde man durch einen Fleischwolf gedreht und anschließend zur Frikadelle gepresst. Amy hofft inständig, dass Rebecca recht behält, die behauptet, mit der Zeit würde es besser.

Sie landet in dem unaufgeräumten Chaos von Dads Arbeitszimmer, zwischen Umzugskisten und Bücherstapeln. Mit wackligen Beinen hält sie sich an einem Regal fest, bis das Schwindelgefühl nachlässt. Dann begibt sie sich auf die Suche nach ihrer Mutter.

Cathrine ist draußen und montiert gerade einen neuen Briefkasten. Als sie Amy sieht, fällt ihr fast der Schraubenzieher aus der Hand. »Alles in Ordnung mit dir? Was ist passiert?«

Erst jetzt fällt Amy wieder ein, dass ihre Jeans zerfetzt und voller Blutflecken ist. »Alles okay, Mum!«, sagt sie schnell und öffnet den Jutebeutel. »Aber du musst mir helfen. Ich habe einen Mixie mitgebracht, er ist verletzt.«

Das Ablenkungsmanöver ist perfekt! Mum denkt jetzt, das Blut an ihrer Kleidung stammt von dem verwundeten Tier. »Wo hast du den denn her?« Sie verscheucht eine Fliege, die die nässende Fleischwunde umschwirrt.

»Von den Faunen. Ich dachte, bevor er dort noch länger vor sich hinsiecht, nehme ich ihn mit.« Mit der freien Hand schöpft Amy Wasser aus der Regentonne und hält es dem Mixie vor die Nase. Der öffnet nicht einmal die Augen. Sein Atem geht flach und unruhig.

»Hat er dich gebissen?«

Amy schüttelt den Kopf. »Nein! Dafür ist er zu schwach.«

Mum legt ihre Hand auf das blaugestreifte Fell und berührt die spitze Schnauze. »Er ist ganz heiß. Bestimmt hat er Fieber.« Sie zückt ihr Smartphone.

»Oooh!« Vincent kommt über den Gartenzaun des Nachbargrundstücks geklettert, die Rotznase Bernhard im Schlepptau. »Was hast du da?«

»Lasst ihn in Ruhe!«, wehrt Amy die vier dreckigen Sandpratzen ab. »Er ist krank!«

»Mum! Ich will auch so ein blaues Tier!«, quäkt Vincent. »Mum? Blau ist doch meine Lieblingsfarbe! Warum hat sie so eins und ich nicht?«

»Das Leben ist nicht gerecht. Gewöhn‘ dich dran!«, sagt Mum und greift nach ihrem Autoschlüssel. »Amy, steig ein! Die Tierarztpraxis hat noch offen.«

****

Als der Mixie wenige Stunden später aufwacht und gierig zwei Schälchen Wasser leerschlabbert, weiß Amy, dass das Antibiotikum anschlägt. Sie setzt sich neben ihn auf den Boden und hält ihm ein paar Bröckchen Hackfleisch vor die Schnauze, die er vorsichtig frisst. Dann schläft er mit kugelrundem Bauch ein. Vorsichtig berührt sie seine Nase, die sich feucht und lauwarm anfühlt. Er wird durchkommen, da ist sich Amy jetzt ganz sicher. Sie startet ihren Laptop und ruft die Internet-Datenbank *CyberBrain* auf.

Stichwort MIXIE

Vor etwa 20 Jahren gelang es Professor RobDoc zum ersten Mal, einen Waschbären gentechnisch zu verändern und das Resultat zu klonen. Das Ergebnis war eine neue Spezies, die den Namen ›Mixie‹ erhielt. Diese genetisch modifizierten Mixies unterscheiden sich von Waschbären durch ihre blaue Fellfärbung und ihre hohe Intelligenz.

In den vergangenen Jahren konnten trotz umfassender Sicherheitsmaßnahmen immer wieder Mixies aus der Zuchtanlage von RobDoc Laboratories ausbrechen. Es ist nicht bekannt, wie viele Mixies in freier Wildbahn leben, weil die Tiere sehr scheu sind. Schätzungen reichen von 50 bis 500. Es ist fast unmöglich, verwilderte Exemplare wieder einzufangen.

Nach Angaben von RobDoc Laboratories haben Mixies einen IQ von 170 bis 240 (die genetische Ausstattung der Tiere ist für jede Produktionscharge unterschiedlich). Trotzdem ist die Dressur sehr zeitaufwendig – es braucht viele Leckerlis und Geduld. Grundsätzlich ist es aber möglich, einem Mixie Kunststücke beizubringen. Mit etwas Übung kann er sehr komplexe Aufgaben lösen, wie z.B. einen Wäschekorb voller Socken sortieren und die passenden Sockenpaare zusammengelegt in die Wäscheschublade einräumen.

Amy scrollt sich durch die Fotos. Das erste zeigt blaugestreifte Tiere, die mit Schnauze und Pfoten in einem Haufen bunter Socken herumwühlen. Auf dem zweiten ist eine Pyramide aus Knetgummi-Kugeln zu sehen.

Ihr Spieltrieb ist genauso groß wie ihre Intelligenz. Mit Hilfe von Vorderpfoten und Schnauze basteln sie sich Kugeln aus den unterschiedlichsten Materialien und spielen damit. Auch wenn man sie nicht sieht, weiß man doch, wo sie waren: Die Kugelsammlung verrät es.

Quelle: CyberBrain – das Online-Handbuch.
Alles, was du über Galaxia wissen musst.

Mum steckt den Kopf zur Tür herein. »Wie geht es dem Kleinen?«

»Besser! Das Fieber sinkt schon. Ich versuche gerade, herauszufinden, wie ich ihn füttern soll – aber in *CyberBrain* steht dazu nichts.«

»Soweit ich weiß, sind Mixies Allesfresser. Aber gib ihm nicht zuviel auf einmal, wenn er tagelang gehungert hat!«

»Er schläft sowieso gerade.« Amy deutet auf den Bildschirm. »Schau mal, was hier steht! Der Schwanz ist extra wuschelig gezüchtet, damit er Bücherregale abstauben kann, oder Schuhe polieren!«

»Ach du meine Güte!« Cathrine betrachtet das Foto, auf dem ein blaugestreiftes Tier mit seinem Puschelschwanz die Rippen eines Heizkörpers entstaubt.

Ansonsten finden sich unter dem Stichwort ›Mixie‹ diverse Touristen-Schnappschüsse, die genausogut das Ungeheuer von Loch Ness zeigen könnten: Graue Schemen in der Dämmerung, in verwackelter Umgebung.

Amy klickt auf das erste Video. Ein untersetzter Mann in weißem Kittel hockt hinter einem riesigen Schreibtisch. Auf seiner Glatze trägt er eine klobige Laborbrille.

»Liebe Kinder! Liebe Eltern! Ich bin Professor RobDoc, der Gründer von *RobDoc Laboratories*.« Aus seinem Pfannkuchengesicht blicken zwei unterschiedlich große Augen in die Kamera. »Wenn ihr das nächste Mal Galaxia besucht, dann müsst ihr mir helfen! Ja, du! Und du!«

Er zieht eine verrutschte Grimasse, die wohl ein vertrauenerweckendes Lächeln sein soll. »Durch einen unglücklichen Umstand sind sämtliche Mixies aus meinen Laboren ausgebrochen. Das ist sehr ärgerlich, weil sich viele von euch so einen blauen Puschelwuschel unter dem Weihnachtsbaum wünschen werden!«

RobDoc dreht unablässig dicke schwarze Asbesthandschuhe zwischen seinen Fingern. Es sieht aus, als wollte er die Handschuhe erwürgen. »Ich weiß, es ist erst Sommer, und ihr denkt noch gar nicht an Weihnachten. Ich dafür umso mehr! Die Gebrauchsanleitung für die Weihnachtsmixies wird gerade gedruckt. Damit sich nicht nur das Kind freut, sondern auch die Mami, wenn dieses niedliche Tierchen jeden Abend das Kinderzimmer aufräumt!«

Amy starrt auf den Bildschirm. »Der Typ ist ja total bescheuert!«

»Und bösartig!«, ergänzt Cathrine. »Mixies als Spielzeug? Das sind doch Wildtiere! In Gefangenschaft werden sie krank!« Kopfschüttelnd verlässt sie das Zimmer.

Die nächste Einblendung zeigt in einem kahlen Käfig einen Mixie, der Männchen macht, niedlich guckt und dann mit seinem blaugestreiften Wuschelschwanz ein Paar Stiefel putzt. Zur Belohnung bekommt er eine welke Möhre durch die Gitterstäbe gereicht.

»Kutschikutschi! Sind sie nicht süüüß?«, flötet RobDoc aus dem Off. Dann schwenkt die Kamera wieder auf ihn. Auch das nächste

Lächeln misslingt, aber RobDocs Stimme ist nun weich wie Frottee: »An alle Galaxia-Besucher: Damit wir es bis Weihnachten schaffen, genügend Mixies für euch zu züchten, brauche ich eure Hilfe! Helft mir, meine Mixies wieder einzufangen!«

RobDoc packt das Tischmikrofon mit seinen schwieligen Händen und redet beschwörend darauf ein: »Ich muss sie zurückbekommen! Unbedingt! Wenigstens einen! Sonst kann ich sie nicht duplizieren! Die Mixies würden außerdem viel schneller arbeiten, wenn ich noch ein paar klitzekleine Änderungen an ihrem Erbgut vornehmen könnte. Dann bräuchten sie auch weniger Futter. Hähä!« Wieder erinnert er sich daran, dass er sympathisch wirken will, und zieht die schmalen Lippen in Richtung Ohren hoch.

Die Kamera schwenkt auf eine Schatulle, die bis zum Rand mit Galaxia-Münzen gefüllt ist. »Wer mir einen der Mixies wiederbeschafft, erhält eine großzügige Belohnung!« Zu RobDocs Stimme wird eine E-Mail-Adresse eingeblendet. »Jeder Hinweis kann wichtig sein! Ich nehme jeden Mixie zurück, ganz gleich ob tot oder lebendig!«

Der Mixie neben Amy wird plötzlich wach, hebt ruckartig den Kopf und faucht den Laptop an. Unter den hochgezogenen Lefzen werden seine spitzen Reißzähne sichtbar.

»Alles okay, Kleiner!« Amy streicht ihm beschwichtigend über das gesträubte Fell. »Das ist nur ein Computer, siehst du? Wir sind gar nicht in Galaxia, wir sind zuhause bei mir! Hier kann dir dieser Verrückte nichts tun!«

»Und eure Vorbestellungen für Weihnachten nehmen wir ab sofort ebenfalls entgegen!« Untermalt von einem fröhlichen Werbe-Jingle endet das Video mit der Einblendung des Logos von *RobDoc Laboratories.*

Was ist denn das für ein Rauschen im Hintergrund? Amy spielt den Jingle noch einmal ab. Nein, sie irrt sich nicht: Irgendwer redet da noch weiter. Sie öffnet den Clip in einem Video-Bearbeitungsprogramm und frickelt an der Tonspur herum. Als sie mit Hilfe einiger Audiofilter den Jingle und einen großen Teil des Hintergrundrauschens herausgenommen hat, kann sie die Wörter deutlich verstehen. Es ist RobDocs

Stimme, die da missgelaunt fragt: »War das jetzt kindgerecht genug für die blöden Schrazen?«

Ah ja. Amy verzieht den Mund und denkt nach. Professor RobDoc will also mit genmanipulierten Tieren den großen Reibach machen. Die Mixies wären bestimmt DIE Geschenkattraktion zu Weihnachten gewesen und hätten ihm richtig viel Geld eingebracht. Aber dann sind sie ihm entwischt.

Auf der Suche nach weiteren Informationen über RobDocs Labore kommt ihr ein Bild des Firmengebäudes unter: Ein grauer Betonkasten, wie ein Hochsicherheitstrakt mit Stacheldraht umzäunt.

Ein Klick darauf startet das Video mit einem Interview, das RobDoc vor ein paar Wochen einem Fernsehreporter gegeben hat: »Professor RobDoc, Sie beklagen den Verlust von vielen Hunderten von Mixies. Unsere Zuschauer würden gerne erfahren, wie es dazu kam!«

Der Professor glubscht mit seinen unterschiedlich großen Augen in die Kamera und beugt sich über das langhaarige Mikrofon, das ihm der Reporter unter die Nase hält. »Es ist eine Katastrophe! Alle Mixies sind weg. Buchstäblich alle!«, empört er sich. »625 wertvolle Zuchttiere! Davon sind mir genau Null Komma Null geblieben. Das ist eine Tragödie für die wirtschaftliche Zukunft meines Unternehmens! Auch für mich persönlich. Ich habe mit so viel Hingabe an diesem Projekt gearbeitet – und meine Mitarbeiter genauso!«

»Aber... Sie beschäftigen in Ihrer Firma doch ausschließlich Roboter?«

»Ja, natürlich! Haben Sie mal versucht, mit Vampiren zusammenzuarbeiten? Es ist haarsträubend!« Der Professor fährt sich erregt über seine Glatze. »Mit Robotern dagegen habe ich nur gute Erfahrungen gemacht. Wir sind wie eine große Familie! Für meine Roboter ist es genauso schlimm wie für mich: Die haben so viel Herzblut in die Arbeit mit den Mixies gesteckt! Und dann sowas!«

Der Reporter nickt mitfühlend. »Wie konnte es zu einem Ausbruch der Mixies kommen? Ihr Labor ist besser geschützt als ein Vampir-

Verlies: Einbruchsichere Stahltüren, vergitterte Fenster, überall auf dem Gelände ist Stacheldraht, und die Überwachungskameras...«

»Ja, nun, Mixies sind clever«, unterbricht ihn Professor RobDoc gereizt. »Die künstliche Intelligenz habe ich ihnen selbst eingepflanzt! Ich! Und diese undankbaren Viecher... Ich darf gar nicht darüber nachdenken, es ist unfassbar! Ich bin zum Opfer meines eigenen Erfolges geworden!«

»Diese Tiere sind also hochintelligent. Macht sie das zu einer Gefahr für die Allgemeinheit?«

»Nein! Aber nicht doch! Das kann ich völlig ausschließen!«, näselt Professor RobDoc mit einem beschwörenden Blick in die Kamera. »Mixies sind sehr gutartig! Sie beißen eigentlich nie! Nur wenn man sie fangen will.«

Missbilligend zieht der Reporter eine Augenbraue hoch. »Hätte man ihnen nicht besser das Gebiss wegzüchten sollen, um sie ungefährlicher zu machen? Immerhin werben Sie damit, dass ein Mixie sogar als Babysitter eingesetzt werden könnte!« In einer kurzen Einblendung sieht man einen Mixie im Babybettchen sitzen und mit einer Rassel hantieren. Das Baby kann man vor lauter Plüschtieren gar nicht sehen, aber man hört es fröhlich glucksen.

Die Kamera schwenkt zurück auf RobDoc, der sich unglücklich durch seine nicht mehr vorhandenen Haare fährt. »Genau das hatte ich vor! Und genau das war der Auslöser für die Schwierigkeiten, die ich jetzt habe! Ein moralischer Mensch wie ich wird vom Schicksal für seine guten Absichten bestraft!«

Er schnauft gequält. »Es war so: Ursprünglich sollte der Teil der DNS-Struktur, der für das scharfe Gebiss zuständig ist, entfernt werden. Im Prinzip genügt ja die Zunge zur Nahrungsaufnahme, Zähne sind dafür gar nicht unbedingt erforderlich. Aber durch den Fehler eines Assistenten, der versehentlich einen Genbaustein vertauscht hat, wurden nicht die Gene für das Gebiss entfernt, sondern es wurde stattdessen die Schwanz-Schlaufe weggezüchtet, an der wir die Tiere bisher angekettet hatten!«

»Unglaublich, was heutzutage alles möglich ist!« Der Reporter klingt tief beeindruckt. »Können Sie unseren Zuschauern kurz erklären, wie so ein Gen-Austausch funktioniert?«

»Die Mixies bekommen ein Mittel gespritzt, das die unerwünschten genetischen Informationen in allen Körperzellen löscht und an ihrer Stelle neue Gen-Bausteine einfügt. Kleine Moleküle, große Wirkung, hähä! Die gewünschten Änderungen lassen sich so innerhalb weniger Tage am lebenden Objekt durchführen.«

»Am ausgewachsenen Tier?«

»Selbstverständlich!« Der Professor lächelt bescheiden in die Kamera. »Das ist eine bahnbrechende gentechnische Neuerung, die das Universum revolutionieren wird! Und ICH habe sie erfunden!«

»Welche Änderungen sind denn möglich?«

»Theoretisch ist das Potential für Mutationen unbegrenzt. Alles eine Frage des Aufwands.« Professor RobDoc reibt Daumen und Zeigefinger aneinander – eine Geste, die offensichtlich auch in Galaxia Geld symbolisiert.

Der Reporter nickt verständig. »Wenn sich ein Junge zu Weihnachten einen rosa Mixie wünscht, und ein Mädchen einen blauen... nein, ich meine natürlich andersrum...«

»... dann ist das so oder so überhaupt kein Problem. Ich habe gerade für die Weihnachts-Edition entsprechende Gen-Spritzen entwickelt, mit denen der Käufer das Aussehen und Wesen der Mixies immer wieder nach seinen Wünschen verändern kann.«

»Dafür müsste man sie aber erst mal haben, die Mixies...«, kommentiert der Reporter. »Liebe Zuschauer, wir werden Sie in diesem spannenden Fall auf dem Laufenden halten. Jetzt noch eine kurze Werbepause, dann sind wir wieder da! Bleiben Sie dran!«

RobDoc, der anscheinend denkt, dass er nicht mehr auf Sendung ist, glotzt böse auf die Tischplatte und bohrt in der Nase.

Amy klappt den Laptop zu. Hoffentlich kriegt dieser kranke Typ nie wieder einen Mixie in die Finger! Dieser widerliche Tierquäler! Seine eklige Visage bekommt sie nicht mal aus dem Kopf, wenn sie die Augen schließt.

****

Als sie aufwacht, ist es draußen hell. Sie liegt schräg an der Wand, mit dem Kopf an das Regal gelehnt. Wahrscheinlich wird sie den halben Vormittag mit Abdrücken von Buchkanten in ihrem Gesicht herumlaufen. Vorsichtig richtet sie sich auf. Aua! Sie fühlt sich wie zerschlagen, jeder Muskel tut weh.

Der Laptop ist zur Seite abgerutscht. Stattdessen liegt ein blaugetigerter Mixie-Kopf auf ihren Beinen. Als sie ihn sacht streichelt, schlägt er die Augen auf und wedelt schwach mit seinem geringelten Puschelschwanz. Die schwarzen Knopfaugen sind klar, die Nase ist kühl. Amy wirft einen Blick auf sein verletztes Bein. Zufrieden registriert sie, dass die Wundfläche nicht mehr leuchtend rot ist, sondern etwas heller: ein eindeutiges Zeichen, dass die Entzündung zurückgeht.

Im Laufe des Frühstücks stellt sich heraus: Mixies fressen Müsli, Äpfel, Bananen, Joghurt, Honig... und gekochte Eier. Croissants und Brot gehen auch.

»Eigentlich kann er ganz normal mit uns frühstücken«, witzelt Mum.

»Was gibt's denn zu Mittag?«, fragt Vince mit vollen Backen.

Mum verdreht die Augen, aber sie antwortet geduldig: »Sesam-Tofu-Röllchen mit Pastinakengemüse, und dazu den Quinoa-Auflauf von gestern.«

Ob so ein Mixie auch Tofu frisst? Amy jedenfalls kann das Zeug nicht ausstehen. »Ich bin leider verabredet!«, behauptet sie. Mal Rebecca fragen, was die heute macht. Vielleicht kann sie sich dranhängen.

»Versteh' schon«, sagt Mum gekränkt. Offensichtlich wird ihre Kreativität in der Küche nicht von jedem Familienmitglied geschätzt.

Um sie aufzuheitern, schenkt Amy ihr den Faun-Klunker, der sich noch in ihrer Gürteltasche befindet.

»Ein Cyanquarz!«, freut sich ihre Mutter. Sie stellt den türkisblau glitzernden Stein zu ihrer Sammlung von Staubfängern in die Wohnzimmervitrine. »So einen großen habe ich ja noch nie gesehen!«

GALAXIA – Tropical Iceland

Eine Stunde später schlendert Amy mit Rebecca durch Sanddünen mit Palmen, Papageien und tropischen Pflanzen. In der Mitte liegt eine spiegelblanke Eisfläche. Sie schieben sich an den Warteschlangen des Schlittschuhverleihs vorbei zur Eisbar.

Während Amy vergeblich nach der Eiskarte sucht, schreit Rebecca einer großen Vampirin mit grünen Haaren zu: »Vier Eisbecher XXL, bitte!«

Die Grünhaarige lässt ihre stechenden grauen Augen über sie wandern. Dann beginnt sie, mit Mixbecher, Portionslöffeln und bunten Soßen zu jonglieren.

»Das ist Isy. Sie ist Eis-Künstlerin«, erklärt Rebecca.

»Eiskunstlauf?«

»Nein, Food Art. Sie mixt Eis-Kreationen, die zu deiner Persönlichkeit passen. Ganz individuell!«

»Woher will sie wissen, was mir schmeckt?«

Isy stellt ein Tablett mit fünf Schalen auf den Tresen. »Darum geht es nicht, meine Liebe – Kunst muss relevant sein!«.

Rele-was? Skeptisch beäugt Amy ihr lila-grünes Spaghetti-Eis, angerichtet in schlumpfblauer Sorbet-Pfütze. Vielleicht wäre Mittagessen bei Mum doch die bessere Wahl gewesen.

»Und wie heißt dieses Kunstwerk?« Neugierig stippt Rebecca einen Finger ins Sorbet und lutscht ihn ab.

»Das musst du selber herausfinden! Kunst entwickelt sich im Auge des Betrachters. Die Message kann für jeden etwas anderes sein!«, faselt Isy bedeutungsschwer.

»Alles klar!«, nickt Amy. Man könnte diesen Eisbecher zum Beispiel *Verworrene Gehirnwindungen* taufen, was es optisch auf jeden Fall trifft.

»Danke, Isy! Schaut suuuper aus!«, trällert Rebecca, schnappt sich das Tablett und trägt es zu einer Gruppe von Liegestühlen. Benjamin und Gregor gesellen sich zu ihnen und schwenken triumphierend die vier Badmintonschläger, die sie ergattert haben.

Rebecca teilt die Eisbecher aus. »Für wen ist denn der Obstsalat?«, wundert sie sich. »Den habe ich gar nicht bestellt.«

Amy lächelt hintergründig. »Wollt ihr mal sehen, was ich von zuhause mitgebracht habe?« Sie zieht den Reißverschluss ihrer Sporttasche auf und lässt ihre Freunde hineinschauen.

»Wow!«, glubscht Benjamin.

In der Tasche liegt der Mixie und streckt sich gemächlich. Mit seinen schwarzen Knopfaugen blinzelt er ins Licht und schaut neugierig zurück. Er wirkt schon recht munter. Kein Vergleich mit dem elenden Tier, das Amy erst am Tag zuvor bei den Faunen aufgelesen hat.

»Was ist das denn?«, staunt Rebecca.

»Ein Mixie«, erklärt Gregor und versucht, seine verschmierte Brille an seinem verschwitzten T-Shirt sauberzureiben. »Eine Mischung aus Waschbär, Plüschtier und künstlicher Intelligenz. Sie werden in Galaxia gezüchtet... von so einem durchgeknallten Wissenschaftler. Der hat jedem dieser Mixies einen Computerchip ins Gehirn gepflanzt!«

»Ich glaube, es war Gentechnik«, verbessert Amy.

Rebecca streckt ihre Hand aus und lässt den Mixie daran schnuppern. »Hey, Kleiner! Wie heißt du eigentlich?«

Amy legt den Kopf schief. »Ich will ihn Cono nennen«, sagt sie und stellt ihm das Obstschälchen zwischen die Pfoten.

»Ich habe die Werbung gesehen!«, ruft Benjamin begeistert. »Man kann die Mixies jetzt schon vorbestellen! Wenn sie nicht zu teuer sind, dann wünsche ich mir zu Weihnachten auch so einen. Die sind voll gelehrig, du kannst sie ganz leicht dressieren! Ich meine, wie cool ist das denn: Du kommst aus der Schule, und dein Zimmer ist aufgeräumt, das Bett ist gemacht, Kekse stehen auf dem Tisch...«

Amy verzieht den Mund und verbeißt sich jeden Kommentar.

Laut gackernd bevölkern Elke und ihre Freundinnen die Nachbarstühle. Jede trägt einen rosa Eislauf-Tüllrock, und dazu die Schlittschuhe an zusammengeknoteten Schnürsenkeln um den Hals.

Isy bringt ein Tablett. »Exklusiv für euch komponiert, Ladies! *The Power Of Pink!*«

Die drei Grazien quietschen euphorisiert.

»Was ist das denn?«, fragt Gregor.

Benjamin hebt seinen Hintern vom Stuhl und äugt hinüber. »Einhornkacke«, sagt er und setzt sich wieder.

»Erdbeereis«, übersetzt Rebecca.

»Und ich?«, beschwert sich Elke lautstark. „Wo ist meins?«

»Voilà!«, raunt Isy geheimnisvoll und setzt mit der Handbewegung einer Zauberin einen Teller vor ihr ab. »*Pink Princess!*«

Als Isy noch drei Keksröllchen hinterhersteckt und die Girls-Gang neidisch »Oooh!« ruft, lächelt Elke zufrieden.

Kaum ist das Obst aufgefressen, macht der Mixie Männchen aus der Tasche. Gierig reckt er seinen Hals Richtung Eisbecher und gibt quakende Laute von sich. Schnell zieht Amy die Tüte mit den Leckerlies heraus.

Der kleine Vielfraß knurrt leise, als eine Hand ungefragt in die Tüte greift. »Ich darf doch probieren?«, fragt Benjamin, während er schon kaut.

»Greif zu!«, fordert Amy ihn auf. Sie gibt Cono ein paar Stück und hält Benni die Tüte hin. »Nimm dir noch was!«

Der lässt sich nicht lange bitten. Eine weitere Handvoll Knurpsis verschwindet in seinem Mund. »Gar nicht schlecht! Was ist das?«

»Mehlwürmer. Die hat mein Bruder extra geröstet, als Mixie-Futter. So wie Chips. Er hat nur das Salz weggelassen.«

Benjamin hört auf zu kauen. »Stimmt«, sagt er langsam.

Gregor sieht sowas sachlich. »Das ist eine Proteinquelle wie jede andere auch! In Zukunft werden wir uns alle so ernähren!«

Benjamin nickt und schluckt.

»Wie hast du den Mixie überhaupt aus Galaxia nach Hause gebracht?«, wundert sich Gregor. »Und dann wieder hierher?«

»Mit dem LogScreen natürlich«, sagt Amy. »Wie denn sonst?«

»Ich schaffe es nicht mal, mir Pizza aus Galaxia mit heimzunehmen!«, nörgelt Benjamin. »Mein LogScreen filtert alles raus, was nicht nach Realwelt gehört. Sogar wenn ich mir die Pizzareste in die Hosentaschen stecke! Wieso kannst du das, und wir nicht?«

»Keine Ahnung!«

»Dein Dad arbeitet doch bei *GalaxiaFunPark*«, überlegt Rebecca.

»Boah, echt?«, ruft Benjamin begeistert.

»Ja, er ist der leitende Programmierer«, sagt Amy.

»Dann vermute ich mal, euer LogScreen hat mehr Funktionen. Andere System-Einstellungen, mehr Zugriffsrechte«, folgert Gregor.

Amy zuckt mit den Schultern. »Irgend sowas wird's wohl sein.«

»Wie schmeckt dir eigentlich das Eis?«

Jetzt, wo Benjamin so begehrlich auf ihren Eisbecher schielt, fällt Amy auf, dass sie noch gar nicht probiert hat. Sie sticht mit ihrem Löffel in das lilagrüne Spaghetti-Knäuel, leckt vorsichtig mit der Zunge über die schmelzende Eismasse und stutzt. »Relevant! Ja, ganz eindeutig. Willst du es haben?«

REALWELT – im Haus von Familie Palmer

Mum gibt ihren Kids letzte Anweisungen, während Dad das Gepäck im Kofferraum verstaut: »... und du hörst auf Amy, solange wir weg sind! Verstanden, Vincent?« Sie hält sein Kinn fest, um seinen Blick einzufangen.

»Ja, ja! Aber ins Bett geh‘ ich, wann ich will! Und Fernsehen darf ich auch, wann ich will! Und die Gummibärchen...«

»Apropos Essen«, unterbricht Mum seinen Redeschwall. »Im Tiefkühlfach ist Pizza. Geld liegt beim Telefon.«

»Alles klar, Mum«, nickt Amy. »Wir kommen zurecht. Ist ja nur bis morgen!«

Dad hupt. Leider kann man sich bei ICEs nicht darauf verlassen, dass sie sich verspäten. Falls der Zug pünktlich abfährt, wird's knapp.

Mum drückt jedem einen flüchtigen Kuss auf die Wange, dann steigt sie ins Auto. »Und sperrt nachts die Haustür ab!«, ruft sie aus dem offenen Beifahrerfenster.

Kaum ist der Wagen aus der Einfahrt gerollt, stürzt Vince in die Küche. »Heute koche ich!«, verkündet er, klettert auf einen Stuhl und holt die Marshmallows aus dem Regal.

»Bin auf Diät«, murmelt Amy und macht sich auf die Suche nach ihrem Mixie. Sie findet ihn im Badezimmer. Mit einer zerfetzten Klopapierrolle sitzt er in der leeren Badewanne und dreht Papierkügelchen zwischen seinen Pfoten. Sobald er ein paar geknödelt hat, scharrt er wild und springt ihnen nach, während sie durch die Wanne kullern.

»Komm her, Kleiner!« Amy hebt Cono auf ihren Schoß, um ihm die Wunde mit Heilsalbe einzuschmieren. Sieht schon viel besser aus! Wenn sie nicht für Vincent Babysitter spielen müsste, dann könnte sie sich jetzt nach Galaxia beamen und Kito besuchen. »Obwohl...« Vielleicht kann Vincent ein paar Stunden bei den Nachbarn bleiben? Sollte eigentlich kein Problem sein. Sie setzt Cono zurück zu seinen

Papierkügelchen und läuft nach unten. »Vince! – Vincent? Was stinkt denn da so?«

»Meine Marshmallows sind angebrannt«, schnauft er und dreht an den Herdknöpfen.

»Geh doch mal zu Bernhard und frag, ob du heute Nachmittag bei ihm spielen kannst!«

»Später!«, sagt Vincent und kratzt unbeirrt mit einem Messer in der qualmenden Pfanne herum. »Ich mache gerade Mittagessen, das siehst du doch!«

Amy rollt die Augen und beschließt, das selbst zu klären. Als sie bei den Nachbarn klingelt, öffnet ihr der Kleine die Tür. Abgestandene Luft schlägt ihr entgegen. Altglas stapelt sich im Flur, hauptsächlich Schnapsflaschen. »Hi Bernhard, ist deine Mama da?«

Bernhard verschwindet in den dunklen Tiefen der Wohnung, wo es grunzt und brummelt. Dann kommt er wieder und verkündet: »Die schläft noch!«

Um halb eins? Hm. So nett Bernhard auch ist – seine Eltern sind als Babysitter wohl ungeeignet. Amy überlegt. Sie wird Vincent nach Galaxia mitnehmen müssen, hilft alles nichts. Mal sehen, ob sich eine Kinderattraktion für ihn findet, wo er betreut wird, solange sie mit Kito unterwegs ist.

Zurück in Dads Arbeitszimmer scrollt sie sich durch das Auswahlmenü des LogScreens. »Schau mal, Vince! In Galaxia gibt es ein riiiesiges Kinderparadies! Mit Trampolinpark, Ponyhof, Baumhäusern, Kinder-Polizei...«

»Polizei? Cool!« Ihr Bruder drängelt sich neben sie und drückt mit seinen klebrigen Fingern neugierig auf den Monitor.

»Such dir was aus«, sagt Amy gönnerhaft. Sie überlässt ihm den LogScreen und flitzt in die Küche, um Conos Futterschälchen aufzufüllen.

Als sie zurückkommt, geht Vince in seiner Rolle als Super-Cop schon voll auf: »Peng, peng!«, schreit er und fuchtelt mit seiner Zeigefingerpistole herum. »Jetzt krieg‘ ich euch, ihr miesen Verbrecher!« Im Auswahlmenü blinkt ein Sheriffstern.

Amy nickt zufrieden. »Na, dann mal los!« Sie platziert Vinces Hand auf der Eingabemaske, legt ihre Hand darüber und drückt den *GO!*-Button. Die bekannte Kälte kriecht ihre Finger hoch. Schnell legt sie den freien Arm um ihren Bruder und hält ihn fest. »Augen zu!«, sagt sie, dann wird es um sie herum schwarz.

****

»Es dreht sich alles!«, sagt Vincent und versucht, sich vom Teppich aufzurappeln. »Sind wir schon da?«

Amy bleibt kurz sitzen und schaut hoch in das farbige Licht, das durch die große Glaskuppel fällt. Wieso sind sie denn hier, im Vampirschloss? Das ist doch nicht das Kinderparadies!

Da biegt auch schon Butler um die Ecke. »Guten Tag, Mylady!« Er bemerkt Vince und zieht eine Augenbraue hoch. »Oh, heute zu zweit?«

»Das ist mein Bruder. Vincent.«

Butler nickt höflich. ›Ein Halbbruder‹, denkt er. Dass der Junge keinen Tropfen Vampirblut in den Adern hat, erkennt er auf den ersten Blick. Er hält Amy einen Autoschlüssel unter die Nase, an dem ein Blech-Sheriffstern als Anhänger baumelt. »Ihr habt einen Special-Adventure-Polizei-Pickup bestellt?«

»Einen was?«

»Ja-ja-ja!« Vincent hüpft aufgeregt auf und ab.

Amy wirft ihm einen misstrauischen Blick zu. »Wo hast du denn bitteschön herumgeklickt?«

Butler richtet sich etwas auf. »Ich muss Euch darauf hinweisen, dass Euer derzeitiges DiamondPoints-Guthaben für ein Fahrzeug dieser Kategorie eigentlich nicht ausreicht«, erklärt er förmlich. »Für heute drücke ich mal ein Auge zu. Aber in Zukunft gibt es auch für Miss Baroon keine Extrawurst mehr – einverstanden?« Er zwinkert ihr zu.

Miss Baroon? Was redet er da für einen Blödsinn? »Ich heiße Palmer!«, stellt Amy klar, mit einem Anflug von Zornesröte im Gesicht.

»Schon kapiert!«, johlt Vincent. Er grapscht sich den Schlüssel aus Butlers Hand und haut ab.

»Vince! Warte!«, ruft Amy gereizt. Aber der denkt gar nicht daran. Dieser kleine Mistkerl! Amy hechtet ihm hinterher, die Wendeltreppe hinunter, den Seitengang entlang, quer durch die große Eingangshalle nach draußen. Als er einen Haken schlägt und sie deshalb ungebremst gegen eine Marmorsäule knallt, ist sie endgültig sauer. Die Wut steigt ihr zu Kopf, das Blut pulsiert heftig in den Schläfen. »Bleib stehen!«, schreit sie ihm nach.

Sie holt ihn erst draußen ein, wo ein bulliger Polizei-Pickup mit großer Ladefläche vor dem Schlossportal steht. Sechs Halogenstrahler auf dem Autodach blinken abwechselnd rot und blau. Ein großer Sheriffstern-Aufkleber schmückt die Motorhaube in denselben Farben. Der frisch polierte Lack glänzt im Sonnenlicht.

»Cool! Siehst du den krassen Kühlergrill?« Euphorisch hüpft Vincent um das Monsterauto herum. »Wie im Film! Genau wie im Film! Boah! Der hat vier Auspuffe! Amy! Hast du schon mal ein Auto mit vier Auspuffen...«

»Vince!«, brüllt Amy ihn an. »Du sollst stehenbleiben, hab‘ ich gesagt!« Sie erwischt die Kapuze seines Sweaters. Warum müssen kleine Brüder einen so auf die Palme bringen? »Hast du den Butler gehört? Wegen dir bin ich jetzt pleite! Du hast mein ganzes Spielguthaben verprasst!« Statt ihn ins Kinderparadies loszuwerden, hat sie ihn jetzt den ganzen Tag am Bein kleben! Und auf ihrem Konto ist kein einziger DiamondPoint mehr übrig, um ihn irgendwo anders hinzuschicken!

Vincent lacht laut, dreht sich zu ihr um und beginnt, hysterisch zu kreischen: »Da! D-d-d-daaaaa!« Mit einer Hand deutet er auf ihr Gesicht, den anderen Arm hält er sich vor die Augen. Er fängt an zu heulen, sein Kinderkörper schüttelt sich.

Irritiert lässt Amy ihn los. Der Pickup ist so riesig, dass sie sich nicht einmal bücken muss, um in den Außenspiegel zu blicken. Blut sickert aus einer Stirnwunde, die offensichtlich von dem Zusammenstoß mit der Marmorsäule herrührt. In einer dünnen, roten Spur läuft es ihr über die Wange nach unten. »Das kann ja wohl nicht wahr sein!«

Und was ist mit ihrem Mund los? Die Lippen sind eigenartig nach oben gezogen und zwei lange Reißzähne blitzen heraus, die am Morgen beim Zähneputzen ganz sicher noch nicht da waren! Erschrocken hält sie sich die Hand vor den Mund. In ihrer Handinnenfläche spürt sie die Spitzen der Reißzähne.

»Krass! Voll das Raubtiergebiss!« Vince lächelt eingeschüchtert. »Wie hast du das gemacht?«

Amy, schockiert vom eigenen Anblick, ist zu keiner Antwort fähig. Dann, wie in Zeitlupe, schrumpfen die Reißzähne wieder, ziehen sich zurück, werden kleiner. Ungläubig tastet sie mit ihrer Zunge nach. Tatsächlich: Alles wieder normal.

»Das kam, weil du so böse warst!«, vermutet Vincent. »Du darfst nicht mehr so böse werden! Sonst siehst du aus wie ein Löwe. Oder wie ein Vampir.« Er kichert.

Vampir. Blutsaugerzähne. Alles, was Baroon ihr erzählt hat, ist wahr.

Vincent zerrt die Tür vom Pickup auf. »Einsteigen!«, befiehlt er. Amy gehorcht. Wie ferngesteuert steigt sie auf das Trittbrett und lässt sich auf den Fahrersitz fallen.

Vince rennt um das Auto herum, klettert auf den Beifahrersitz und steckt den Schlüssel ins Zündschloss. »Ich bin soweit! Fahren wir?«

»Ich kann nicht, Vince.« Amy lehnt den Kopf an die Nackenstütze und atmet tief durch. Ihr ist gerade kotzübel. Mühsam versucht sie, ihre Gedanken zu ordnen. Was ist mit ihr los? Ist sie etwa nicht normal?

»Wenn du nicht fahren willst, dann lass mich hinters Steuer!« Vincent springt aus dem Pickup, klettert auf ihrer Seite wieder hinein und drängt sie auf den Beifahrersitz.

Amy macht ihm benommen Platz. »Du kommst doch mit deinen Füßen gar nicht an die Pedale ran! Du bist zu klein! Du kannst dieses Auto nicht fahren!«

Ihr Bruder schaut sie vorwurfsvoll an. »Klar kann ich! Das ist doch nur ein Computerspiel!« Der Motor vibriert heftig, als er den Zündschlüssel umdreht, und jault dann auf. Flink werkelt Vincent an Schaltern und Hebeln. Schon ruckelt der Pickup los: Erst vor, dann zurück, dann wieder vor, bis er schließlich röhrend abgeht.

Vom Azurinschloss aus führt der Weg in engen Serpentinen steil den Berg hinunter. Vince hopst auf dem Fahrersitz herum, klammert sich an das Lenkrad und jauchzt vor Vergnügen. Der Pickup schlingert und rutscht von einem Straßenrand zum anderen. Direkt vor ihnen rauscht eine Steinlawine in den Abgrund, die sie selbst mit dem Pickup in der Kurve darüber ausgelöst haben. Kiesel und Erdklumpen hüpfen über Autodach und Motorhaube.

»Die Bremse ist ein bisschen eingerostet«, erklärt Vince, als er Amys warnenden Blick sieht. »Wir sind gleich unten, und dann geht es sowieso nur noch geradeaus.«

Die Gegend am Fuß des Schlossbergs ist eine Hügellandschaft, ein wildes Mosaik aus grünen Wiesen, Olivenhainen und leuchtend gelben Sonnenblumenfeldern. Mühelos brettert der Pickup über alles, was ihm vor die Räder kommt: Schlaglöcher, Geröll, Wildbäche.

Apathisch in sich zusammengesunken blinzelt Amy aus dem Autofenster. Sie fühlt sich komisch, ihr Kopf ist voller Watte, und das Geschaukel in dem schlecht gefederten Pickup macht es nicht besser. Von der Landschaft ist jetzt kaum etwas zu sehen, so viel Staub wirbeln die Reifen auf. Vincent fährt einfach drauflos, ohne Plan, Hauptsache der Motor röhrt. Amy ist es inzwischen völlig egal, wohin die Reise geht. Der Tag ist sowieso gelaufen.

Gedankenverloren fingert sie an ihrer Kleeblatt-Kette herum. Wenn Baroon wirklich ihr Vater ist, dann wusste Mum natürlich schon immer Bescheid. Und Dad vermutlich ebenso: Die beiden haben keine Geheimnisse voreinander. Die Beule auf ihrer Stirn beginnt wieder zu pochen. Das heißt, der beste Daddy der Welt ist gar nicht ihr richtiger Vater!

Tränen laufen ihr über die Wangen. Wie sie es hasst, zu heulen! Erst recht vor ihrem kleinen Bruder! Und was ist, wenn ihre Freunde rauskriegen, dass sie ein halber Vampir ist? Dass sie Blutsaugerzähne hat? Dass sie sich bei schlechter Laune nicht im Griff hat, und zum Raubtier mutiert? Gibt es dann noch irgendjemanden, der etwas mit ihr zu tun haben will?

Vielleicht schafft sie es ja, ihre Reißzähne zu verheimlichen. Wenn sie ihre Gefühle besser unter Kontrolle hat. Anscheinend treten die Vampirzähne nur hervor, wenn sie in Rage gerät... und verschwinden wieder, sobald sie sich beruhigt. Amy wischt sich mit der Hand über die Augen. Zumindest Haio wird ihr Freund bleiben. Haio hat es längst geahnt, sie konnte ihm nur nicht glauben.

Wie durch dichten Nebel dringt Vincents Stimme zu ihr durch. Vermutlich textet er sie schon seit der Abfahrt pausenlos zu. »Und dann hat der Ganove die Leichen auf die Ladefläche geschmissen, und sein Komplize ist mit dem Pickup abgehauen!«

»Hör mit diesen Geschichten auf, Vince! Deine Phantasie ist mir echt zu blutrünstig!«

»Das habe ich mir nicht ausgedacht!«, verteidigt sich Vincent. »Das ist aus *Pickup-Mörder*! Hat mir Bernhard erzählt.«

»Na großartig! Und was hat Bernhard dir noch erzählt?«

»Den ganzen Film! Der ist zwar erst ab 16, aber Bernhards Bruder kennt ihn in- und auswendig«, erklärt Vincent wichtigtuerisch. »Der hat auch das Kinoplakat in seinem Zimmer hängen. Das habe ich am LogScreen wiedererkannt. Wir sitzen bestimmt im Original-Filmauto!«

»Ach du Schande! Halt sofort an!«

»Wieso?«

»Halt an, verdammt nochmal!«

Vincent gehorcht – aus Angst, dass seine Schwester wieder ihre Reißzähne fletscht. »Und jetzt?«

»Jetzt steigst du aus und schaust nach, ob noch irgendwelche Filmrequisiten auf der Ladefläche rumliegen!«

»Muss das sein?«

»Ja!«, faucht Amy ihn an. »Weil ich nicht mit einem Auto voller Leichen durch die Gegend fahre – auch wenn es nur Filmattrappen sind!«

Maulig drückt Vincent die Fahrertür auf. Er springt auf die Straße, geht nach hinten und klettert auf die Ladefläche. Dort hört Amy ihn rumoren.

»Kannst dich wieder abregen!«, ruft er. »Sind nur ein paar Holzkisten.«

»Und was ist drin?«

Es rumpelt und scheppert, Kisten schleifen über die Ladefläche. Im Rückspiegel sieht sie, wie ihr kleiner Bruder sich an den Holzdeckeln zu schaffen macht.

»Keine Ahnung, ich krieg' sie nicht auf. Sie sind zugenagelt.«

Amy klettert aus dem Wagen, um selbst nachzusehen. Sie schwingt sich auf die Ladefläche und tritt einen der Holzdeckel lose. Zack, so geht das!

Vincent klappt den Deckel hoch. »Was ist das denn für eine komische Uhr?« In der Kiste liegt ein merkwürdiges Gebilde aus schwarzen Kunststoff-Hülsen, die mit braunem Klebeband umwickelt sind. Rote und blaue Drähte führen zu einer Digitaluhr.

Amy wird blass um die Nase. So Dinger kennt sie doch – aus schlechten Gangsterfilmen. »Das ist keine Uhr, Vince.«

»Sondern?«

»Sprengstoff. Dynamit oder so. Irgendwas, womit wir kilometerhoch in die Luft fliegen, wenn es explodiert. Das Ding, das aussieht wie eine Uhr, ist der Zünder.« Sie mustert das Teil mit zusammengekniffenen Augen. Das Display ist schwarz. Was bedeutet, dass von der Sprengladung momentan keine Gefahr ausgeht. Hofft sie jedenfalls.

Vincent bekommt leuchtende Augen. »Das macht bestimmt ganz schön Krach! Kann ich es zu Bernhard mitnehmen?«

»Pfoten weg! Damit machst du nicht nur Krach, damit bombst du unsere ganze Straße aus! Wie viele Kisten sind das überhaupt?«

Vincent zwängt sich durch die Ladung, die kreuz und quer auf der Ladefläche verteilt ist, und zählt durch: »Vierzehn!«

Amy beißt sich auf die Lippen. Eigentlich ist es völlig egal, ob es vier oder vierzehn Kisten sind. Es genügt ja schon eine, um alles um sie herum in die Luft zu jagen. »Komm, Vince, lass uns abhauen!«

Vielleicht ist es nur ihr panischer Tonfall, aber auch Vincent fühlt sich plötzlich unwohl. »Ich hole nur noch den Autoschlüssel.«

»Nein, lass ihn stecken! Butler soll sich um dein Gangster-Auto kümmern. Komm jetzt!«

Zügig marschieren sie in die Richtung zurück, aus der sie gekommen sind. »Wieso haben wir die Kisten nicht einfach abgeladen?«, quengelt Vincent. »Dann bräuchten wir jetzt nicht zu Fuß gehen!«

»Zu gefährlich!«

»Aber...« Als Amy ihm einen giftigen Blick zuwirft, verstummt er. Besser die Klappe halten, wenn sie so gereizt ist. Damit ihr nicht wieder Reißzähne wachsen. Zwei Minuten lang ist absolute Ruhe. Dann hat Vince seine guten Vorsätze wieder vergessen. »Ist es noch weit?«

Amy ignoriert ihn und stapft mit großen Schritten voraus.

»Ich kann nicht so schnell!«, mault Vincent und trottet hinterher. »Amy! Warte doch mal!«

Der Abstand wird immer größer. Amy bemerkt das zwar, aber es interessiert sie kein bisschen. So ein Scheißtag! Sie erinnert sich gerade daran, wer ihr diesen Wanderausflug eigentlich eingebrockt hat. Kleine Brüder sind das Allerletzte!

Die Straße führt immer geradeaus, wie in amerikanischen Road Movies. Bleibt nur zu hoffen, dass hinter dem nächsten Hügel endlich mal das Azurinschloss auftaucht. Das stupide Geradeauslatschen nervt ohne Ende. Und Vincent ist an allem schuld. Amy vertreibt sich die Langeweile mit süßen Rachegedanken, wie sie es ihm heimzahlen könnte. Sie wird ihn jede Woche ihr Fahrrad putzen lassen. Ach was, jeden Tag! Und sein eigenes auch gleich, dann hat er was zu tun und kommt nicht mehr auf dumme Gedanken!

Die Windböe, die plötzlich von hinten heranrauscht, peitscht ihre Haare vor. Vince schreit auf, schrill und laut.

Amy dreht sich um und sieht riesige rote Flügel, so groß wie Campingzelte, die über Vincent schwingen. Ein Urvieh mit Reptilienkopf und rotgeschuppter Haut. Ihr kleiner Bruder plärrt und rennt, aber er hat keine Chance. Das geflügelte Monster stößt hinab, packt ihn mit seinen riesigen Klauen und trägt ihn mit kräftigen Flügelschlägen hoch in den blauen Himmel.

»Neiiiiiiiiiiin!« Amy rennt auf Vince zu, aber sie bekommt ihn nicht mehr zu fassen. Seine Füße baumeln unerreichbar über ihr in der Luft. Das Untier stößt einen gellenden Triumphschrei aus. Funken sprühen ihm aus Nüstern und Maul, verglühen in der Luft und rieseln als feiner Ascheregen herunter. Vincent brüllt um Hilfe, er heult und hustet, bis ihm die Stimme versagt.

»Bleib ganz ruhig! Halt dich fest!« Amy starrt nach oben, das Herz schlägt ihr bis zum Hals. Was ist das überhaupt für ein Vieh? Wenn dieses Ungeheuer tatsächlich Feuer spuckt, muss es ein Drache sein. Was sonst? Bisher hat sie Drachen für Fabeltiere gehalten. Offensichtlich ein Irrtum, denn über ihr kreist einer und hält ihren Bruder in seinen Klauen gefangen. Die Krallen, die den kleinen Brustkorb wie ein Panzer umschließen, schimmern silbrig. Vince zappelt und brüllt wie am Spieß. Amy hört, dass er ihren Namen kreischt. Seine Stimme wird immer leiser, je höher der Drache mit ihm aufsteigt.

»Nicht bewegen!«, schreit sie, auch wenn er sie wahrscheinlich nicht mehr hören kann. Neben ihr knallt etwas auf den Boden und zerspringt in seine Einzelteile. Amy bückt sich danach. Ein winziger Gummireifen. Eine kleine Blechtür. Vincents Spielzeugauto. Es muss ihm gerade aus der Hosentasche gefallen sein.

Amy schaut in den Himmel und presst ihre Hände an die Schläfen. Vincents Leben hängt jetzt davon ab, dass sie ihre Schockstarre überwindet und logisch denkt. Wenn das Untier ihren Bruder fallen lässt, von dort oben, dann ist er tot. Wenn nicht... dann schleppt es ihn wer weiß wohin. Plötzlich fällt ihr der Dokumentarfilm ein, der neulich in einer Vertretungsstunde gezeigt wurde: Steinadler im Nationalpark Hohe Tauern. Ein Adlerhorst oben auf einem unzugänglichen Felsen.

Große, hässliche, halbgefiederte Küken, die ihre Schnäbel weit aufsperren. Die Alten landen am Rand des Nests. In ihren Klauen halten sie ein zappelndes Kleintier. Mit scharfen Schnäbeln reißen sie blutige Stücke aus ihrer Beute und stopfen sie den Jungtieren tief in den aufgerissenen Schlund.

Der Drache schraubt sich in großen Kreisen nach oben, immer höher. Amy lässt den schwarzen Punkt nicht aus den Augen, bis er am Horizont verschwunden ist. Dann fängt sie an zu rennen.

GALAXIA – Azurinschloss

Mit schnellen Schritten erreicht Baroon die Tür zu seinem Arbeitszimmer und reißt sie auf. »Ich bitte vielmals um Verzeihung! Unaufschiebbare Regierungsgeschäfte!«, ruft er in eine Wand aus grauen Rauchschwaden. Das kommt davon, wenn man die Herrschaften vom Ältestenrat zu lange warten lässt: Dann qualmen sie die Räume voll.

Baroon packt die nächstbeste Silhouette beim Handgelenk und deutet einen Handkuss an. Er erkennt sie sofort an ihrer Aura: »Geospiza! Gut, dass Ihr zu unserem Krisengespräch kommt! – Butler! Einen Drink für die Dame! – Mit oder ohne?«

»Mit!«, ruft Geospiza. Wirre Locken tanzen ungebändigt um die tausend Lachfalten in ihrem Gesicht. Ihre klapperdürre Figur erweckt den Eindruck, als würden Besenstiele in den Hosenbeinen ihres Reitanzugs stecken.

Butler nimmt seine Servierzange und lässt eine zappelnde Kakerlake in ihren Martini plumpsen.

»Ich sollte Euch böse sein, Baroon!« Geospiza mimt die Entrüstete. »Eure Eskorte hat mich aus der Badewanne heraus hierher verschleppt! Ich hatte kaum Zeit, mir etwas anzuziehen!« Wobei die Peinlichkeit weniger darin besteht, dass sechs niedere Dienstvampire lüstern in ihren Badeschaum glotzten. Viel schlimmer ist, dass die Gerüchte um ihre Spielsucht sich so rasant verbreitet haben. Sogar Baroon weiß, dass sie sich nicht mal mehr einen Kutscher leisten kann, weil sie finanziell ruiniert ist. Wie soll sie jetzt noch Mitspieler für eine Pokerpartie finden? Nervös trippeln Geospizas Finger an das Glas. »Was macht dieses Treffen denn so dringend?«

»Tyranimos.«

Geospiza hebt die Augenbrauen: »Ich dachte, mit Damons Verhaftung wäre alles geklärt?«

Baroon schüttelt den Kopf. »Jetzt drängt sein Sohn an die Macht. Die Zeit des Mordens ist nicht vorbei, fürchte ich.«

»Oh!« Geospiza setzt den Martini an die Lippen und kippt ihn gedankenverloren hinunter, inklusive Zahnstocher, Oliven und Kakerlake.

»Ich bin an Eurer Seite, Baroon!« Gero, ein ehemaliger Offizier, lauert auf seine Chance, in den engsten Beraterkreis des Fürsten aufzusteigen. »Wenn Ihr einen Adjutanten braucht, bin ich jederzeit bereit, Galaxia zu dienen!«

Baroon tätschelt ihm die knochigen Schultern. »Der Starke ist am mächtigsten allein!«, sagt er, nur halb im Scherz. Ausgerechnet Gero! Das fehlte noch! Rasch geht er zwei Schritte weiter.

In einem riesigen Ohrensessel sitzt ein buckliger kleiner Mann. Damit man ihn nicht übersieht, trägt er einen Zweispitzhut à la Napoleon, mit umlaufender Goldborte.

»Krestos!« Baroon schüttelt seine faltige Hand. »Wir haben uns eine ganze Weile nicht gesehen!«

»Ich hatte zu tun! Wichtige Termine!« Krestos verzieht seine dünnen Lippen und schaut ihn missmutig von unten an. »Außerdem muss ich die Renovierungsarbeiten in meinem Folterkeller beaufsichtigen! Der Schreiner wollte heute die neue Streckbank montieren. Eine Sonderanfertigung, millimetergenau auf mich zugeschnitten.«

Baroon ignoriert seinen vorwurfsvollen Ton. »Umso mehr schätze ich Eure Anwesenheit, Krestos. – Wen haben wir denn da? Caluardo!«

»SIR Caluardo!«, korrigiert ihn der hünenhafte Vampir, über dessen wohlgerundeten Bauch sich ein Smokinghemd spannt. »So steht es auch hier!« Er deutet auf seinen speckigen Zylinderhut, an den er einen Zettel mit seinem Namen geheftet hat.

»Das weiß ich doch, mein Lieber! Wozu das Namensschild?«

»Na, wegen der neuen Ratsmitglieder! Die kennen mich ja kaum. Unter Damon wurde der Ältestenrat nur alle Jubeljahre mal zusammengerufen. Sind ganz schön viele gekommen, heute!«

Baroon dreht sich um. Tatsächlich: Der Ältestenrat ist fast vollzählig versammelt. Er schüttelt alle Hände, die in Reichweite sind, küsst die elegante Elodie auf beide Wangen, übersieht wie aus Versehen ihre wichtigtuerische Schwester in roséfarbener Abendrobe

– wie war doch gleich der Name? Sasoza, oder so ähnlich – und nimmt dem blassen Ulban seinen diamantbesetzten Briefbeschwerer aus den Händen, bevor er in dessen Manteltasche verschwindet. Dann reißt er die Flügel des überdimensionalen Spitzbogenfensters auf.

Das gleißende Sonnenlicht erfüllt den Raum und bringt den blutroten Teppich zum Leuchten. Baroon schlägt mit einem silbernen Füllfederhalter an sein Glas. »Die Versammlung ist eröffnet! Ich habe dieses Treffen anberaumt, weil wir Tyranimos Einhalt gebieten müssen! Er weigert sich, die Entscheidung des Orakels anzuerkennen und erhebt Anspruch auf die Macht seines gestürzten Vaters.«

»Lasst ihn Ansprüche stellen, soviel er will!«, spottet Gero. »Das kann uns doch egal sein!«

»Leider nicht. Tyranimos ist schon seit längerem dabei, eine bewaffnete Armee aufzubauen. Er lässt Kampfroboter programmieren und in den Biesterwäldern trainieren. Da stecken wohl kaum friedliche Absichten dahinter.«

»Das Orakel hat EUCH die Macht zuerkannt«, mault Krestos, nuckelt an seiner Zigarre und bläst mehrere Rauchringe in die Luft. »Damit ist die Herrschaftsfrage geklärt!«

»Galaxia ist doch kein Königreich!«, empört sich Norina. Auf ihrem Kopf wackelt eine schneeweiße, hochaufgetürmte Rokoko-Perücke. Krestos glubscht begierig auf ihre üppigen Kurven. Das mintgrüne Samtkleid passt nicht ganz zu ihrer burgunderroten Aura, zieht aber alle Blicke auf sich. Hinter ihr schleift der Spitzensaum raschelnd über den Boden, vorne bringt es ihre Schnürstiefelchen zur Geltung. Dazu trägt sie fingerlose Handschuhe, um die Altersflecken auf ihren Händen zu verbergen. Sie sieht auf Krestos und fährt sich mit spitzgefeilten Fingernägeln ganz langsam über ihren Hals. »Wie kommt Tyranimos dazu, sich als Thronfolger aufzuspielen?«

»Das ist die falsche Frage, meine Liebe.« Krestos beugt sich vor, so weit seine verkrümmte Wirbelsäule es zulässt. Ein paar kleine Rauchringe wabern von seiner Zigarre zu ihrem Dekolleté. »Die richtige Frage wäre: Wer hindert ihn daran?«

»Tyranimos benimmt sich wie ein Kleinkind: Ich, ich, ich und nochmal ich.« Verdrießlich fingert Sasoza eine Kakerlake aus ihrem Glas, schiebt sie in den Mund und bewegt sie mit der Zunge vor und zurück wie einen Lolli.

»Mit Damon als Vater braucht man sich über einen gewissen Größenwahn nicht zu wundern«, kommentiert Arefin. Lächelnd erlaubt er Norina, sich die Kakerlake aus seinem Martini zu fischen. Seine Hand, die das Glas umschließt, ist feingliedrig wie die eines Musikers... oder eines Taschendiebs... oder eines begnadeten Liebhabers. Norinas Gedanken schweifen ab: Wie könnte sie es wohl anstellen, dass sich diese Finger in ihren Ausschnitt schieben? Nach der Ratssitzung, versteht sich.

»Das Problem dürfen wir nicht auf die leichte Schulter nehmen!«, krächzt McSidor. Er ist der Älteste im Raum, ein Greis mit fahler Gesichtshaut und brüchiger Stimme. Krampfhaft umklammert er seinen diamantbesetzten Gehstock, als müsse er ihn vor Tyranimos' Zugriff schützen. »Wenn es auf Galaxia Kämpfe gibt, dann werden die Touristen aus Realwelt ihre Besuche einstellen!«

»Ein paar Besucher weniger wären nun wirklich kein Schaden!«, mault Norina. »Die Realwelt-Touristen sind inzwischen überall, und es werden ständig mehr... Sie gucken sogar in meine Privaträume! Neulich ist eine ganze Schulklasse durch mein Schloss marschiert – gerade als ich mir ein kleines Schlückchen Frischblut gegönnt habe!«

Die anderen schauen auf. Erschrocken schlägt Norina die Hand vor den Mund. Missbilligende Blicke treffen sie aus allen Richtungen.

»Wie unkultiviert! Geradezu archaisch! Und Ihr habt Euch auch noch dabei erwischen lassen?« Geospiza verzieht abfällig die Mundwinkel.

»Ein ganz kleiner Schluck nur! Von einem Tempelwächter. Dem gefällt das!« Norina ignoriert das Gemurmel und Füßescharren. »Wir haben dann so getan, als wäre er von einer Schlange gebissen worden, und ich müsste die Wunde aussaugen. Hätte ja auch so sein können!« Schweißperlen bilden sich unter ihrer Perücke.

»Können wir bitte beim Thema bleiben?«, mahnt Arefin.

»Ich schäme mich ja. Wirklich. Aber ich schwöre, es war im beiderseitigen Einverständnis!« Hilfesuchend wandert Norinas Blick zu Baroon.

Der winkt ab. »Erinnert Ihr Euch noch an die alten Zeiten? Die ständige Nahrungssuche? Wisst Ihr noch, wie umständlich es war, ständig Frischblut zu besorgen?«

»Glücklicherweise haben wir diese Zeiten hinter uns gelassen!« Sir Caluardo guckt vorwurfsvoll zu Norina.

Baroon fixiert einen nach dem anderen mit seinem Blick. »Erst seit unsere Versorgung mit Lebensenergie stabil ist, können wir ein zivilisiertes Dasein führen, ohne uns Nacht für Nacht einem erniedrigenden Blutrausch hingeben zu müssen!«

»Das war in der Tat lästig«, lenkt Norina ein.

»Was heißt lästig? Es war die Ursache für alle Kriege, die wir geführt haben!«, ruft Elodie.

»Möglicherweise ist es das kleinere Übel, Tyranimos als Herrscher zu akzeptieren? Um einen Krieg zu vermeiden?« Sasoza grapscht nach einem Martini von Butlers Tablett, kippt ihn auf Ex hinunter und nimmt sich ein volles Glas.

»Das ist ja wohl das Hinterletzte!«, wettert Krestos.

»Das wäre Hochverrat!«, schimpft Sir Caluardo.

»Sasoza, bitte! Ich kenne Tyranimos, er ist ein Verrückter!«, ruft Geospiza. »Wenn er so schalten und walten kann, wie es ihm sein verdrehtes Hirn eingibt, sind wir verloren!«

»Könnten wir notfalls woanders leben?« Norinas manikürte Finger wandern suchend über den Sternenglobus.

»Wo denn?«, erkundigt sich Geospiza.

»In Realwelt, auf dem Mond, auf dem Mars, was weiß ich?«

»Das haben wir noch nicht mal ansatzweise erforscht«, erklärt Baroon. »Außerdem sollten wir unsere Kräfte darauf verwenden, Galaxia als Lebensraum für uns zu erhalten. Die Alternativen wären alle schlechter. Wenn es überhaupt welche gibt.«

»Wir müssen jetzt nicht gleich vom Schlimmsten ausgehen«, beschwichtigt Krestos und poliert seinen dicken Siegelring. »Aber wenn die Software für Galaxia nicht weiterprogrammiert wird, haben wir irgendwann ein Problem.«

»Wieso das denn?«, fragt Sir Caluardo.

»Ohne die Computerexperten aus Realwelt, die regelmäßig Updates aufspielen und Bugs rausholen, kann sich Galaxia nicht weiterentwickeln!«

»Vor 500 Jahren sind wir auch ganz gut ohne Programmierer zurechtgekommen«, sagt Sir Caluardo.

Arefin unterdrückt einen Seufzer. »Für die Touristen ist unsere Welt nur ein Spiel. Ein veraltetes Cyberspiel würde sie nicht mehr interessieren. Unsere Besucherzahlen würden einbrechen, wir könnten unseren Energiebedarf nicht mehr über die LogScreens decken, und wir wären gezwungen, uns wieder frisches Blut zu besorgen, um zu überleben.«

»Hört endlich auf damit! Ich will das nicht mehr hören!«, schreit Norina und hält sich die Ohren zu.

»Reißt Euch zusammen!«, raunzt Geospiza sie an.

»Noch einen Martini, Sir Caluardo?« Butler wirft eine Kakerlake ins Glas, ohne die Antwort abzuwarten.

»Aber immer, Butler! Vorzügliche Brut! Sehr resistent in Magensäure. Die erste kitzelt schon etliche Minuten.« Caluardo grinst und entblößt dabei die Titan-Schienen, die er anstelle von Zähnen trägt.

Baroon betrachtet nachdenklich das Insekt, das in Caluardos Martiniglas zappelt und erfolglos den glatten Rand hochzukrabbeln versucht. Dann hat er seinen Entschluss gefasst. »Ich weiß, dass Krestos das Wohl von Galaxia ebenso am Herzen liegt wie mir. Und ich freue mich, dass er so entschlossen ist, sich zu engagieren!« Mit zwei Schritten ist er bei dem buckligen Vampir und hievt ihn mit einem Griff unter den Arm aus dem Sessel, damit ihn alle sehen können. »Was meint Ihr, Krestos? Seid Ihr bereit, Euch federführend um dieses wichtige Thema zu kümmern?«

Krestos starrt Baroon mit offenem Mund an. Seine flimmernde Aura verrät, wie angespannt er ist.

»Applaus für Krestos!«, ruft Baroon. Er lässt ihn zurück in den Ohrensessel fallen und klatscht in die Hände. Die anderen applaudieren. »Krestos – Im Namen des Ältestenrates ernenne ich Euch zum Software-Minister von Galaxia. Ich wüsste keinen, der für diese Schlüsselposition besser geeignet wäre als Ihr!«

Erneuter Applaus. Krestos blinzelt in die Runde, geschmeichelt und überfordert. Norina lässt ihr Glas gegen seinen Drink klirren. »Meinen Glückwunsch!« Krestos mag zwar klein und tatterig sein, aber sein eleganter blauer Anzug ist der teuerste im Raum.

Krestos nickt ihr zu, schwenkt seinen Martini ein wenig hin und her und schüttet den Inhalt hinunter. Das Lächeln des Kenners breitet sich in seinem Gesicht aus, und er spürt genüsslich dem Gekrabbel in seinen Eingeweiden hinterher.

»Ich bin auch wichtig!«, ruft Sasoza sofort. »Ich will auch ein Amt!«

»Das Ministerium zur Förderung der Mathematik«, entscheidet Baroon, und bevor sich ihre Schwester Elodie echauffieren kann, bekommt auch sie einen Posten: das Zeremonienministerium.

Die zwei neu ernannten Ministerinnen sehen sich an. Dann schwenken ihre Blicke mit provozierendem Grinsen zu Norina.

Diese läuft rot an vor Wut: »Und was bekomme ICH?«

»Norina... tja... was kann man Euch denn anvertrauen?« Baroon geht zurück zu seinem Schreibtisch und wühlt in seinen Unterlagen, um Zeit zum Nachdenken zu gewinnen. »Das Drachenministerium vielleicht?«

»Ich hasse diese Viecher!«, zischt Norina.

»Dann das Energieministerium! Wir brauchen endlich Konzepte zur Energieeinsparung. Ihr werdet eng mit dem Software-Minister zusammenarbeiten müssen.«

»Das lässt sich machen!« Krestos nickt zufrieden.

»Äh?« Norina schaut fassungslos vom einen zum anderen.

»Wollt Ihr lieber Raumfahrtministerin werden?«, fragt Baroon.

»Nein!«

»Ist doch hochinteressant!«, befindet Gero.

»Na also. Gero bekommt das Ministerium für Raumfahrt, Geospiza wird Drachenministerin... und Sir Caluardo verleihe ich den Posten des Ministers für Extraterrestrische Beziehungen! Die Verantwortung ist groß, aber Ihr werdet dem gerecht werden, ich weiß es! Eure diplomatischen Fähigkeiten sind für Galaxia unschätzbar wertvoll!«

Sir Caluardo strahlt von einem Segelohr zum anderen. Großzügig ignoriert er die Tatsache, dass kein Vampir Galaxia jemals verlassen hat, dass sich also die Beziehungen zu anderen Planeten oder Sonnensystemen sehr übersichtlich gestalten.

Mit einer Ausnahme. »Was ist mit dem Tourismus aus Realwelt?«, fragt McSidor.

»Mein Ressort!«, antwortet Baroon knapp. »Noch Fragen? Gut. Hiermit verleihe ich Euch die Ministerwürde und gebe zu Protokoll, dass alle Ernannten angenommen haben...« Baroon dreht sich einmal um sich selbst. »Ist doch so, oder?«

»Meinetwegen... Irgendjemand muss es ja tun«, murmelt Norina in einem seltenen Moment selbstloser Einsicht. »Und was machen wir jetzt, um Tyranimos zufriedenzustellen?«

»Was für eine überflüssige Frage!« fährt Geospiza auf. »In den Arsch treten werden wir ihm! Oder hat sonst noch jemand vor, sich von einem Zwanzigjährigen einschüchtern zu lassen?«

»Seine jugendliche Unbesonnenheit ist ja gerade das Problem!«, faucht Norina. Jähzorn flackert in ihren Augen. »Habt Ihr denn immer noch nicht verstanden? Wenn Tyranimos einen Krieg anzettelt, ist unsere Versorgung mit Lebensenergie gefährdet!«

»Als ob Euch das etwas ausmachen würde!«, giftet Geospiza. »Vielleicht passt es Euch ja ganz gut in den Kram, wenn Blutsaugen wieder gesellschaftsfähig wird!«

»Myladies!«, protestiert Arefin. »Wir sind doch alle erwachsene Vampire und sollten das Thema ganz sachlich...«

»Elende Schlampe!« Norinas Handtasche saust durch die Luft und landet mit einem lauten Klatscher in Geospizas Gesicht. Die schaut erst ungläubig, taut aber schnell auf und stürzt sich nach einer

Überraschungssekunde mit Wutgeheul auf ihre Widersacherin. Martinigläser und Kerzenhalter fliegen durch die Gegend.

»Aber meine Damen!« Geschickt weicht Sir Caluardo einem Aschenbecher aus, der hinter ihm gegen die Holzvertäfelung knallt. »Was ist denn das für ein Benehmen?«

Grinsend reicht Krestos sein Zigarrenkistchen herum: »Nun, Mylords? Bitte bedient Euch! Ich denke, es dauert ein Weilchen, bis unsere Damen wieder gesprächsbereit sind.«

****

Keuchend und von Kopf bis Fuß mit Staub überzogen stapft Amy durch den Kies der Auffahrt. Sie ist fast die ganze Strecke gerannt und kann vor Seitenstechen kaum noch gehen. Völlig außer Atem schleppt sie sich die Freitreppe hoch und stemmt sich gegen das schwere Schlossportal, um es aufzudrücken.

»Butler!«, schreit sie panisch. Ihre Stimme hallt durch das hohe Gewölbe, aber weit und breit ist da niemand. Die große Eingangshalle ist wie ausgestorben. »Butler?«

»Ah, Miss Baroon. Zurück vom Ausflug?« Butler erscheint auf dem oberen Treppenabsatz. Auf der linken Hand balanciert er ein Tablett, auf dem leere Martiniflaschen zu einer Pyramide gestapelt sind, mit rechts umarmt er drei Champagnerkühler. »Darf man fragen, wo der Polizei-Pickup parkt?«

»Keine Zeit!«, schnauft Amy. »Ist Baroon da?«

»Jawohl, Mylady, oben im Arbeitszimmer. Aber er befindet sich gerade in einer wichtigen Besprechung und darf nicht gestört werden. Ich werde Ihm Eure Ankunft melden.«

»Sehr gut!«, ruft Amy erleichtert. Noch bevor Butler eine Hand freibekommt, um sie zurückzuhalten, hat sie sich schon an ihm vorbeigeschlängelt und rennt die Stufen hinauf zu den oberen Etagen.

»Mylady! Nein!«, schallt es ihr hinterher, aber da läuft sie bereits den Korridor entlang. Stimmengewirr, klirrende Gläser, irgendetwas knallt an die Wand... das hört sich eher nach Party an. Von wegen

Besprechung! Sie reißt die Tür zu Baroons Arbeitszimmer auf, tut einen Schritt hinein und weicht sofort wieder zurück. Es dauert einen Moment, bis sie kapiert, dass der graue Qualm kein Zimmerbrand ist, sondern Zigarrenrauch.

Vor ihr auf dem Boden wälzen sich keuchend zwei Frauen, nicht mehr ganz taufrisch, die sich gegenseitig die Gesichter zerkratzen. Sie blicken nur kurz hoch, dann fliegen wieder die Fäuste und die Unterröcke.

Amy vermutet, dass es Vampirinnen sind. Das mondgesichtige Moppelchen im grünen Samtkleid ist klar im Vorteil: sie kämpft in einer höheren Gewichtsklasse. Geifernd sitzt sie auf ihrer Gegnerin, greift hinter sich, an den Absatz ihres Stiefels, bricht ihn ab und hackt damit auf die andere ein. Diese wehrt sie mit der einen Hand ab und reißt ihr mit der anderen die hochgesteckten schneeweißen Locken vom Kopf. Unter dem falschen Haarteil kommt eine verschwitzte Igelfrisur zum Vorschein. Mit Schmackes haut die Dünne der Dicken die Perücke um die Ohren, bis beide von weißlichen Puderwolken eingenebelt sind.

Ein Grüppchen Vampir-Gruftis steht Zigarre schmauchend daneben und gibt launige Kommentare von sich.

»Weiber-Wrestling ist ja völlig niveaulos...«

»Ich find's geil!«

»Mein' ich doch!«

Amys Augen scannen den Raum. »Entschuldigung! Ich suche Baroon!« Die Anwesenden drehen sich langsam zu ihr um. Im Gegenlicht sind die Gesichter schwarze Flecken, umhüllt von Zigarrenqualm.

»Mylady!«, flüstert es hinter ihr. Butler hat sie eingeholt, innerlich fluchend. Ihm ist klar, dass es Baroon lieber wäre, wenn der Ältestenrat seine Tochter nicht zu Gesicht bekäme. Nicht ohne Grund hat er ihre Existenz bis jetzt geheimgehalten. »Schließt die Tür und kommt mit mir!«

Amy ignoriert ihn. Ihre Augen heften sich an die schemenhafte Gestalt, die aus der Tiefe des Raumes auf sie zukommt. Obwohl sie sich erst einmal zuvor gesehen haben, erkennt Amy ihn an seinen Bewegungen.

»Baroon!« Sie schreit aus vollem Hals, um das Kreischen der Vampirinnen zu übertönen. »Hilf mir! Vincent wurde von einem Drachen entführt!«

Schlagartig kehrt Ruhe ein. Sogar die beiden zerrupften Vampirladies haben ihre Auseinandersetzung vorübergehend vergessen und starren sie an. Amys Ähnlichkeit mit Baroon ist nicht zu übersehen: Die charakteristische Nase, der Schwung der Lippen – und vor allen Dingen die Augen, mit diesem eindringlichen, fast stechenden Blick. Ein überraschtes Raunen hebt an: »Sieh einer an, wer hätte das gedacht! Baroon hat eine Tochter!«

Baroon nickt ihr zu und schaut dann wortlos auf Butler, der hinter Amy im Türrahmen steht. Amy hört ein Rauschen in ihrem Kopf, das klingt wie »Zeigt es ihr!«. Butler deutet eine Verbeugung an, zieht Amy auf den Korridor und schließt die Tür zum Arbeitszimmer.

Die Totenstille im Raum wird erst nach geraumer Zeit von Krestos' schnarrender Stimme durchbrochen: »Nun, meine Herren: Ich denke, wir haben die Lösung!«

GALAXIA
I. C. HERMANN
DRACHENKIND
Diamantenfieber 5

GALAXIA – Azurinschloss

»Butler!« Amy stolpert neben ihm her, ihren Arm im festen Griff seiner Hand, wie in einem Schraubstock. »Sie müssen mir helfen, meinen Bruder zu retten! Dieses Ungeheuer...«

»Das Missverständnis wird sich gleich auflösen, Mylady«, sagt Butler, während er sie über den Korridor zu einer dusteren Wendeltreppe zieht.

»Missverständnis?« Sie kreischt fast. »Das ist kein Missverständnis! Ich habe es mit eigenen Augen gesehen!«

»Vertraut mir, Mylady.« Er drängt sie zu einem fensterlosen Treppenschacht.

Vertrauen? Wieso eigentlich? Plötzlich wird ihr klar, dass sie gegen die Kräfte dieses Vampirs nicht die geringste Chance hätte.

»Mylady?« Er bemerkt ihren Widerstand. »Dort hinauf, bitte!«

Amy beißt sich auf die Lippen. Hat sie eine Wahl, wenn sie Vincent retten will? Außerdem: Butler befolgt nur Baroons Befehle – und Baroon ist ein Mann, dem ihre Mutter blind vertraut. Mum hätte sie nicht in die Arme von Mädchenschändern geschickt. Sie wirft Butler einen prüfenden Blick zu. »Also gut!« Entschlossen stapft sie an ihm vorbei durch die Tür, die enge Wendeltreppe hinauf. »Was sollen Sie mir zeigen?«

Der Diener folgt ihr mit einer Fackel in der Hand. »Euer Vater wünscht, dass Mylady erfährt, warum die Drachin diesen kleinen Jungen entführt hat.«

»Mein Vater?« Amys gereizte Stimme hallt von den Wänden. »Ich habe schon einen Vater. Zuhause. In meiner Welt!«

»Galaxia ist genauso Eure Welt, Mylady. Es ist ein großes Privileg, von einem der ältesten Vampirgeschlechter Galaxias abzustammen!«

Nicht schon wieder dieses dümmliche Gelaber! Amy bleibt stehen und dreht sich um. »Hilft mir das, meinen Bruder wiederzufinden? Lebendig und unversehrt?«

Butler macht keinen allzu besorgten Eindruck. »Ich denke, Eurem Bruder geht es gut. Die Drachin wird ihn umsorgen wie ihr eigenes Baby.«

»Na klar!« Pures Beschwichtigungsgesülze! »Woher wollen Sie das überhaupt wissen?«

»Es liegt in der Natur einer Drachin, sich eines Vampirbabys anzunehmen und es großzuziehen.«

»Vincent ist aber kein Vampirbaby!« Sie versucht, nicht hysterisch zu werden. »Er ist ein Menschenjunge!«

»Tja, das ist wohl das eigentliche Missverständnis«, erwidert Butler.

Sie steigen weiter nach oben, Stufe um Stufe, immer im Kreis. Die Wendeltreppe wickelt sich um eine Steinsäule, über die sich gemeißelte Weinreben ranken. Einige Blätter sind durch steinerne Fratzen ersetzt, mit aufgesperrten Mündern und leeren Augenhöhlen.

Amy versucht, flach zu atmen, um möglichst wenig von der muffigen Luft in ihre Lungen zu bekommen. Hört diese Treppe auch irgendwann mal auf? Ihre Oberschenkel brennen von der ungewohnten Anstrengung. »Dieser ganze bescheuerte Vampirkram geht mir voll auf die Nerven!«, schimpft sie vor sich hin. »Sechzehn Jahre lang war ich ein ganz normaler Mensch! Und jetzt bin ich auf einmal nur ein halber? Und zur anderen Hälfte eine verrückte Vampirin?«

»Vampire sind nicht verrückt!«, widerspricht Butler. Er klingt beleidigt.

Amy wirft einen düsteren Blick nach unten. »Sobald ich Vincent gefunden habe, gehen wir nach Hause und kommen nie wieder!«

»Man soll niemals ›Nie‹ sagen«, philosophiert Butler. »Für einen Vampir ist das eine sehr, sehr lange Zeit! – So, da wären wir!« Er schiebt sich an ihr vorbei und drückt die schwere Holztür auf. Rostige Beschläge quietschen, als er Amy bedeutet, einzutreten. »Achtung, Mylady, der Türrahmen ist niedrig!«

Durch hohe Fenster, schmal wie Schießscharten, fällt nur wenig Licht. Amy blickt verdutzt auf die riesige Konstruktion, die sich vor ihr erhebt. Tausende große und kleine Zahnräder drehen sich in einem Gitternetz aus Achsen, verbinden Schwungräder, Flaschenzüge, Kolben und Hebel zu einem gigantischen Uhrwerk, das die gesamte Bodenfläche ausfüllt. Spiralen und Schnecken aus Metall vibrieren jedesmal, wenn eine schwere bronzene Pendelscheibe an ihnen vorüberzieht, wie eine schwingende Guillotine. Über der komplexen Maschinerie erhebt sich das Gebälk der Turmspitze, wo eine ganze Armada von Fledermäusen zuhause ist.

»Wo sind wir hier?«

»Im Nordturm. Dies ist das Herz des Azurinschlosses – die Zeitenuhr.«

Ein paar Meter über ihr, dort wo die schwarzen Mauerziegel aufhören und die blauen Dachziegel anfangen, dringt matte Helligkeit durch das milchige Glas eines kreisrunden, mannshohen Fensters. Es ist ein Zifferblatt, auf dem die Zahlen von I bis XVII in schwarz oxidiertem Blei spiegelverkehrt angebracht sind. Anstelle eines Zeigers befindet sich in der Mitte ein fünfzackiger Stern aus kupfergrünem Draht, der sich gegen den Uhrzeigersinn dreht. Damit man vom Schlosshof aus die richtige Uhrzeit sehen kann, überlegt Amy. Aber... von Eins bis Siebzehn?

Butler folgt ihrem Blick. »Nach der alten Zeitrechnung Galaxias dauerte ein Tag siebzehn Stunden. Wir haben erst vor etwa 20 Jahren das 24-Stunden-System auf Galaxia eingeführt, weil das für die Energieumstellung erforderlich war. Sonst hätte es bei der Abstimmung mit den LogScreens Schwierigkeiten gegeben.«

Was verdammt nochmal besser gewesen wäre. Dann wäre sie vermutlich niemals in Galaxia gelandet und müsste jetzt nicht um Vincents Leben fürchten. »Und wie sollen wir von hier aus meinen Bruder befreien?«

Butler hört die Verzweiflung in ihrer Stimme. »Mit ein wenig Geduld könnt Ihr Euch gleich selbst davon überzeugen, dass kein Grund zur Sorge besteht!«

Amy ballt die Fäuste. Ihre Fingernägel bohren sich in ihre Handinnenflächen. So hat das keinen Sinn – die Zeit läuft ihr davon! Sie wendet sich zur Treppe.

»Ich zeige Euch, warum Euer Bruder verschleppt wurde.« Butler schaut sie beschwörend an. »Vertraut mir!«

Amy zieht geräuschvoll die Nase hoch und nickt. Was bleibt ihr auch anderes übrig?

»Die Zeitenuhren bewahren unsere Geschichte. Lasst uns die Eure ansehen, Mylady.« Er greift nach ihrer Hand, um ihren zweiteiligen Amulett-Ring zu begutachten – das Geschenk ihrer Mutter, an dem immer noch unverrückbar Baroons Ringhälfte hängt. »Hm. Sollen wir es in der Mitte versuchen, oder eher am Rand? Was meint Ihr?«

»Woher soll ICH das denn wissen?«, blafft Amy verständnislos.

»Baroonesse!« Butler seufzt, fast unhörbar. Einen Moment ist Stille. »Ihr wisst viel mehr, als Ihr ahnt! Lasst Euch von Euren Vampirgenen leiten! Unter all diesen Zahnrädern ist auch das eine, das Ihr sucht.«

»Ich suche kein Zahnrad, ich suche meinen Bruder!«

»Vertraut Eurer Intuition«, beharrt Butler. »Denkt an die Drachin!« Seine Stimme hat etwas Hypnotisches. Es gelingt Amy tatsächlich, ihren Widerwillen zu überwinden und sich die Einzelheiten der grauenvollen Begegnung ins Gedächtnis zu rufen. Die schuppigen Klauen um den schmalen Kinderkörper. Riesige Krallen, die im Sonnenlicht silbrig glänzen. Vincents Angst, seine verzweifelten Schreie. Der Hitzeschwall aus dem Drachenmaul. Der Ascheregen.

»Und?«, fragt Butler. »Schon was entdeckt?«

Amy starrt völlig planlos auf den Mechanismus. Wonach soll sie überhaupt suchen?

Zu ihrer Linken staubt es vom Turmgebälk herab. Kleine schwarze Krümel fallen zwischen zwei Kurbelwellen, sie sieht es aus dem Augenwinkel. Na bravo, kommuniziert ihre Intuition etwa so mit ihr? Mit Fledermauskot? Sie räuspert sich. »Da links vielleicht?«

Butler nickt und schiebt sich vorsichtig zwischen den Zahnrädern hindurch, in den Bereich des Uhrwerks, den Amy ihm gezeigt hat. »Wo genau?«

Mit kleinen Schritten folgt sie ihm und schaut sich unschlüssig um. Neben ihr surren Schwungräder, rattern Zahnräder. Wo sind denn diese vollgekackten Kurbelwellen? Die hat sie jetzt aus den Augen verloren! Weil sie abgelenkt war, weil alles um sie herum pendelt und klackert!

»Butler?« Um einer Reihe von auf- und abschwingenden Stahlfedern auszuweichen, kommt Amy den rotierenden Walzen eines mechanischen Zählwerks zu nahe. Ziiiiieeeeep... »Aua!«

Sie rettet gerade noch ein Büschel Haare aus dem Getriebe – bis auf ein einzelnes Haar, das zwischen kleinen Stahlzähnchen klemmt und schnurstracks ins Innere der Apparatur befördert wird.

»Na, das ist mal ein eindeutiges Zeichen!«, lobt Butler und verfolgt den Weg des blauschwarzen Haars. Es wickelt sich gerade um eine der Kurbelwellen. »Wenn Ihr jetzt bitte den Zeitenring anlegen wollt, Mylady?«

»Ich habe ihn doch am Finger!«

»An das Zahnrad anlegen, meine ich!« Kurzentschlossen packt Butler Amys Hand und hält ihren Zeitenring an das Profil des Rädchens, das ihr Haar verschluckt hat. Als die Zacken in die Vertiefungen des Ringes greifen und ihn als Teil des Uhrwerks langsam um Amys Finger drehen, zuckt sie zusammen. In ihrem Hirn knistert es und leuchtet auf, so grell, als würde sie ins Innere eines Blitzlichts schauen. Sie spürt, wie es ihr den Boden unter den Füßen wegzieht. Das Gefühl, im Nichts zu hängen, verursacht ihr Übelkeit. Sie weiß nicht mehr, wo oben und unten ist; ihre Sinne sind wie vernebelt.

Butler scheint zu wissen, was mit ihr passiert. Seine linke Hand stützt ihren Rücken, mit rechts fixiert er den Kontakt ihres Rings mit dem Zahnrad. Die Sicherheit, die sein zuverlässiger Griff ausstrahlt, hält ihre Angst in Schach und lässt sie ruhiger atmen.

Plötzlich wird ihr Blick wieder klar. Amy sieht eine junge Frau, die am Fenster eines Turmzimmers steht. Es ist ein hübscher kleiner Salon, ausgestattet mit rosa Seidentapeten und kurvigen Stühlchen. Neben dem Fenster steht eine leere Babywiege. Die Frau wirkt bedrückt. Eine Hand ruht auf ihrem vorgewölbten Babybauch, während ihr Blick in die Ferne schweift.

»Mum? Ist das meine Mum?«

»Jawohl, Mylady«, bestätigt Butler.

»Sie ist schwanger!«

»Das Kind im Bauch seid Ihr. Es ist der Tag vor Eurer Geburt.«

»Da kommt Baroon! Was hat er gesagt? Warum weint sie jetzt? Ich verstehe kein Wort!«

»Ihr müsst Euch auf Euer Gehör konzentrieren, Mylady.«

Tatsächlich, da ist ein Rauschen, ein Gemurmel von ganz weit weg. Amy lauscht. Die Stimmen werden deutlicher.

»Cat, Liebste, Ihr versteht mich ganz falsch! Ich will der Drachin unser Baby nicht geben. Aber sie wird einen Weg finden, es sich zu holen!«, hört sie Baroon sagen.

»Gegen meinen Willen? Das dürft Ihr nicht zulassen!« Cathrines Gesicht ist jetzt so weiß wie die Baby-Bettwäsche.

»Die Drachin wird sich auf ihr Recht berufen«, antwortet Baroon. »Sie ist doppelt im Recht: Es ist Vampirgesetz UND Drachengesetz. Jedes Vampirbaby kommt in die Obhut einer Drachin...«

»Nein!«

»... und wächst im Drachenhorst auf. Zwischen seinem vierzehnten und sechzehnten Geburtstag kehrt es in sein Elternhaus zurück.«

»Aber warum denn?« Cathrine schreit es fast.

»Weil Vampirmütter nicht in der Lage sind, eine derart selbstlose Hingabe aufzubringen, wie sie diese hilflosen kleinen Lebewesen zum Überleben benötigen. Füttern, Beaufsichtigen, Erziehen – Drachen erfüllen diese Aufgabe besser.«

»Ich bin keine Vampirmutter, Baro! Ich bin ein Mensch! Ich kann selbst für mein Kind sorgen, besser als jeder Drache!« Cathrines Hände krallen sich um den Holzrahmen der Babywiege. »Wenn eine Drachin mir mein Kind wegnehmen will, muss sie mich vorher umbringen!«

»Das würde sie dann auch tun, wenn es nötig wäre«, antwortet Baroon.

»Und das sagt Ihr mir so einfach ins Gesicht?«

»Hätte ich es Euch verschweigen sollen? – Aber das ist noch das kleinere Problem. Viel schlimmer ist, dass sich keine weise und mächtige Drachin für unser Baby interessiert.«

Cathrine lächelt erleichtert. »Dann ist ja alles gut!« Sie atmet tief durch. »Wie habt Ihr mich erschreckt! – Warum eigentlich nicht?«

»Menschen haben bei den Drachen keinen hohen Status. Einige Drachen empfinden regelrecht Abscheu vor ihnen«, sagt Baroon. »Unser Baby ist ein Halbling: halb Mensch, halb Vampir.«

»Ich bin froh, dass sie sich nicht für mein Kind interessieren!«, ruft Cathrine.

»Ich nicht! Die erfahrenen Drachinnen, die ganz oben in der Rangordnung stehen, werden diesen Halbling nicht aufziehen wollen. Sie überlassen das irgendeiner jungen, rangniederen Drachin, die das Bemuttern erst noch üben muss. Diese aber wird nicht mächtig genug sein, um unser Baby vor den Clan-Rivalitäten zu schützen. Das ist eine äußerst gefährliche Situation für ein Vampirkind!«

»Mein Baby ist kein Vampirkind! Höchstens zur Hälfte!«

»Ich glaube nicht, dass das die anderen Vampirfamilien interessiert, wenn sie ihre Mordgesellen schicken, um unser Baby umzubringen!«

Amy zuckt verstört zurück, aber Butler hält ihre Hand wie in einem Schraubstock an das Räderwerk. Das Bild, das die Zeitenuhr ihr zeigt, flackert und wird wieder klar. Amy sieht, dass Cathrine erneut zu weinen anfängt. Sie versteckt ihr Gesicht an Baroons Brust und schluchzt: »Was sollen wir nur tun?«

Er streicht ihr über das Haar. »Ihr müsst nach Realwelt zurückkehren.«

»Ihr schickt mich weg?«

»Cat!«, flüstert Baroon. »Wenn Ihr in Galaxia bleibt, wird unser Kind sterben!«

»Aber ich... Baro, nein! Wie könnt Ihr das von mir verlangen?«

»Ich liebe Euch mehr als mein Leben, Cat. Aber Ihr müsst fort von hier! Das ist der einzige Weg, unser Baby vor den Drachen zu schützen – und vor den Intrigen der Vampirclans.« Baroon geht vor Cathrine auf die Knie und lehnt seine Stirn an ihren Bauch.

Amy kann seinen Schmerz spüren, seine Angst und seine Traurigkeit. Mit einem Mal versteht sie, dass er nicht anders handeln konnte: Er musste sie wegschicken, um sie zu beschützen.

»Warum ist Eure Welt so grausam?«, fragt Cathrine verzweifelt.

»Galaxias Gesetze sind viele Jahrtausende alt. Jeder, der hier lebt, ist an sie gebunden. Wenn die schwächliche Drachin unser Baby einfordert, müssen wir es ihr geben.«

»Niemals!«

»Wenn wir das nicht tun, werden die Drachen uns vernichten.«

»Was meint Ihr mit ›vernichten‹?«, schluchzt Cathrine.

»Sie würden einen Krieg gegen uns führen, den keiner von uns überlebt. Die Drachen sind die Hüter der Traditionen. Wenn wir dagegen verstoßen, sehen sie das als Bedrohung für ihre althergebrachte Ordnung.« Baroon springt auf, schneller als Amys Blick ihm folgen kann, und hält Cathrine fest, bevor sie auf den Boden sackt. »Ihr müsst unser Kind nach Realwelt bringen. Es gibt keine andere Lösung.«

»Ich hasse diese Drachen!«

»Die Drachen tun genau das, wozu sie geboren sind. So haben sie von jeher das Überleben der Vampire gesichert.«

Cathrine fährt mit ihrer Hand Baroons Gesichtszüge nach. »Das heißt, ich muss Euch verlassen?« Tränen laufen ihr über die Wangen.

»Meine Freunde aus Realwelt werden sich um Euch kümmern, damit Ihr dort nicht alleine seid.«

Baroons Stimme verhallt. Die Vision verblasst. Butler zieht Amys Hand vom Räderwerk weg. Der Zeitenring löst sich vom Zahnrad, und ihr Arm sinkt nach unten.

Amy ist für einen Moment völlig durcheinander. »Wessen Erinnerungen sind das, Butler?«

»Das Azurinschloss speichert seine eigenen Erinnerungen in der Zeitenuhr, Mylady.« Er wendet sich zum Gehen und bahnt sich einen Weg durch das Gewirr der Zahnräder.

Amy folgt ihm benommen zurück zum Ausgang. Sorgfältig schließt Butler die quietschende Holztür und nimmt die Fackel aus der Halterung. Amy stolpert ihm hinterher, die enge Wendeltreppe hinunter. Sie starrt auf die Steinmetzarbeiten auf der Mittelsäule. Die gemeißelten Weinreben laufen in skelettartigen Händen aus. Beim Aufstieg, aus der entgegengesetzten Perspektive, wirkten sie einfach nur wie knorrige Stängel. Jetzt aber, auf dem Weg nach unten, lässt das Schattenspiel der Fackel die steinernen Hände lebendig erscheinen, so als würden sie nach ihr greifen. Beim Anblick der kunstvoll gearbeiteten Steinfratzen, die mit ihren aufgesperrten Mündern lautlos um Hilfe schreien, fällt ihr schlagartig Vince wieder ein: »Aber was hat das mit dem Drachen zu tun, der meinen Bruder entführt hat?«

»Es ist eine Drachin«, korrigiert Butler. »Und zwar das kleine, schwächliche Drachen-Weibchen, das eigentlich Euch aufziehen sollte.«

»So klein und schwächlich kam mir die gar nicht vor«, murmelt Amy.

»Für diese Drachin muss es ein Schock gewesen sein, damals, dass Eure Mutter einfach verschwunden ist«, plaudert Butler, während er Stufe um Stufe nach unten steigt. »Wenn alle Brutpflegeinstinkte ins Leere laufen... Und dann ist ein Vampirbaby natürlich auch eine Statusfrage für einen Drachen. Auch wenn es nur ein Halbling ist.« Er wirft einen entschuldigenden Blick nach hinten. »Nichts für ungut; Ihr wisst, wie ich das meine...«

»Logisch!«, versichert Amy. Im Internat lernt man, nicht so leicht beleidigt zu sein. Oder zumindest, es nicht so deutlich zu zeigen.

»Für eine rangniedere Drachin ist ein Halbling besser als gar kein Baby.«

»Klar.« Der Trostpreis, sozusagen.

»Natürlich will sie auch den Schmuck! Da ist sie wie alle Frauen!«

»Wer? Die Drachin?«

Butler nickt. »Wenn Vampireltern ihr Neugeborenes zum Drachenfels bringen, legen sie dem Baby-Bündel ein wertvolles Schmuckstück bei. Als Geschenk, um die Drachin für das Vampirbaby gütig zu stimmen. Das kann ein Amulett sein, ein Armreif, ein kostbarer Stein. Je schwerer, desto besser. Die Drachen lieben dieses Geglitzer und die leuchtenden Farben. Sie sammeln die Schmuckstücke in ihren Nestern.«

Amy schaudert es. »Die armen Babys! So ganz ohne Mutter aufzuwachsen!«

»Brutpflege ist nun mal eine Aufgabe, die von Vampiren traditionell delegiert wird. Und Ihr könnt mir glauben, Mylady, das ist auch besser so. Vampirinnen entwickeln keine mütterlichen Gefühle für ihren Nachwuchs, sie zeigen keine Beschützerinstinkte. Drachinnen schon.«

»Trotzdem! Es sind Tiere!«

»Magische Tiere! Wir Vampire erwerben einen Teil unserer magischen Fähigkeiten in unserer Zeit mit den Drachen. Je mächtiger die Drachen-Amme des Babys ist, desto mächtiger wird dieser Vampir später sein, wenn er erwachsen ist. Und je einflussreicher die Vampir-Familie ist, aus der das Baby stammt, desto interessierter sind die mächtigsten Drachen-Weibchen.«

Amy verkneift sich einen Kommentar. Butler scheint sehr angetan von diesen Flugechsen. Da hat es vermutlich keinen Sinn, mit ihm über Mutterliebe zu diskutieren.

»Die Drachin bleibt ihrem Vampir-Schützling ein Leben lang verbunden«, fährt Butler fort. »Üblicherweise geben Vampirmütter ihr Baby zu der Drachin, von der sie selbst großgezogen wurden...«

»Sagen Sie, Butler: Wie heißt sie denn? Die Drachin, die mich aufziehen sollte?«

Butler röchelt.

»Alles in Ordnung?«

Butler wirft einen verdutzten Blick über seine Schulter. »Ja, gewiss, Mylady!«

»Wie heißt sie denn nun?«

Butler wiederholt das Röcheln. »Das ist der Name. In Drachensprache. Er bedeutet: Der kleinste von neun Rubinen. Diese Drachin stammt aus einem ungewöhnlich großen Gelege: Es waren neun Eier im Nest. Ihre Geschwister sind alle genauso rot, aber viel größer. Sie ist die Kleinste.«

»Wenn die Drachin eigentlich mich wollte – warum hat sie sich dann meinen Bruder geschnappt?«

»Weil Ihr zu alt seid, um bemuttert zu werden. Wenn Vampirkinder in das Alter kommen, in dem ihre magische Reifung beginnt, kehren sie zu ihren Familien zurück, um ihre Kräfte und Fähigkeiten vollständig auszubilden.«

»Aber Vince ist doch gar kein Vampir! Auch kein halber! Unsere Eltern sind ganz normale Menschen!« Amy schnauft. »Unsere Mutter und sein Dad, meine ich.«

Butler wiegt nachdenklich den Kopf hin und her. »Möglicherweise sieht die Drachin Euren Bruder als Ersatz, weil sie Euch damals nicht bekommen konnte? Er ist noch klein genug, um bemuttert zu werden. Der Drachenbann endet erst in der Pubertät.«

»Aber... das dauert doch noch ewig!«

»Er ist ja kein Baby mehr! So ein paar Jährchen sind schnell vorbei«, tröstet Butler.

»Mum dreht durch, wenn sie das hört!« Die Fackel beginnt zu flackern. Sie kommen zum Turmausgang. »Butler? Können Sie meinem Bruder helfen? Bitte!«

»Euer Bruder braucht keine Hilfe, Mylady! Er lebt und ist wohlauf. Ihr braucht Euch überhaupt keine Sorgen zu machen!«

Der Typ hat Nerven! »Das sind wilde Tiere!«, braust sie auf. »Natürlich mache ich mir Sorgen!«

»Mylady, Ihr könnt Euch darauf verlassen, dass Euer Bruder angemessen versorgt wird. Es fehlt ihm an nichts!« Mit provozierender Langsamkeit löscht Butler seine Fackel in einem Sandeimer und steckt sie in die Halterung.

Amy massiert sich die Schläfen. So kommt sie nicht weiter; der Diener stellt sich stur. Was flimmert denn da so? Ist das Butlers Aura? »Cognacbraun!«, murmelt sie überrascht.

Butler grinst und zwinkert ihr zu, so als wollte er sagen: ›Das wird schon!‹

»Dann muss mir eben Baroon helfen, Vincent zu holen!«

»Vincent holen?« Butler lacht auf. »Schlagt Euch das aus dem Kopf, Mylady! Die Drachen lassen sich ihre Schützlinge nicht einfach wegnehmen. Sie verteidigen sie bis aufs Blut!« Er mustert Amy von oben bis unten, aber an ihrer körperlichen Konstitution hat sich seit ihrem ersten Besuch nichts geändert: Zu dünn, zu leicht, mäßig trainierter Muskeltonus. Vermutlich fällt sie um, sobald ein Drache hustet. »Ich würde Euch dringend raten, der Natur ihren Lauf zu lassen. Wenn Euer Bruder in die Pubertät kommt, kehrt er von selber nach Hause zurück.«

Amy blinzelt verstört. Es scheint sein voller Ernst zu sein! Sie muss zu Baroon, mit Butler verschwendet sie nur wertvolle Zeit. »Darf ich mal?« Sie drängelt sich vorbei und rennt den Gang entlang, zu Baroons Arbeitszimmer. Die Tür steht sperrangelweit offen. Es stinkt nach Zigarrenrauch. Der große Raum ist leer. »Wo sind die denn alle hin?«

»Die Sitzung des Ältestenrats ist beendet, Mylady«, sagt Butler, der jetzt im Türrahmen steht. Stühlerücken und Treppengetrappel – der Aufbruch der Herrschaften war ja wohl nicht zu überhören. Anscheinend ist das Gehör von Baroons Tochter noch nicht so gut ausgebildet, wie es sein könnte.

Von draußen dringt Hufeklappern herauf, Peitschenknallen und Kutscherflüche. Amy rennt zum Fenster und wirft einen Blick nach unten in den Hof. Vor dem Schlosstor drängeln sich Droschken. Die Zugtiere sind struppige Viecher mit kantigen Köpfen und orangebrauner Fellzeichnung. Sie keilen aus, grunzen und schnappen. Sind das überhaupt Pferde?

Amy entdeckt Baroon inmitten des ganzen Gedränges. »Was macht er da?« Entgeistert sieht sie, wie Baroon ebenfalls in eine Kutsche steigt. Bis sie aus dem Zimmer stürzt, die Treppe hinunter, sich an den Touristen vorbei durchs Foyer schlängelt und nach draußen rennt, haben die Kutschen den Schlosshof schon verlassen.

»Verdammt!« Mit hängenden Schultern schleicht sie die Freitreppe wieder hinauf.

»Spätestens morgen früh ist er zurück!«, tröstet Butler und hält ihr die Tür auf, die in das große Schlossportal eingelassen ist. »Als Herrscher über ganz Galaxia hat er nun mal viele Termine.«

Amy beißt sich auf die Lippen. Ihre Hand greift an den Hals, zu ihrer Kleeblatt-Kette. Die hat ihr doch schon einmal Glück gebracht! »Wenn ich nur wüsste, wo die Drachin ihn hingebracht hat...«

»Euren Bruder? Zu ihrem Nest am Drachenfels, wohin denn sonst?« Butler unterdrückt ein Lächeln.

Das Wort *Drachenfels* kommt Amy bekannt vor – aber woher? Ach ja, aus dem Auswahl-Menü des LogScreens. »Wo ist denn hier im Schloss die Waffenkammer? Ich brauche etwas, womit ich die Drachin auf Abstand halten kann!«

»Bloß nicht!«, ruft Butler. »Ihr würdet jeden Kampf gegen einen Drachen verlieren! Egal welche Waffen Ihr hättet!«

»Aber was kann ich tun, wenn die Drachen mich angreifen?«, fragt Amy mit belegter Stimme. »Mich totstellen? Wegrennen? Oder soll ich irgendwelche Faxen machen, um sie zu verwirren?«

Über Butlers Gesicht zuckt eine Grimasse, halb amüsiert, halb entsetzt. »Ich würde es mit Reden versuchen. Vielleicht schafft Ihr es, sie zu überzeugen.«

»Mit Kr-kr-kr?« Amy imitiert Butlers Drachen-Geröchel. »Entschuldigung, aber...«

Butler ist nicht beleidigt. »Drachen schätzen ein gutes Gespräch! Sie sind hochintelligent; sie können nur nicht in unserer Sprache antworten.«

»Wenn Sie das sagen...«

»Die Drachin, die Euren Bruder entführt hat, wird Euch ganz gewiss nichts tun. Sie erkennt in Euch immer noch das Baby, das sie hätte hüten sollen.«

»Alles klar. Danke, Butler!« Amy schielt zum LogScreen. Dort drängeln sich die Menschenmassen. Es ist früh am Abend, allerbeste Ausgehzeit.

»Es war mir ein Vergnügen, Mylady.« Butler deutet eine Verbeugung an und geht durch die Eingangshalle zum Roten Salon. In Sekundenschnelle wird er von Touristen umlagert, die ihn mit *Spicy-Dragon*-Bestellungen bombardieren.

Amy schiebt sich durch die gutgelaunten Besuchergruppen zum LogScreen. Sie wird heilfroh sein, wenn sie Vincent wieder unbeschadet nach Hause gebracht hat. Hoffentlich. Und dann wird sie diesen Scheiß-Account kündigen und nie wieder in Galaxia aufschlagen! Sollen sich die anderen in diesem verrückten Vergnügungspark amüsieren – für sie ist das nix.

»Tag, die Nertens!«, quatscht sie die Brüder an, die schon minutenlang den Screen blockieren. Wie üblich können die beiden sich nicht einigen, was sie mit ihrem Restguthaben noch anstellen wollen. Anstatt sich irgendwohin zu teleportieren, liefern sie sich mit der motzenden Touristenschlange hinter ihnen ein Stinkefinger-Duell.

»Wem gehört denn der Zehn-Euro-Schein da unten?«, fragt Amy mit unschuldigem Augenaufschlag. Kaum dass die Nertens ihre Pratzen vom LogScreen nehmen, um den Fußboden abzusuchen, legt Amy ihre Hand auf, wählt flugs den *Drachenfels* als Reiseziel und beamt sich weg, noch bevor die beiden checken, dass sie verarscht worden sind.

GALAXIA – Drachenfels

Die Luft flirrt. Alles dreht sich und wird schwarz. Als Amy die Augen wieder öffnet, steht sie in einer sandigen Einöde. Aus dem Boden erhebt sich direkt vor ihr ein zerklüftetes Felsmassiv. Sie blickt nach oben und zuckt zusammen. Für einen Moment dachte sie, die steile Felswand würde in ihre Richtung kippen. Aber das ist eine optische Täuschung, weil die Wolken an dem Berg vorbeiziehen. Sie dreht sich um. Gelber grobkörniger Sand bedeckt die Ebene, soweit das Auge reicht.

Der Gipfel liegt in dichten Nebel gehüllt. Wie weit geht es da eigentlich hoch? Oberhalb der Wolkendecke gleiten Schatten vorbei, die sich bewegen wie Drachenschwingen. Aber vielleicht ist das auch bloß Einbildung.

Amy holt tief Luft. Dort hinauf hat die Drachin Vince verschleppt? »Also gut. Da muss ich hoch.« Als sie in die Knie geht, um ihre Turnschuhe fester zu schnüren, hört sie hinter sich zwei Stimmen, die ihr bekannt vorkommen.

»Ha! Da ist sie ja!«

»Und diesmal ganz alleine, ohne ihre Loser-Freunde!«

»Ts, ts, ts... Niemand da, der sie in Schutz nimmt...«

Amy dreht langsam den Kopf zur Lärmquelle. Die Nerten-Brothers kommen auf sie zu, die Gesichter zu einem hämischen Grinsen verzogen. Mit lässiger Macho-Pose bauen sie sich vor ihr auf.

»Ist ja wirklich schade, dass ich gerade gar keine Zeit habe, mich mit euch abzugeben!« Amy bindet den zweiten Turnschuh fertig. Dann steht sie auf. »Gibt es einen Grund, warum ihr mich stalkt?«

»Kann man so sagen!« Breitbeinig schiebt sich Dominikus an sie heran. »Vorhin am LogScreen, da hast du dich vorgedrängelt!«

Primus zieht den Bund seiner Jeans tiefer, so dass der Calvin-Klein-Aufdruck seiner Boxershorts hervorblitzt. »Ohne zu fragen! Das war respektlos!«

»Blöd für dich, dass ich beobachtet habe, wohin du verschwunden bist!« Dominikus nickt selbstgefällig. »Und jetzt werden wir dir ein bisschen Respekt beibringen!«

Amy fingert ein Gummi aus ihrer Jeanstasche und bindet ihre Haare zusammen. Dann schaut sie an der Felswand hoch. Sie muss es nach oben schaffen, bevor die Sonne untergeht. Der graue Stein sieht nicht so aus, als ließen sich da irgendwelche gemütlichen Felsspalten finden, in denen sie notfalls die Nacht verbringen könnte. Sie ist zwar schon öfter mit Dad geklettert, aber noch nie so hoch, noch nie ungesichert und ganz sicher noch nie mit diesem Schwierigkeitsgrad.

»Und? Was hast du zu deiner Verteidigung vorzubringen?«, fordert Dominikus.

Angriff ist die beste Verteidigung, sagt man. Geht auf jeden Fall am schnellsten. »Mach' dich nicht lächerlich, Dominikus. Was weißt du schon über Respekt?«

»Eine ganze Menge!«, behauptet Dominikus. Dass ihm just in diesem Moment ein knatternder Körperwind entfährt, schmälert sein Selbstbewusstsein nicht im Geringsten.

»Respekt verdient man sich! Vielleicht probiert ihr es mal mit guten Manieren?« Amy ballt die Fäuste und streckt ihre Finger wieder aus. »Ich muss jetzt wirklich los. Warum geht ihr nicht einfach nach Hause und arbeitet an eurer Ausstrahlung? Zumindest mal Zähne putzen? Ihr habt nämlich Mundgeruch.«

Die Nertens tauschen Blicke aus. Dominikus haucht sich in die Handfläche und schnüffelt angestrengt. »Hab' dich nicht so wegen dem bisschen Knoblauch!«

»Wie redest du überhaupt mit uns?!« Primus zieht verärgert die Stirn kraus. »In der Pause bist du auch immer so abweisend! Dabei sind wir meistens nett zu dir!«

»Ich habe jetzt keine Zeit für eure verletzten Gefühle. – Obwohl, es ist eigentlich ganz praktisch, dass du hier bist, Dings... äh, Dominikus. Dein T-Shirt gefällt mir!«

Dominikus lächelt geschmeichelt. Ehe er sich's versieht, packt Amy zu und reißt sein Shirt in der Mitte durch. Ein zweiter Ratsch, und sie hält einen Stoffstreifen in der Hand.

»He! Bist du blöd oder was?«, geifert Dominikus und schaut an sich herab. Sein weißer Bauch wölbt sich über den Hosenbund. Die abgerissenen T-Shirt-Ränder flattern im Wind. »Das war teuer!«

Amy zieht an dem Stoffstreifen. Die Länge passt. »Ja, wirklich gute Qualität! Genau das, was ich brauche!« Sorgfältig wickelt sie die provisorische Bandage um ihre linke Hand, um sie beim Aufstieg vor Abschürfungen zu schützen.

»Du blöde Kuh!«, brüllt Dominikus. Er stürzt sich auf sie und stößt sie grob mit dem Rücken an den Felsen. Sein Schnauben ist so laut, dass er die Warnung seines Bruders, »Lass ab, Mann!«, kaum hört. Sein Schrei ist noch lauter, als ihn Amys Knie zuerst im Schritt trifft und dann, als er vor ihr zusammenknickt, am Kinn. Winselnd sinkt er zu Boden.

Primus nagt an seiner Unterlippe. Er ist sich nicht ganz schlüssig, ob er sich einmischen soll. Der raubtierhafte Ausdruck in Amys Augen hält ihn davon ab. Außerdem sind es ja nicht seine Eier.

»Hätten wir das jetzt geklärt? Ich brauche noch einen zweiten Streifen von deinem T-Shirt!«

Mit verzerrtem Gesicht rappelt sich Dominikus wieder auf. »Zuerst polier‘ ich dir die Fresse!«, schreit er und ballt die Fäuste vor der Brust.

Zu einem weiteren Schlagabtausch kommt es nicht, weil er von hinten weggezogen wird, neben seinen Bruder, der auch schon am Boden sitzt und sich den Allerwertesten reibt. Beide glotzen nach oben.

Vor ihnen steht eine silberne Droiden-Rüstung, ein Robotergestell wie aus einem Science-Fiction-Film. »Muss man euch alles zweimal sagen?« Eine Metallhand greift nach Dominikus und reißt einen langen Fetzen aus seinem T-Shirt.

»Was machst DU denn hier?«, stöhnt Primus.

»Dreimal dürft ihr raten! Habt ihr vergessen, dass ihr im Azurinschloss Hausarrest habt?«

Amy kippt die Kinnlade herunter: Das ist die Stimme von Haio! Wo hat der denn seinen Rollstuhl gelassen? Er geht auf zwei Beinen! Die Droiden-Beine sind motorisiert und stützen ihn so, dass er seinen

Rollstuhl gar nicht braucht. Jetzt hört sie auch sein Beatmungsgerät surren.

Haio klappt das Visier seines Helms nach oben, dreht sich zu Amy und reicht ihr das Stück Stoff, damit sie sich auch die andere Hand einbandagieren kann. Seine Augen zwinkern ihr zu.

»Ey, nichts für ungut, Kumpel, war nicht so gemeint!«, murmelt Dominikus.

»Du spielst dich wohl gerne als Cyber-Sheriff auf!«, mault Primus.

»Glaubst du echt, es macht Spaß, euch zwei Vollidioten immer wieder einzusammeln? Butler hat mich darum gebeten. Im Roten Salon ist Rush-Hour, da kann er jetzt nicht weg.«

»Ein wenig Frischluft schnappen wird ja wohl noch erlaubt sein!«, wehrt sich Dominikus.

»Wir haben doch schon zwei Tage abgesessen«, mault Primus. »Butler soll sich mal nicht so haben!«

»Ihr müsst ein bisschen aufpassen«, empfiehlt Haio. »Wenn ihr es übertreibt, und euch eine Zugangssperre einhandelt, dann dürft ihr gar nicht mehr nach Galaxia!« Seine fünffingrigen Metallgreifer manövrieren Dominikus zum LogScreen. »Am besten macht ihr jetzt die Fliege, damit ihr nicht noch mehr Ärger bekommt, als ihr ohnehin schon habt.«

Primus trottet missgelaunt hinterher. Fluchend und schimpfend beamen sich die Brüder zurück ins Azurinschloss.

Als sie endlich weg sind, ist Amy ebenfalls verschwunden. Suchend dreht sich Haio einmal im Kreis. »Amy?« Verwundert sieht er sie etliche Meter über sich an der Felswand kleben. »Hey, wo willst du denn hin?«

Ja, wohin wohl? Amy spart sich die Puste und klettert unbeirrt weiter.

Als Haio keine Antwort bekommt, beschließt er, ihr zu folgen. Prüfend schaut er nach oben. Vereinzelt dringen Sonnenstrahlen durch die Wolken. Der Gipfel scheint in ewiges Eis gehüllt. Doch Haio weiß: Was da so glitzert wie frisch gefallener Schnee, das ist Marmor.

Hoch über ihnen, in dem kleinen Stückchen Himmel, das zwischen den Nebelschwaden sichtbar ist, kreist eines dieser fliegenden Ungeheuer. Bleibt zu hoffen, dass der Drache nicht herunterstößt und Amy im Vorbeifliegen von der Felswand pflückt... als willkommene Ergänzung seines Speiseplans.

Böig streicht der Wind um den Drachenfels und zerrt an Amys Kleidern. Ihre Finger suchen Halt in Fugen, Rissen und Spalten. Der Fels ist sehr zerklüftet und bietet einem geübten Kletterer genügend Möglichkeiten. Trotzdem ist es anstrengend. Die Felswand ist durchzogen von unterschiedlichen Gesteinsschichten, manche hart und scharfkantig, andere zerkrümeln ihr unter den Fingern. Und der schwierigste Teil kommt erst noch: Weiter oben, wo der Nebel dichter ist, ist das Gestein feucht und an vielen Stellen glitschig.

Hier und da wird das steile Kliff von schmalen Felsvorsprüngen unterbrochen. Ächzend verschnauft Amy auf einem von ihnen, wobei sie es tunlichst vermeidet, in den Abgrund zu schauen. Der Blick nach oben ist beängstigend genug.

Erstaunlich eigentlich, wie weit ihre Kondition reicht. Sie kann sich nach wie vor konzentrieren, und auch ihre Muskeln gehorchen ihr noch. Vermutlich ist es die Angst um Vincent, die ihr ungeahnte Kräfte verleiht. Dabei ist es wie verhext: Mit jedem Plateau, das sie erklimmt, scheint der Gipfel noch entfernter, noch weiter in die Höhe gerückt. Meistens verschwindet er ganz in den Wolken.

Würde sie einen Blick nach unten riskieren – was sie nicht tut, um ihre Höhenangst in Schach zu halten – könnte sie zwanzig Meter unter sich Haio sehen, der in seinem Droidenanzug auf dem Felsvorsprung sitzt, auf dem sie zuletzt Pause gemacht hat.

Haio beobachtet Amy. Im Gegensatz zu Menschen (die an einer Felswand einen eher verkrampften Eindruck machen) klettert sie schnell und sicher nach oben. Das sind die Vampir-Gene, ganz klar. Doch auch für einen Halbvampir ist Freeclimbing kraftzehrend. Er merkt, dass sie langsamer wird. Immer wieder schüttelt sie ihre Hände aus, ballt sie zu Fäusten und entspannt sie wieder, weil ihre Finger allmählich steif werden.

Haio weiß immer noch nicht, was Amy mit ihrer Kletterpartie bezweckt. Aber ihm ist klar: Erschöpfung am Berg ist lebensgefährlich. Vielleicht kann er sie überreden, seine Hilfe anzunehmen.

Amy erreicht den nächsten Felsvorsprung fünfzehn Minuten später, verschwitzt und außer Atem. Verdutzt schaut sie auf die dargebotene Metallhand. Dankbar greift sie danach und lässt sich von Haio über die Kante auf das Plateau ziehen. »Also doch du! Als ich vorhin im Augenwinkel etwas Silbernes gesehen habe, da dachte ich schon, ich hätte Halluzinationen! Was machst du denn hier?«

Haio klappt sein Visier hoch und grinst: »Ich hole mir ein Dankeschön ab! Weil ich dir die Nertens vom Hals geschafft habe!«

»Danke schön! Wäre aber nicht nötig gewesen. Mit denen werde ich auch alleine fertig.«

»Hab‘ ich mir auch gedacht. Ich wollte es mir aber nicht entgehen lassen, bei dir was gut zu haben.« Er zwinkert ihr zu.

Amy wird tatsächlich verlegen. »Wie bist du hier so schnell raufgekommen?«

»Ich bin geflogen. Mit meinem Jetpack.« Haio klopft mit der Hand auf seinen Raketenrucksack. »In die Anschlüsse der Seitenfächer schraube ich je einen Gasbehälter – hier, siehst du?, das sind die Sauerstoff-Patronen von meinem Beatmungsgerät – und schon ist der Raketen-Antrieb startklar. Cool, oder?«

»Wow!« Amy nickt beeindruckt. »Wo hast du den her?«

»Den hat mein Ziehvater für mich gebaut. Weil die Droidenbeine für längere Strecken zu schwerfällig sind, und zu viel Akku verbrauchen.«

»Der kann sowas? Ist ja irre! Dein Ziehvater muss ein echt cooler Typ sein!«

Statt einer Antwort macht Haio ein Gesicht, als hätte er Zahnschmerzen.

Amy massiert ihre Waden. »Deine Metallbeine finde ich auch klasse! Warum benutzt du die nicht in der Schule? Dann kannst du den Rollstuhl in der Ecke stehen lassen. Die Nertens würden neben dir aussehen wie Milchbubis!« Sie kichert.

»Wegen der Radium-Akkus. Der LogScreen teleportiert sie nicht. Also kann ich sie nur in Galaxia benutzen.« Er kickt mit seinen Metallbeinen ein paar Kiesel über die Kante. »Ich habe schon versucht, meinen Ziehvater zu überreden, dass er mir dieselben Akkus in Realwelt nochmal nachbaut. Aber das war problematisch.«

»Wegen der Strahlenschutz-Bestimmungen?«

»Nein... die Probleme sind eher persönlicher Art. Wir verstehen uns nicht besonders.«

Amy zuckt mit den Schultern. »Vielleicht ist der Rollstuhl sowieso besser. Der ist wenigstens nicht radioaktiv verseucht.«

»In einem Flugzeug bekommst du wahrscheinlich mehr Strahlung ab! Dass du hier ohne Ausrüstung herumkletterst, ist viel gefährlicher! Was hast du überhaupt vor?«

»Kann dir doch egal sein!«

»Ist es aber nicht.«

»Also gut: Eine Drachin hat meinen Bruder entführt und hierher verschleppt. Ich muss ihn holen und nach Hause bringen.« So abstrus, wie sich das anhört, erwartet Amy eigentlich einen Lachanfall. Aber Haio zeigt keine Reaktion. Vielleicht hat er nicht richtig zugehört. »War schön, mit dir zu quatschen. Ich muss jetzt weiterklettern.«

»Warte!« Haio schnallt seinen Raketen-Rucksack ab und hält ihn Amy hin. »Probier's mal mit dem Jetpack! So sparst du Kraft.«

»Äh...«

»Ich habe leider keinen Reserve-Sauerstoff mehr. Aber die beiden eingeschraubten Flaschen sind noch fast voll. Zur Not kannst du die Düsen auch auf die Drachen halten, wenn's brenzlig wird. Die Abgase sind heiß, da ist richtig Druck drauf!«

»Haio, ich...«

»Das Ding ist idiotensicher. Ich benutze es seit Jahren.«

»Okay«, krächzt Amy. Auf einmal hat sie einen Kloß im Hals. Das ist wirklich nett von ihm.

»Im Notfall kannst du den Sicherheitsfallschirm benutzen. Aber ich hatte noch nie einen Absturz mit dem Jetpack. – Hier: Wenn du an dieser Schnur ziehst, wird der Fallschirm ausgelöst.«

Amy nickt. Finger weg von der Schnur. Das kann sie sich merken. »Aber wie kommst DU hier wieder runter?«

»Ich schaff' das schon«, winkt Haio ab. »Hier unten sind die Antriebsdüsen, da kommen die heißen Verbrennungsgase raus. Also pass auf, dass niemand hinter dir steht, wenn du startest!«

Er hilft ihr, das Jetpack richtig anzulegen. Mit seinen Droidenhänden kontrolliert er den Sitz des Bauchgurtes. Amy spürt das kühle Metall durch ihr T-Shirt hindurch.

»Wenn du deinen Bruder mitnimmst, dann klemm' ihn vor dich unter den Brustgurt, der lässt sich sehr weit verstellen«, schärft er ihr ein. »Und zieh den Taillengurt durch seine Gürtelschlaufen. Das Jetpack hat genug Power für euch beide.« Er nimmt ihre Finger und führt sie zum linken Schultergurt. »Mit diesem Knopf hier – siehst du? – stellst du die Düsen ein oder aus. Und darunter ist der Regler für die Geschwindigkeit. Die Flugrichtung steuerst du mit deiner Körperhaltung, das geht ganz intuitiv.«

»Alles klar. Wird schon schiefgehen.« Man könnte sich vielleicht auch bedanken, schießt es ihr durch den Kopf, aber sie bringt die Worte nicht heraus. Vielleicht besser so. Sonst bildet der sich noch werweißwas ein. »Wir sehen uns!«

Während Haio sich an den mühsamen Abstieg macht, startet Amy den Raketen-Rucksack. Das heiße Gas, das durch die Antriebsdüsen austritt, wirbelt so viel Erde auf, dass sie eine riesige Staubwolke hinter sich herzieht. Bleibt nur zu hoffen, dass die Drachen sie für eine Windböe halten. Vielleicht schützt sie das davor, entdeckt zu werden.

Amy düst von Plateau zu Plateau, immer darauf bedacht, nahe an der Felswand zu bleiben. Der Motor ist so gut schallgedämpft, dass man ihn kaum hört – das Rauschen könnte auch vom Wind kommen. Schnell stellt sie fest: Fliegen ist nicht nur schneller und kräfteschonender als die Kletterei, es macht obendrein richtig Spaß. Für einen Moment vergisst sie, dass das kein Spiel ist, dass sie sich um Vincent sorgt, dass sie Angst vor den Drachen hat. Sie spürt nur den kalten Wind um ihre heiße Stirn. So muss sich ein Vogel fühlen, frei und schwerelos.

Ihr Blick schweift über das weite Land. Mitten in den sattgrünen Wiesen steht der Polizei-Pickup, so klein und harmlos wie ein Auto aus einem Überraschungsei. Er ist immer noch nicht explodiert. Sie hat vergessen, Butler Bescheid zu sagen, wo sie den Wagen zurückgelassen hat, und ihn vor der Ladung zu warnen. In der Ferne sieht sie leuchtend blaue Flecken. Es sind die Dächer des Azurinschlosses.

Langsam geht die Sonne unter. Die Ebene liegt schon im Schatten, oben ist es noch hell. Amy fröstelt, als sie mit dem Raketenrucksack die Nebelwand durchquert, die ihr bisher den Blick auf den Gipfel versperrt hat. Sie legt den Kopf in den Nacken. Ein Gefühl des Triumphs schießt in ihr hoch, als sie endlich das Gipfelplateau sieht. Hundert Meter über ihr leuchtet es im roten Abendlicht.

Jetzt nur keinen Fehler machen! Amy drosselt den Raketenantrieb so weit, dass sie bewegungslos vor der Felswand in der Luft hängt. Kein Drache in Sicht. Über ihr ziehen graue Wolken dahin, unter ihr gähnt die Leere, aber sie hat ihre Höhenangst gut im Griff. Sie spielt mit der Schnur, die vom Rucksack herunterbaumelt. Gut zu wissen, dass sie einen Reserve-Fallschirm hat.

Gerade als sie sich für eine Stelle entscheidet, an der sie sich über den Rand schieben will, da ändert sich das Geräusch des Motors. Amy sackt zwei Meter nach unten, als wäre sie in ein Luftloch geraten. Aber es ist kein Luftloch; der Wind pfeift ihr um die Ohren. An den Gurten vor ihrem Bauch blinkt eine LED-Leuchte orange: Ausgerechnet jetzt geht ihr der Treibstoff aus!

Sie muss sich weitere zehn Meter absinken lassen, um einen kleinen Felsvorsprung unter die Füße zu bekommen. Als sie dort aufsetzt, blinkt die Warnleuchte schon rot. Verzweifelt blickt sie nach oben: Das letzte Stück des Drachenfelsens besteht aus einem überhängenden Plateau. Das zu bezwingen ist nicht bloß gefährlich, es ist unmöglich! So kurz vor dem Ziel! Amy unterdrückt den Impuls, zu heulen. Konzentriert sucht sie den Fels nach Alternativen ab. Das Gestein ist grob zerklüftet, voller Fugen und Risse. Eine der Felsspalten ist so breit, dass sie sich dort hineinzwängen und zentimeterweise nach oben schieben könnte. Das ist ihre Chance. Die einzige. Aber immerhin.

Sie bückt sich und reibt sich die Hände mit Staub ein. Warum ist sie nicht auf den Gedanken gekommen, zwischendrin Treibstoff zu sparen und die leichteren Passagen per Hand zu bewältigen? Sie könnte sich vor Wut in den Arsch beißen! Aber das ist jetzt nicht mehr zu ändern. Also los! Zumindest hat sie keine Höhenangst mehr... und sie ist wieder ausgeruht, das macht einen riesigen Unterschied: Sie bewegt sich so routiniert an der Felswand, als hätte sie nie etwas anderes getan. Dabei ist sie voriges Jahr im Sportunterricht die Turnstange noch nicht einmal bis zur Hälfte hochgekommen. Heute jedoch spürt sie eine unbändige Kraft in Armen, Fingern und Beinen, die sie sicher am steilen Felsen halten.

Der Fels ist kalt. Der Wind pustet ihr Eiskrümel ins Gesicht. Als sie die Felsspalte erreicht, zwängt sie sich hinein. Der Spalt zieht sich mehrere Meter ins Innere des Felsens und geht nahezu senkrecht durch den Überhang hindurch. Mit Händen, Knien und Füßen keilt sie sich darin ein wie in einen Schacht. Bloß nicht abrutschen! Im Zeitlupentempo zieht sie sich hoch. Ihr eigenes Keuchen hallt in ihren Ohren.

Ein letzter Klimmzug, dann endlich kann sie sich zentimeterweise über den Rand des Plateaus ziehen. Heftiger Wind schlägt ihr entgegen. Es riecht wie im Zoo, im Raubtiergehege, nur krasser. Obwohl sich der Gipfel weit über der Baumgrenze befindet, liegt hier haufenweise Holz: Riesige Baumstämme, mit Ästen und Wurzelwerk, die sich kreuz und quer übereinander türmen. Der Drachenhorst.

Amy streckt die Arme aus, greift nach einer dicken, vertrockneten Baumwurzel und zieht ihren Körper aus dem engen Schacht nach oben. Uff, geschafft! Auf allen Vieren schiebt sie sich den Baumstamm entlang, von der Kante weg. Nach ein paar Metern lässt sie sich erschöpft zur Seite rollen, auf den kalten Fels, und legt ihren heißen Kopf auf dem Boden ab. Eine Sekunde lang schließt sie die Augen.

****

Als sie wieder aufwacht, ist es dunkel. Galaxias Monde stehen rund und fahl über ihr, in einem sternenlosen Himmel. Sofort weiß sie, wo sie sich befindet: Hinter ihr ist der Abgrund. Vor ihr erhebt sich ein wüstes Chaos aus Baumstämmen – so als hätte ein Riese Mikado gespielt. Das müssen die Drachennester sein. Vorsichtig streckt Amy ihre Gliedmaßen aus. Ihr Nacken ist steif, ihr ganzer Körper eiskalt. Wie spät ist es? Sie hat jedes Zeitgefühl verloren. Überall knackst und raschelt es im Geäst. Es sind die Geräusche der Drachen, die sich behäbig bewegen. Alles ist friedlich.

Langsam setzt sie sich auf und hebt den Kopf. Da ist noch etwas. Die ganze Zeit schon spürt sie ein Vibrieren, wie eine tiefe Basslinie in ihrem eigenen Körper. Aufmerksam lauscht sie in sich hinein: ... *ba-bum, ba-bum, ba-bum*... Ihre Sinne sind hellwach. Intuitiv weiß sie genau, wo die Drachin mit Vincent liegt.

Es gibt also tatsächlich eine Verbindung zwischen ihr und dieser Drachin, die sie aufziehen sollte. Obwohl es hier im Horst von diesen Urviechern wimmelt, nimmt sie nur den Herzschlag dieser einen Drachin wahr. *Ba-bum, ba-bum, ba-bum*... Er fühlt sich an wie ein Schlaflied, sanft und vertraut. Plötzlich ist sich Amy sicher, dass es Vincent gut geht.

Trotzdem: Ein Menschenjunge gehört zu seinen Eltern, und nicht hierher. Sie muss ihn zurückbringen. Also los! Sie klettert an dem Holzhaufen hoch, der sich vor ihr auftürmt, steigt von Ast zu Ast und erstarrt jedesmal, wenn das Holz knarzt oder die Rinde knistert. Der Raubtiergestank wird fast unerträglich.

Im Schutz von totem Strauchwerk, dessen Wurzeln hoch in die Luft ragen, schiebt sie ihren Kopf über den Rand des Drachennests. Ihr Blick fällt auf einen gelbgrün geschuppten Rücken, der sich im Takt der Atmung hebt und senkt. Aus dem Haufen zersplitterter Knochenreste, die daneben liegen, stieren die leeren Augenhöhlen eines angenagten Rinderschädels zu ihr.

Gerade als sie überlegt, den Rückzug anzutreten, bewegt sich der massige Körper. Der Drache erhebt sich, groß und breit wie ein Betonmischer. Er scharrt und kratzt mit seinen wuchtigen Klauen direkt vor ihr im Nest herum, schüttelt seine riesigen Flügel aus und lässt sich schließlich wieder umständlich nieder.

Gelähmt vor Entsetzen schließt Amy die Augen. Schließlich zwingt sie sich doch aufzuschauen und stellt verblüfft fest, dass der Drache sie noch nicht entdeckt hat: gerade weil sie so dicht vor ihm steht. Sie beobachtet ihn mit fasziniertem Grausen. Er ist wunderschön – wenn man es wagt, ihn anzuschauen. Im Mondlicht wirkt sein Reptiliengesicht uralt, und gleichzeitig faltenlos jung. Die schmalen Ohren gehen in kleine Backenkämme über, die seitlich aufgespreizt vom Kopf abstehen. Seine Schnauze, spitz und langgezogen, erinnert Amy an ein Krokodil. Kleine Fangzähne ragen aus dem geschlossenen Maul heraus. Unter seinem Kinn wächst heller Flaum, der sich den Hals entlang bis hinunter zu den Bauchschuppen zieht.

Hoch über dem Drachenfels hört man ein Rauschen. Durch die Nacht gellt ein Schrei, der den Gelbgrünen aufhorchen lässt. Er reckt seinen biegsamen Hals und hält die Nase nach oben. Vor den drei Monden ziehen geflügelte Silhouetten vorbei: Die Drachen jagen.

Der gelbgrüne Drache beantwortet den Schrei – so schrill und laut, dass Amy selbst aufschreit. Es fühlt sich an, als würde eine Kreissäge ihren Gehörnerv durchtrennen. Sie duckt sich so tief sie kann. Keine Sekunde zu früh: Der Drachenschwanz peitscht durch die Luft, die ledrigen Flügel werden ausgebreitet, die Krallen stoßen sich vom Boden ab – dann ist das Nest leer.

Amy sieht, wie zwei, drei, vier, zehn Drachen sich erheben und die Flügel entfalten. Der Wind faucht ihr um die Ohren, als die riesigen Tiere mit kräftigen Flügelschlägen in den Nachthimmel steigen.

Auf einmal ist es ganz still. Das einzige Geräusch ist das Pfeifen in ihren Ohren. Amy klettert auf den Rand des Drachennests und sucht den Drachenfelsen mit den Augen ab. Leer und verlassen liegt der Horst im Mondlicht. Sie spürt aber immer noch den Herzschlag ›ihrer‹ Drachin. Die muss da noch sein. Aber wo?

Schließlich entdeckt Amy einen roten Buckel, der sich unauffällig aus einem Nest erhebt, auf der anderen Seite des Felsplateaus. Das Nest liegt gefährlich nahe am Abgrund. Für die Aufzucht der Jungen ist das denkbar ungünstig, besonders bei Unwetter. Aber Butler hatte ja schon erwähnt, dass diese Drachin kein ranghohes Tier ist. Vermutlich wurde sie von allen besseren Nistplätzen vertrieben.

Amy schaut nach oben. Kein einziger Drache in Sicht. Sie beschließt, quer durch die Drachennester zu klettern, weil es der kürzeste Weg ist. Die Nester sind mit Laub und Gräsern gepolstert. Darauf läuft es sich gut, besonders an den plattgedrückten Stellen.

In einem Nest schlummert ein Baby in einem Laubhaufen. Das kleine Gesicht ist zerknautscht und hässlich. Schwarze Härchen stehen struppig vom Kopf ab. Amy beugt sich vorsichtig darüber. Die Ähnlichkeit zu Menschenbabys ist beunruhigend. Vielleicht ist es ja sogar eines? Nein. Es hat merkwürdig spitze Ohren. Ganz bestimmt ein Vampirbaby.

So zügig wie möglich klettert sie weiter. Ob es hier auch größere Vampirkinder gibt? Die anderen Nester scheinen leer zu sein. Vielleicht fliegen die Größeren gerade mit den Drachen mit und gehen mit ihnen auf die Jagd?

Der rote Buckel bewegt sich. Aus dem Nest, in dem Amy ihren Bruder vermutet, taucht ein Drachenkopf auf: Ein rotgeschuppter Schädel mit seitlich gelegenen Augen und riesiger Schnauze. Der ganze Kopf scheint ein großes, langgestrecktes Maul zu sein. Ein gelbes Reptilienauge öffnet sich. Die Drachennase schwenkt in Amys Richtung. Zwei große ovale Nasenlöcher schnüffeln und zucken.

Amy, die erst die Hälfte des Plateaus überquert hat, hofft inständig, dass die Drachin nicht nervös wird und Vince irgendwo anders hinschleppt. Meter für Meter arbeitet sie sich voran, balanciert über liegende Stämme und klettert über Haufen von Moos und Laub.

Das gelbe Auge der Drachin verfolgt unverwandt jede von Amys Bewegungen. Ihr gleichmäßiger Herzschlag wirkt beruhigend: *...ba-bum, ba-bum, ba-bum...* Offensichtlich hat sie vor Amy genausowenig Angst wie umgekehrt.

Im Nest der roten Drachin liegt Vince. Er schläft bäuchlings auf einem Bett von grünen Blättern. Den Strubbelkopf im Ellenbogen vergraben, schnorchelt er leise vor sich hin. Ein Bild tiefsten Friedens. Amy setzt sich auf die Astgabel eines querliegenden Baumes, lehnt sich an den Stamm und betrachtet ihn.

Die Drachin schnaubt leise. Ihre lange, gespaltene Zunge betastet Amy und zieht eine feuchte Spur an ihrem Nacken entlang. Amy hebt behutsam eine Hand zum Drachenkopf und lässt sich von der langen Schnauze ausgiebig beschnüffeln. Ihre Fingerspitzen berühren die roten Schuppen, die zum Rumpf hin größer werden. Entgegen ihrer Vermutung ist das kein harter Echsen-Panzer. Die geschuppte Haut fühlt sich weich, kühl und ledrig an.

Am Horizont erscheint ein Silberstreif: Die Morgendämmerung. Vincent dreht sich im Schlaf. Amy beugt sich hinunter, streckt ihre Hand zu seinem bloßen Fuß aus und kitzelt daran.

Vince macht ein quäkendes Geräusch, zieht die Füße ein und öffnet die Augen. »Amy!«, ruft er verschlafen. »Hi! Alles klar?« Gähnend hebt er den Kopf. Die Drachin schnaubt beruhigend, und er kuschelt sich wieder in das weiche Laub.

»Jaja, alles easy! Ich war nur gerade in der Gegend, und da wollte ich mal vorbeischauen, was du so machst.«

Vincent reibt sich die Augen. »Ach so. Ich dachte, du kommst extra wegen mir!« Amys Ironie geht völlig an ihm vorbei. »Hast du die anderen Drachen gesehen?«, will er wissen.

»Oh ja! Jetzt sind sie gerade unterwegs. Wir sollten losdüsen, bevor sie zurückkommen!«

Vincent setzt sich auf, schmiegt sich an den weichen Drachenbauch und blinzelt in die aufgehende Sonne. »Ich bleib‘ noch hier«, erklärt er. »Sag Mama, ich komme morgen. Oder übermorgen.«

»Das geht leider nicht. Steh jetzt bitte auf! Wir müssen nach Hause!« Amy greift nach seinem Arm, um ihn auf die Füße zu ziehen. »Mum und Dad kommen heute zurück! Wenn sie sehen, dass du nicht da bist, gibt es Stress!«

»Neieieiiiin!«, kreischt Vince und lässt sich zurück in den Laubhaufen plumpsen. »Ich komme morgen! Hab‘ ich doch gesagt!«

»Vincent!«, sagt Amy streng. »Beweg‘ dich! Es ist höchste Zeit!«

Statt einer Antwort verkriecht er sich unter einem Drachenflügel und kichert rotzfrech.

Na warte! Amy legt ihre Stirn in Falten. Eigentlich hat sie nicht vor, sich von einem sechsjährigen Knirps auf der Nase herumtanzen zu lassen. Dann wird sie ihn eben auf die linke Tour drankriegen. »Weißt du eigentlich, dass Bernhards Regenwürmer viel länger sind als deine?«

Blitzartig streckt Vincent seinen Kopf unter dem Drachenflügel hervor. »Bernhard?«

»Dein Freund von nebenan. Der heißt doch so?«

»Aber der hat keine längeren...!«

»Doch! Hat er!« Amy streichelt die Drachin und wirft einen lauernden Seitenblick auf ihren Bruder. »Er hat mir sogar einen gezeigt! Der war sooo lang!« Vince schaut sie verdutzt an, und Amy holt zum letzten entscheidenden Schlag aus: »Er sagt, er hat ihn auf unserer Wiese gefunden!«

Vincent taucht unter dem Hals der Drachin durch und schaut empört zu seiner Schwester hoch. »Aber dann ist das doch MEIN Regenwurm!«

Amy zuckt die Schultern. »Das musst du mit Bernhard klären.«

»Der gehört aber mir! Bernhard braucht nicht glauben, dass er meinen Wurm behalten kann!« Vince dreht sich um und tätschelt der Drachin die rote Schnauze, die sie ihm entgegenreckt. »Ich muss nach Hause, okay? Nicht traurig sein! Ich komme später wieder!« Dann zieht er seine Schuhe an.

Na bitte. Man kennt doch seine Pappenheimer. Amy grinst in sich hinein. Dann rutscht ihr das Grinsen vom Gesicht, als ihr einfällt, dass sie noch einen Plan braucht, wie sie zu zweit vom Drachenfels wieder heil runterkommen. Sie fängt einen unruhigen Blick der Drachin auf. Hoffentlich macht das Viech keine Schwierigkeiten!

Ein heftiger Windstoß fegt über das Plateau. Die rote Drachin gluckst nervös, es hört sich an wie Schluckauf. In ihren geweiteten gelben Augen spiegelt sich eine Bewegung.

Amy dreht sich um. Das Nest erzittert. Ganz in ihrer Nähe ist ein Drache gelandet. Es ist ein imposantes Tier mit graublau schimmerndem Rumpf und wunderschönen silbrig gemaserten Flügeln. Sie reißt die Augen auf: Zwei Vampirkinder rutschen von seinem Rücken! Fasziniert starrt sie sie an.

Aus dem gleichmäßigen Herzschlag von Vinces Drachin ist ein unruhiges Trommeln geworden. Ein Blick zum Himmel, wo schwarze Punkte rasch größer werden, und es ist klar, warum die rote Drachin auf einmal Panik hat.

Amy beißt sich auf die Lippen. Was hatte Baroon in der Zeitenuhr gesagt? Drachen verabscheuen Menschen. Und jetzt sitzt ein kleiner Menschenjunge hier, mitten im Drachenhorst. Kalter Angstschweiß läuft ihr den Rücken hinunter. Werden die anderen Drachen Vincent als Feind sehen, den es zu bekämpfen gilt?

Andererseits waren sowohl Butler als auch Baroon überzeugt, dass Amys kleiner Bruder bei den Drachen sicher sein würde. Bevor sie im Drachenhorst aufgekreuzt ist, war das auch so: Keiner der anderen Drachen hat sich für Vince interessiert.

Was eigentlich nur eine logische Schlussfolgerung zulässt: Amy selbst ist das Problem! Sie gehört keinem Drachen zur Aufzucht, und sie riecht nach Mensch. Bei dieser Erkenntnis krampft sich ihr Magen zusammen.

Der Graublaue ist riesig, bestimmt doppelt so groß wie die rote Drachin. Leuchtend blaue Reptilaugen, die dicht am Nasenrücken liegen, starren Amy an. Der Kopf ist skurril geformt, wie eine überdimensionale Heckenschere. Große wendige Ohren zucken hin und her.

»Amy, beeil‘ dich mal!«

»Pscht!«

»Du trödelst immer!«, quengelt Vince, ohne sich der brenzligen Lage bewusst zu sein.

»Halt‘ die Klappe!«

»Ich muss zu Bernhard, meinen Wurm holen!« Er hopst ungeduldig auf und ab.

»Hör auf damit! Sofort! Versteck dich und sei leise!«, zischt Amy.

Vincent beendet seinen Zwergenaufstand auf der Stelle, aber es ist schon zu spät. Feindselig richtet der Graublaue sich auf und schlägt mit den Flügeln. Im Gegensatz zur roten Drachin hat er vier davon: zwei Flügelpaare, lang und schmal, die er gegenläufig auf und ab bewegt. Kerben und Risse an den Rändern zeugen von durchgestandenen Revierkämpfen. Grimmig öffnet er sein Maul, zeigt zwei Reihen spitzer Zähne und pustet seinen Feueratem senkrecht in die Luft: Eine Drohgebärde, mit der er seine Stärke demonstriert.

Schreiend versteckt sich Vince hinter seiner Drachin. Er klammert sich an ihren Schwanz und heult. So riesig sie Amy erschienen war, als sie Vincent verschleppte, so klein wirkt sie jetzt im Vergleich zu ihrem Artgenossen.

Wieder ein heftiger Windstoß, wieder wackelt das Nest. Zwei weitere Drachen landen im Horst. Sie sind nicht so massiv gebaut wie der Graublaue, wirken aber noch bedrohlicher, weil sie zu zweit sind. Zischelnd bewegen sie sich auf die rote Drachin zu.

Von der Seite sehen die Neuankömmlinge aus wie Riesenschlangen. Im Licht des anbrechenden Tages glitzert ihre Schuppenhaut bronzefarben. An den ledrigen Flügeln, die zwischen Vorder- und Hinterbeinen gespannt sind, zeichnen sich die Adern und Sehnen deutlich ab. Lange Schwänze peitschen erregt hin und her.

Vincent ist jetzt ganz still. Sein kleiner Körper bebt von unterdrückten Schluchzern. Mit aufgerissenen Augen starrt er die riesigen Tiere an.

Die rote Drachin schnattert erregt. Unschlüssig tritt sie von einem Hinterbein auf das andere. Dann gibt sie sich einen Ruck und watschelt an den Rand ihres Nests. Sie macht sich so groß wie sie kann, spannt ihre Flügel weit auf und faucht böse. Die Flamme, die sie ausspuckt, ist beeindruckend, nützt aber nichts: Der Wind lenkt sie in die falsche Richtung.

Amy kniet nieder und zerrt das Jetpack von ihren Schultern. Vielleicht befindet sich in dem Raketen-Rucksack irgendetwas, was sie als Waffe verwenden kann? Hektisch wühlt sie darin herum. Natürlich nicht. Wäre ja auch zu schön gewesen.

Unförmige Schatten tanzen über das Felsplateau. Die nächsten Drachen kehren zu ihren Nestern zurück. Der Horst bebt, als mehrere gleichzeitig in der Mitte landen und in das Fauchkonzert ihrer Artgenossen einstimmen. Der Lärm vibriert in Amys Schädel. Auch wenn sie die Drachensprache nicht versteht, kann sie sich lebhaft vorstellen, was das Gezeter bedeutet: »*Bah! – Menschenfleisch! – Tötet sie!*«

Angriffslustig schlängeln sich die bronzefarbenen Drachen heran. Die rote Drachin zischt und beißt nach links und rechts. Obwohl sie nach besten Kräften versucht, ihr Revier zu verteidigen, wird schnell klar, dass sie zu schwach ist, der geballten Attacke standzuhalten.

Um das Leben ihres Zöglings zu retten, bleibt der kleinen Drachin nur noch die Flucht. Hastig dreht sie sich von den Angreifern weg, schnappt sich Vince mit den Krallen ihrer Vorderbeine und watschelt auf ihren kräftigen Hinterbeinen zum Rand des Drachenfelsens, so schnell sie kann.

Starr vor Angst hängt Vincent zwischen den Klauen der Drachin, an ihre Brust gepresst, und stiert in den Abgrund. Sein Schrei geht Amy durch Mark und Bein, als sich die Drachin von der Felskante abstößt. Sie stürzt im freien Fall nach unten, mit angelegten Flügeln und vorgerecktem Hals. Dann taucht sie in die nasskalten Wolkenschichten und verschwindet aus Amys Blickfeld.

Vince ist in Sicherheit. Vorläufig zumindest. Jetzt muss Amy nur noch ihr eigenes Leben retten. Fragt sich nur wie.

Misstrauisch knurrend nähert sich der Graublaue, gefolgt von den anderen. Amy weicht zurück, ohne ihn aus den Augen zu lassen. Sie strauchelt über eine Astgabel, rappelt sich wieder auf, überklettert mit zittrigen Knien die Nestumrandung. Auf einmal umgibt sie heiße stinkende Luft und versengt ihr die Nackenhaare. Sie fährt herum und schlägt mit dem Raketen-Rucksack auf die Nase der bronzegeschuppten Bestie, die nach ihr schnappt. Dabei fällt ihr Blick auf die rote Schnur, die vom Tragegurt baumelt. Der Fallschirm!

Der Schlangendrache, dem sie auf die empfindlichen Nüstern gehauen hat, quiekt auf und zuckt zurück. Amy zieht sich das Jetpack über, klickt den Brustgurt zu und rennt los, auf den Abgrund zu, während es hinter ihr brüllt und faucht.

Amy läuft um ihr Leben. Die Reißleine für den Rettungsfallschirm schlenkert vor ihrer Brust. Die Luft um sie herum wird immer heißer. Es ist der Feueratem, den ihr der gereizte Drache hinterherpustet. Drei Schritte noch bis zur Felskante. Sie grapscht nach der Reißleine, zieht daran – und hat das Goldkettchen mit dem Kleeblatt-Anhänger in der Hand. Ohne abzubremsen wirft sie es zur Seite und springt in vollem Lauf weit über die Kante hinaus ins Nichts.

Oben auf dem Plateau knallen drei Drachenköpfe zusammen, als sie gleichzeitig nach dem Kleeblatt-Anhänger schnappen. Die Gier nach Glitzerkram überlagert jeden anderen Gedanken in den Reptilienhirnen. Wutschnaubend rauschen die nachfolgenden Drachen in die vorderen drei hinein. Ihre Aggressionen entladen sich in Rangkämpfen.

Der Wind tost in Amys Ohren, als sie nach unten stürzt. Über ihr kracht und brüllt es. Baumstämme purzeln neben ihr in die Tiefe, verfehlen sie nur knapp. Der freie Fall raubt ihr die Sinne. Sie kann nichts mehr sehen und nicht mehr atmen.

Amy spürt, wie ihr auch das Denken entgleitet. Nichts wäre schlimmer, als jetzt bewusstlos zu werden. Panisch sucht sie nach der Reißleine, versucht sie zu greifen, ertastet alle möglichen Schnüre, von denen sie nicht weiß, welche davon Reißleine, Gummikordel oder Gurtverlängerung ist. Sie zieht an allem, was ihr in die Finger kommt. Dann wird ihr schwarz vor Augen.

GALAXIA - Biesterburg

Polina tritt auf den Balkon, um die Mondtriade über Galaxia zu beobachten, die langsam im Morgengrauen verblasst. Während die beiden kleineren Monde einen Teil ihrer Rundung hinter der Silhouette des Drachengebirges verstecken, steht der dritte groß und voll am Firmament.

Die schwarzen Schatten, die vor der schwindenden Mondscheibe vorüberziehen, sind Drachen, die von ihrer nächtlichen Jagd zurückkehren oder ihre Schützlinge auf einen Ausflug mitnehmen. Polina starrt nach oben, bis ihr die Augen brennen. Wie sie es gehasst hat, ohne ihre Amme im Drachenhorst auszuharren! Wie sie jede Nacht gefroren hat, so ganz allein in dem stacheligen, zugigen Nest! Erträglich wurde es erst wieder, wenn ihre Drachin gesättigt zurückkehrte, sich zum Schlafen in das Nest legte und ihr einen windgeschützten Platz unter ihrem Flügel anbot. Vielleicht sind es die Erinnerungen aus ihrer Kindheit, die es ihr heute so schwer machen, Einsamkeit auszuhalten?

Tyranimos hat sich die ganze Nacht nicht bei ihr blicken lassen. Er hätte ihr ruhig ein bisschen Gesellschaft leisten können... Sie muss sich am Riemen reißen, um nicht irgendwelche sentimentalen Anwandlungen zu entwickeln. Für ihren Plan, die Fürstin an Tyranimos' Seite zu werden, wäre das mehr als unklug. Wer Gefühle investiert, ist bereit, Kompromisse einzugehen – und wer Kompromisse eingeht, hat schon halb verloren. Sie darf sich keine Schwächen erlauben!

Gestern, kurz nach Einbruch der Dunkelheit, war eine Abordnung des Ältestenrats auf der Burg erschienen – nur Männer, lauter Tattergreise, und jeder von ihnen hatte einen Stapel Akten unter den Arm geklemmt. Tyranimos wurde von dem Besuch überrascht: Die ratlosen Blicke und stummen Gesten, die er und seine Kumpane sich untereinander zuwarfen, sprachen Bände. Schließlich verschwanden alle mit steifen Mienen in Tyranimos' Arbeitszimmer.

Was mag wohl so wichtig sein, dass sie sich die ganze Nacht hinter den dicken Holztüren verschanzen?

Gerade als Polina im Begriff ist, den Balkon zu verlassen, werden im Arbeitszimmer darunter die Fenster zum Lüften aufgerissen. Sie streckt ihre Nase in den Rauch, der nach oben zieht. Genüsslich inhaliert sie die Aromen der unterschiedlichsten Zigarrensorten. Mmm... ein außerordentlich angenehmer Duftteppich! Bei den Drachen damals hat auch ständig was gekokelt.

»... unsere Forderung... standesgemäße Braut... Wo bleibt Euer strategischer Weitblick? ... mit einer Mätresse niemals... als Herrscher akzeptiert... Ihr solltet unseren Vorschlag zumindest überdenken! ... Hässlich? Aber keineswegs! ... niemand wusste von ihrer Existenz. Baroon hat sie sechzehn Jahre lang in Realwelt versteckt...«

Polina lächelt mit schmalen Lippen. Aha. Daher weht der Wind. Die feinen Herren sind angereist, um ihm eine standesgemäße Tussi schmackhaft zu machen? Da haben sie sich aber geschnitten! Ihr fällt auch sofort ein, wie sich diese Gruftis in Tyranimos' Arbeitszimmer als Heuchler demaskieren lassen...

Schnell wechselt sie ihr Seidennachthemd gegen etwas Passendes und ruft nach ihrer Zofe – »Linette!« – die ihr ein Tablett voller Martinis bringen soll. Als sie ihre schwarzen Lackstiefelchen zuschnürt, überlegt sie, ob es wirklich eine gute Idee war, ausgerechnet das ungeschickteste Vampirgör von ganz Galaxia damit zu beauftragen.

Linette schafft es tatsächlich, die Gläser zwei Stockwerke nach oben zu tragen und auf dem Schminktisch abzusetzen – klirrend, aber unbeschadet. Dass sie dabei den Silberflakon mit Rosenwasser umschmeißt, versucht Polina augenrollend zu ignorieren. »Helft mir noch, mein Korsett zuzuschnüren, dann könnt Ihr gehen!«

Unbeholfen zerrt Linette das Bustier enger und noch enger – so lange, bis Polina endlich zufrieden ist – und verknotet die Lederschnüre. Sie knickst artig, stolpert über die Teppichkante und schließt die Tür hinter sich.

Polina würzt jeden Drink mit einem Tropfen Blut aus der Kuppe ihres Zeigefingers. Daraufhin trägt sie das Tablett hinunter ins Arbeitszimmer, serviert die Martinigläser in ihrem Fetisch-Look aus Lack und Leder und wartet auf die Reaktionen. Das wird Tyranimos wieder daran erinnern, wie unwiderstehlich sie ist!

Spöttisch grinsend beobachtet sie, wie die gierigen Blicke der Besucher sie auf ihrem Weg durch den Raum verfolgen. Der Duft des frischen Blutes steigt ihnen in die Nase und lässt ihre Lefzen erzittern. Ha! Jeder, der von diesem Martini kostet, wird ihr mit Haut und Haaren verfallen!

Triumphierend drückt sie Tyranimos das letzte Glas in die Hand. Na? Erkennt er jetzt, dass jeder Einzelne dieses sabbernden Ältestenrats ihr mit Handkuss einen Platz auf seinem Schoß oder auch auf seinem Schloss antragen würde? Damit ist klar, wie diese lächerlichen Heirats-Empfehlungen zu werten sind: Der pure Neid und Eigennutz! Ein plumper Versuch, sie zu Freiwild zu machen – damit diese geilen Böcke sich selbst auf sie stürzen können!

»Vergesst nicht, dass heute ein ganz besonderer Tag ist, Darling!«, flüstert Polina.

Tyranimos schaut wie hypnotisiert. »Ach ja?«

»Heute sind wir genau sechs Wochen zusammen!«

»Äh... Ja, ja... Wie könnte ich das vergessen?«, stammelt er. Ihr anzüglicher Blick fährt ihm direkt in die Lenden.

»Wenn Ihr Euch irgendwann freimachen könnt... dann wartet oben eine Überraschung auf Euch!« Sie zwinkert ihm zu und verlässt das Arbeitszimmer mit einem aufreizenden Hüftschwung, von dem sie weiß, dass er ihre Rückansicht perfekt in Szene setzt.

Als sie die Tür hinter sich zuzieht, hört sie ein Japsen, gefolgt von röchelndem Husten. Das ist bestimmt Krestos, dem seine Ärzte jegliche Aufregung verboten haben! Polina grinst von einem spitzen Öhrchen zum anderen. Sie ist sich ziemlich sicher, dass Tyranimos seine Besucher innerhalb der nächsten zehn Minuten vor die Tür setzen wird.

In der Tat. Es bleibt kaum genug Zeit, um die Vorhänge zuzuziehen und die Kissen einzuparfümieren, da klopft es an ihrer Tür.

Langsam stöckelt sie durch den Raum und öffnet. Ihr Blick fällt auf Tyranimos, der lässig am Türrahmen lehnt und ein Brillantarmband um seinen Zeigefinger rotieren lässt. »Ich habe die Lustmolche vom Ältestenrat rausgeworfen!«, verkündet er.

»Tsss...« Polina lächelt verhalten. »Wie undiplomatisch!"

»Diese alten Esel hatten jede Menge schlaue Tipps für mich: Strategische Allianzen! Heiratsempfehlungen! Nützliche Bündnisse!« Tyranimos winkt ab. »Völliger Blödsinn! Ich werde mir da nicht hineinreden lassen!«

»Von diesen Schwachköpfen braucht Ihr gewiss keinen Rat!«, pflichtet Polina ihm bei. Sie betrachtet ihren Lover. Er ist zwar nicht der Schönste... aber er ist der Thronfolger. Was ihm an Intelligenz fehlt, macht er durch rohe Willenskraft wett. An seiner Seite wird sie das erreichen, was ihrer Mutter nicht vergönnt war: Sie wird Fürstin über ganz Galaxia werden!

Tyranimos bekommt von ihren Gedanken nichts mit. Er mustert sie von unten nach oben: die zierlichen Stiefel mit dem Stilettoabsatz, die hautengen Leggings aus glattem schwarzem Leder. »Ihr seht heute ganz ungewöhnlich scharf aus!«

Sein Blick bleibt an ihrem Dekolleté hängen, und er fängt an zu schielen. Ihre Brüste sind von einem Lackbustier zu zwei weißen Halbkreisen zusammengeschnürt, wie ein perfektes Kunstwerk.

»Gefalle ich Euch?« Polina strafft ihren sehnigen Körper und streckt sich ihm entgegen.

Statt einer Antwort packt er sie am Handgelenk, um ihr das Armband umzulegen. »Ihr dachtet wohl, ich hätte unser kleines Jubiläum vergessen!« Seine goldene Ledermaske drückt sich hart in ihr Gesicht, als er seinen Mund auf ihren presst. Es dauert eine Weile, bis sie beide wieder zu Atem kommen. »Gefällt Euch mein Geschenk?«

»Das ist sooo süß!«, schnurrt Polina. Sie weiß zwar genau, dass dieses Armband schon seit ewigen Zeiten in seiner Schreibtischschublade liegt... aber das macht die Brillanten natürlich nicht weniger wertvoll. Sie setzt den verführerischen Blick auf, den sie in den müßigen Nachtstunden geübt hat, und zieht ihm mit flinken Fingern sein Hemd über den Kopf.

Seine Brustmuskeln sind tatsächlich verdammt sexy! Der Geruch von Tyranimos' Körper lenkt sie ab, verrät ihr den Stand seiner Erregung und zerstreut ihre Zweifel. Natürlich ist er ihr hörig! Zwischen ihm und ihr ist kein Platz für eine andere Frau! Ihr Zeigefinger zeichnet eine Linie von seiner Schläfe die Wange entlang hinunter zum Hals, bis er auf seiner Schlagader liegen bleibt und den rasenden Puls darunter tastet.

»Oh jaaah!«, stöhnt Tyranimos. Bei dem Gedanken, dass sie sich gleich auf ihn stürzen wird, stellen sich ihm sämtliche Nackenhaare auf.

»Oh ja!«, raunt Polina an sein Ohr. Zur Hölle mit allen Nebenbuhlerinnen, die es auf ihn abgesehen haben! Keine von denen kann ihr das Wasser reichen! Sie wird ihre Zukunft selbst in die Hand nehmen und ihm eine Ekstase bescheren, die sich unauslöschlich in sein Gehirn brennt!

Er sieht ihre Saugzähne hervortreten. Ein elektrisierender Schauer läuft ihm über den Rücken. Sein Atem geht schneller. Polina leckt sich über die Lippen und wirft ihm einen lüsternen Blick zu. Ihre Nägel kratzen über seinen Bauch, als sie in seinen Hosenbund greift und ihn so vom Korridor ins Zimmer zieht. Dann tritt sie mit ihrem Stiletto die Tür zu.

GALAXIA – unweit vom Drachenfels

Amy kommt wieder zu sich, als sich der Fallschirm mit einem heftigen Ruck über ihr entfaltet. Von Schnüren gehalten rauscht sie benommen durch die Luft. Der Wind treibt den Fallschirm vom Drachenfels weg. Sie dreht den Kopf nach hinten, um zu sehen, ob sie von den Drachen verfolgt wird, aber die Wolken haben den Gipfel bereits verschluckt.

Wo ist eigentlich Vincent mit seiner Drachin? Amy kneift die Augen zusammen. Da, in der Ferne – ein roter Punkt.

Das Riesenreptil gleitet mit ausgebreiteten Flügeln auf dem Luftstrom dahin. Mit Vince auf dem Rücken taucht die Drachin in eine graue Nebelwand und ist nicht mehr zu sehen.

Amy segelt mit ihrem Fallschirm durch die tiefhängenden Wolken. Als der Wolkenteppich den Blick Richtung Boden freigibt, liegt die ganze Pracht Galaxias unter ihr: Malerische Hügelketten erstrecken sich zwischen dunkelgrünen Wiesen und riesigen Wäldern. Von Westen her schlängelt sich ein Fluss zum Meer, das mit dem Horizont zu verschmelzen scheint. Ein Vogelschwarm zieht kreischend Richtung Küste.

Die Landschaft ist ganz klein, aber die charakteristische Silhouette der Hall-Of-Fame, die sie vom Startbildschirm des LogScreens kennt, ist deutlich zu sehen. Links davon ragen die Türme des Azurinschlosses auf. Die blauen Dächer glänzen in der Morgensonne. Von dort geht die kilometerlange Gleisbrücke ab, die sich wie ein Aquädukt durch das Tal zum Reich der Faune zieht. Sogar der Sanduhrfelsen ist zu sehen. Wie Adern durchziehen dünne Wasserläufe die Landschaft, verbreitern sich zu kleinen Seen oder schließen unbewohnte Inseln in ihrer Mitte ein.

Die Drachin steuert ein Flussufer an, das windabwärts liegt. Amy versucht durch Ziehen der Seile, ihren Schirm in dieselbe Richtung zu manövrieren. Der Boden kommt schneller auf sie zu, als ihr lieb ist. Höchste Zeit, sich über die Landung Gedanken zu machen. Gibt es einen Trick, wie man sich nicht die Beine bricht?

Amy rauscht über Vince und seine Drachin hinweg. Als ihre Füße den Boden berühren, rennt sie so schnell sie kann über die knirschenden Steine. Aber der Fallschirm ist schneller und zerrt sie weiter. Bis zu einer Baumgruppe am Ufer, die den Wind abrupt abfängt, so dass der Fallschirm plötzlich in sich zusammenfällt und Amy bäuchlings in den Schlamm kippt.

Ächzend rappelt sie sich auf. Graubraune Lehmbrühe tropft an ihr herunter. Knie und Unterarme sind aufgeschrammt. Aber es hätte schlimmer kommen können. Der Kopf ist noch heil, und das Rückgrat, und alles andere auch.

Mit steifen Fingern schält sie sich die Gurte vom Rücken und hält Ausschau nach Vincent. Der sitzt am Ufer, keine hundert Meter hinter ihr, und schmeißt Steinchen durch die Gegend. Nachdem sie den Fallschirm zusammengewickelt und im Rucksack verstaut hat, marschiert sie durch den Kies und setzt sich neben ihn. »Hallo Drachenbaby! Schön, dass du am Leben bist!«

»Du musst die Pfütze da hinten treffen!«, erklärt er und zeigt ihr mit einem Wurf, welche er meint.

Die Drachin hockt abseits an der Uferböschung und stillt ihren Durst. Amy deutet mit dem Finger auf sie. »Lass dich von der da nicht noch mal entführen, hörst du? Sonst schmeiße ich alle deine Sammelkarten ins Klo!«

»Aber nicht die von *Star Wars*!«

»Die spüle ich gleich als erstes runter!«

»Warum bist du eigentlich sauer?«, fragt Vincent. »Bei den Drachen war‘s doch cool!«

»Du spinnst wohl! Wir wären beide um Haaresbreite nicht mehr am Leben!« Amy schüttelt den Kopf und beobachtet die Drachin, die langsam heranwatschelt. »Und jetzt überleg‘ mal scharf, wie wir uns am besten von deinem Drachen-Monster da wegschleichen!«

Vince wirft seiner Schwester einen bösen Blick zu. »Sie ist kein Monster! Sie ist meine allerliebste Freundin! Und wegen dir hat sie jetzt kein Zuhause mehr!« Er springt auf, läuft auf die Drachin zu und wirft ihr seine kurzen Arme um den Hals.

»Hä?« Amy stiert ihm verstört hinterher. »Was habe ICH denn damit zu tun?«

Strenggenommen eine ganze Menge, überlegt sie. Ihre bloße Existenz hat in der Drachin Sehnsüchte ausgelöst, die diese sechzehn Jahre später dazu veranlasst haben, einen kleinen Menschenjungen zu entführen, weswegen die anderen Drachen sie aus dem Horst vertrieben haben...

»Überleg' du mal lieber, wie du das Mum erklärst! Dass sie jetzt bei uns wohnen muss!«, ruft Vincent und streichelt die rotgeschuppte Schnauze.

»Wer muss bei uns wohnen? Dein Monster-Dino?« Amy zeigt ihm einen Vogel.

»Also, hier kann sie nicht bleiben!«, erklärt Vince. »Die anderen Drachen haben sie fortgejagt, das hast du doch gesehen! Wir müssen sie mitnehmen!«

Das Riesenreptil reibt seinen großen Kopf an Vincents Schulter, mit wohlig geschlossenen Augen und rhythmischem Gegrunze. Das Geräusch erinnert Amy an Dads Akkuschrauber. »Wo würdest du sie denn unterbringen? Hast du da mal drüber nachgedacht? Sogar wenn sie sich einrollt, ist sie noch doppelt so groß wie dein Bett!«

»Sie kann im Schuppen schlafen«, erwidert Vincent trotzig. »Außerdem geht es dich gar nichts an, mit wem ich befreundet bin und wen ich zum Spielen mit nach Hause bringe!« Während die Drachin ihn abschleckt, krault er sie mit seinen Patschhänden unter dem Kinn.

»Komm jetzt!«, schnauft Amy und steht auf. Es hat keinen Sinn, mit Drachenbabys zu diskutieren. Soll sich doch Mum mit ihm herumärgern. »Lass uns einen LogScreen suchen, der uns wieder nach Hause beamt.« Wahrscheinlich ist die Drachin sowieso zu schwer, um teleportiert zu werden. Da wird dann ein dickes rotes Eumel vor dem LogScreen sitzen und dreinschauen wie ein Hund, der an der Tankstelle ausgesetzt wurde – während Vince ihr die Ohren vollheult. Nun ja. Da muss man durch.

Amy stapft wortlos voran, flussaufwärts am Ufer entlang, während Vincent hinter ihr redet: »Wie spät ist es eigentlich?«

... und redet...

»Sind wir bald da?«

... und redet.

»Warte mal, ich kann nicht so schnell!«

Ohne Punkt...

»Warum rennst du so? Mir tun die Füße weh!«

... und Komma.

»Wann sind wir denn endlich beim LogScreen?«

Das Gequengel zerrt an Amys Nerven. »Du kannst ja mit deiner Drachin fliegen!«, raunzt sie ihn an.

Als hätte das Reptil sie verstanden, reckt es den Hals in die Luft und observiert den Himmel. Hoch über ihnen, verdeckt von Wolken, bewegen sich dunkle Schatten, die sich nicht klar zuordnen lassen. Vögel vielleicht, oder Einbildung. Oder Drachen.

»Sie will nicht«, sagt Vince und trottet weiter. Die Drachin trappst behäbig hinterher. Ihre Flügelspitzen hängen nach unten und ziehen zwei parallele Linien durch das halbhohe Gras.

Amy zieht die Stirn kraus. Ob sie überhaupt in die richtige Richtung gehen? »Vince? Kletter mal auf den Baum da vorne! Schau mal, ob du das Azurinschloss sehen kannst!«

Vincent spurt voraus, zu der großen Weide, die an einer Flussbiegung am Ufer steht. »Da ist was!«, schreit er. »Da unten, bei den Wurzeln!«

Amy kommt näher und betrachtet den kleinen, fetten Lurch, der auf einer Luftwurzel sitzt. »Was soll das sein?«

»Ein Feuersalamander!« Die Färbung ist extrem auffällig: Alarmgelb leuchtende Flecken auf tiefschwarz glänzendem Grund. »Komisch, dass der sich überhaupt sehen lässt! Die sind doch nachtaktiv!« Vince streckt seine Hand nach ihm aus. »Schau mal, wie zahm der ist. Er läuft gar nicht weg!« Stattdessen hebt der Lurch seinen Kopf, öffnet sein schwarzes Mäulchen einen Spalt weit und macht sich ein paar Millimeter größer.

Die Drachin schnauft und prustet. Ihre Backenkämmchen stehen senkrecht vom Kopf weg, während der Lurch sie unverwandt mit seinen schwarzen Knopfaugen fixiert.

Eigenartig. »Fass' ihn nicht an!«, rät Amy. »Bestimmt ist er giftig! Oder er hat Tollwut!«

»Tollwut übertragen nur Säugetiere!«, klärt ihr kleiner Bruder sie auf.

Wenn das einer weiß, dann Vincent, der keine Tiersendung im Fernsehen auslässt. »Findest du den nicht eklig?« Amy tritt mit dem Fuß gegen die Wurzel. Endlich haut das blöde Tier ab.

»Warum verjagst du ihn?«, regt Vince sich auf. »Ich wollte ihn zähmen!«

»Du hast schon eine Drachin gezähmt, Vince! Das genügt ja wohl!«

Vincent ignoriert seine Schwester und rutscht auf Knien zwischen die Luftwurzeln der knorrigen Weide, auf das kleine runde Loch zu, in das der Salamander sich geflüchtet hat. Vorsichtig tastend schiebt er seinen Arm bis zum Ellenbogen hinein. Als er ihn wieder herauszieht, hält er einen faustgroßen Kiesel in der Hand. »Schau mal! Ein Stein!«

»Boah! Toll!« Amy verdreht die Augen. »Das ganze Flussbett ist voll davon!«

Vincent rappelt sich auf. Hingerissen dreht er den grauen Gesteinsbrocken zwischen den Fingern und hält ihn ins Sonnenlicht. »Wie findest du ihn?«

»Hässlich.«

Vincent guckt beleidigt. »Der ist nur außen hässlich! Innen ist er schön!« Ehe er sich's versieht, flitzt der Feuersalamander aus seiner Höhle heraus, klettert an Vincents Bein entlang und versucht, auf seine Hand zu hüpfen.

»Ha! Siehst du!«, triumphiert Vince. »Er will mein Freund sein! – Kannst du mal halten?« Er reicht den Stein zu Amy rüber, damit er die Hände frei hat, um den Lurch zu streicheln. Aber der macht eine Kehrtwendung und saust wie ein wildgewordenes Batteriespielzeug auf Amy zu. An ihrem Fuß macht er Männchen und klettert dann ihren nackten Unterschenkel hinauf.

»Iiihhh!« Amy fällt vor Schreck der Stein aus der Hand.

Kaum kullert der Brocken auf den Boden, saust der Salamander Amys Bein wieder hinab. Er flitzt dem Stein hinterher, erklimmt ihn und bleibt mit bebender Kehlhaut darauf sitzen.

Verblüfft starren sechs Augenpaare von oben auf ihn hinunter.

»Was ist denn mit DEM los?«, fragt Amy.

Die Drachin schnaubt verächtlich.

»Er bewacht seinen Lieblingsstein«, erklärt Vincent. Vorsichtig hebt er den Stein samt Salamander hoch. »Der kommt in meine Mineraliensammlung!« Sein schmutzverklebter Zeigefinger deutet auf eine Bruchstelle an dem faustgroßen Felsbrocken, wo die Kruste abgesplittert ist. »Da! Guck mal!«

»Wow!« Amy ist wirklich beeindruckt. Der Stein im Inneren schillert und leuchtet in allen Farben. »Das ist der Prismeneffekt«, erklärt sie ihrem Bruder. »Und wenn so ein Quarzstein ganz klar ist, ganz frei von Verunreinigungen, dann heißt er Bergkristall!«

»Der ist aber nicht ganz klar. Da ist was Rotes drin.«

Amy berührt mit ihrer Nase fast den Salamander, so genau schaut sie hin. Ganz weit hinten ist eine sehr dünne rote Linie, eine Gesteinsader, die sich durch den durchsichtigen Quarz zieht. Amy blinzelt. Die Ader scheint zu vibrieren und zu pochen, wenn man zu lange hinschaut. Eine faszinierende optische Täuschung.

»... *aus dem tiefsten Gang des tiefsten Bergwerks*«, hört sie plötzlich eine fröhliche Stimme.

Amy dreht sich unwillkürlich um. Aber das nette Faunmädchen ist nicht da, nur ihre Stimme hallt in Amys Kopf. »*Wir Faune verehren ihn als Heiligtum, weil ein Haar unseres Ur-Ahns darin eingeschlossen ist. Ein rotes.*« Aus den Tiefen von Amys Erinnerung steigt ein unbefangenes Kichern auf.

»Das ist doch – der Wunschdiamant!«

»Was hast du gesagt?« Vincent dreht den Stein wie ein Kaleidoskop vor seinem rechten Auge. In einem zirkusreifen Balanceakt schafft es der Salamander, oben zu bleiben.

»Was? Nichts! – Ich hab‘ gar nichts gesagt!« Amy beißt sich auf die Lippen. Warum kann sie nicht erst denken und dann reden, verflixt nochmal?

»Doch, hast du!« Vincent reißt die Augen auf. »Du hast *Wunschdiamant* gesagt!«

»Hab‘ ich nicht!« Leugnen, leugnen, leugnen. Das ist das Einzige, was jetzt noch hilft.

»So ein Stein, der alle Wünsche erfüllt – den gibt es wirklich! Das hat mir Bernhard erzählt... aber ich soll‘s nicht weitersagen. Es ist ein Geheimnis!«

»Ja, ja. Der glaubt bestimmt auch an den Weihnachtsmann. Und an den Osterhasen. Es ist ein Bergkristall, weiter nichts.« Amy streckt eine Hand aus. »Gib her, ich steck ihn für dich ein!«

Vince schüttelt bockig den Kopf. Seine kleinen Finger krampfen sich um den grauen Klumpen. »Nein, ich will ihn bei mir haben!«

»Na gut!« Amy schnauft ergeben. »Aber nicht, dass du ihn verlierst!«

»Ich pass‘ schon auf«, versichert Vincent und versenkt den Stein samt Salamander ganz behutsam in einer ausgebeulten Seitentasche seiner Shorts. »Aber wenn das doch der Wunschdiamant ist – dann wünsch‘ ich mir ein riesengroßes Lichtschwert!«

Einatmen. Ausatmen. Obwohl: Der Legende nach wird der Wunschdiamant eingelöst, indem man ihn in den Krater des Sanduhr-Kraftwerks schmeißt. Solange sie sich davon fernhalten, kann ja gar nichts passieren!

Als Amy bemerkt, dass die LED-Anzeige am Raketenrucksack wieder grün ist, steigt sie damit ein paar Meter in die Luft. Gestern noch hätte sie für diesen Stunt begeistertes Gekreische geerntet – heute kann sie ihren kleinen Bruder damit nicht mehr beeindrucken.

In der Ferne erkennt sie die blitzend blauen Dächer des Azurinschlosses. Die Richtung stimmt, aber es ist noch ein ordentliches Stück zu laufen. Als das Jetpack zu ruckeln beginnt, lässt sie sich vorsichtshalber zurück auf den Uferstreifen sinken.

Die Drachin hat währenddessen etwas Essbares entdeckt und zerrt mit ihren mächtigen Kiefern ein widerspenstiges Gestrüpp aus dem

Unterholz: Ein Strauch mit schwarzen Beeren, die irgendwie giftig aussehen. Innerhalb von Sekunden werden die Zweige immer kürzer und sind schließlich ganz verschwunden. Wie Amy die Drachin so genüsslich kauen sieht, fällt ihr auf, dass sie selber auch Hunger hat. Aber so schlimm, dass sie irgendwelche merkwürdigen Beeren probieren würde, ist es noch nicht.

Missgelaunt setzt sie sich wieder in Bewegung. Vince und die Drachin trödeln hinterher. Das Geräusch patschender Drachenfüße vermischt sich mit Wassergeplätscher und Vincents unablässigem Gequassel: »Wenn ich nach Hause komme, klingel ich gleich bei Bernhard und zeig' ihm meinen Feuersalamander! Den langen Regenwurm kann er ruhig behalten, den brauche ich sowieso nicht mehr. Würmer sind langweilig. Ich würde viel lieber Spinnen züchten. Soll ich dir verraten, woran man bei Spinnen die Männchen erkennt?«

Inzwischen steht die Sonne senkrecht am Himmel. Durst und Hitze lassen sie nur schleppend vorankommen. Dann endlich, nach der tausendsten Biegung, sieht Amy die Türme des Azurinschlosses in den Himmel ragen. »Hey, Vince! Da vorne ist es! Wir haben es gleich geschafft!«

Keine Antwort.

»Vince?« Erst jetzt fällt ihr auf, dass es merkwürdig still ist. »Vince!« Verdammt! Wo steckt der denn schon wieder? Ein Adrenalinschub flutet ihren Körper, während sie sich einmal um sich selbst dreht und seinen Namen schreit, so laut sie kann: »VIIIIINCENT!!!«

Moment mal... War da was? Amy stutzt und stiert die Drachin an. Die setzt sich auf ihre Hinterbeine und schaut treudoof zurück. Unterhalb ihrer geschuppten Brust erkennt Amy die Öffnung eines Bauchbeutels, wie bei Kängurus. Von Vincents Kopf ist nur der struppige Haarschopf zu sehen. Seine kurzen Beine baumeln ab Kniehöhe aus dem Hautsack. Man hört ihn leise schnarchen.

»Puh!« Amy fällt ein Stein vom Herzen. Nachdenklich sieht sie in die gelben Reptilienaugen. »Der hat's aber gut bei dir!« Sie streckt ihre Hand aus und krault den Drachenhals. »Na schön – dann sehen wir mal, was Mum zu dir sagt.«

Amy schaut zum Nordturm hoch, aber sie kann die Uhrzeit nicht ablesen. Es muss wohl später Nachmittag sein, denn im Hof des Azurinschlosses herrscht der übliche Trubel. Auf der großen Freitreppe wimmelt es von Amüsierwilligen – mit und ohne Verkleidung. Mit federnden Schritten schlängelt Amy sich gegen den Besucherstrom die Stufen zum Schlossportal hinauf. Die Drachin folgt ihr ungelenk watschelnd. Zwischen den ganzen Aliens, Cowboys und Einhorn-Masken fällt sie gar nicht weiter auf. Man hält sie wohl für ein besonders ausgefallenes Kostüm.

»Pass doch auf!«, motzt eine Rockerbraut, deren Springerstiefel versehentlich von einem rotgeschuppten Drachenfuß plattgetreten wird.

Entschuldigend rotzt die Drachin ihr Schleim ins Haar und watschelt weiter.

Amy drückt die schwere Tür auf. »Na los, komm schon!«

Die Drachin faltet sorgfältig ihre Flügel ein und schiebt sich durch die Türöffnung. Leise schnaubend trappst sie hinter Amy durch das Foyer, in den Seitengang bis vor den LogScreen. Ihre Schnauze spiegelt sich im Startmenü. Feuchte Schlieren ziehen sich über das Glas, wo sie den Bildschirm beschnuffelt.

»Pfote her!«, verlangt Amy. Die Drachenpratze ist dreimal so groß wie die vorgegebene Auflagefläche. Da muss ein Fingerballen mit Daumenkralle reichen. Ihre eigene Hand quetscht Amy daneben. Mit der anderen Hand wählt sie *HOME* als Ziel und drückt auf den *GO!*-Button, um die Teleportation zu starten. Hoffentlich funktioniert das überhaupt, ihre Begleitung ist ja nicht gerade zierlich. Nicht, dass sie irgendwo im Cyberspace steckenbleiben, im Nichts, im Niemandsland...

Der LogScreen flimmert, knurrt und ächzt. Es klingt nach Magengeräuschen, nur dass sie aus dem LogScreen kommen. Uuhhh, das kitzelt! Normalerweise geht alles so schnell – husch und weg – aber diesmal hat Amy das Gefühl, sich in Zeitlupe aufzulösen. Ihre Waden kribbeln wie verrückt. Dem dringenden Bedürfnis, sich zu kratzen, kann sie nicht mehr nachgeben, weil ihre Arme gar nicht mehr da sind.

Der Drachin scheint es ähnlich zu gehen. Mit gelben Stielaugen starrt sie auf den schlafenden Vincent in ihrem Beutel, während sie sich Zentimeter für Zentimeter in Nichts auflöst, angefangen bei den rotgeschuppten Reptilienfüßen. Amy wird es schwarz vor Augen, speiübel und schwindlig.

REALWELT – im Haus von Familie Palmer

Als der LogScreen sie endlich in Dads Arbeitszimmer ausspuckt, schläft Vince immer noch im Beutel der Drachin. Es klirrt und knirscht, als der wuchtige Drachenschädel die Deckenleuchte zerlegt. Glassplitter regnen herab. Mit einem Krach bricht die Regalwand zusammen, und eine Flut von Büchern ergießt sich in den Raum.

Mum steht zwei Sekunden später an der Schwelle des Arbeitszimmers und schaut entgeistert an ihrer Tochter vorbei auf ein riesengroßes geflügeltes Etwas: Die Drachin steht auf dem zusammengebrochenen Schreibtisch, inmitten von Scherben, und fegt mit einem Schwanzzucken die Orchideen vom Fensterbrett. Dann streckt sie den rotgeschuppten Hals zur Tür und schnuffelt an Mums Haaren.

»Wo ist Vince?!«, stößt Mum hervor.

»Da! Er schläft im Brustbeutel! Keine Sorge! Ihm geht es bestens! Er ist nur müde!«

Der Blick auf Vincents baumelnde Waden reicht nicht aus, um Mum zu beruhigen. »Soisbrav, kutschikutschi, sooo ein artiges Drachenmonster, eine ganz Feine bist du...«, lobt sie in beruhigendem Singsang und tätschelt den Drachenhals. »Lass‘ mich nur mal eben nachsehen...« Sie steigt über Scherben und Bücher, um den Bauchbeutel der Drachin zu kontrollieren. Erleichtert atmet sie auf, als sie Vincent darin friedlich schnorcheln hört.

»Er hat einen anstrengenden Tag hinter sich«, erklärt Amy, ungefragt und ungelogen. »Wir sind die ganze Zeit herumgewandert!«

Wie ein Storch stakst Mum rückwärts über die Glassplitter, ohne die Drachin aus den Augen zu lassen. »Nick!«, ruft sie in den Flur. »Lass‘ das Gepäck stehen und komm‘ hoch! Schnell!«

„Mum? Du brauchst keine Angst haben!«

»Habe ich nicht!«, beteuert Mum. »Ich habe nur Respekt! Ich... ich wundere mich aber, dass ihr so unbefangen mit ihm spielt! Schließlich wiegt er so viel wie ein Elefant!«

»Mum – das ist eine SIE, eine Drachin! Und zwar die, die eigentlich MICH aufziehen sollte!«

»Was? Oh!«

»Eben!«

»Aber Amy, trotzdem... Das ist doch kein Haustier!« Aufgebracht deutet Mum auf das verwüstete Interieur. »Wie kommst du nur auf diese Schnapsidee, sie herzubringen?« Sie bemüht sich um Höflichkeit und zieht die Mundwinkel weit auseinander, aber mit ihrem Fake-Lächeln kann sie niemanden täuschen.

Amy holt tief Luft. Lügen ist ganz einfach, wenn man eine simple Regel befolgt: Man erzählt, was wirklich geschehen ist, und lässt dabei ein paar wesentliche Details aus. »Also: Vince hat sich mit dieser Drachin angefreundet. Sie hat uns zu einer Stelle am Flußbett geführt, an der man die tollsten Steine findet. Du weißt doch, wie sehr Vince auf so Steinekram abfährt...«

»Und dann?« Mum schaut sie scharf an.

»Äh... dann gab's irgendwann Ärger mit den anderen Drachen. Die kamen plötzlich angeflogen – sechs Stück, oder noch mehr, riesige Kolosse! Die haben unsere Drachin weggebissen! Wir haben uns möglichst schnell in Sicherheit gebracht, um nicht zwischen die Fronten zu geraten. Das hättest du sehen sollen, wie die anderen auf sie losgegangen sind!«

»Aber...«

»Die waren sowas von aggressiv! Und weißt du, warum? Weil sie sich mit Menschen angefreundet hat! Mit uns!« Die Drachin lässt den Kopf hängen. Amy krault sie hinter einem Backenkämmchen.

»Aber...«

»Wir hatten keine Wahl! Wir mussten sie mitbringen! Ihre Artgenossen hätten sie gelyncht! Das verstehst du doch? Mum?« Hui, jetzt schaut ihre Mutter aber böse drein! Amy zieht unmerklich den Kopf ein.

Cathrine ist jetzt wirklich sauer. »Diese selbstherrlichen Viecher!«, regt sie sich auf. »Angeblich sind sie uns Menschen an Intelligenz und Weisheit weit überlegen! Schon ihres biblischen Lebensalters wegen!

Da sollte man doch meinen, sie wären fähig, sich einer anderen Spezies gegenüber tolerant zu zeigen!«

Dad – gerade damit beschäftigt, das Auto zu entladen – schlurft mit Reisetaschen behangen über den Flur.

»Schatz! Willst du sehen, was deine Kinder aus Galaxia mitgebracht haben?« Mum streichelt die Drachenschnauze.

»Um Himmels Willen!« Fassungslos bleibt er im Türrahmen stehen.

»Das ist die schwächliche Drachin, die Amy großziehen sollte«, sagt Mum.

»Ist mir ganz egal, wer oder was sie ist«, erklärt Dad, lässt alle Taschen fallen und zwängt sich unbeeindruckt an der Drachin vorbei zum LogScreen. Glas knirscht unter den Sohlen seiner Turnschuhe. »Bevor sie unser Haus zerlegt, werde ich sie zurück nach Galaxia befördern!«

»Nein, Dad, nicht zurückschicken!«, bettelt Amy. »Nur für ein paar Tage! Bis sich die anderen Drachen wieder beruhigt haben!«

»Bis dahin kracht uns hier die Bude über dem Kopf zusammen!« Nick tippt auf der Tastatur herum.

»Die Statik hält das aus«, sagt Mum schnell. »Du weißt doch, dass der Vorbesitzer das Haus als Werkstatt genutzt hat. Überall stand so grobgeschmiedeter Metallkrempel rum. Erinnerst du dich? Das Zeug war sauschwer.«

»Stimmt«, sagt Dad. »Trotzdem reist dieser Drache jetzt wieder retour, und zwar auf der Stelle!« Er klickt sich durch die Menüs und stutzt. »Ach du Sch...ande! AMY!«

Amy und die Drachin zucken zusammen. Vincent schnauft und versucht, sich im Schlaf zu drehen, aber dafür ist der Bauchbeutel natürlich zu eng.

»Unser LogScreen streikt!« Nick rauft sich die Haare. »Dein Drachentransport hat das System so überlastet, dass jetzt gar nichts mehr geht!«

»Tut mir leid, Dad.« Amys Blick streift den Feuersalamander, der mit kleinen schwarzen Knopfaugen aus der Bauchtasche glubscht. »Habt ihr eigentlich schon den Salamander gesehen, den Vince in

Galaxia gefunden hat?«, fragt sie, um ihre Eltern von der Drachin abzulenken. »Da sitzt er!«

Ihre Strategie, so simpel sie auch ist, geht auf. Zwei Köpfe fahren herum.

»Ist der giftig, wenn man ihn anfasst?«, fragt Mum und stiert misstrauisch auf das gelbgefleckte Tierchen.

Dad zuckt mit den Schultern. »Ich glaube nicht. Solange Vince seine Finger nicht in den Mund steckt...«

Die Drachin biegt den Hals so weit wie möglich nach unten und versucht, den Lurch zu beißen. Als das nicht klappt, schnaubt sie angewidert.

Dad schnaubt ebenfalls und widmet sich erneut dem Bildschirm. »Ich werde jetzt ins Büro fahren, um unseren LogScreen wieder freizuschalten.« Sein Zeigefinger deutet auf Amy. »Sobald das erledigt ist, rufe ich dich an. Dann wirst du den Drachen dorthin zurückschicken, wo er auch hingehört – keine Widerrede!«

Amy öffnet den Mund und schließt ihn sofort wieder. Dad macht nicht den Eindruck, als würde er sich umstimmen lassen.

Die Drachin lässt betrübt den Kopf hängen. Mum muss lachen. »Schau mal, Schatz! Ich glaube, sie versteht dich! Jedes Wort!« Ihre Hand fährt durch die zotteligen Haarbüschel, die vereinzelt vom Mähnenkamm des Drachenhalses abstehen. »Keine Angst, Monsterchen! Natürlich behalten wir dich hier, so lange es nötig ist!«

Dad klappt die Kinnlade nach unten. Nur mit Mühe kriegt er seine Gesichtszüge wieder einigermaßen sortiert. »Das ist jetzt nicht dein Ernst, oder?«

»Naja, ich meine... sie hätte ursprünglich mein Baby großziehen sollen! Damit gehört sie doch irgendwie zur Familie, oder nicht?« Cathrine fixiert ihren Mann mit diesem ganz gewissen Blick, bis er die Lippen zusammenkneift und unwillig nickt.

Ein paar tiefe Atemzüge zur Beruhigung, dann zieht Dad den schlafenden Vince vorsichtig aus dem Bauchbeutel der Drachin und trägt ihn in sein Zimmer. Behutsam legt er seinen Sohn in das Kinderbett.

Vincent murmelt etwas Unverständliches. Er ist so müde, dass er nicht mal aufwacht, als Mum ihm seine schlammverdreckten Klamotten auszieht. Aus der Seitentasche der schmutzstarren Hose schlüpft der Feuersalamander und huscht unter die Decke.

Cathrine unterdrückt einen Schrei.

»Pscht!« Dad hebt Vincents herunterhängenden Arm auf die Matratze. Mit der rechten Hand umklammert der Kleine einen grauen Felsbrocken. Dads vorsichtiger Versuch, seinen Griff zu lösen, lassen Vincents Faust nur noch fester um den Stein krampfen.

»Lass ihn!«, flüstert Mum. »Nimm ihm sein Spielzeug nicht weg, sonst brichst du ihm noch die Finger! Kümmere dich lieber um dieses scheußliche Kleinvieh!«

Nick lacht leise und streicht über Vincents Strubbelkopf. »Dieser riesige Drache stört dich nicht, aber der kleine Salamander schon?«

»Setz' ihn im Garten aus!«, verlangt Cathrine. »Am besten bei den Nachbarn.«

»Ach was, der tut doch nichts!«

»Ich finde ihn gruselig! Wie er uns anschaut, so dämonisch!« Cathrine deutet ans Fußende, wohin der Salamander sich verkrochen hat. Sein schwarzer Kopf lurt aus dem Faltenwurf der Zudecke heraus. Mit schwarzglänzenden Augen verfolgt er jede ihrer Bewegungen und öffnet dabei das Mäulchen wie ein Fisch unter Wasser.

»Sei nicht albern, Schatz. Das bildest du dir nur ein. Diese Tiere sind doch völlig harmlos. Der hat mehr Angst vor dir als du vor ihm!«

»Schau dir mal seine Augen an!«, beharrt Cathrine. »Das ist dieser starre Blick, den Vampire haben, bevor sie über dich herfallen!«

»Ach daher weht der Wind!« Nick nimmt seine Frau in die Arme und wiegt sie hin und her wie ein kleines Kind. »Du bist immer noch traumatisiert von deiner Zeit bei den Vampiren. Und dabei ist es schon so lange her...« Er hält sie auf Armeslänge von sich weg und sieht ihr beschwörend in die Augen. »Es ist vorbei, mein Liebling, es ist alles gut! Niemand verfolgt dich, niemand will dir etwas antun.« Schnell zieht er sie wieder an sich und streichelt ihr über die Haare. »Nicht weinen, Liebling!«

»Ich habe nur Schnupfen!« Cathrine wischt sich über die Augen. Der gelbschwarze Lurch glubscht sie scheel an. »Manchmal sehe ich etwas, das mich an früher erinnert, und dann sind die unguten Gefühle sofort wieder da.«

»Wir waren den ganzen Tag unterwegs! Lass uns in die Küche gehen und was Leckeres zusammen kochen. Mit gefülltem Bauch sieht die Welt ganz anders aus!«, sagt Nick. Er schiebt seine Frau in den Flur und macht die Kinderzimmertür hinter sich zu.

Vincent schnorchelt leise vor sich hin.

Der Feuersalamander läuft so schnell er kann über die Bettdecke, zu der Hand, die den Stein umklammert hält. Zum zweimillionsten Mal vergewissert er sich, dass alles in Ordnung ist: Durch den schmalen Spalt lugt er ins Innere des schmutziggrauen Rohdiamanten, in dem die dünne rote Linie pulsiert.

Befriedigt schlingt der Lurch seinen Schwanz um den Stein. Tag und Nacht wird er seinen Schatz bewachen, den unendlich wertvollen Wunschdiamanten, der jeden Bann lösen kann... wenn sich nur ein williger Helfer findet, der tut, was getan werden muss, um dem früheren Fürsten der Dunkelheit seine Gestalt und seine Macht zurückzugeben. Der Feuersalamander legt sich dicht neben die heiße Kinderhand. Wer weiß – vielleicht ist dieser kleine Junge dafür sogar ein brauchbares Werkzeug?

GALAXIA – Biesterwälder

Die Jagdgesellschaft überquert den Wald, knapp über den Baumkronen. Blätter rauschen, Äste biegen sich wie im Sturm. Die Schatten der riesigen Schwingen ziehen über den Waldboden und bringen das Getier dort in Aufruhr. Wann immer sich im Baumteppich eine Lichtung auftut, die groß genug ist für die Spannweite ihrer Flügel, tauchen ein, zwei Drachen ab, um den Boden nach Biester-Frischlingen abzusuchen. Ihre Reiter, Tyranimos und seine Gefolgsleute, feuern sie mit Jubelschreien an. Geschickt sondern die Drachen die Frischlinge von der Rotte ab. Die Mutterbiester, die ihre Kleinen verteidigen wollen, werden mit Vampirblitzen weggescheucht.

Tyranimos' Mätresse, Polina, fliegt auf einem silbergrauen Drachen. Obwohl sie eine erfahrene Reiterin ist, hat sie offensichtlich Schwierigkeiten mit ihrem Jungtier, das immer wieder unerwartet Kapriolen, Haken und Saltos einlegt. Es ist auch nicht einfach, den richtigen Drachen zu erwischen: Adulte Tiere lassen sich nicht mehr aufzäumen. Die Jungen aber sind teilweise so verspielt, dass der Flug mit ihnen ein unkalkulierbares Risiko darstellt. Ein Rodeoritt, hoch oben in der Luft.

Polina ist die Vorletzte des Trupps, gefolgt in einigem Abstand von Griesbert, Tyranimos' Schatzmeister. Steif und ungelenk wie er ist, ist er für die Jagd in etwa so geeignet wie ein Mehlsack. Jede Wendung des Drachen spürt er im Kreuz, seine Waden beginnen bereits nach wenigen Minuten zu krampfen und sein Steißbein scheuert sich am harten Drachensattel wund. Trotzdem kommt er auf jeden Ausflug mit. Er bettelt geradezu darum, mitfliegen zu dürfen, denn für die Unannehmlichkeiten wird er mit unerwarteten Erlebnissen belohnt: Der Ausblick auf Polinas Kehrseite zum Beispiel, deren Muskelspiel sich unter ihrem hautengen schwarzen Reitanzug genau abzeichnet.

Griesbert müht sich mit seinem Jungdrachen ebenfalls nach Kräften ab und gibt ihm unentwegt die Sporen. Mit dem lustlosen Vieh schafft er es kaum, Anschluss zu halten. Verbissen haftet sein Blick an

Polina, während ihr Drache mal wieder buckelt, sich um die eigene Achse schraubt und mit dem Schwanz ausholt, um seine Reiterin vom Rücken zu peitschen.

Einmal nur von ihren Schenkeln umklammert zu werden, so wie sie es bei diesem Drachen tut... Seine Fantasie geht mit ihm durch. Seine Finger krallen sich in den Sattel, da sieht er, wie sie abrutscht und fällt. Kopfüber baumelt sie in der Luft, mit einem Fuß im Zügel ihres Drachen verfangen, der mit ihr einen Sturzflug zwischen die Wipfel hinlegt.

Griesbert entgleisen die Gesichtszüge. Heiliger Bimbam, der Sturz wird ihr das Genick brechen und sie in tausend Stücke zerlegen! Er setzt hinterher, taucht in den Wald ein, sieht sie reglos am Boden liegen, das Gesicht ins Moos gedrückt. Ihr Drache, dieses durchgeknallte Miststück, sitzt unschuldig schnaubend daneben.

Noch im Anflug springt Griesbert aus seinem Sattel, stürzt zu Polina hin, greift an ihren Hals, um den Puls zu tasten. Erleichterung überkommt ihn: Sie ist nicht tot!

Dass sie ihn vom Boden aus überwältigt, damit hat er allerdings nicht gerechnet. Quicklebendig schlingt sie ihre Arme und Beine um ihn, zieht ihn zu sich herab und presst ihre vollen Lippen auf seinen schmalen Mund.

Griesberts Herz setzt einen Schlag aus. Dass er voll auf sie abfährt, ist ihr die letzten Jahre bestimmt nicht entgangen. Dass sie offensichtlich auch scharf auf ihn ist, hat er allerdings nie bemerkt. Es war ja auch immer klar, dass Tyranimos dieses Vollblutweib für sich beansprucht.

Polinas Hände sind überall an Griesberts Körper. Ehe er weiß, wie ihm geschieht, löst sie den Gurt seiner Armbrust, schmeißt seine Jagdwaffe in die Büsche und den Pfeileköcher gleich hinterher.

»Beißt mich!«, raunt sie und streckt ihm ihren schlanken, weißen Hals entgegen.

Er riecht ihr Blut, durch die glatte Haut. Jung, süß, unverdorben... der Traum eines jeden Vampirs. Wobei Polina mehr Erfahrung haben dürfte als so manche andere: Bis in den hintersten Winkel der

Biesterburg ist es zu hören, wenn Tyranimos in ihren Gemächern über sie herfällt. Dann eben jung, süß und verdorben... Griesbert wird überwältigt von den Reizen, die auf seine Sinne einstürmen. Sein Hirn ist kurz davor zu explodieren. Er spürt, wie seine Saugzähne hervortreten – als Zeichen äußerster Begierde.

Während er noch unschlüssig ist, ob er zuerst das Blut ihrer Arterie kosten soll – prickelnd und voller Sauerstoff – oder das ihrer Vene – so dunkel und intensiv wie Rotwein – haben Polinas flinke Finger bereits sein Leinenhemd aufgeknöpft. Sie presst sich an seine nackte Brust. Keuchend wälzen sie sich im Moos. Im Rausch seiner Gefühle denkt er gar nicht an die Strafen, die ihm drohen, sollte Tyranimos ihn hier in flagranti mit seiner Mätresse erwischen.

Das Dopamin, mit dem Griesberts Adern überflutet werden, verhindert jeden klaren Gedanken. Während er seine Reißzähne hingebungsvoll in ihren Hals versenkt, fummeln seine Hände hektisch am Verschluss ihres Reitanzugs, der die üppigen Rundungen ihres Busens versteckt.

Griesbert ist so abgelenkt, dass es etliche Sekunden dauert, bis er den Stich in seiner Taille spürt. Er wischt das vermeintliche Insekt beiseite, und greift in eine Messerklinge. »Was zur Hölle...?« Ein Blick nach unten zeigt ihm Polinas zarte Hand, um einen Dolch gekrallt, dessen Spitze tatsächlich in seiner Haut steckt.

»Runter von mir!«, faucht Polina und drückt den Dolch langsam tiefer in sein Fleisch.

Schmerz durchzuckt ihn. Ganz allmählich kommt die Information in seinem überreizten Gehirn an, dass das hier kein abgefahrenes Liebesspiel mehr ist, sondern tödlicher Ernst.

»Los! Aufstehen! Hände hinter dem Kopf verschränken! Wird's bald?«

Während sich Griesbert umständlich hochrappelt, sucht er fieberhaft eine Möglichkeit, aus dieser misslichen Lage wieder herauszukommen. Er schielt nach seiner Armbrust. Seine Erregung ist dahin. Stattdessen keimt der Wunsch in ihm auf, dieser hinterhältigen Vampirschlampe einen Pfeil in den Schädel zu pusten. Dem Fürsten gegenüber würde er behaupten, der Schuss hätte sich von selbst gelöst. Ein tragischer Jagdunfall.

Blöderweise liegt Griesberts Waffe drei Armeslängen von ihm weg, auf dem Waldboden, und wird inzwischen von Polinas Drachen bewacht. Das graugeschuppte Vieh hat seinen Fuß daraufgestellt und kratzt mit seinen Krallen an der Sehne herum. Hat sie den etwa dressiert? Die gelben Reptilaugen ruhen auf ihm – so als würde der Drache nur auf den Befehl warten, ihn von oben bis unten mit seinem Feueratem zu grillen.

Griesbert spürt einen Tropfen Blut von seiner Gürtellinie nach unten rinnen. »Ich weiß nicht, was Ihr vorhabt, Polina – aber Tyranimos würde es gar nicht gefallen, wenn mir etwas zustößt! Ich bin sein Schatzmeister, auf mich kann er nicht verzichten!« Ein weiterer Blutstropfen läuft an seinem Bein hinunter. Oder ist es der Schweiß? »Seid vernünftig, Polina! Ihr wollt doch nicht Tyranimos' Zorn auf Euch ziehen?«

»Nur ruhig mein Lieber, keine Panik!« Sie klingt irgendwie belustigt. Das macht Griesbert nervös.

»Euer Duft klebt an mir... Er wüsste sofort, wer mich gemeuchelt hat!«

»Niemand will Euch meucheln. Zumindest jetzt noch nicht!« Polina kichert, wie über einen guten Witz.

Früher fand Griesbert ihr Kichern immer niedlich. Jetzt klingt es psychopathisch. Ihr Dolch kratzt über seinen Bauch. Die Spitze zieht eine feine rote Spur hinauf bis unters Kinn.

»Sollte Tyranimos hier allerdings aufkreuzen... dann müsste ich ihm erzählen, wie Ihr mich bedrängt und begrapscht habt! Wie Ihr mein Blut gesaugt habt!« Polinas freie Hand tastet nach der Bisswunde an ihrem Hals. »Dann kann ich für nichts garantieren!«

Der Schatzmeister starrt sie an. Die Zornausbrüche seines Herrn sind legendär. Wer sie überlebt, hat Pech gehabt und landet für den unerquicklichen Rest seines Daseins als Frischblut-Konserve im Kerker.

»Was wollt ihr von mir, Polina?«, fragt Griesbert heiser.

»Nur eine kleine Auskunft. Kein großes Ding...« Sie zwinkert ihm verschwörerisch zu, so dass es Griesbert ganz übel wird. »Wenn Ihr mir sagt, was Ihr wisst, dann passiert Euch nichts. Dann vergessen wir die ganze Sache, und Tyranimos wird nie erfahren, dass Ihr Eure dreckigen Finger nicht beherrschen konntet! Dass Ihr an mir herumgefummelt habt, statt seine Goldmünzen zu polieren!«

»WAS soll ich sagen? Und WOVON soll ich wissen?« Seine Stimme wird mit jedem Wort kratziger, weil Polina begonnen hat, mit dem Dolch ein Rautenmuster in seinen Hals zu ritzen.

Die Dolchspitze bleibt genau auf seinem Adamsapfel stehen, als sie aufschaut, direkt in seine Augen. »Der Wunschdiamant!« Er liest es mehr von ihren Lippen ab, als es zu verstehen, so leise spricht sie. »Ich weiß, dass er nie in Damons Schatzkammer aufbewahrt wurde. Damon hat ihn weggeschafft, irgendwohin außerhalb der Burgmauern. Und versucht gar nicht erst, mir weiszumachen, Ihr wüsstet nicht wo!«

Sie taxiert ihn, während er nach Luft schnappt. Darauf hat es dieses Miststück also abgesehen! Der Wunschdiamant! Das uralte Heiligtum der Faune, das Damon ihnen raubte und dann an einen geheimen Ort brachte. Sein Versteck gab Damon selbst vor Gericht nicht preis – lieber ließ er sich zu jahrhundertelanger Verdammnis verurteilen. Seither gilt er als verschollen.

Der Mythos des Wunschdiamanten ist es auch, der tagtäglich Scharen von Realwelt-Touristen nach Galaxia führt. Jeder Wunsch ist erfüllbar, so heißt es in der Überlieferung, sobald man den magischen Stein in den Felstrichter des Sanduhrkraftwerks wirft. Ob Königreich, Unsterblichkeit, unermesslicher Reichtum oder überirdische Schönheit – angeblich besitzt der Wunschdiamant die Kraft, jeden Wunsch wahr werden zu lassen, egal was es ist. Nur muss man ihn erstmal finden, und genau das ist das Problem.

»Na los!«, drängelt Polina. Die Metallspitze des Dolchs überträgt das Zittern ihrer Hand auf seine Haut. Er spürt, wie nervös sie ist, aber zu allem entschlossen. »Wo hat Damon den Wunschdiamanten versteckt? Seid nicht so stur, sonst seid Ihr tot!«

Griesbert schluckt mühsam, dabei ist die Sache für ihn klar: Bevor er diesem hinterlistigen Aas sein Geheimnis verrät, lässt er sich lieber aufschlitzen! Oder abfackeln – falls sie doch zu feige ist, ihn eigenhändig umzubringen, und stattdessen den Drachen auf ihn hetzt. Seine Mundwinkel verhärten sich. Standhaft sieht er seinem Tod in die Augen... diese langen, geschwungenen Wimpern, das lebendige Schillern der moosgrünen Iris, in der goldbraune Sprenkel glitzern, die unendliche Tiefe ihrer nachtschwarzen Pupillen, die seinen Blick in sich aufsaugen...

Zu spät bemerkt er, dass sie ihn hypnotisiert. Die Kraft ihrer Gedanken dringt tief in sein Hirn ein und benebelt es wie ein Rausch. »Der Wunschdiamant!«, hallt es in Griesberts Kopf. Ganz gegen seinen Willen muss er daran denken, wie er seinem früheren Herrn hinterherspionierte.

Damon, Tyranimos' Vater, damals noch Fürst der Dunkelheit und Herrscher über alle Vampire, hatte diesen Stein in der Hand. Faustgroß war er, stumpf und grau wie ein ordinärer Kiesel. Aber für Griesbert, der Edelsteine auch mit geschlossenen Augen nach Reinheit und Karat sortieren könnte, der Gold und Silber riechen kann, der im Dunkel eines Bergwerks eine Diamantenader unter Bergen von Geröll zu erspüren vermag... für Griesbert genügte ein scheeler Blick aus dem Augenwinkel, um zu erkennen, dass es sich um einen ungeschliffenen Rohdiamanten handelte.

Das war für sich genommen nichts Besonderes: Damons Schatzkammer quoll über von Diamanten. Griesbert war sich jedoch sicher, dass er in dem Stein die pochende rote Ader gesehen hatte, von der die Legenden erzählen: Jeder auf Galaxia weiß, dass es das versteinerte Haar eines Ur-Ahns der Faune ist, welches diesem unendlich wertvollen Diamanten seine magische Kraft verleiht.

Also folgte Griesbert an jenem Abend heimlich seinem Gebieter, mit größtmöglichem Abstand, als dieser mit dem Wunschdiamanten in der Tasche den Flusslauf entlangmarschierte. Der Wind stand günstig, so dass Damon von seinem Verfolger nichts bemerkte – weder den metallischen Körpergeruch, noch die Geräusche, die er beim Nachschleichen machte.

Griesbert war immer ein ehrlicher Schatzmeister, seinem Herrn gegenüber absolut loyal. Die einzige Erklärung, die man für dieses Vergehen vorbringen kann, ist gleichzeitig die einzige Entschuldigung für sein nahezu unverzeihliches Verhalten: Griesbert ist Schatzmeister mit Leib und Seele. Nichts fasziniert ihn so sehr wie Juwelen, Schmuck und Kostbarkeiten. Er konnte nicht anders – wohl wissend, dass es ihn seinen Kopf kosten würde, sollte Damon ihn beim Hinterherschnüffeln erwischen.

Der Schatzmeister beobachtete den Fürsten der Dunkelheit, wie dieser eine große Weide mit knorrigem Stamm ansteuerte, deren kräftige Wurzeln sich in das Kiesbett des Ufers eingegraben hatten... wie er den Wunderstein tief in eine Aushöhlung des Wurzelwerks hineindrückte und mit dem Stiefel einen Schwung Kiesel hinterherschob.

›Was für ein geniales Versteck!‹, dachte Griesbert voller Bewunderung. Dann konnte er gerade noch rechtzeitig in das eiskalte Flusswasser steigen, geräuschlos zwischen den Algen versinken und seinen schmächtigen Körper in den Uferschlamm pressen, bevor Damon sich umdrehte und den Rückweg antrat.

Griesbert kann die Bilder in seinem Kopf nicht unterdrücken, obwohl er genau weiß, dass Polina sie aufsaugt wie ein Schwamm. Ihre mentalen Kräfte sind seinen weit überlegen. Sie liest seine Gedanken und gräbt sich tiefer in seine Erinnerung, als er es selbst jemals tun könnte.

Selbst die kleinste Nuance jener Stunden zieht sie aus seinen Gehirnwindungen heraus: Der Ruf des Käuzchens in der Abenddämmerung, der kühle Wind, das Plätschern des Flusses, das saftiggrüne Gras unter seinen Stiefeln... und die panische Angst, von seinem Herrn beim Spionieren erwischt zu werden, die heute noch seine Hände zittern lässt.

Als Polina klar ist, dass Griesbert all seine gespeicherten Erinnerungen preisgegeben hat, lässt sie von ihm ab. Sie löst die Reitpeitsche von ihrem Gürtel, um seinen Drachen zu verscheuchen, damit er ihr nicht folgen kann. Seinen schwachen Protest lässt sie nicht gelten: »Nichts für ungut, Griesbert, aber warum habt Ihr Euch denn diese lahme Krücke hier ausgesucht? Da seid Ihr zu Fuß sowieso schneller dran!«

Peitscheschwingend geht sie auf das träge Riesenreptil zu, das sich auf einmal erstaunlich schnell vom Fleck bewegt. Quiekend watschelt es vor ihr davon, bis der Baumstand so eng wird, dass es nicht mehr weiterkommt. Dann erst erhebt es sich schwerfällig in die Lüfte, nicht ohne vorher noch einen Fladen Drachenschiss abzulassen.

Sein Artgenosse schnaubt verächtlich, legt die grauen Flügel an, spannt Hals und Hinterbeine an und startet wie ein Pfeil nach oben, kaum dass Polina sich auf seinen Rücken geschwungen hat. Er weiß genau, was seine Reiterin will: Den Wunschdiamanten holen! Den magischen Stein, einzigartig und unendlich kostbar, den Damon einst den Faunen stahl!

In Griesberts Gehirn säuselt es, seit Polina die Hypnose abgebrochen hat. Mehr benommen als wach strauchelt er durch den Wald, gepeinigt von Wut und Gewissensbissen. Sie hat es tatsächlich geschafft, ihm sein Geheimnis zu entlocken! Wo soll er jetzt hin? Ihm fehlt jede Orientierung.

Da rauscht es über seinem Kopf. Zwei Drachen bremsen ihren Sturzflug ab und landen buchstäblich vor seinen Füßen. Ein halber Meter weiter, und einer der Kolosse hätte ihn unter seinem gepanzerten Echsenbauch begraben.

»Da ist er ja! Griesbert der Geizige!« Wer da so herablassend auf ihn hinunterschaut, ist Tyranimos persönlich, in Begleitung eines Adjutanten. Tyranimos wundert sich nicht, die schwächliche Gestalt hier am Boden herumlungern zu sehen. Auf der Jagd ist sein Schatzmeister ein Klotz am Bein, ein lausiger Reiter mit Höhenangst, ohne jeden Jagdinstinkt.

Wenn man es genau nimmt, ist Griesbert für gar nichts zu gebrauchen. Außer zum Geldzählen, und das macht er so gut, dass Tyranimos ihn bei den Ausflügen mit seinem Hofstaat nicht ausgrenzen will, um ihn bei Laune zu halten.

»Wo ist Polina hin? Turtelt die etwa hier mit Euch herum?« Tyranimos lacht herzlich über seinen Scherz, während Griesbert das

Blut in den Adern gefriert. Er weiß genau, was ihm blüht, sollte sein Herr jemals die Wahrheit hinter dem Witz erfahren.

Unter Auslassung all der hautnahen Details, die sein sofortiges Ableben besiegeln würden, erzählt Griesbert in sehr nüchternen Worten von Polinas unlauterer Absicht und vom Hergang der Tat. Das kostet ihn durchaus Überwindung – muss er doch zugeben, dass er sich gegenüber dem Vater seines heutigen Herrn frevelhaft benahm, indem er ihn damals ausspionierte. Wenn auch in bester Absicht: Ein guter Schatzmeister hat einfach zu wissen, wo die Schätze seines Gebieters verwahrt werden!

Tyranimos ist glücklicherweise nicht so unerbittlich von Prinzipien besessen wie Damon es war – sonst wäre der zerknirschte Schatzmeister jetzt schon einen Kopf kürzer. Außerdem kommt ihm Griesberts Geschichte reichlich unglaubwürdig vor. »Wenn Ihr wirklich vom Verbleib des Wunschdiamanten wisst – warum habt Ihr ihn Euch in der Zwischenzeit nicht selbst geholt?«

»Aber Mylord! Ich bin doch kein Dieb! Ich verwalte die Besitztümer Eurer Lordschaft – egal ob in der Schatzkammer oder in einem Erdloch!«

»Ja, das dachte ich mir fast, mein Guter!« Tyranimos lacht höhnisch auf. »Wobei ich mich frage, warum Ihr mir nichts davon gesagt habt? Wieso kam es Euch nie in den Sinn, dass ich für die magischen Kräfte des Wunschdiamanten vielleicht Verwendung hätte?« Sein Tonfall wird schneidend. »Habt Ihr überhaupt eine Ahnung von den Problemen, die sich um mich herum auftürmen? ICH arbeite unablässig Tag und Nacht – und IHR versteckt während dieser ganzen Zeit den Wunschdiamanten vor mir?«

»Ich bitte um Vergebung für dieses Versäumnis, Herr, aber ich...«

»Wolltet Ihr etwa warten, bis Damon zurückkehrt?«

»Nein, Mylord!«, stammelt der Schatzmeister. Diese Hoffnung hat er gleich aufgegeben, als bekannt wurde, dass Damon seit seiner Verurteilung auf Nimmerwiedersehen verschwunden ist. »IHR seid jetzt mein Herr und Gebieter!«

In der Tat würde Damons Rückkehr für Griesbert gar nicht gut ausgehen – Damon würde seine Spionageaktion als Hochverrat werten und ihn vernichten.

»Aha!« Tyranimos' Blick verdüstert sich sekündlich, je länger er über die Sache nachdenkt. »Warum also habt Ihr mir Euer Wissen vorenthalten? Wolltet Ihr Euch wichtigtun, als Geheimnisträger? Oder wolltet Ihr den Herrn wechseln, falls euch die Ambitionen meiner Gegner erfolgversprechender scheinen als meine?«

»Aber nein, Mylord! Ich wollte Euch den Wunschdiamanten für den Notfall aufbewahren!«, ruft Griesbert treuherzig. Noch bevor der Satz ganz heraus ist, sieht er, wie Tyranimos' Maske sich verzerrt.

»Und Ihr glaubt zu wissen, was ein Notfall ist? Das ist ja wohl meine Entscheidung! Ich bin Euer Gebieter!«, tobt Tyranimos. »Ich habe alle paar Tage einen Notfall, und Ihr... Ihr habt den Wunschdiamanten... und der liegt da sinnlos herum...!«

Griesbert versucht, ganz ruhig zu bleiben – so als ginge es nicht um seinen Kopf. »Wollt Ihr nicht nachsehen, wo er ist? Nicht dass Polina Euch zuvorkommt!«

Das Ablenkungsmanöver funktioniert. »Steigt auf!«, befiehlt Tyranimos und deutet hinter sich. »Wir versuchen sie einzuholen!«

»Da ist aber kein Sattel!«, winselt der Schatzmeister und klettert umständlich auf den Rücken des unruhigen Drachen.

»Ihr müsst Euch mit den Beinen festhalten, Griesbert! Diese Tiere brauchen Schenkeldruck, sonst schütteln sie Euch ab wie Wassertropfen!« Tyranimos lockert die Zügel und gibt seinem Drachen die Sporen.

****

Unter Polina schlängelt sich glitzernd der Fluss. Sie bekommt ihn kopfüber zu sehen, weil ihr verrücktes Drachenmonster seinen schuppigen Bauch während des Fluges nach oben streckt, um sich die Sonne daraufscheinen zu lassen. Mit aller Kraft presst Polina ihre Schenkel an den großen Drachenkörper und krallt sich mit den Händen am Sattel fest. Ihre Haare streifen bereits die Zweige der großen Weide, als der Drache die Flügel einklappt, sich in letzter Sekunde richtigherum dreht und mit einem Bauchplatscher im Uferwasser landet.

Nass und mit grauem Matsch bespritzt lässt sich Polina von seinem Rücken gleiten, läuft auf den krummen Baum zu, der da frei am Ufer steht, wirft sich auf den Boden und wühlt mit bloßen Händen zwischen den knorrigen Wurzeln.

»Da!«, ruft Griesbert. Schon aus der Luft sehen sie Polina auf Knien um den Baum herumrutschen. Aus sämtlichen Löchern gräbt sie Steine, Erde, Schnecken, Eicheln und weiß-der-Kuckuck-was heraus. Der Wunschdiamant ist nicht dabei, dass erkennt man schon an ihrem hektischen Gebaren.

Tyranimos lässt seinen Drachen landen, springt ab und ist mit wenigen Schritten bei ihr. Sein grober Griff am Arm reißt sie auf die Füße. »Was soll das?«, knurrt er, in unterdrücktem Zorn. Liebesschwüre, zerwühlte Laken, Ekstase bis zum Morgengrauen... War das alles nur gespielt, um ihn hinterlistig zu bestehlen?

»Ich kann ihn nicht finden!«, schreit sie ihn an. Tränen der Enttäuschung stehen in ihren Augen. »Er ist nicht hier!« Ihre Haare sind verklebt vom Schweiß, ihr Makeup ist verlaufen. Das Ziel schien so nah – so nah! – doch statt dem Wunschdiamanten hat sie nun verdreckte Hände wie eine Bäuerin und eine versaute Frisur.

Tyranimos schüttelt sie wutentbrannt. »Ist das der Dank für mein Vertrauen? Die Jagd zu sabotieren? Meinen Schatzmeister zu überfallen? Damit Ihr hinter meinem Rücken den Wunschdiamanten stehlen könnt?«

»Ich wollte ihn doch gar nicht für mich!« Polinas weitaufgerissene Augen deuten darauf hin, dass sie die Wahrheit sagt. »Ich wollte ihn für Euch! Als Geschenk! Als Liebesbeweis!«

»Das fehlte mir gerade noch!«, entfährt es Tyranimos. Verdammtes Glück, dass sie diesen einzigartigen Stein nicht in die Finger bekommen hat! Tyranimos ist sicher, sie hätte seine magischen Kräfte für irgendeinen romantischen Stuss vergeudet. Andererseits wirft das die Frage auf: Wo zum Teufel ist das blöde Ding jetzt?

Willst Du wissen, wie es weitergeht?
Ein Blick ins Manuskript zeigt: Das Schicksal verschont niemanden! Auf **www.galaxia-fantasy.de** kannst Du nachschauen, ob der nächste Band schon erschienen ist, und den Soundtrack zur Serie anhören.
Wenn Dir »Drachenkind« gefallen hat, dann trage Dich für unseren Newsletter ein: So erfährst Du es vor allen anderen, sobald in Galaxia Neues passiert!
www.galaxia-fantasy.de/newsletter/

Printed in Poland
by Amazon Fulfillment
Poland Sp. z o.o., Wrocław

86102916R00190